예술,
존재에 휘말리다

이진경

예술,
존재에 휘말리다

문학동네

서문

1

　종종 오해되는 것과 달리 존재론은 지금 여기 '존재하는' 것에 대한 철학적 해명이 아니며, 그런 '존재'의 의미를 설명하거나 정당화하는 작업은 더더욱 아니다. 차라리 지금 여기 없는 것, 있지만 없다고 간주되는 것을 더듬어 찾는 사유다. 그래서 존재론은 많은 경우 '유'보다는 '무'를 향해 간다. 존재론은 지금 여기 있는 세계와 다른 세계에 대한 탐색이고, 지금 우리가 사는 삶과 다른 삶의 가능성을 묻는 물음이다. 갇혀 있는 줄도 모른 채 갇혀 있는 상태로부터 벗어나려는 '해방'의 사유다.

　미리 말해두자면, 여기서 시도하는 존재론은 '존재'의 존재론이다. 나는 이를 이전에 『코뮨주의』나 『불온한 것들의 존재론』에서 시도했던 '존재자'의 존재론과 대비하여 구별하고 싶다. 존재자의 존재론은 어떤 존재자 뒤에 감추어진 세계, 있어도 보이지 않는 세계를 드러냄으로써 존재의 비밀을 찾고자 했다. 서로 기대어 있는 관계의 연쇄 속에서 숨어 있는 공동체를 보고, 이를 통해 다른 삶의 가능성을 찾고자 했다. 그런 점에서 그것은 여전히 빛의 세계 안에 있었다. 반면 존재의 존재론은 세계의 바깥에서 존재의 비밀을 찾고자 한다. 존재의 어둠 속에서 다른 삶의 가능성을 찾고자 한다. 이때 존재란 우리를 인도하는 빛이 아니라, 모든 규정이 지워지는 어둠이다. 존재는 어떤 능력이지만, 삶을 늘려가는 인식능력이 아니라 삶을 정지시키는 '무지'의 능력과 가깝다. 그것은 '해방'의 힘을 갖지만, 지식을 통한 해방이 아니라 미지未知를 통한 해방과 가깝다.

존재는 규정 없이 그저 '있음'이다. '이다' 이전의 '있다'이고, 규정 뒤에 숨은 비밀이다. 존재란 자신을 규정하는 힘에 대한 항의의 거점이다. '그래, 그렇지만 그게 다는 아니야!' 존재론은 거절당한 자의 사유다. 그러니 그리 내키지 않는 말이지만, 존재론은 타자의 사유다. 그러나 '타자에 대한 사유'가 아니라 '타자의 사유'다. 더 정확히 말하자면, 존재론은 어둠의 사유다. '타자'뿐 아니라 '자신'조차 규정성 바깥의 어둠을 통해 다시 사유하려는 물음이다. 그렇기에 그것은 '무지'의 능력이지만 무지를 예찬하는 게 아니라 알고 있는 것이 다가 아니니 다시 시작하라고 요구한다. 그것은 '미지'를 통한 해방이지만 인식을 거부하는 게 아니라 미지를 향해 다시 눈 돌리라고 요구한다. 인식 '이전'으로 되돌아가라는 명령이 아니라 인식 '다음'에 있는 것을 향해 다시 넘어가라는 명령이다. 따라서 단언컨대 존재론은 반지성주의가 아니다. '무지'란 그런 넘어감에 끝이 없음을 뜻한다. '미지'란 던져야 할 물음의 끝없음을 뜻한다. 존재론에 영원성 같은 게 있다면, 그것은 이런 종류의 끝없음에 다름 아니다.

이 책에서 나는 문학과 예술을 통해 존재를 사유하고자 한다. 이는 문학과 예술로부터 존재의 사유를 길어내려는 시도이고, 동시에 문학과 예술의 대기atmosphere로 존재론을 에워싸려는 시도다. 이는 또한 문학과 예술의 불로 존재론적 개념들을 벼리어내려는 실험이고 동시에 존재론적 사유의 물을 작품 속에 섞어 넣으려는 실험이다. 이로써 존재의 사유와 예술적 감각이 만나는 곳에서 다른 삶의 가능성을 찾고자 한다. 다른 삶의 가능성을 찾기 위해 존재론의 탐침을 들고 '시인'들이 파놓은 동굴 속으로 들어가고자 한다. 이러한 기도企圖 속에서 문학과 예술이 철학보다 훨씬 더 존재론적임이 드러날 것이다.

2

철학은 기원의 형상에서나 일반적 형상에서나 대개 '진리'를 추구하며, 확고한 근거를 묻고 모든 것을 그 단단한 기반 위에 올려놓고자 한다. 철학자가 구하는 것은 통상 진리에 다가갈 수 있는 능력이다. 철학자들이 인간의 인식능력이 진리에 이를 가능성에 대해 얼마나 세밀하게 시험해왔는지 우리는 안다. 그들이 구하는 진리의 형상은 대체로 '명료하고 뚜렷한clear and distinct 것', '확실한 것'이다. 그 확실함을 얻기 위해 데카르트는 모든 것을 의심했고, 그 의심하는 행위, 생각하고 인식하는 행위를 통해 자신의 존재에 대한 확신을 얻고자 했다. '나는 존재한다'는 '나는 생각한다'를 근거로 삼는다. 인식이, 인식하는 행위가 자신의 존재근거가 되어준다. 데카르트 이후, 인식론이 철학의 주류가 되었던 것은 이런 태도의 연속성을 보여준다.

명시적으로 존재론의 형식을 취하는 경우에도 철학은 대개 인식론의 지반을 떠나기 어려운 듯하다. 굳이 '계몽주의' 같은 명확한 형태가 아니더라도 철학은 '빛'을 애호한다. 무엇인지 분명하게 인식하고, 근거의 확실성을 확인하고, 진리인지 거짓인지 입증할 수 있는 것은 언제나 빛을 통해서다. 빛 없이는 불가능하다. 인식론은 빛의 사유다. 충분한 조명으로 '대상'을 비추고 최대한 세밀하게 분석하는 사유다. 모든 것이 내게서 등을 돌리는 경악스러운 사태를 '무無'라 명명했고, 근거Grund 밑에 있는 심연Abgrund의 어둠을 주목했던 하이데거조차, 결국은 존재의 빛Licht으로, 빛이 드는 숲속의 빈터Lichtung로 가고자 했음을 우리는 안다.

그러나 존재는 어둠이다. 빛과 반대편의 어둠, 아니 빛과 어둠 이전의 어둠이다. 빛을 비추어 어둠을 찾을 순 없는 일이다. 빛은 어둠을 지울 수 있을 뿐이다. 따라서 인식론은 '존재의 해명'을 머리띠에 써서 이마에 동여매도 결코 존재론이 될 수 없다. 존재를 쫓아내고 존재가 사라진 자리를 존재라고 오인할 뿐이다.

반면 문학과 예술은 확고해 보이는 것에서 취약함을 간취하고, 명료하고 뚜렷하게 규정된 것을 모호한 다의성 속으로 끌고 들어간다. 많은 경우 문학은 희망보다는 절망에 다가가려 하고, 빛이 아닌 어둠에 끌려가며, 확실한 이유를 찾기보다는 이유 없이 말려들게 되는 '운명적인' 사태를 다루고자 한다. 밝은 진리 속에서 어둠을 감지하고, 따뜻한 봄기운에서조차 죽음의 냄새를 맡는다. 그런 어둠과 방황 속에서 다른 삶의 출구를 찾고자 한다. 세계 바깥의 어둠 속에 오히려 많은 길이 있음을 예감한다. 이 점에서 문학은 인식론과 확실히 반대 방향으로 간다. 문학이 철학보다 훨씬 존재론적인 것은 이 때문이다.

하지만 문학과 예술은 철학과 달리 많은 경우 자신의 존재론을 설명하거나 주장하지 않는다. 명시적으로 존재를 다룰 때조차, 철학적 명제를 펼쳐놓거나 추론하지 않는다. 철학적 명제를 나열한 텍스트는 예술이 되지 못한다. 단지 철학이 될 뿐이다. 그렇기에 존재의 사유를 언어로 펼칠 때조차 문학은 펼친 것 이상으로 접어넣는다. 그렇기에 이들 텍스트에 담긴 존재론적 사유는 접힌 주름이 찢어지지 않도록 조심스레 펼쳐내야 한다. 너무 펼쳐지지 않도록 주의하면서. 문학과 예술의 존재론은 이런 종류의 작업이다.

3

철학은 언제 어디나 있을 법한 것들에 대해 쓴다. 반면 시인과 예술가는 지금 여기 없는 것들을 불러낸다. 부재하는 세계를 불러낸다. 그런데 그들이 없는 것들을 불러내는 것은 그것들을 자신의 삶 속으로 불러들이기 위함이다. 그렇기에 '시인'은 철학처럼 보편성의 언어가 아니라 흔히 개별성의 언어로 쓰지만, 그 주어가 '나'일 때는 물론, 나 아닌 타인일 때에도 자신의 존재 안으로 불러들이며 쓴다. 우리는 그 작품을 읽으며 그런 불러들임의 힘에 휘말린다. 휘말려서 그가 불러낸 것들을 나 또한 존재 안으로 불러들이게 된다. 비록 다른 것이 되며 불려들어오겠지만. 이런 점에서 문학과 예술은 그 작품의 존재방식 또한 존재론적이다.

무언가를 쓰고 만들 때 작가는 그걸 읽는 누군가의 존재 속으로 밀고 들어가고자 한다. 자신이 본 것을 남의 눈 속에 밀어넣고자 하고, 자신이 불러낸 것을 남의 삶 속에 밀어넣고자 한다. 작가 자신이 의식하든 의식하지 않든, 인정하든 인정하지 않든 이것은 사실이다. 그게 아니라면 애써 남들보고 읽으라고 쓸 이유가 없기 때문이다. 단지 자신만을 위한 것이라면, 그래도 쓰지 않고는 못 배겨서 쓴 것뿐이라면, 애써 출판할 이유가 없다. 그냥 적어두었다가 죽을 때 안고 가면 될 일이다. 그러나 카프카처럼 자기 원고를 맡기며 불태워달라고 했다는 작가조차, 스스로 태우지 않고 맡겨둔 채 가는 것은, 단지 태울 시간이 없어서 그런 것은 결코 아닐 터이다. 그건 단지 자기 존재 안에 불러들이려던 것이 드러나는 데서 느끼는 수줍음의 표현이고, 남의 삶 속으로 밀고 들어가려는 데서 느끼는 쑥스러움 내지 미안함의 표현이리라 나는 믿는다.

그러고 보면 이 책은 내가 경탄했던 것들을 내 존재 속으로 불러들이기 위해 쓰는 것이라 해야 할 것 같다. 보고 읽으면서 내가 말려들어갔던 것들이 잊히지 않고 기억되도록, 그리하여 내 존재 안에서 지속되도록. 또한 그렇게 말려들어간 이유가 무엇이었는지, 말려들어가서 본 것이 무엇이었는지 적어도 내 손끝에, 팔의 근육에, 망막에라도 새겨지도록. 또한 글로 적어둠으로써 이 매혹적인 것들이 다른 이들의 존재 속으로 밀고 들어가면 좋겠다는 외람된 바람 속에서 쓰는 것이라고 해야 한다. 그래, 그랬으면 좋겠다. 이 멋진 작품들에 담긴 다른 삶의 가능성, 다른 사유의 힘이 내가 좋아하는 다른 이들의 존재 속으로 불려들어갈 수 있으면 좋겠다. 읽는 누군가의 삶 속으로 밀려들어갈 수 있으면 좋겠다. 이들이 밀려들어가, 그들이 다시 다른 부재하는 것들을 불러내도록 촉발했으면 좋겠다. 그들이 그렇게 불러낸 것에 내가 다시 말려들어갔으면 좋겠다.

어쩌면 '사적인' 것이라고 할 쑥스러운 글을, 아마도 책을, 적어도 1장과 5장을 읽기 전에는 명시된 주제를 다루는 것처럼 보이지 않을 수도 있는 글을 첫머리에 끼워넣은 것은, 다른 이가 불러낸 것에, 읽어도 이해할 수 없지만 떨쳐버릴 수 없는 것이 되어 내 주위를 돌던 것에 나 자신이 천천히 말려들어간 사태, 그 말려들어감을 통해 아주 다른 무언가를 보고 그것들을 내 존재 안으로 불러들이게 된 사태, 그로 인해 전혀 생각지도 못한 종류의 무언가를 불러내게 된 사태 속에서 나 또한 쓰고 읽고 또 쓰게 되었다는 늦은 깨달음 때문이다. 그것처럼 문학과 예술의 존재론을 다루는 이 책과 부합하는 것도 없을 것 같다는, 자찬의 혐의마저 있는 어떤 감응 때문이다.

그 알 수 없지만 잊을 수도 없던 시를 내 주위에 흩뿌려 나로 하여금 저 멀리만 있던 시에 서서히 말려들도록 덫을 놓았던 진은영 시인에게 감사의 인사를 드린다. 더불어 이 책의 모태가 된 원고들을 읽고 토론하며 이 책 속에 끼어들어와준, 그런 식으로 나의 존재 속으로 밀고 들어와준 두 친구, 송승환

시인과 최진석 평론가에게 특별한 감사의 인사를 덧붙이고 싶다. 뿐만 아니라 이들은 내가 문학의 '세계' 속으로 좀더 빠르게 들어갈 수 있는 '간교한 지혜'를 알려주었다. 이들이 없었다면 이 책은 좀더 많은 시간이 지난 뒤, 아마 적잖이 다른 색조의 책이 되어 나오게 되었을지도 모른다. 아, 마지막으로, 내가 존재의 존재론으로 들어가게 된 또하나의 중요한 계기가 되었던 김시종 선생에 대한 감사를 표하고 싶다. 이 책에서 하는 얘기가 혹시라도 밀려들어오는 느낌이 있다면, 이 책의 '자매'라 할 『김시종, 어긋남의 존재론』(도서출판 b, 2019) 또한 읽어주시길 부탁드린다.

2019년 여름
이진경

1장

프롤로그:
어떤 우정의 비동시성에 대하여

:
:

언제였을까? 시집이 2008년에 나왔으니, 그보다 최소한 2~3년은 먼저였을 것이다. 「나의 친구」라는 시를 시인인 친구로부터 받은 것이. 그리고 그 시는 『우리는 매일매일』이라는 그의 두번째 시집에 수록되어 출판되었다.

별과 시간과 죽음의 무게를 다는 저울을
당신은 가르쳐주었다,
가난한 이의 감자와 사과의 보이지 않는 무게를 그리는
그런 사람이 되라고.

곤충의 오랜 역사와 자본의 시간
우리는 강철 나무 속을 갉아 스펀지동굴로 만드는 곤충의 종족이다.
어제 달에서 방금 떨어진 예언을 나는 만져보았다
먼 우주에서 떨어진 꿈에는 언제나 무수한 구멍이 뚫려 있지.

어둠 속에서는 어떤 보폭으로
야광오렌지 알갱이를 터뜨려야 하는지?
어떻게 기계와 자유가 라일락과 장미향기처럼 결합하는지?

우리가 인간이라는 창문을 열고 그토록 높은 데서 뛰어내릴 용기를 가
질 수 있는지?
대답의 끝없는 사막에
낯선 물음, 빛나는 피의 분수가 쉴 새 없이 솟는 법을 가르쳐주었다.

물론 모든 걸 그리는 건
내 마음 가득한 지하수, 어쩌면 푸르고도 고요했던 강물이겠지만

너는 무심코 던져진 돌멩이,
강가에 이르도록 퍼지는 물음의 무한한 동심원을 만드는

너는 내 손에 쥐어질 얼마나 날카로운 칼인가!
높은 기념비, 예술가들, 철학자들, 위대한 정치가들보다도
나의 곁에서

어리석은 모세, 붉은 바다를 가르는 지팡이
확신의 갑옷을 두른 모든 시대의 병사들을
전부 익사시키는.

그것을 믿자, 강철 부스러기들이
우리를 황급히 쫓아오며 시간의 거대한 허공 속에서
흩어진다,
죽음과 삶의 자장磁場 사이에서.

그것을 믿자. 숱한 의심의 순간에도
내가 나의 곁에 선 너의 존재를 유일하게 확신하듯
친구, 이것이 나의 선물
새로 발명된 데카르트 철학의 제1 원리다.

—진은영, 「나의 친구」 전문[1]

이 시는 명시적으로, 또한 묵시적으로 반복되는 "가르쳐주었다"라는 문구에서 보이듯이, 그가 내게서 배운 것에 대해서 쓰고 있다. 그는 내게서 무엇을 배웠는지 잘 알고 있는 것이다. 그런데 이 시를 받았을 때 나는, 시의 문밖에 있었다. 시란 읽어도 무슨 소린지 알 수 없는 문장들이었다. 알 수 없지만 무언가 있는 것 같은, 많은 경우엔 인상적이어서 잔상처럼 남아 있는 아름다움을 갖는. 그래서 신체 인근을 떠돌지만 그대로 무언지 끝내 드러내지 않는. 그러니 그때 나는 그 친구로부터 온 전언에 답할 수 없었다. 답하기 위해선 그의 시를, 아니 시라는 것을 읽을 수 있어야 했다.

나는 마오리족이 '하우'라고 부른다는 선물의 영靈이 정말 존재하는지 알지 못한다. 하지만 무언가 선물을 받고서 그에 답하지 못했을 때, 그 미진未盡의 감각이 쉽게 사라지지 않음은 잘 안다. 그 감각은 기쁘지만 안타까운 것이어서, 어떻게든 무언가 응답하고 싶다는, 어렴풋한 작은 감각을 마음 한구석에 살게 만든다. 시란 여전히 내게서 멀리 있었으나, 그 미진의 감각은 사라지지 않고 꽤나 오래 남아 있었던 것 같다. 그 감각은, 응답할 순 없다 해도 읽고 이해할 순 있어야 하지 않을까 하는 미소한 강박 같은 것이 되어 감겨 있었던 모양이다. 그리하여 이해할 수 없는 그의 시집을 가끔씩 집어들고,

---

1) 진은영, 『우리는 매일매일』, 문학과지성사, 2008, 77~78쪽.

20

의무처럼 뉴런들을 압박하며 읽었던 것 같다. 그러나 시적 상상력을 논리적 사고로 대신하는 것은, 사각형 쪼가리를 모아 원을 채우는 난감한 퍼즐 게임 같은 것이었던 듯하다. 불가능한 독서를 반복하고 있었던 듯하다.

그러다 언제인가 그의 시들이 나름대로 이어지며 읽히게 되었을 때 느꼈던 반가움은, 어디로 가는 줄도 모르면서 그저 걷기만 하던 시골 한구석 오솔길에서 한참 전에 아쉽게 헤어졌던 친구를 만날 때의 기분 같은 것이었다. 갑자기 어인 일이었을까? 존재에 대해, 그것을 둘러싼 몇몇 개념들에 대해 무언가 근본에서 다시 생각하게 된 때여서일까? 모를 일이다. 어쨌건 그때부터 틈만 나면 그의 시집을 붙들고 앉아 일삼아 읽었다. 혹시 잊어버릴까 뭔가 옆에다 적어놓으며. 그러니 결코 시적인 독서라곤 할 수 없었을 터이다. 그래도 읽힐 때 읽어야 했다. 어쨌건 다시 다 읽곤, 남들이 뭐라고 할지 모르나, 어쨌건 이 친구의 시에 대해 책을 하나 쓰고 싶다는 생각마저 하게 되었다.

그리고 어느 날, 술을 마시고 밤늦게 들어온 날이었다. 취한 손으로 습관처럼 그의 시집을 펼쳤을 때, 「나의 친구」라는 시가 눈에 들어왔다. 오래된 미진의 감각을 불러내는 작은 기억이 다시 일어났다. 그러곤 뭔가 적어보고 싶었다. 뭔가 쓸 수 있을 거 같았다. 이젠 '읽었다'고 생각했기 때문이었을까? 10년이나 유예되었던 응답을 할 때가 되었다고 생각했다. 그래서 시곗바늘을 붙잡아놓고 '나의 친구'에게 답하는 시를 한 편 썼다.

하지만 다음날, 힘들게 정신을 차리고 나니, 다시 망설임이 다가왔다. 스스로 시를 모른다고 믿는 넘이, 자신이, 즉 내가 뛰어난 시인이라고 믿는 이에게 시로 응답하는 것처럼 어려운 일이 어디 있을까? 그것도 받아놓고 10년이나 지난 뒤에 말이다. 그래도 쓴 것이 스스로 대견했는지, 망설임을 떨쳐버리지 못했다. 술기운을 타고 스머든 채 신체 한구석에 숨어 있던 주귀酒鬼의 장난이었을까? 아니면 영혼이 술에 녹아 빠져나간 사이 흘러들어 잠시 주인

행세를 하려던 시정詩情의 여진이었을까? 잠시 무모한 마음이 다시 밀고 들어온 틈에, 눈 감고 '보내기'를 눌러버렸다.

너는
달의 눈에 고인 붉은
눈물을 보는 눈을 지녔지.
네가 쓰는 시는
문틈으로 스며드는 보랏빛 진동
보이는 눈에만 부는 폭풍

철을 사랑하던 시대는 지나갔어도
내 귀는 여전히 강철 고막
또 다른 파열음을 찾아다닌다.
무너지는 꿈에 절망한 두 눈 또한
다시 반짝이는 반사광을 쫓을 때
너는
손에 닿는 순간 녹아버리는 눈
그 하얀 어둠을 보고 있었지.

네가 찾아낸 것은
쓸모없는 것들
그것들로 세상을 만들자고 했지만
0에다 0들을 더해서 낯선 수들을 만드는
신기한 수학을

그땐 알지 못했어.

별은
떨어질 줄 알 때
비로소 아름답다고 했지.
별에 맞아 찢어진 상처마다
새빨간 사과가 하나씩
몽글져 튀어나온다고

너는
높은 탑을
거기 갇혀 있는 이들을 사랑했지.
돼지들은 목뼈가 단단하여
높은 탑을 볼 수가 없대요
고함을 질러도 들리지 않는 건
먹이를 향해 발달된
지조 있는 뼈 때문이에요

너는
몇 번이고 잘릴 수 있는
길다란 목을 갖고 있어
탑 위로 떨어지는 별을 보다가
그 별에 맞아 목이 잘리면
농구공처럼 머리통을 통통 튀기며

파문波紋의 치마를 두른 푸른 종탑을 찾아
안개의 계단을 오르곤 했지

너는 하계의 여신
빛에 취한 신체에
어둠의 피를
슬그머니 흘려 넣는

그 피에 젖어
검은 심장이 뛰기 시작할 때
나는 비로소 알게 되었지
존재란
몰라도 확신할 수 있는 것임을

선물은
뚫린 구멍으로 드나든다는 것을

— 「하계의 여신」 전문

　그는 그때 자신이 배운 것에 대해 썼지만, 나는 그때 그에게서 배우지 못한 것에 대해서 썼다. 그때 못 배운 것을 알게 되는 데 10년의 시간이 필요했던 셈이다. 그러고 보면 받은 것과 답하는 것 사이의 비동시성, 그 시간의 간극은 그와 내가 서 있는 곳, 사유하는 지점 간의 거리를 뜻했던 듯하다. 아니, 두 사람이 선 지점의 거리가 갖는 비대칭성을 뜻하는 것이라고 해야 할 듯하다. 그는 그때 내게 배웠으나, 나는 그때 그에게 배우지 못했으니까. 그는 그렇게 가까이 서서 내게 손을 내밀었지만, 나는 그렇게 멀리 떨어진 채 묵묵히 서 있었던 것이다. 이, 때아닌 악수라니!

이처럼 뒤늦은 시간에 유예된 응답을 하게 된 것은, 그 시·공간적 거리에도 불구하고 놓치지 않도록 만드는, 잡고 있다고 생각하지 않았지만 결코 떨어져나가지 않도록 당기는 어떤 힘 때문이었을 것이다. 시가 발신하는 그 미약한 신호와, 정신없이 살아도 사라지지 않았던 미진의 감각 사이 어떤 인력 때문이었을 것이다. '우정'이라는 흔한 말로 부르는 어떤 끈 때문이었을 것이다. 잊고 말았으면 지각되지도 못했을 비동시성과 유예는 역으로 잊히지 않고 살아남은 이 여린 끈의 존재를 보여주는 것이리라. 이 비동시성으로 인해 우정이라 불리는 어떤 것이 존재했던 것이라고 말해야 할 것 같다.

그게 다는 아닐 것이다. 미약한 신호와 미진의 감각을 잇는 우정으로 인해, 감히 응답할 생각은 하지 못하면서도 나는 그의 시집을 반복해서 펼쳐들었을 것이고, 그걸 읽고 이해하기 위해 어떤 시간을 살았을 것이다. 그리고 그런 행위가 반복되고 그런 시간이 겹쳐지면서, 어느 날 그의 시를 읽을 수 있게 되었을 것이다. 그때 그에게서 배우지 못한 것을 배울 수 있게 되었을 것이다. 그렇게 하여, 여전히 강한 파열음과 새로운 빛을 찾던 내가, 손에 닿는 순간 사라지는 어둠이 존재함을 알게 되었던 것이고, 쓸모없는 것들로 만들어진 세계를, 추락하는 별의 아름다움을 감지할 수 있게 되었을 것이다. 그저 "있다고, 말할 수 있을 뿐인 것"의 존재에 눈을 돌릴 수 있었을 것이다. 어둠마저 빛을 비추어 찾으려 하는 오래된 우행을, 쓸모없는 것에서 다른 쓸모를 찾고자 하는 오랜 습관을 벗어날 수 있었을 것이다. 그렇기에 내게, 시를 읽을 수 있게 되었다는 것은 읽을 수 있는 텍스트의 종류가 하나 더 늘었음을 뜻하는 것과는 아주 다르다. 이 비동시적 우정은 '다른 세계'를 말하면서도 실은 충분히 알지 못했던 다른 세계로 나를, 나도 모르는 '서서히'의 속도로 끌고 갔던 것이리라. 이 비동시적 우정이 나로 하여금 그를 나의 '존재' 안에 불러들이게 했을 것이다. 그렇게 그는 그 우정 속에서 나와 함께 있었던 것이다. 그런 식으로 그는 나와 하나의 시간 속에 있었던 것이다. 이, 뒤늦은 동시성이라니!

'우정'이라는 말로 쉽게 말하고 싶지 않다. 모든 우정이 그렇다고는 말할 수 없기 때문이다. 시에 답하지 않았다 해도 그와 나 사이의 우정은 분명 존재했고, 또한 든든히 지속되었을 것이다. 그런 점에서 그 우정은 그와 나 사이에서도 통상적인 것은 아니었다. 그건 서로 당기는 힘의 크기가 미소한 만큼 희소하다 해야 할 '어떤 하나의' 우정이었다고 나는 믿는다.

그런데 그처럼 생각하지 못했던 '어떤' 우정이 하나 존재할 수 있다 함은, 그처럼 생각 밖에 있고 인식 밖에 있으며 감각 밖에 있는 또다른 어떤 우정이 존재할 수 있음을 뜻한다. '어떤'이라는 부정형不定形의 관형어만으로 표시될 수 있는, 희소하기에 결코 '보편성'의 지위를 부여할 수 없는 것들의 존재를 우리는 그런 식으로 감지하고 찾아낼 수밖에 없다. '개별성'이라는 말 안에 넣어 고정할 수도 없을 어느 무상한 시간에 속하는 것이지만, 잊을 수 없도록 특이한 것이기에 그 길지 않은 명멸의 순간만으로도 충분히 포착할 수 있는 것일 터이다.

그런 점에서 내가 비동시성으로 인해 체험할 수 있었던 그 어떤 우정은, 확신할 수 없는 미소한 어떤 것의 존재, 잘 보이지 않는 희소한 어떤 것의 존재로 가는 길을 열어주는 것 같다. 어떤 것이 있는지 없는지조차 알 수 없지만, 그런 것의 존재를 믿어보라고 말해주는 것 같다. 존재란 그런 것이라고, 그렇게만 다가갈 수 있는 것이라고. 정작 우리가 찾아야 할 것은, 누구나 확신할 수 있는, 그렇기에 누구나 찾을 수 있는 보편적인 것보다는, 차라리 이처럼 확신할 수 없는, '어떤'이라는 부정형의 조그만 관형어에 간신히 올라탈 수 있는 그런 희소한 존재인지도 모른다.

2장

감응의 대기(大氣)와 초험적 경험:
리얼리즘 이후의 유물론적 예술이론을 위하여

1. 리얼리즘의 생명력

나는 문학과 예술의 존재론, 혹은 존재론적 예술이론을 탐색하려는 이 책을 리얼리즘 이후의 '유물론적' 예술이론을 구성하는 시론에서 시작하려 한다. 화살을 쏘려면 시위를 뒤로 당겨야 하듯이, 무언가를 시작하기 위해선 약간의 과거로 시간을 당겨야 한다. 노파심에서 말하자면, 이는 죽은 시신이 된 이론을 물어뜯는 것으로 자신의 힘을 증명하려는 어리석은 전투를 위한 것이 아니며, 죽었다고 해도 죽지 않고 살아남아 지상을 배회하는 유령을 쫓아 내려는 때늦은 푸닥거리를 위한 것도 아니다. 무능력이 드러난 이론을 다시 눌러 짜 향수鄕愁 어린 체액을 얻고, 이로써 부서진 궁전의 바닥을 닦으며 어떤 과거와 모호한 공동체를 재건하려는 우매한 지조는 더더욱 아니다. 그보다는 마치 피부라도 된 듯 너무 익숙해, 있어도 있는 줄 모르는 오래된 외투이기에, 벗었다고 생각하지만 벗겨지지 않은 채 있는 그 익숙함과 낯설게 대면하기 위함이고, 그 익숙한 세계의 바깥에서 불어오는 바람을 타고 가기 위해 바람을 막아주던 벽 바깥으로 나가기 위함이다. 이 때문에 우리는 먼저 리얼리즘의 '생명력'을 단서로 삼아 시작할 것이다.

리얼리즘의 생명력? 세상 변한 걸 알지 못하는 어느 촌구석 노인이 때아닌 기지개를 켜는 소리, 아니면 이미 죽은 지 오래된 개를 다시 발로 차대는 늦어도 한참 늦은 의미 없는 헛발질이라 할지도 모른다. 맞다, 문학이라면 '모더니즘'과 '리얼리즘' 둘밖에 없던 한국에서도, 소련과 동독에서 사회주의 체제가 처연하게 무너질 때, 거기 깔려죽은 것이 리얼리즘 아닌가? 도대체 누가 지금 리얼리즘에 대해 말하고, 누가 지금 리얼리즘이 문제라고 생각한단 말인가? 맞다, 리얼리즘은 이미 오래전부터 전혀 문제가 아니었고, 이미 오래전부터 사람들의 입을 떠났다.

그런데 정말 리얼리즘은 죽은 개가 되었고, 문학은 리얼리즘의 오랜 강박에서 벗어나 새로운 세계를 만들어가고 있는가? 사회주의 붕괴 이후인 1996년부터 2004년까지 리얼리즘을 둘러싼 논쟁이 있었다는 전언들은 '세상'이 생각처럼 만만치 않음을 알려주는 듯하다. 물론 '모더니즘'도 아니고 '리얼리즘'도 아님을 표방하기 위해 '미래파'라는, 미술사에서의 미래파에 대해서만 아는 이라면 약간 고개를 갸우뚱할 새로운 사조가 한때 격한 논쟁을 야기하며 무대 전면으로 부상한 바 있음을 안다.[1] 그러나 그때조차 그들의 자폐성을 비판하기도 하고, 방밖의 세계로, 문학적 민중의 세계로 나오라고 충고하는 목소리가 높았다는 사실은, 긍정적 개진의 능력은 상실했어도 비판이라는 부정의 형태로 리얼리즘의 힘은 문학의 장을 에워싸고 있었음을 보여주는 것 같다. 성공적인 리얼리즘 소설 작품이 있니 없니 다투기도 하지만, 리얼리즘을 표방하지 않은 경우조차 리얼리즘의 포위망에서 충분히 멀리 빠져나왔는지는 의문이다. 대학의 문학 연구를 장악한 문학사 연구는 말할 것도

---

1) 이 '미래파'라는 명칭은 미래주의 선언으로 시작한 이탈리아 미래파가 아니라, 그들의 영향 아래 시작된 러시아 미래파와 더 가까워 보인다. 마리네티, 보치오니가 아니라 파스테르나크, 마야콥스키가. 과거의 낡은 유산 모두를 파괴하고자 했다는 점에서는 일치했지만, 이탈리아 미래주의자들은 그 파괴적 힘을 전쟁으로 연결했고, 덕분에 전쟁의 예찬자가 되었지만, 러시아 미래주의자들은 민중에 대한 애정에서 시작했기에 그 파괴적 힘을 혁명과 연결했고 혁명의 예찬자가 된다.

없다. 얼마 전에 만난 중견 한국문학 연구자는 자신을 포함하여 문학사 연구자 대부분이 여전히 확고한 리얼리즘 이론에 따라 문헌을 뒤지며 작품과 작가의 주변을 돈다고 했다.

리얼리즘은 흔히 생각하듯 혁명을 꿈꾸는 노동자들의 리얼리즘만 있는 것이 아니다. '비판적 리얼리즘'이라 불리던 19세기의 '부르주아 리얼리즘'도 있었고, 인종문제가 심각한 곳에는 반인종주의적 리얼리즘이 있었으며, 식민주의 비판을 모토로 하는 탈식민주의적 리얼리즘도 있고, 환경문제가 심각해지면서 나타난 생태주의 리얼리즘도 있었다. 최근처럼 동물권에 대한 문제의식이 확산되는 시기라면 동물주의 리얼리즘 또한 있을 수 있을 것이다(알다시피 이미 영화에서는 많은 다큐멘터리로 가시화된 바 있다). 최근에는 페미니즘의 부상과 더불어 페미니스트 리얼리즘이 '백만 독자'의 강력한 지지를 빌려 새로이 힘을 얻어가고 있는 듯하다. 리얼리즘은 조건에 따라 얼마든지 확장될 수 있는 하나의 '세계'인 것이다. 그렇기에 그 생명력은 '리얼리즘'이란 말이나 그걸 떠받치는 이론이 죽은 뒤에도 의연히 살아 영토를 확장해가고 있다고 해야 한다.

니체는 "신은 죽었다!"라고 선언하면서 대부분의 사람이 신이 죽었음을 모르고 있다고 반복하여 쓴 바 있다. 그가 했던 것은 그 선언으로 신을 죽인 것이 아니라, 이미 신이 죽어버렸음을 알리려던 것이었다고. 그는 신이 죽었음을 아는 사람들조차, 죽은 신을 대신해 인간이니 돈이니 진리니 하는 새로운 신들을, 니체 말로 '당나귀'들을 신의 자리에 세우고 제사를 지내기 십상임을 갈파한 바 있다. 사실 신은 존재한다는 믿음 속에서만 존재하는 자이기에, 신이 죽었다는 사실이 알려지지 않고, 신 없는 세상을 사람들이 자신의 믿음 속에 받아들이지 않는 한, 죽었다고 할 수 없다. 반면 리얼리즘의 경우는 이와 반대인 것처럼 보인다. 죽었음이 잘 알려져 있고, 다들 죽었다고 말하고 있음에도 불구하고, 죽은 몸으로 남아서 여전히 강력한 권력을 문학적 대기 속에서 행사하고 있다는 의미에서. 죽어도 잘 죽지 않는 것이란 사실을 우리는 여기서 본다.

어떤 것이 죽어도 죽지 않는 데는 나름의 이유가 있다. 이유는 분명 '나름'인데, 죽지 않는 것이 무엇인가에 따라 다르기 때문이다. 신이 죽어도 죽지 않는 것은 신의 능력 덕이 아니라 인간의 무능력 탓이다. 신의 죽음 이후에도 어느새 다른 대체물이 등장하는 데서 보이듯, 신은 신을 필요로 하는 인간들의 욕망과 신 없이는 살 수 없는 인간들의 무력함이 만들어낸 것이고, 자신의 사고나 행동에 확실한 잣대를 필요로 하는 인간들의 단순성이 배태한 것이다. 그런 욕망과 무력함, 단순성은 신 이전에 있던 것이고, 신이 죽어도 있는 것이다. 그렇기에 신이 죽었다면 신을 대신할 무언가를 다시 만들어 그 자리에 세우게 된다. 단일한 진리의 형상같이 보기 좋고 그럴듯한 것도 있으나, 돈처럼 화려하지만 추한 것도 있다.

권력자가 죽어도 죽지 않는 것은 그것이 행사한 권력의 두려움 탓이 아니라 그 권력이 제공한 '유용성' 덕이다. 가령 박정희는 죽은 지 오래되었지만, 죽지 않고 반복하여 되살아나는 것은, 어느새 모든 것을 '내게 얼마나 이득이 되는가?'라는 계산으로 분별하고 판단하는 대중 자신의 '경제적 이성' 덕분이다. 박정희가 '조국 근대화'에 성공했다고 한다면, 그것은 신화 같은 경제적 근대화 이상으로 대중의 마음속에 이룩한 경제학적 근대화에 성공한 것이라고 해야 한다. 타인들과 함께 사는 공동체적 삶이나 나무나 동물, 신주단지 같은 인간 아닌 것들을 배려하는 삶의 방식 같은 이전의 모든 가치를, '내 이득의 계산'이라는 단순명쾌한 가치로, 이득의 생산성에 대한 공리주의적 계산으로 전면 바꾸어놓은 것이 그것이다. 이것이 아니라면 자신이 사는 땅에, 오래된 유적들로 가득한 자신의 '고향'에 방사능 폐기물 처리장을 끌어들이는 놀라운 주민의 판단을 이해할 수 없다. 이것이 아니라면 자신을 살게 해주던 갯벌을 메워 유원지로 만드는 참상을, 자신에게 물을 대주고 삶을 흐르게 해주던 강들을 콘크리트로 처발라대는 우행을 핏발 선 눈으로 지지하며, 반대자들을 비난하고 욕하는 대중의 행동을 이해할 수 없다. 이에 비하면 생물학적 연속성이 제공하는 관성과 사라져가는 것에 대한 향수에 사로잡혀 눈먼 지지를 반복하는 노인들은 차라리 부차적이라 해야 한다.

2. 감각의 혁명은 왜 실패하는가?

리얼리즘이 죽어도 죽지 않는 것을 이런 이유만으로 설명할 수는 없다. 나는 최소한 두 가지 이유가 언급되어야 한다고 믿는다. 첫째는 이론이나 관념과 정서가 생사의 시간을 달리하기 때문이다. 즉 최소한 사회주의 붕괴 이후 이론이나 개념으로서의 리얼리즘은 죽었지만, 정서 내지 감각으로서의 리얼리즘은 죽지 않고 살아남아 아직도 많은 이의 눈과 귀, 피부에 존속하고 있다는 말이다.

이는 단지 죽은 것들에게만 해당되는 건 아니다. 어떤 이념이나 관념을 새로이 얻어서 확고한 신념을 형성한 사람들이 그 신념 이전에 몸에 밴 습관이나 정서에 사로잡혀 있는 경우 또한 그렇다. 이미 많은 이가 지적한 바 있듯이, 이론이나 관념으로서는 혁명이나 맑스주의를 말하지만 실제 삶에서는 그와 동떨어진 과거의 모습으로 사는 이들에 대한 비판을 우리는 익히 본 바 있다. 재일 시인 김시종도 이렇게 말한다.

입만 열면 마르크스-레닌주의 등이 줄줄 흘러나오는 논객들이었지만, 사생활에서 선배들은 전혀 혁신적이지 않았습니다. (…) 우리가 사상을 공유하기는 비교적 수월했고 세계관도 함께할 수 있겠지만, 살아가는 방식은 별도라는 걸 가까스로 알았습니다. (…) 사상의 낡음, 새로움은 이론이나 지식 따위로 정해지는 게 아닙니다. 그 사람, 감정의 바닥에 흐르는 서정[정서]의 질이 조직 활동의 표리를 통해 엿보입니다. 뽐내는 논리는 탁월하나 서정이 낡은 사람이 많습니다.[2]

나는 이념과 정서의 좀더 큰 간극과 괴리를 러시아 혁명 때, 구축주의 예술가와 볼셰비키 혁명가들 사이에서 확인한 적이 있다.[3] 혁명을 망쳐놓을 수도 있는 간극과 괴리를. 구축주의자 타틀린은 물론 절대주의자 말레비치 이래 혁명기 러시아 아방가르드 예술가들은 입체주의 이후 현대 예술이나 그것을 수용하며 시작된 러시아 아방가르드 예술의 요체를 '감각의 혁명'이라 이해하고, 러시아 혁명을 이 혁명과 상응하는 사회혁명으로 이해한다. 러시아 아방가르드 예술가가 대부분 혁명에 가담했던 것은 바로 이 때문이었다. 예술이나 건축의 '후진국'이던 러시아의 건축가들이 서구 건축의 첨단을 이끌던 모더니스트보다 훨씬 더 앞선, 니체 말대로 '너무 빨리 왔던' 새로운 감각의 건축을 시도할 수 있었던 것은 이 때문이었다.

이는 '구축주의'를 명시적으로 자처한 이들에 한정되지 않았다. 연극을 무대장치와 배우들의 신체가 만들어내는 일종의 '설치작품'의 연속체로 보았던 연출가 메이에르홀트나 영화 한 장면 한 장면을 새로운 감각의 시각예술작품으로 만들어냈던 감독 에이젠슈타인, 그리고 여기에 새로운 감각의 사진을 시

---

2) 김시종, 『재일의 틈새에서』, 윤여일 옮김, 돌베개, 2017, 50~51쪽. 김시종은 학도병으로 죽어간 이들이 남긴 편지들이 전통적인 단가의 서정으로 씌어져 있음에 주목하면서, 그들의 죽음이 과거 전쟁에 대한 준열한 비판이었다고 하는 평가에 대해 정말일까 의심한다(51쪽).
3) 이진경, 「구축주의와 감각의 혁명」, 정재원·최진석 편, 『다시 돌아보는 러시아 혁명 1』, 문학과지성사, 2017.

작했던 '원단' 구축주의자 롯첸코, 그리고 구축주의 이전부터 낡은 언어를 깨부수며 새로운 언어감각을 탐색했던 러시아 미래주의자들도 추가해야 한다.[4] 한 달간 혁명 초기 모스크바에 머물며 이들의 작품을 보았던 벤야민의 『모스크바 일기』[5]는 아우라가 소멸된 기술복제 시대의 예술을 드물게 긍정했던 그의 반시대적 감각이 바로 이 '감각의 혁명'으로부터 나온 것임을 보여준다.

그러나 대중은 물론 볼셰비키 혁명가들 대부분이 혁명을 통해 감각을 변혁하려던 이러한 문제의식을 이해하지 못했고, 이해하려 하지도 않았다. 반대로 '대중'이 이해하지 못하며 좋아하지도 않는다는 이유로 비난했다. 그들이 산출한 혁명적 예술을 '리얼리즘'이라고 후일 요약된 자신들의 감각, 정확히 19세기에 귀속되어 마땅한 낡은 감각으로 평가했다.[6]

결과는 알다시피 '리얼리즘의 승리'라는 영광의 깃발 아래 진행된, 모든 아방가르드의 숙청이었다. 볼셰비키 혁명가들은 사상이나 이론은 혁명 이전에 갱신했지만, 자신들의 감각이나 정서는 혁명 이후에도 갱신하지 못했고, 그

---

4) 구축주의 건축에 대해 연구할 때 빠지지 않고 등장하는 미래주의 시인 마야콥스키가 보여주듯이 미래주의자와 구축주의자들은 아주 다른 매체를 다루었음에도 매우 인접해 있었고, 서로에 대해 강한 영향력을 주고받았다. 아나톨 콥, 『소비에트 건축』, 건축운동연구회 옮김, 발언, 1991.

5) 벤야민, 『모스크바 일기』, 김남시 옮김, 그린비, 2005.

6) 이런 일은 물론 러시아에서만 일어나지는 않는다. 사람들의 "소박한 직관을 극복하기 위한 가장 대담하고 집요한 시도로 인해 대부분의 사람들과 절교"해야 했던 한 시인을 옆에서 지켜본 프랑스 시인의 말은 프랑스보다는 오히려 혁명이란 이름으로 행해진 러시아의 이러한 사태와 더 잘 부합하는 듯하다. "마음이 내키지 않는 것을 물리치기란 아주 쉬운 일이다. (…) 그러나 그것에 만족하지 못하고, 화를 내고, 불평하고, 심지어 좀 더한 일까지 하는 사람들이 있다. (…) 그들의 심정이 이해되기도 한다. 사람들더러 자기가 이해하지 못하는 것을 악평하고 금지하고 야유의 표적으로 삼도록 부추기는 것은 충분히 존중해야 할 어떤 성급함이다. 그들은 가능한 한 자신들의 지성의 명예를 옹호하고, 지능의 체면을 살리는 것이다. 사람들이 일종의 자기 정신의 실패를 온전히 자신 탓에만 두거나 혼자서 감당하는 것을 참지 못하는 것을 나는 당당한 일로, 거의 아름다운 일로 본다. 그들은 수많은 거울들처럼 (…) 자기와 비슷한 이들에게 호소하는 셈이다."(폴 발레리, 「스테판 말라르메를 추모함」, 『말라르메를 만나다』, 김진하 옮김, 문학과지성사, 2007, 11~12쪽).

렇게 해야 한다는 생각도 하지 못했다. 결국 감각을 혁명하려던 시도는 모두 19세기적인 낡은 감각에 의해 와해되고 매장되었다. 사상이나 관념, 그리고 사회관계를 혁명적으로 바꾸어도 감각이나 정서는 바뀌지 않는다. 그리고 그 바뀌지 않은 낡은 정서와 감각이 살아남아 혁명적 실험이 산출한 새로운 감각을, 감각의 혁명을 처단해버린 것이다. 바로 이 지점에서 혁명은 중단되고, 사상이나 사회관계를 되돌리며 모든 혁명적 실험과 낯선 감각을 잡아먹는 감각의 반동이 시작된다. 구축주의의 사례가 보여주는 것은 감각의 혁명 없이는 혁명이 불가능하다는 사실이다. 사유도 삶도 감각을 통해서, 혹은 감각을 통과한 이후에 가능한 것임을 안다면 이는 어쩌면 자명한 것이라고 해야 할 사실이다.

사회주의 붕괴 이후 리얼리즘은 더이상 이론이나 개념으로 지지할 수 없는 것이 되었지만, 말하지 않아도 이미 몸에 달라붙은 그 감각은, 더구나 상식이나 통념, 재현적 감각과 찰싹 달라붙어 있는 그 감각은 죽지 않은 채 생존을 지속하고 있다. 그리고 아마 이후에도 상당 기간 지속될 것이다. 혁명적 시도도 제거하지 못했던 상식적이고 '실증적인' 감각이, 혁명적 시도도 없이 쉽게 사라질 리는 없다. 혁명을 자신의 것인 양 영유했던 전도된 혁명의 역사가 붕괴로 끝났다고 해도 말이다. 오히려 죽었다고 생각하기에 비판하는 것조차 촌스러워진 상황은 죽지 않은 리얼리즘에 생존의 토양이 되어줄 것이다. 더구나 '리얼리즘'은 이미 확고한 문단의 권력을 장악하고 있기에, '통치'에 필요한 유연성을 적당히 발휘하면서 질긴 목숨을 연명해갈 것이 틀림없다.[7] '비동시적인 것의 동시성', 21세기에 혁신이나 '진보'를 말하는 예술

7) 2017년에 5·18문학상을 둘러싸고 벌어진 준폭력적인 사태는 이 통치가 단지 제도화된 문단 권력에 의해서만 행해지지 않으며, 그런 감각이 몸에 밴 문학적 '대중' 자신에 의해 이루어질 수 있음을 보여주는 단적인 실례라 하겠다.

의 장에 모진 생명력을 갖고 조용히 번식지를 확보한 19세기의 감각을 요약하기 위해 꽤나 오래전에 사용된 이 말을 사용해도 좋을 듯하다.

3. 예술과 정치, 혹은 진실성의 문제

리얼리즘이 죽어도 죽지 않는 둘째 이유는 '리얼리즘'이란 말의 긍정적 호소력 때문이다. 여기서 '호소력'이란 말로 재현적인 예술이 갖는 '알기 쉬움'에 대해 말하려는 것은 아니다. 그건 앞서 말한 전통적 통념이나 오래된 공통감각에 속한다. '리얼리즘'이란 말의 호소력은 그것이 '현실'의 문제를 다루고, '현실과 대결한다'는 표상에 함축된 것이다. 즉 리얼리즘 예술이란 이런저런 고통으로 가득 찬 삶이 제기한 문제를 다루고, 그런 삶을 산출하는 현실과 대결하려는 문제 설정 속에서, 삶이 제기한 그 문제들에 응답하려는 예술이라는 표상이 그것이다. 예술도 비평도 "현실에 대한 응답을 해야 한다"는 '윤리적 태도', 흔히 리얼리즘 작가들의 '진실성' 내지 '진정성'이라고들 하는 것. 그래서 이렇게 말하는 이도 있다. 리얼리즘은 작품은 별로여도 작가에겐 신뢰가 간다고. 운동을 하고 현실에 개입하면서도 박노해나 백무산처럼 리얼리즘 시를 쓸 순 없었다는 시인조차, '시와 정치'에 대해 말하고 '온몸으로 쓰는 것'에 대해 말하는 것은 이 때문일 터이다.[8]

이 말을 이해하고 수긍하는 일은 어렵지 않다. 예술을 삶의 문제로서 다루는 진지함이 없다면, 삶과 대결하려는 진실성이 없다면, 예술이란 그저 흥미로운 놀이에 지나지 않는 것이니까. 놀이의 재주가 아무리 탁월하다 해도 그

---

8) 진은영, 『문학의 아토포스』, 그린비, 2014, 16쪽, 38쪽. 뿐만 아니라 역시 리얼리즘과는 오히려 반대편에 선 이장욱도 '온몸'으로 세계와 사랑을 나누는 성애학을 말한다(「시, 정치 그리고 성애학」, 『창작과 비평』 143호, 2009).

게 그저 놀이일 뿐이라면, 놀이에 대해 심오한 철학자를 동원해 아무리 논변을 펼쳐도, 삶과 대결하려는 진지함을 이기긴 어렵다. 자신의 내면 풍경이나 자신의 환상이 아무리 그럴듯하다고 해도, 다른 이들의 삶과 만나고 섞일 수 있는 것이 아니라면, 남의 삶을 엿보는 데 특별한 관심을 가진 이가 아니라면, 관심을 갖고 보고 들을 이유는 없을 게다. 그에 비하면 거칠고 소박하더라도 서로가 만나고 교차하는 지점에서 서로의 삶을 촉발하는 힘을 가진 작품이 훨씬 더 호소력을 가질 터이다.[9]

그러나 이런 호소력은 사실 리얼리즘이 아니라 '현실'을 지칭하는 리얼리즘이란 '말'에서 나오는 것이다. 동일한 단어가 산출하는 문법의 환상 덕에 이 둘은 쉽게 포개진다. 포개지면서 그 호소력 자체가 재현적 양식을 뜻하는 리얼리즘에 속하는 것으로 오인하게 한다. 예술이 삶에 관여하는 방식을 현실적인 행동이나 어떤 합목적적 유용성에 인접한 어떤 작업으로 오인하게 한다. 이렇게 되면 예술은 직접적인 행동이나 유용성을 산출하는 어떤 활동을 '돕는' 이차적인 활동이 된다. '투쟁하는 시인'에 대한 경의는 시를 향한 게 아니라 시인을 향한 것이며, 그가 하는 투쟁을 향한 것이다. 그의 시가 어설프다고 한들, 그의 시가 호소문이나 선동문과 구별되지 않는다고 한들 그건 그다지 중요하지 않다. 그래서 블랑쇼는 말한다.

---

9) '정치적 올바름'과 '예술의 자율성' 간에, 정치와 미학 간에 반복적으로 벌어지는 논란(가령 임경유, 「정치적 올바름 vs. 예술의 자율성」, 『문학동네』 93호, 2017 참조)은 이러한 양극화된 단순성에 기인한다. 예술의 자율성이란 예술이 삶을 다루는 고유의 방식에 관한 것이다. 정치는 정치 고유의 방식으로 삶을 다루고, 예술은 예술 고유의 방식으로 삶을 다룬다. 그 고유한 방식을 삶으로부터 분리하고 삶과 결부된 '올바름'과 대립시킬 때, 역으로 예술이 삶을 다루는 방식을 '올바름'으로 환원하는 대칭적인 태도가 나타난다. 둘은 평생 싸울 운명을 달고 태어난 불행한 쌍둥이 형제인 것이다. 니체 말대로 인간의 미감이 생명/삶과 결부된 신체적이고 성적인 것과 무관할 수 없듯이, 어떠한 미도 삶과 무관할 수 없다. 그런데 미적인 것은 정치적인 것이나 효율적인 것과 다르다. 예술은 미적인 방식으로 삶을 다룬다. 따라서 예술을 미에 배타적으로 귀속시키는 것은, 미적인 방식을 고유성을 부정하고 예술을 삶과 동일시하는 것만큼이나 잘못된 것이다.

자기의 본질적인 임무를 역사 속에서의 효과 있는 행동이라고 인정하는 자는 예술적 행동을 선호할 수 없다. 예술의 행동은 효과가 뛰어난 행동도 아니며 또한 행동력도 거의 없다. 맑스가 젊은 시절 품었던 꿈을 따라 이 세상에서 가장 아름다운 소설들을 써냈더라면, 그는 이 세계를 뒤흔들어 놓지 못했을 것이다.[10]

효과적 행동은 해야 할 것에 대해 확실하게 말해주어야 하고, 역사적 임무는 명쾌한 '대안'을 요구하는데, 예술은 그런 걸 만드는 방식으로 작업하지 않기 때문이다. 그런 걸 거리낌없이 내놓는 예술은 보는 이마저 민망하게 한다. 그런 일을 잘하는 것은 정치적 활동이나 경제학 내지 사회학적 연구지 예술이 아니다. 맑스가 했던 것이 바로 그것이다.

예술은 미적인aesthetic 방식으로 삶을 다루고 정치를 다룬다. 이미 많은 이들이 지적한 바 있듯이, 미적으로 다룬다는 것은 아에스테시스aesthesis라는 말의 어원상 동일성이 함축하는 것처럼 감각적으로 다루는 것이다. 현실을 감각적으로 다룬다 함은 예술이란 "이념의 감각적 실재적 가상화"란 헤겔의 말[11]이 명확히 표현하듯 이념이나 현실을 감각적으로 구현하는 것이 될 수도 있고, 이와 반대로 "모든 감각의 오랜, 거대하고 이치에 맞는 착란을 통해 투시자가 되는 것"이라는 랭보의 말처럼 감각을 바꾸어 보이지 않는 것을 투시하는 것이 될 수도 있다.[12] 전자가 감각을[13] 이념의 '도구' 자리에 둔다면,

---

10) 모리스 블랑쇼, 『문학의 공간』, 박혜영 옮김, 책세상, 1998, 290쪽.

11) 헤겔에게 미란…… "감각적인 것과 현실적인 것 속에서 실현된 이념"이다(『미학강의 1』; 토마스 메춰, 「반영이론으로서의 미학」, 이춘길 편역, 『리얼리즘 미학의 기초이론』, 한길사, 1985, 89쪽에서 재인용). 리얼리즘을 헤겔 철학으로 환원할 수는 없지만, 헤겔 철학이 가장 중요한 수원지임은, 굳이 루카치를 인용하지 않아도, 또 소련의 공식 철학을 언급하지 않아도, 부정할 수 없을 것이다. 앞에 언급한 글에서 서구의 미학자인 메춰 또한 '반영이론'을 말할 때조차 헤겔을 좇아가서 시작하고 있다.

후자는 감각을 변혁의 '대상' 자리에 둔다. 감각을 변혁 대상의 자리에 둔다 함은 감각을 예술 작품이 촉발하고 작용해야 할 대상으로, 촉발과 작용을 통해 변화시킬 대상으로 다룬다는 말이다. 새로운 감각을 창안하고 관습적 감각에서 포착하지 못하는 것을 창조하여 감각을 바꾸는 것이 그것이다. 반면 감각을 도구의 자리에 둔다 함은 감각을 현실을 바꾸기 위한 도구로 사용하는 것이다. 이때 도구는 변혁 대상이 아니다. 현재 상태 그대로 도구로 사용한다.

전자는 이념이나 현실에 감각을 복속시킨다. 전자는 감각을 이념의 순종적 도구 내지 현실의 충직한 종從으로 삼는다. 후자는 자신의 감각 또한 포함하는 현행의 감각을 변화의 대상으로, 어쩌면 타격해야 할 '적敵'으로 삼는다. 타격하여 바뀔 때에만 '친구'가 되는 적이다. 전자는 감각을 부리는 이념의 입장에 서 있다면, 후자는 스스로를, 유사한 감각을 공유한 이웃을 '대-상對-象'으로 삼는 외부자의 입장에 서 있다. 전자가 감각을 부리는 주인의 말이라면, 후자는 그 주인이 선 땅을 파고들어가 엎어버리거나 새로운 땅을 찾는 탐험자의 말이다. 전자가 예술가마저 통치하려는 지고한 통치자의 말이라면, 후자는 자신의 감각마저 뒤엎어버리려는 혁명가의 말이라고 해야 한다. 예술가가 스스로 누군가의 노예를 자처하지 않은 한, 전자는 예술가의

---

12) 아르튀르 랭보, 「드므니에게 보내는 편지」(이찬규 옮김, 「아르튀르 랭보의 편지들」, 『작가세계』 76호, 2008, 264쪽). 번역문 중 '이론적인 착란'은 '이치에 맞는 착란'으로, '견자'는 '투시자'로, 기타 일부 표현을 수정했다. 여기서 '이치에 맞는 착란'이란 주관적이거나 개인적이지 않은 방식의 착란을 뜻한다. 모든 감각을 바꾸되, 다른 이들 또한 감지할 수 있는 '이치'에 따라 바꾸는 것, 다시 말해 개인들을 사로잡는 집합적인 감각의 배치를 바꾸는 착란이다. 이를 통해 이전에 감지하지 않던 것이 감지된다. 따라서 여기서 종종 '견자(見者)'라고 번역되는 투시자(voyanat)란 세상을 한눈에 보는 투시법의 소실점에 서는 자가 아니라 "눈에 보이지 않는 것을 살펴보고 여태 들어보지 못한 것을 듣는"(268쪽) 자를 뜻한다. 이를 통해 시인은 '미지의 것(l'inconnu)'에 도달한다(265쪽).
13) 예술이 아니라 감각임에 주의해야 한다.

입에서 나올 때조차 예술가의 언어가 될 수 없는 말이고, 후자는 예술가의 입에서 나오지 않을 때조차 예술가의 언어라 해야 하지 않을까? 그렇다면 삶이나 현실을 다루는 예술 고유의 방식은, 이른바 미적인 방식이 어떤 것인지는 다시 부연할 필요가 없을 듯하다.

예술은 세계 안에 없는 것을 찾아 헤매고, 부재하는 것을 세계 속으로 불러낸다. 그것은 현존하는 세계로부터 미래를 끄집어내기보다는 현존하는 세계의 틈새나 파열구를 찾고 그 세계로부터 버림받는 삶에 주목하며 그 세계의 연속성을 끊고 들어간다. 때문에 빈번하게 어둠이나 무 자체를 향해 가기도 한다. 예술은 현실에 대해 말하는 방식으로 현실을 다루는 게 아니라 현실 바깥을 보고 끌어들이는 방식으로 현실을 말한다. 그럼으로써 현재의 현실과 다른 현실, 현재의 삶과 다른 삶을 탐색한다. 이것이 삶과 현실을 다루는 미적인 방식이다. 예술 고유의 방식이다.[14]

현실을 리얼하게 재현하는 것이 좀더 설득력 있고 호소력 있다고 믿는 경우도 많다. 그러나 이는 설득력이나 호소력을 '이해하기 쉬움'으로 오인하는 것이다. 반대로 말하는 게 더 낫지 않을까? 이해하기 쉽기로 치면 예술이 아니라 설명적 글이나 대중적 개설서, 혹은 이론적 논문이 더 나을 것이라고. 예술이란 다들 아는 것을 '쉽게 설명해주는 방법'이 아니다. 안 보이는 것, 이론적 사유조차 포착하지 못하는 것을 포착하여 드러내는 방법이다. 내가 쉽게 볼 수 있는 것, 쉽게 알 수 있는 것을 알기 위해 군이 에둘러 표현하는 예술작품을 볼 이유는 없다. 효율성에서도 정확성에서도, 경제학이나 사회학 책을 보거나, 혹은 철학이나 역사 공부를 하는 게 훨씬 더 낫다. 유용한 행동

---

14) 물론 세계 안에 존재하는 고통이나 갈등을 재현하는 예술도 있고, 노동자들의 의지나 가난한 자의 미래를 재현하는 예술도 있음은 사실이다. 리얼리즘과 다른 양식의 예술이 갈라지고 식별되어야 하는 지점은 현실과 삶에 대한 진지한 태도 여부가 아니라 그것을 다루는 미적인 방식이다.

이나 현실의 재현을 보기 위해서라면 굳이 예술작품을 볼 이유도 없다. 현실을 보고, 현실 속에서 말하고 행동하면 된다. 더구나 쉬운 이해를 위해선 감각을 바꾸는 대신 익숙한 감각에 기대고, 통념을 깨는 대신 그것에 호소하며 그것을 강화하는 대가를 치러야 한다. 기존의 감각이나 관념을 깨는 게 아니라 그 낡은 것에 기대야 한다면, 그것은 분명 혁명과 거리가 먼 것이다. 이런 점에서 리얼리즘은 혁명이나 진보를 내용으로 다룰 때조차 그 표현방식에서는 본질적으로 혁명과 반대편에 있다.

예술가들의 상상력이나 섬세한 감각이 중요한 것은, 그것이 현존하는 것에 익숙한 낡은 감각이나 그 바깥을 생각하기 힘든 평범한 사유에 균열을 내기 때문이다. 낡은 감각과 평범한 사유는 '현실'이란 이름으로 매순간 우리의 감각과 관념을 잡아먹는다. 예술에 자신을 걸었던 진지한 예술가들이 종종 현실과 무관한 것처럼 보이는 것은 이 때문이다. 즉 현실에만 익숙한 감각에는 낯익은 현실에서 벗어나는 것이 현실 자체에서 벗어나는 것으로 보이는 것이다. 이런 예술에서 현실에 대한 진지함이나 삶에 대한 진정성을 보지 못하는 것도 이 때문이다. 그들이 삶을 거는 방식을 우리가 이해하지 못하기 때문이고, 그들이 현실을 바꾸는 방식을 우리가 감지하지 못하기 때문이다. 우리가 아는 방식, 우리가 감지하는 방식으로만 세상이나 예술을 보려 하기 때문이다. 삶을 다루고 현실에 응답하는 가장 '이해하기 쉬운' 방법을 가장 '좋은' 방법이라고, 아니 유일한 방법이라고 착각하기 때문이다. '리얼리즘'이란 말에 현혹되어 삶을 진지하게 다루는 예술의 방법이 리얼리즘이라고 오인하기 때문이다.

예술은 예술 자체를 목적으로 하며, 작품은 자족적이라고 본다는 점에서 블랑쇼는 예술을 유용성이나 활동, 현실적 합목적성과 가장 멀리 떨어져 있다고 할 수 있지만, 그 또한 "예술은 사람들을 깨우치려 한다, 다만 예술 자체의 법칙에 따라 그렇게 한다"고 쓴다.[15] "예술가는 새로운 현실을 창조해낸다. 예술가에 의해 창조된 새로운 현실은 좀더 광대한 지평선을 이 세상에 열어주고, 전혀 폐쇄되지 않는 가능성을 열어준다. 폐쇄되기는커녕 오히려 그로 인해 현실이 온갖 형태로 폭넓어질 수 있는 가능성을 열어주는 것이다."[16] 예술이란 작품 속에 실재하고, 작품은 이 세상 속에 실재하기에, 그것 또한 인간이 존재하는 이 세상 속에서만 의미를 갖기 때문이다.

진지한 예술가라면 누구나 자신이 사는 세상과, 그 세상 속에서의 삶 속에서 질문하고 감각하며 사유한다. 가령 랭보가 일찍이 던졌던 질문이 바로 "다른 삶들은 있는가?"였다. 그는 공중public의 속성이란 점에서 부富를 거부하고, 선의의 과시적 구경거리spectacle가 되어버린 자연에도, 그것을 캐는 과학의 열쇠에도, 그것을 과학에 넘겨준 신의 사랑에도 작별인사를 한다.[17] 그렇게 그는 "세상 밖으로" 간다. 어떤 소리도 들려오지 않고, 자신의 감촉마저 사라진 곳, 아무도 없지만 누군가 있는 곳,[18] 자신의 재능으로 어떤 것이 새로이 탄생할 곳이다. 그곳으로 그는 사람들을 불러들인다. "모두들, 여기로 오시오, 어린이들까지, 내 너희들을 위로하리니, 너희들을 위해 가슴을 털어놓을 터이니. 경이로운 가슴을. 가난한 사람들, 노동자들이여!"[19]

랑시에르는 말라르메의 시조차 삶과 현실에 대한 것으로 읽는다. 그는 말라르메의 시「갈등」과「대면」을 언급하면서 두 시가 공히 다루는 것은 '침입자'인데, 전자에서 침입은 "간이식당에서 고함을 지르는 노동자의 소행"이고

---

15) 모리스 블랑쇼, 『문학의 공간』, 박혜영 옮김, 책세상, 1998, 288쪽.

16) 같은 책, 289쪽.

17) 아르튀르 랭보, 「나쁜 피」, 『지옥에서 보낸 한 철』, 김현 옮김, 민음사, 1974, 46쪽.

18) 아르튀르 랭보, 「지옥의 밤」, 앞의 책, 62쪽 및 60쪽.

19) 같은 책, 60쪽(번역문 중 '가엾은 사람들'을 '가난한 사람들'로, 기타 일부 표현을 수정했다).

후자에서 침입은 "아침 들녘을 산책하는 시인"이라고 하면서[20] 이렇게 쓴다.

> 시적 관점 안에 침입자를 포함시키는 것은 상징적 질서 안에 이름 없는
> 침입자, 더 정확히 말하면 사람들이 '프롤레타리아'라고 지칭하는 침입자
> 공동체를 포함시키는 것과 정확하게 일치한다. 시적 질문은 이런 점에서
> 정치의 근본적인 질문과 동일하다……[21]

「대면」에서 시인의 침입은 일요일에 술을 실컷 마시고 땅바닥에 널브러
져 있는 노동자들을 방해하는 것으로 나타나는데, 이처럼 "노동자들을 방해
하는 시인의 소명은 그를 위해 밤의 수면과 다음날의 빵을 위해 늘 매장되는
구덩이의 자리가 아닌 다른 자리를 제시하는 것"이다.[22] 그런 방식으로 다른
세계를, 다른 현실을 창안하는 것이고, 그 속으로 대중을 불러들이려는 것이
다. 이는 노동자들이 지금 있는 자리를 드러내는 것만큼이나, 아니 그 이상으
로 정치적인 것이다. 노동자들로 하여금 지금의 삶에서 벗어나게 하는 것이
랑시에르가 말하는 '정치'임을 안다면 말이다.

다른 삶의 가능성을 묻는 질문, 현행적 삶에 '침입'하여 '단절'을 야기하려
는 시도들, 다른 감각의 창안을 통해 삶을 감각이나 정서의 층위에서 바꾸어
보려는 실험들이 '정치' 내지 '혁명'을 지향하고 있었음은 굳이 누군가의 '해
석'을 빌리지 않아도 명백하다. 그들 자신의 언행으로 표명된 경우가 지극히
빈번하기 때문이다. 다다 예술가들이 카바레 볼테르에서 벌인 난장soiré은 제
1차 세계대전으로 귀착된 현실 내지 세계와 대결하면서 다른 감각, 다른 세

---

20) 자크 랑시에르, 『문학의 정치』, 유재홍 옮김, 인간사랑, 2009, 150쪽.

21) 같은 책, 156쪽.

22) 같은 책, 150쪽.

계를 창안하기 위한 실험의 장이었다. 이러한 시도와 정치적 혁명의 기도가 매우 인접하다는 것은, 그들이 전쟁을 피해 모여든 곳과 레닌이 체포를 피하기 위해 숨어든 곳의 지리적 인접성보다 더 크다고 해야 한다. 다다 내부에 적지 않은 '공산주의자'들이 있었다는 사실을 여기에 굳이 추가해야만 다다의 정치적이고 현실적인 진지함을 이해할 수 있을까?

초현실주의도 그렇다. 리얼리즘을 명시적으로 부정하고 비판했던 초현실주의가 '초현실'을 표명한 이유는 다른 현실, 다른 삶을 상상하기 위해서였다. 그래서 그들은 프로이트의 생각과 반하여 꿈의 개념을 이용했다. 그들은, 반복하여 「초현실주의 선언문」을 썼던 앙드레 브르통을 포함해 한때 공산당에 가입하여 활동하기도 했던 적극적 좌익이었다(루이 아라공은 동료들이 탈당한 뒤에도 끝까지 공산당에 남아 있었다). 네오다다를 표명했던 제2차 세계대전 이후의 플럭서스나 일상생활의 혁명, 일상적 감각의 혁명을 꿈꾸었던 상황주의자들을 여기에 끼워넣는 것은 쉬운 일이다. 섹스 피스톨스를 앞세워 화려한 기교와 세련된 소리로 치달리던 대중음악에 손가락을 세우며 음악적 감각을 전복하고자 했던 펑크의 시도가 명시적으로 정치적이었음은 잘 알려진 사실이다.

삶이나 현실의 진지함, 정치적 진정성이 리얼리즘의 전유물이라고 하는 생각은, 20세기 전체를 관통했고 지금도 계속되고 있는 현대 예술의 역사에 전적으로 눈감지 않고선 불가능하다. 현실에 대한 진지함이나 삶에 대한 진정성을 갖고 있는 것을 리얼리즘이라고 한다면, 랭보는 물론 말라르메 또한 리얼리즘에 속한다고 해야 한다. 다다도, 초현실주의도, 플럭서스나 상황주의자도, 펑크 아티스트도 리얼리즘에 속한다고 해야 한다. 이런 의미에서라면 리얼리즘 아닌 예술은, '모더니즘'이란 말을 오직 평면의 캔버스 표면에서밖엔 생각하지 못했던 클레멘트 그린버그나 정치 없는 미학, 현실 없는 예술을 욕망했던 신비평의 순수주의 비평가들의 어설픈 몽상 속 아니면 찾아보기 쉽지 않다.

진정성은 리얼리즘의 전유물이 아니라 진지한 모든 예술의 공유물이다. 아니 그것의 출발점이다. 따라서 강하게 말해도 좋을 것이다. 삶에 대한 진정성이나 진지함을 뜻하는 게 리얼리즘이라면 모든 예술은 리얼리즘이라고. 그렇다면 리얼리즘이란 말은 예술 안에서 어떤 식별능력을 갖지 못한다. 차라리 그 안에 있는 수많은 리얼리즘을 다시 구별해야 한다. '재현적인 리얼리즘'과 '비재현적인 리얼리즘', 예술가들을 규제하려는 비평가들의 '통치적 리얼리즘'과 예술에서조차 권력의 흔적을 발견하고 대결하려는 예술가들의 '전복적 리얼리즘', 지배적인 감각이나 통념에 충실한 '보수적 리얼리즘'과 현행의 감각과 통념을 깨려는 '혁명적 리얼리즘'이 구별되어야 한다. '쉽다'는 미덕 하나로 대중의 익숙한 감각에 편승하고 호소하려는 '대중적 리얼리즘'과 외면의 저주를 사더라도 대중의 감각 속에 새로운 감각을 불어넣으려는 '전위적 리얼리즘', 잘 알려진 답을 향해 가는 '해답의 리얼리즘'과 잘 알려진 것마저 물음으로 바꾸는 '물음의 리얼리즘' 같은 것들이.

전위를 뜻하는 '뱅가드'라는 말이 이념이나 사상과 정치가 모이며 형성되는 혁명의 첨점을 표시한다면, 같은 의미를 갖는 '아방가르드'라는 말은 감각이나 정서와 정치가 모이며 형성되는 혁명의 첨점을 표현한다. 초기에 러시아 혁명은 뱅가드와 아방가르드가 손잡고 함께 갔지만, 1920년대 말 스탈린이란 이름으로 상징되는 사회주의 국가체제가 확립되면서 양자는 분열되었고 적대하게 되었으며, 결국 국가권력을 장악한 통치자의 낡은 감각에 의해 아방가르드 전체가 역사라는 대지 속에 매장되는 것으로 끝나고 말았다. 그토록 영향력을 갖던 '리얼리즘'이란 그렇게 승리한 권력의 깃발이었다. 모든 아방가르드적 실험에 대한 강한 적대감은 이 비극적 적대의 잔영이었고, 모든

아방가르드의 새로운 감각에 대한 감각적 거부감은 19세기의 토양에서 자라
나온 낡은 감각의 반동이었으며, 모든 아방가르드의 창안에 대한 철저한 무
지는 자신이 익숙한 것 말고는 이해하려 하지 않는 게으른 영혼의 무기였다.

사회주의 리얼리즘이란 확립된 국가체제가 내건, 예술에 대한 통치이념이
었다. 사회주의적 리얼리즘은 '현실'을 독차지한 권력자들이 '대중'이란 부채
로 낯선 것 일체를 싸늘하게 식혀버리는 사회주의적 보수주의의 미적 형식
이다. 사회주의 없는 리얼리즘, 혹은 사회주의가 붕괴된 시대의 리얼리즘은
사회주의라는 역사적 보증자를 잃어버린 이후에도 이름에 달라붙은 '현실'
이란 말 덕분에 '진정성'을 독차지하곤 진지한 예술적 열정을 무작정 빨아들
이는 검은 구멍의 리얼리즘이다. 엔진이 망가진 채 계속 달리는, 관성 속의
자동차이고, 죽어도 죽은 줄 모르는 채 산 자들을 심판하는 정의의 좀비들이
다. 사회주의 이념을 다른 이념으로 대체한 다른 리얼리즘들은 다를까?

4. 분위기, 대상을 둘러싼 대기의 감응

서양은 오랜 리얼리즘의 전통을 갖고 있다. 리얼리즘이라고 하면 디킨스나
발자크 같은 19세기 소설을 떠올리겠지만, 리얼한 재현을 핵심적인 특징으로
하는 것이 리얼리즘이라고 한다면, 이는 15세기로까지 거슬러올라가야 한다.
1425년 피렌체 건축가 브루넬레스키가 두오모성당 쪽에서 직선적 투시법으
로 그려진 성 밥티스트 세례당의 그림과 거울을 들고 실행했던 대중적인 실험
(그림 1), 아니 시연示演, 그리고 아마도 같은 해 피렌체의 마사초가 투시법을
이용해 산타 마리아 노벨라 성당에 그린 〈성 삼위일체〉 벽화(그림 2)가 그것
이다. 1435년 알베르티는 『회화론』에서 이것이 비례관계의 정확한 재현임을
'증명'한다.[23] 이후 서양 미술은 정확한 재현을 강박적으로 추구하게 된다.

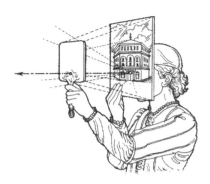

그림 1. 브루넬레스키의 투시법 대중실험.

그림 2. 마사초, <성 삼위일체>,
산타 마리아 노벨라 성당 벽화.

19세기 서양 소설에서 전형적으로 구현된 리얼리즘은 이렇게 탄생한 재현의 강박과 무관하지 않다. 바흐친이 지적한 것처럼 여기저기 굴러다니는 잡스러운 얘기들을 모아놓은 것을 뜻하던 라블레 시대의 소설이[24] 정연한 형식의 문학이 된 것은, 표상되는 것들 사이에 정확한 재현적 관계를 가능하게 하는 시간적인 '질서'와 공간적인 '질서'가 만들어지는 어떤 근본적 변환을 통해서이기 때문이다. 과거조차 현재와의 관계에서 세밀하게 구별하려는 시제의 엄격한 분화, 그리고 인물들이 선 지점에 따라 엄격하게 구획되는 볼 수 있는 것과 없는 것의 분할 같은 것이 그것이다. 이를 '투시법적 서술공간'이라고 해도 좋을 것이다. 그런 서술공간의 탄생과 더불어, 그 공간 안에서 표상되는 것들의 재현이 가능해졌을 뿐 아니라, 표상되는 것들 사이에서 일종의 '평준화'가 가능해진다.

평민들이 소설의 주인공이 된 것도, 나아가 플로베르에게서처럼 집의 소소한 표면들이나 사물들마저 섬세한 묘사의 대상이 되는 것은 이런 평준화의 서사공간이 있었기에 가능했다. 말라르메나 플로베르에게서 보이는 이러한 묘사 방식을 두고 사르트르는 "정화된 언어들의 세계에 거주하는 새로운 귀족주의"라고 비판하지만, 랑시에르는 "물질적인 사물에 인간만큼의 가치를 주면서 사소한 것에 매료되고, 등장인물과 플롯의 인간적 의미작용에 개의치 않"는다는 점에서 민주주의적 평준화라고 본다. 즉 "모든 낱말들을 동일한 가치로 만들었으며 같은 방식으로 고귀한 사람과 비속한 사람, 서술과 묘사, 무대의 전면과 후면, 종국에는 인간들과 사물들의 모든 위계를 파괴했다"는 점에서 "문체의 절대화는 민주주의 원칙인 평등이 문학적 공식으로 변

---

23) 레온 바티스타 알베르티, 『회화론』, 김보경 옮김, 기파랑, 2011.

24) 바흐친, 『프랑수아 라블레의 작품과 중세 및 르네상스의 민중문화』, 이덕형 외 옮김, 아카넷, 2001; 최진석, 『민중과 그로테스크의 문화정치학』, 그린비, 2017.

형된 것이었다". 따라서 '예술을 위한 예술'이라는 선언 자체도, 예술을 둘러 싼 이러한 위계의 파괴와 철저한 동등성의 공식으로 이해해야 한다.[25]

그런데 미술이나 소설 같은 재현적 예술에서도 어떤 작품이 '예술작품'이 될 수 있는 것은 눈에 보이는 사실들의 충실한 재현 때문이 아니라 그와는 아주 다른 어떤 것 때문이었다. 가령 레오나르도 다빈치의 〈모나리자〉가 단지 다빈치 이웃에 사는 어떤 여인을 정확히 재현한 것일 뿐이었다면, 그건 예술작품이 될 수 없지 않았을까? 거기 그려진 것을 단지 재현된 여인 이상이게 하는 어떤 것이 있기에 그 작품은 예술작품이 될 수 있었다. 성스럽고 신비로운 어떤 분위기. 마찬가지로 티치아노의 작품 〈우르비노의 비너스〉(그림 3)가 단지 벌거벗은 여인을 정확히 재현한 것이었다면 그건 예술작품이 될 수 없었을 것이다. 나중에 마네가 〈올랭피아〉(그림 4)에서 일부러 그 여인을 둘러싸고 있는 어떤 것을 제거해버렸을 때, 재현될 수 없는 어떤 것을 제거해버리고 그 여인의 눈마저 정면을 똑바로 쳐다보게 만들었을 때, 사람들이 분개하며 그 작품의 예술성을 부인했던 것은 잘 알려진 사실이다. 렘브란트의 자화상(가령 그림 5)이 예술작품인 것은 단지 그려진 얼굴이 잘생겨서가 아니다. 그 얼굴에 파인 주름들마다 접혀들어간 어떤 것들, 검은 눈동자 속에 감추어진 어떤 것, 피부를 감싸고 있는 어떤 것 등이 섞이며 만들어지는 것, 그리하여 그의 얼굴이 그런 얼굴이 되게 만든 어떤 것이 얼굴을 둘러싸고 있기에 그 그림은 예술이 된다.

여인의 신체를 둘러싸고 있는 분위기, 어떤 남자의 얼굴에 스며들어 있는 듯한 어떤 것, 그것은 재현될 수 있는 것이 아니다. 그러나 그것이 그려지지 않으면 그림은 예술이 되지 못한다. 그런 점에서 재현의 강박 속에서도 화가

---

25) 랑시에르, 『문학의 정치』, 19쪽 및 23~24쪽.

그림 3. 티치아노, <우르비노의 비너스>,
우피치미술관 소장.

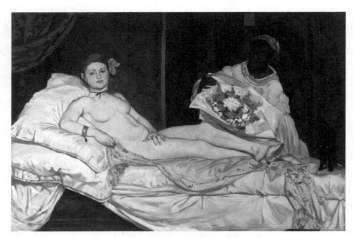

그림 4. 마네, <올랭피아>,
오르세미술관 소장.

그림 5. 렘브란트, ⟨자화상⟩,
발라프미술관 소장.

들은 재현불가능한 것을 그려야 했다. 그것을 직접 가시화하는 것이 가능한 시대도 있었다. 고딕시대까지의 성화들은 물론 두초나 조토의 그림에서도 성스러움을 표시하는 후광이나 십자가 같은 상징들이 인물들과 함께 그려진다. ⟨수태고지⟩를 그리면서 마르티노는 천사장 가브리엘이 마리아에게 전한 전언마저 입에서 나가는 글씨로 표기해놓았다. 그러나 투시법 이후 눈에 직접 보이는 것만 그려야 한다는 재현의 강박 속에서 이는 불가능한 것이 된다. 재현불가능한 그 '어떤 것'을 그려야 하지만 그려선 안 된다는 역설 속에서 그들은 그려야 했다. 국가적 영웅들을 그린 근대의 그림에서는 명시적 상징을 쓰지 않으면서도, 혹시나 사람들이 이해하지 못할까 두려워 그 지고한 느낌을 명확하게 드러내려 하지만, 바로 그 때문에 이런 그림들은 '어용예술'이 되거나 예술성 없는 기념물이 된다. 어쩌면 가장 중요하다 싶은 '그것'은, 쉽게 가시화되어 재현적인 것이 되면 유치해지고 민망한 것이 된다. 그것은 어떤 식으로든 표현되어야 하지만, 결코 재현되어선 안 된다. 예술이 어렵고 예술성이 미묘한 것은 바로 이 역설적 요구 때문이다.

사건을 그리는 것도 그렇다. 마사초의 스승이었던 마솔리노는 헤롯의 향연에서 춤을 추고는 그 대가로 자신의 구애를 거절한 성 요한의 머리를 달라고 했던 『성경』의 유명한 이야기를 그리면서, 한 장의 그림 안에 헤롯의 향연과 성 요한의 머리를 받고 있는 살로메, 그리고 성 요한을 매장하는 장면을 모두 그려 넣었다(그림 6). 즉 이 그림에서 요한은 세 번 그려진다. 마솔리노는 여기서 눈에 보이는 대상을 재현한 것이 아니라 그가 아는 어떤 '사건'을, 혹은 어떤 서사를 그린 것이다.[26] 마찬가지로 마솔리노는 베드로가 타비타를 부활시키고 중풍 환자를 치료하는 모습 또한 한 장의 그림에 그려 넣었다. 여기서도 그는 베드로가 등장하는 어떤 시각적인 장면을 그린 게 아니라, 베드로라는 인물을, 그가 행한 기적—사건—을 통해 그린 것이다. 두초의 그림 〈맹인의 눈을 치료하는 그리스도〉에 그리스도와 맹인이 두 번 등장하는 것도 동일한 이유에서다. 하지만 이는 투시법을 통해 가시적인 상을 정확하게 재현해야 한다는 강박이 등장하면서 불가능한 것이 된다. 한 사람이 두 번 등장하는 장면은 결코 있을 수 없기 때문이다. 사건이나 서사를 그리고자 한다면 이제는 시간상의 어떤 결정적인 한 순간을 선택해 어떤 하나의 장면 안에 그것을 '접어 넣어야' 한다. 그것을 접어 넣는 능력이 없다면, 아무리 정확하게 재현해도 훌륭한 작품이 되기 어렵다.

재현된 상의 정확성이 아니라 심지어 그 정확성을 삭감시키면서까지 얻고자 했던 어떤 것, 재현불가능한 어떤 것이 그 작품을 예술이 되게 한다. 재현의 강박 속에서 갈 곳을 잃은 것들이 재현의 외부에서 재현되는 대상들을 둘

---

26) 프랑카스텔은 이 그림에는 적어도 세 개의 다른 공간이 그려져 있다고 쓴다(『미술과 사회』, 안-바롱 옥성 옮김, 민음사, 1998, 163쪽).

그림 6. 마솔리노 다 파니칼레, <헤롯왕의 연회, 요한의 죽음, 요한의 매장>,
카스틸리오네 올로나 성당의 세례당 벽화.

러싸고 포위하게 된 것이다. 이 재현불가능한 것을 나중에 미학자들은 '숭고'
라고 명명한다. 그러나 '숭고'라는 말에는 재현불가능한 어떤 것을 '지고한
것', '초월적인 것'으로 표상하게 하는 문법의 환상을 내장하고 있으며, 이는
재현된 그 재현불가능한 것을 매우 좁은 범위로 제한하는 효과를 갖는다. 예
컨대 웃는 입매마저 기묘한 말년의 렘브란트 자화상의 분위기는 숭고란 말
로 표기하기에 그리 적절해 보이지 않는다(그림 5). 렘브란트가 1645년에 그
린 <성가족>(그림 7)은 성모와 아기, 천사들을 그렸음에도 종교적 숭고함보
다는 모정의 따뜻함에 훨씬 더 가까운 '세속적' 감정이 느껴진다. 이를 탁월
하게 표현한 것이야말로 이 그림을 예술작품으로 만드는 렘브란트의 능력이
다. 칸트는 숭고란 개념에서 종교적 초월성의 개념을 걷어내고 이를 거대한
크기라는 양적인 것과 연결했지만, 렘브란트의 이 작품들에 이런 숭고 개념
을 사용하는 것은 불가능하다. 티치아노의 <우르비노의 비너스>(그림 3)에서

53

그림 7. 렘브란트, <성가족>, 에르미타주미술관 소장.

도 여인의 신체를 둘러싸고 있는 것은 신화적인 분위기임이 분명하지만, '숭고'란 말과는 거리가 멀다. 초월자를 향해 상승하는 어떤 것도 아니고, 압도적인 크기로 덮쳐오는, 그러나 나는 위험을 피해 있기에 한숨을 내쉬며 지켜볼 수 있는 것이라고도 할 수 없다. 그것은 다만 부드러움과 우아함, 에로틱함이 뒤섞인 모호한 어떤 것이다. 이를 말 그대로 '분위기'라고, 재현된 상을 둘러싼 '대기'라고 명명하면 충분하지 않을까?

작품을 예술로 만드는 것은 작품에 재현된 대상이 아니라 그 대상을 둘러싼 이 대기이고, 그 대기 속에 녹아든 감응이며, 그 감응이 만들어내는 분위기다. 이 대기 내지 분위기에 따라 동일한 대상을 재현한 그림이 아주 다른 그림이 된다. 예를 들어 홀로페르네스를 죽이는 유딧은 여러 화가에 의해 아주 빈번하게 그려진 소재인데, 재현된 대상을 둘러싼 대기/분위기에 따라 아주 다른 감응의 그림이 된다. 페데 갈리치아는 한 손에 칼을, 다른 한 손에 잘라낸 목을 들고 있는 여인을 강인하고 영웅적인 모습으로 유딧을 그렸는데, 현실적 긴박감은 사라지고 신화적 확신과 안정감만이 인물을 둘러싸고 있다. 더구나 유딧을 여성의 신체와 복장으로 정확하게 그렸지만, 아무리 보아도 여성 아닌 남성의 이미지다. 멋진 남성적 영웅의 분위기가 유딧을 감싸고 있는 것이다(그림 8). 티치아노의 〈유딧〉에서는 쟁반 위에 놓인 목 잘린 머리도 그렇지만, 그걸 들고 있는 유딧의 모습에서 잔혹한 살인을 한 사람의 결연함이나 단호함이라곤 찾아볼 수 없다. 차라리 우르비노의 비너스처럼 우아하여 편안한 느낌이고 그를 올려다보는 하녀의 시선은 존경의 마음을 지나쳐 사랑의 분위기마저 띤다(그림 9). 네크로필리아의 도착적 에로티시즘을 그리려고 한 것이라면 차라리 설득력이 있겠지만, 군인 이상의 어려운 일을 행한 여성의 모습과는 너무도 거리가 멀다. 따라서 갈리치아와 티치아노의 작품은 그리고자 하는 대상을 탁월하게 재현한 작품이라고 하겠지만, 그 인물들을 둘러싼 대기, 그 사건을 감싸고 있는 분위기를 훌륭하게 그린 작품이라곤 하기 어렵다. 작가들의 명성을 따라 평가하거나 재현 능력의 탁월성을 강조하는 미술사의 시각을 벗어나 냉정하게 말한다면, 이 두 그림을 훌륭한 예술작품이라고 하긴 어렵다. 재현은 탁월했지만 사건이나 인물에 부합하는 대기/분위기를 그리는 데는 실패했기 때문이다.

오히려 이 모티프에 관한 한 단연 최고의 걸작이라 할 것은 여성들을 내치는 미술학교와 미술계의 벽을 뚫고 들어간 아르테미시아 젠틸레스키의 작품(그림 10)이다. 이 그림에선 적장의 목을 따는 유딧의 단호함과 살해 행위의 피튀기는 잔혹함, 난데없는 칼질에 죽어가는 사자의 당혹과 고통, 그리고 발버둥치는 신체와 그것을 짓누르고 칼질을 하는 신체들이 엉켜 만드는 격렬함과 처절함이 뒤섞인 감응을 탁월하게 표현한다. 재현된 인물들의 동작이나 표정도 그 감응을 표현하는 데 중요하지만, 그런 부분으로 환원되지 않는 장면 전체의 분위기가, 피가 튀어 섞이며 만들어지는 잔혹함과 팽팽한 긴장

그림 8. 페데 갈리치아, <홀로페르네스의 목을 든 유딧>,
존&메이블 링글링 미술관 소장.

그림 9. 티치아노 베첼리오, <유딧>,
도리아 팜필리 미술관 소장.

감을 깨며 덮쳐들어간 과감함이 녹아든 대기가 그 모두를 하나로 포섭하여 통합하고 있다. 재현된 동작이나 표정조차 사실은 이런 대기와 결합될 때에만 유효하며, 그렇기에 필경 그런 대기를 형성하기 위한 것으로 상상되고 그려진다. 표정 자체가 이미 대기에 감싸인 대상이고, 대기 속의 분위기에 녹아든 대상이라 할 것이다.

아버지를 통해 아르테미시아에게 기법적으로 많은 영향을 준 바로크 미술의 대가 카라바조 또한 동일한 장면의 그림을 그렸지만(그림 11), 그 명성과 걸맞지 않게 이 그림은 막강한 힘을 갖는 적장의 목을 따는 상황의 잔혹함과 죽는 고통의 처절함, 죽이는 자의 단호함과 죽이는 행위의 결렬함 같은 것을 전혀 담아내지 못했다. 홀로페르네스의 얼굴은 고통스러운 표정이 탁월하게 재현되어 있고 피 또한 잔혹하게 튀지만, 그 잔혹하고 긴박한 분위기를 형성하는 데 별로 기여하지 못하고 있다. 이는 놀라운 묘사력이라고 칭찬받지만, 그 묘사력이 대기에 녹아들지 못하고 겉도는 것은 목을 따는 여인의 표정과 그를 감싼 대기가 그 모두를 밀쳐내기 때문이다. 마치 더러운 걸레로부터 최대한 멀리 떨어져 있으려는 듯 길게 뻗은 팔의 손가락 끝으로 살짝 든 포즈와 "어머, 징그러워!"라고 말하는 듯 찡그린 표정의 유딧은 저 격렬하고 처절한 사건의 분위기를 완전히 망쳐놓는다. 유딧을 '공주' 같은 여인으로 만드는 감응의 대기가 유딧을 감싸고 있다. 카라바조에 대한 잘 알려진 평을 떠나 솔직히 말하면, 어이없는 그림이다. 재현된 장면은 아르테미시아가 그린 것과 동일하고 재현하는 능력은 더 탁월하다고 할지도 모르지만, 적장의 목을 베는 여인을, "어머"라고 비명을 지르며 징그러워하는 표정으로 마지못해 내키지 않는 칼질을 하는 공주처럼 곱게 자란 아가씨로 만든 것은 아마도 그가 알고 있는 여인에 대한 감각이나 통념이 유딧의 신체를 감싸버렸기 때문일 게다. 이런 의미에서 카라바조의 그림은 대상을 재현하는 데는 크게 성공

그림 10. 아르테미시아 젠틸레스키, <홀로페르네스의 목을 베는 유딧>,
우피치미술관 소장.

그림 11. 카라바조, <유딧과 홀로페르네스>,
바르베리니 국립미술관 소장.

했다 할지 모르나, 이것이 훌륭한 예술작품이라는 평에는 동의하기 어렵다. 반대로 이것은 미술사의 평가대로 탁월하게 재현된 그림조차 훌륭한 작품이 될 수 없음을 보여주는 선명한 사례라 하겠다.

물론 리얼리즘이 단지 재현만을 요구한다고 하면 그것은 리얼리즘을 과소평가하는 것이다. 공식화된 리얼리즘이 추앙하는 작품들은 물론이고 심지어 사회주의 리얼리즘조차 사실은 보이지 않는 것을 그리도록 요구한다. 디테일에 대한 자세한 묘사를 '자연주의'라고 비판하며 루카치가 리얼리즘 작품에 대해 요구했던 것은 세계상 전체를 드러내주는 총체성이었다.[27] 세계의 총체적인 상이란 엄밀하게 말하면 유한한 예술작품으로는 재현불가능한 것이다. 그렇기에 루카치는 총체성을 구현하는 사적 개인을, 가능하면 평균적인 범례성에서 거리가 먼 전형적 개인을 요구한다. '비판적 리얼리즘'의 '몰락하는 개인'이든 사회주의적 리얼리즘에서 가능해지는 '긍정적인 주인공'이든, 그들의 행위를 통해 가시화해야 하는 것은 개인의 삶이 아니라 '역사법칙'이나 근대 사회에 함축된 '객관적 가능성',[28] 혹은 물화된 세계의 숨은 본질이나 억압에 대한 저항의 의지 혹은 그 필연성 같은 것이다. 그래서 『적과 흑』에서 평민 출신인 줄리앙은 자신이 범죄 이전부터 이미 사소한 죄만으로도 자신을 축출하고자 했던 귀족사회를 통해 사회의 계급적 분열을 가시화하고, 자신이 속하지 않은 집단에 의한 자신의 단죄를 비난하며, 어쩌면 모면할 수도 있었을 사형을 향해, 몰락을 향해 달려간다. 숄로호프의 『고요한 돈강』에서 주인공은 혁명과 반동을 왔다갔다 동요하다 혁명에서 소부르주아의 운명을, 그 합법칙성을 증거하며 몰락한다. 거기서 한 사람의 삶, 그의 행적만을 보았다면 가장 중요한 것을 보지 못한 것이다. 오스트롭스키의 『강철은

---

27) 루카치, 『소설의 이론』, 김경식 옮김, 문예출판사, 2014.
28) 루카치, 『역사와 계급의식』, 조만영·박정호 옮김, 거름, 1999, 114~115쪽.

어떻게 단련되었는가』에서는 사사로운 모든 것을 가볍게 내던지며 혁명을 향해 달려가는 노동자라는 '긍정적 주인공'을 통해 새로이 출현하게 될 총체성이 복원된 세계의 일단을 보여준다.[29] 그는 한 사람의 인물이지만, 결코 한 사람이 아니며 한 사람에 불과해선 안 된다. 한 사람을 넘어선 어떤 것을 거기서 읽어내야 한다.

그러나 보이지 않아야 할 대기/분위기에 대해 종교적 의미가 분명한 '숭고'가 되어야 한다고 요구하는 순간, '숭고'에 어떤 구체적 내용을 부여하는 순간, 대기는 오직 하늘을 향해, 저 높은 초월성이라는 하나의 방향을 향해 상승하게 되고, 분위기는 수많은 감정적이고 감각적인 요소들이 섞이며 만들어지는 모호한 감응의 대기로부터 분리되어 누구에게나 쉽게 보이는 가시적 형상이 된다. 그 숭고한 종교적 내용을, 조국과 민족을 위해 투쟁하던 영웅이나 민중으로 바꾸어도 사태는 달라지지 않는다. 마찬가지로 재현적 대상을 둘러싼 대기를 역사법칙이나 물화된 세계의 숨은 본질, 혁명의 필연성으로 귀착되는 '객관적 가능성' 같은 것으로 채우라고 요구하면, 이는 종교적 초월성을 대신하는 세속적 초월성의 자리를 차지하곤 안개같이 모호한 예술의 대기를 오직 한 곳, 자신을 향해 불어오는 목이 고정된 선풍기 바람으로 바꾸어버린다. 다의적인 감응의 모호한 분위기는 억압과 착취, 분노의 눈물이나 저항을 향한 굳은 의지 같은 명확한 감정으로 바뀌게 된다. 이제 작품은 자신이 알지 못했던 어떤 것을 보고 듣고 읽는 경험이 아니라 자신이 잘 알고 있는 것이나 잘 알아야 할 것을 보고 듣고 읽는 경험의 대상이 된다.

---

29) 루카치는 사회주의 리얼리즘에서는 모순과 분열, 산문성에 의해 몰락하는 인간이 아니라 그 모순을 통해 각성하고 성장하며 보편성을 획득하는 '긍정적 주인공'이 가능하다는 점에서 사회주의 리얼리즘이 이전 시대의 비판적 리얼리즘과 다르다고 본다(루카치, 「소설의 이론」, 김혜원 편역, 『루카치 문학이론』, 세계, 1990, 168쪽).

5. 대상의 영혼, 사물의 영혼

눈먼 걸인들에 자주 휘말려들어갔던 릴케는 파리의 카루셀 다리 위에서 본 눈먼 걸인에 대해 이렇게 묘사한다.

> 저기 다리 위에 서 있는 저 눈먼 걸인,
> 이름 없는 왕국들의 경계석처럼 희미한 모습,
> 언제나 똑같은 자세로 있는 사물과 같다,
> 그는 멀리 주위로 별들의 시간이 흘러가는
> 천체의 조용한 중심이다, 그를 둘러싸고
> 모든 것이 헤매며 흐르고 번쩍이는 까닭이다.
>
> —릴케, 「카루셀 다리」중에서[30]

3행까지 묘사된 것은 다리 위에 있는 걸인의 모습이다. 이름 없는 왕국의 경계석 같다고, 언제나 똑같은 자세로 있는 사물 같다고 하기에, 단순히 걸인의 모습을 재현하는 묘사라고만은 할 수 없다. 이미 사물과 연결됨으로써 걸인과 사물 사이엔 어떤 공간이, 걸인 바깥에서 걸인을 둘러쌀 대기가 들어갈 공간이 만들어진다. 그리고 그뒤 세 행에서 시인은 이미 쓸쓸한 느낌을 주는 이 공간에 걸인을 둘러싸고 헤매며 흐르는 감응의 대기를 채워넣는다. 그 대기가 눈먼 걸인 '주위'를 감싸고 흐름에 따라 그는 천체의 중심이 된다. 흘러가는 대기의 중심, 그 대기에 어떤 감응을 풀어넣는 중심이 된다. 그런 감응의 분위기로 스스로를 감싸는 중심이다. 그 분위기 속에 별들의 시간이 흘러

---

30) 릴케, 『릴케 전집』2권, 김재혁 옮김, 책세상, 2000, 36쪽. 원문은 릴케의 『형상시집』1권 2부에 수록돼 있다.

간다.

> 얽히고설킨 수많은 길 가운데 세워진
> 그는 움직이지 않는 곧은 존재;
> 땅 거죽의 종족과 함께 살면서도,
> 지하세계로 통하는 어두운 입구다.
>
> —「카루셀 다리」 중에서

앞의 1연에 이어지는 후반부 2연에서 걸인은 얽히고설킨 길들 가운데, 수평으로 펼쳐진 세계 가운데 수직으로 세워진 존재로 묘사된다. 움직이지 않는 그 수직의 존재는 수평적 세계의 확고한 중심이 되는 듯하다. 그런데 릴케는 이를 지하세계로 통하는 어두운 입구로 포착한다. 이 문구와 더불어 움직임 없이 서 있는 걸인 주위를 어두운 지하세계의 대기가 빠르게 둘러싼다. 그 대기 속에는 어두운 걸인의 표정과 행색, 그가 사는 삶의 무게가 녹아들어 있고, 그런 걸인에게는 그를 산출한 땅 거죽 세계의 어둠이 드리워져 있으며, 지상세계의 밝음 밑에 있는 어두운 죽음의 그림자가 스며들어 있고, 빛의 세계에선 알 수 없고 볼 수 없는 어둠의 색조가 배어 있다. 또한 그 중심으로 슬며시 배어나오는 지하세계, 우리가 사는 지상세계의 바깥이 거기서 조용히 고개를 든다. 이는 1연으로 소급되어 올라가면서 별들의 주위를 도는 대기에 스며들고, 별들의 시간마저 지하세계의 감응으로 물들인다.

눈먼 걸인이라는 하나의 '대상'이 사물이 되며 시작했지만, 그 사물을 둘러싸고 있는 감응의 대기는 재현된 대상을 지하세계의 분위기로 감싸고, 이는 걸인에게서 우리가 쉽게 보는 것들을 잠식하면서 지하세계로 우리를 끌고 내려간다. 사물과 같다고 묘사된 한 사람의 걸인은 이제 지하세계의 영혼을 가진 하나의 사령使令이 된다. 이런 점에서 대기의 감응이 조성하는 분위기는 그것이 둘러싼 대상에, 혹은 사물에 낯선 영혼을 불어넣는다. 감응의 대기, 즉 분위기는 대상의 영혼일 뿐 아니라, '생명 없는' 사물에 생명을 불어넣는 사물의 영혼이다.

페소아는 이를 약간 다른 식으로 표현한 바 있다.

> 환경은 사물의 영혼이다. 모든 사물은 자신만의 표현을 가지며 그 표현은 사물의 외부로부터 사물에게로 온다.
> 모든 사물은 세 줄이 교차하는 지점이다. 그 세 개의 줄이 사물을 형성한다. 일정 분량의 질료, 우리가 사물을 지칭하는 방식, 그리고 사물이 자리잡고 있는 환경.[31]

앞서 카루셀 다리 위의 어떤 대상이, 릴케의 눈에 포착된 '일정 분량의 질료'라면, 그를 지칭하는 말 '걸인'은 그를 흔히 사람들이 그 대상을 서술하는 방식을 보여준다. 그런데 릴케는 그 대상이 자리잡고 있는 환경을 통해, 그 대상을 그와 다른 '사물'로 만들고, 그 환경 안에서 그를 우리가 보던 것과 다르게 위치지움으로써 별과 같은 중심으로, 나아가 지하세계의 사령으로 만들었다. '환경은 사물의 영혼'이라는 말은 이런 의미일 것이다. 이런 점에서 페소아는 "모든 것은 외부로부터 온다"고 쓴다.[32]

하지만 환경이란 최대치로 확대한다고 해도 걸인이 서 있는 다리, 시인의 눈이 찾아낸 그 주위의 경계석, 별, 지하세계 등을 포괄하는 하나의 풍경 같은 것으로 이해되기 십상이다. 사실들의 집합 같은 것으로 오해되기 십상이

---

31) 페소아, 『불안의 서』, 배수아 옮김, 봄날의책, 2014, 120쪽.
32) 같은 책, 121쪽.

다. 삶과 인생을 구별하면서 "사실 없는 내 자서전, 삶 없는 내 인생"을 글로 쓰고자 했던 페소아라면, 그리고 "삶이란 타인의 기준에 맞추어 양말을 뜨는 것"이라고 보았던 그라면, 사물에 영혼을 제공하는 환경이란 차라리 "코바늘로 만들어지는 사물들 (…) 그 사이의 공간들 (…) 텅 빈 채 아무것도 없는……"이라고[33] 덧붙였을 것이다.

예술은 사물을 직조한다. 질료들을 모아 예술가의 손으로, 손에 들린 코바늘로. 그러나 타인의 기준에 맞추기보다는 필경 그와 다를 자신의 기준에 맞추어, 세간의 기준을 와해시키는 낯선 기준으로 양말을 뜬다. 우리는 그 양말의 매듭에서 그가 애써 만들어낸 것, 그가 재현의 능력으로 묘사해낸 것을 본다. 그것이 양말 그 자체라고. 그러나 페소아나 릴케는 말할 것이다. 양말을 뜰 때 중요한 것은 그 사물들 사이의 빈 공간이라고, 그 빈 공간에 채워 넣는 대기이고, 그 대기 속에 풀어넣는 감응이며, 그 감응의 대기로 빚어지는 분위기라고.

> 소년이 내 목소매를 잡고 물고기를 넣었다
> 내 가슴이 두 마리 하얀 송어가 되었다
> > 세 마리 고기떼를 따라
> 푸른 물살을 헤엄쳐 갔다
>
> —진은영, 「첫사랑」 전문[34]

'첫사랑'이란 제목의 이 시에서 우리 눈에 보이는 사물, 시인이 뜬 양말의 매듭은 소년, 목소매, 물고기, 송어, 푸른 물살 같은 명사들과 '넣었다', '되었

---

33) 같은 책, 42쪽, 43쪽.
34) 진은영, 『일곱 개의 단어로 된 사전』, 문학과지성사, 2003, 37쪽.

다', '헤엄쳐 갔다'와 같은 동사들로 지칭되는 것들이다. 이 사물들은 흔히 이미지라고 불리는 하나의 풍경을 충분히 직조한다. 그러나 그 풍경 안에서 '첫사랑'을 '볼' 수는 없다. 그것은 그 사물들 어떤 것으로도 재현되지 않으며, 지시하는 말로 언급되지 않는다. 즉 이 시에서 묘사하려고 하는 것은 페소아의 말로 '질료'나 '지칭하는 방식'에는, 또한 '환경'이라는 개념에도 포함되지 않는 것이니, 이 시 안에 '없다'고 해야 한다. 하지만 이 시는 첫사랑을 아주 탁월하게 표현하고 있음을 우리는 안다. 그것은 질료인 사물이나 그걸 지칭하는 말, 혹은 어떤 사물을 둘러싼 환경에 있는 것이 아니라, 말로 언급된 사물 사이의 빈 공간에 있다. '첫사랑'은 그 공간 속의 대기 안에 풀려 들어가는, 목소매 안으로 들어온 물고기의 놀라운 낯섦의 감각과 난데없지만 신선한 침입이 야기하는 감응, 그럼에도 불구하고 어느새 두 마리 물고기가 되어 그 물고기를 따라나서는 마음, 그 세 마리 물고기를 따라 '푸른' 물살을 헤엄쳐 가보지 않은 곳으로 가는, 두렵고도 두근거리는 설렘의 감정 등이 섞이며 만들어지는 분위기 속에 있다. 재현된 것 어디에서도 보이지 않는 것이 어디에서도 보기 힘든 신선함과 생생함 속에서, 사물들 사이의 대기 속에서 춤추고 있다. 이 시에 등장하는 사물들은 바로 이 분위기 속에서 첫사랑에 이어진 어떤 영혼을 얻는다. 재현된 대상에 영혼을 부여하는 것은 바로 감응의 대기요 분위기다. 재현불가능한 것의 재현이란, 좀더 정확히 말해 재현불가능한 것의 표현이란 재현된 대상에 영혼이 되어주는 바로 이것의 표현을 뜻한다 하겠다.

6. 초험적 경험과 초월적 경험

'예술을 위한 예술'에서조차 예술은 예술 그 자신을 목적으로 하지 않는다.

예술은 현존하는 현실과 다른 현실을 창안하고, 현행의 삶과 다른 새로운 삶으로 우리를 유혹한다. 그런 점에서 약간 강하게 표현하자면 예술은 삶을 위한 '수단'이다. 삶을 위해 훌륭한 수단이 되도록 예술가들은 자신의 감각을 바꾸고 자신이 속한 감각의 체제를 바꾸고자 한다. 감각을 혁명의 '대상'으로 삼는다. 진정한 예술가는 모두 감각의 혁명을 기도한다. 그렇게 달라진 감각을 통해 새로운 세계를 만들고자 한다.

예술은 현재의 현실, 현행의 삶을 넘어서고자 한다. 그런 의미에서 진지한 예술은 모두 '실천적'이다. 현행의 세계가 존재하는 고통을 드러내고 현존하는 세계의 보이지 않는 부분으로 파고들어가는 것은 이 때문이다. 예술이 봉사하고 '복무'하려는 삶은 그런 점에서 현행의 현실 속에 없는 삶이고 부재하는 삶이며 현행의 세계에 가려 보이지 않는 삶이다. 보이지 않는 '본질'을 드러내라는 요구조차 사실은 이런 맥락에서 이해해야 한다. 예술은 다른 삶의 가능성을 찾고자 하며, 다른 삶을 발명하고자 한다. 그 다른 삶과 이어진 어떤 것을 미리 창안하고자 한다. 예술이 '창조'라는 말과 불가분하게 이어진 것은 정확히 이 때문이다. 그렇기에 예술은 현행의 세계에서 쉽게 경험하는 삶이 아니라 차라리 경험할 수 없는 것을 창안하여 보여주고자 한다.

이런 경험은 통상의 경험, 현행의 세계가 제공하는 일반적인 경험을 뛰어넘는 것이란 의미에서 '초험적transcendental 경험'이다.[35] 이는 현행의 세계가 제공하는 모든 통념과 상식을 넘어서는 '사태'의 경험이고 그 세계를 가동시키는 감각이나 지각을 뛰어넘는 '감응·affect'의[36] 경험이다. 들뢰즈식으로 말하면, 사유할 수 없는 것과 만나는 경험이고, 지각될 수만 있을 뿐인, 대체 무엇인지 알 수 없는 그런 경험이다.[37] 사유할 수 없지만 사유해야 하는 그것과 대면할 때 비로소 인간은 사유하기 시작하며, 지각될 수만 있을 뿐 무언지 알 수 없는 어떤 것과 대면할 때, 인간은 자신의 지각능력, 감각능력을 넘어서기 시작한다.

지각능력을 넘어서고 인식능력을 넘어선 곳, 그곳은 필경 지각이나 인식을 가능하게 해주는 빛이 사라진 어둠일 것이다. 어둠을 견디게 해주고, 어둠 속에서 갈 길을 인도해주는 별빛마저 사라진 밤. 초월자들은 그 어두운 밤에 빛나는 별이다. 길을 '잃지 않도록' 인도해주는, 어디서 보나 한결같은 별이다. 그것은 어둠을 잊게 해주고, 캄캄해진 눈을 밝혀준다. 그건 사실 아주 오랫동안 인간을 이끌어오던 것이다. 매양 같은 곳으로 인도하는 별이다. 익숙한 감각을 벗어나고 익숙한 생각을 벗어날 기회를 망쳐놓고, 어느새 익숙한 것을 따라가게 한다. 초험적 경험이란 그런 별이 없는 밤이다. 초월자가 사라진 어둠이다. 어떤 안내자도 없이 헤쳐가야 하는 밤길이다. 그 밤길을 헤쳐 우리는 새로운 길을 찾는다. 가던 길을 벗어나 가지 않던 길을 간다.

---

35) '초험적'이란 말은 칸트 이후 사용되는 transcendental의 번역어다. 칸트 연구자들은 이 개념을 사람에 따라 '초험적', '초월론적', '초월적' 등으로 다양하게 번역하는데, 이는 칸트 철학이나 개념의 해석 방식과 관련된다. 칸트는 자신의 철학을 transcendental philosophy라고 하는데, 이때 transcendtal은 '경험에 선행하며 경험을 가능하게 해주는 것'을 뜻한다. 따라서 그 철학은 선험적(a priori) 형식을 대상으로 한다. '초월론적'이란 번역어는 이런 철학을 지칭하는 말에서 나온 것이다. 그러나 여기서 내가 사용하려는 이 개념은 들뢰즈에게서 차용한 것이다. 『차이와 반복』에 나오는 transcendental empiricism이 그것인데, 이때 transcendental은 '무언지 알 수 없는 지각, 사유불가능하지만 사유되어야 하는 것'을 지칭한다. 즉 경험되었으나 무언지 알 수 없기에 경험이라 하기 힘든 경험, 경험을 넘어선 경험을 말한다. 따라서 여기서 강조되어야 할 것은 '경험을 넘어선'이기에 '초험적'이라 번역되어야 한다. 이는 '경험의 가능조건'을 뜻하는 칸트적 초월론과는 아무 상관이 없으며, 차라리 그와 반대로 경험불가능한 것과의 대면을 뜻하기에 칸트의 '초월론적'이란 말과는 반대의미를 갖는다.

36) affect는 일본에서의 번역을 답습하여 '정동'이라 흔히 번역되지만, 한국어의 조어 감각으로는 도저히 이해할 수 없는 번역어다('정동하다'라는 말도 최근 본 적이 있는데, 이는 이 번역어가 적어도 한국인의 언어세계에 끼어들어 사고와 삶을 바꿀 능력이 없음을 보여준다). 애초에 스피노자에게서 연원하는 이 말은 외부 다른 양태들의 촉발에 의해 어떤 양태에 발생한 변화를 표현하기 위한 것이기에, 외부의 촉발을 감지하고 그에 응하여 발생하는 변화를 뜻하는 '감응'이란 말로 번역한다.

37) 들뢰즈, 『차이와 반복』, 김상환 옮김, 민음사, 2004; 이진경, 「들뢰즈의 예술이론」, 『계간 파란』, 2016년 가을호.

오 밤이여! 그 빛이 귀에 익은 말 속삭여주는
저 별들만 없다면 나는 너만을 좋아했으리!
내가 찾고 있는 것은 허공과 어둠과 벌거벗음이기에!

그러나 어둠 또한 캔버스canvas.
정다운 시선 가진 채 흩어진 존재들이
내 눈에서 수없이 솟아나 살고 있는 곳.

—보들레르, 「집념」 중에서[38]

　보들레르 또한 별만 없다면 밤을 사랑했을 것이라고 쓴다. 자신이 찾고 있는 것은 허공과 어둠, 벌거벗음이기에. 시가 그러하듯 초험적 경험 또한 그렇게 빛나는 별들을 떨구어버리고, 익숙한 모든 것을 어둠 속으로 흩어버리는 것이다. 이제 "땅은 축축한 토굴로 바뀌어버리고, / 거기서 '희망'은 박쥐처럼 / 겁먹은 날개를 이 벽 저 벽에 부딪히며 / 썩은 천장에 제 머리 박아대며 날아"가게 될 것이다(「우울」).[39] 그리하여 그 어둠 속에는 내 눈에서 솟아났으나 무엇인지 알 수 없게 되어버린 것들이 떠다닌다. 밤이란 손에 닿는 대로 붙들어 모은다 해도 아마 그때마다 다른 그림이 그려지는 캔버스 같은 것이다.

　사유할 수 없던 것을 사유하기 시작할 때, 감각할 수 없던 것을 감지할 능력이 생겨나기 시작할 때, 우리는 주어진 세계를, 현행의 세계가 제공하는 삶을 넘어 다른 삶의 가능성으로 갈 수 있다. 이런 경험이 없다면 우리는 우리

---

38) 보들레르, 『악의 꽃』, 윤영애 옮김, 문학과지성사, 2003, 165쪽(번역문 중 '어둠마저도 화포이어늘'은 '어둠 또한 캔버스'로, 기타 일부 표현을 수정했다).
39) 같은 책, 163쪽.

가 사유할 수 있는 것만 사유할 뿐이고, 우리 감각에 익숙한 것만 익숙한 방식으로 받아들인다. 이런 경험에 열려 있지 않다면 우리는 우리가 이해할 수 없는 것을 "이해할 수 없어!"라는 말로 내쳐버리고, 우리가 감지할 수 없는 것을 "이거 뭐야!"는 말로 밀쳐내게 된다. 혁명에 목숨을 걸고 일생을 바쳤던 혁명가라도 이는 피할 수 없음을, 그럼으로써 혁명 자체를 망쳐버릴 수 있음을 앞서 언급한 구축주의와 러시아 혁명의 사례는 아주 극명하게 보여준다.

초험적 경험은 현행의 감각이나 지각을 넘어서는 경험이다. 그것을 통해 만나게 되는 것은 있어도 볼 수 없었고, 말해도 들리지 않았다. 따라서 초험적 경험은 보이는 것과 보이지 않는 것, 들리는 것과 들리지 않는 것의 현행적인 분할을 와해시키며 감각 가능한 것 바깥에 있던 것을 감각하도록 이끈다. 보이지 않던 것을 보이게 하고, 들리지 않던 것을 들리게 한다. 물론 한동안은 어두운 밤바람 속에 있게 될 것이다. 어둠에 익숙해질 때, 별이 사라진 그 밤의 캔버스 속에서 보이지 않던 것이 보이기 시작할 것이다. 이전에 보던 것이 다른 것이 되어 나타날 것이다. 랑시에르가 말하는 '감각의 정치', '예술의 정치'가 시작되는 지점이 여기 아닐까?[40] 초험적 경험은 예술에서의 정치를 가동시키는 지점을 표시한다.

예술이 삶에 '기여'하고 삶에 '봉사'한다면, 이는 바로 초험적 경험을 통해서다. 예술이 재현의 강박을 넘어서게 된 20세기의 예술은 더더욱 그렇다. 뒤샹은 이미 오래전에 예술가조차 자신 자신을 넘어설 것을 강력하게 요구

---

40) 자크 랑시에르, 『감성의 분할』, 오윤성 옮김, 도서출판b, 2008. 하지만 이는 예술에서의 정치를 정의하기에 충분하지 않다는 생각이다. 왜냐하면 가령 중세에는 보이지 않는 것을 보이게 하는 것이 바로 예술의 정의였다(움베르토 에코, 『중세의 미와 예술』, 손효주 옮김, 열린책들, 1998). 물론 그 보이지 않는 것은 신이다. 현대에 와서도 그것은 예술 자체의 정의에 훨씬 더 근접해 있다. 가령 클레는 예술이란 보이지 않는 것을 보이게 하는 것이라고 규정한다. 무게나 힘처럼 보이지 않는 것을 그리는 것이 그것이다.

한 바 있다. 예술이라고 간주되던 모든 것과 대결하며 예술 자체를 현행의 것과 다른 어떤 것으로 만들지 않는다면 진정한 예술이라 할 수 없음을 강력하게 주장한 바 있다. 이로써 예술은 명확히 '아방가르드'가 된다. 현행의 감각을 앞서 돌파하는 첨점이고, 현행의 관념을 와해시키는 첨단이란 의미에서. 그런 식으로 기존 세계를 넘어서는 가장 앞선 '전위'로서의 아방가르드가 되고자 했다. 20세기 아방가르드 예술가들이 뱅가드를 자처하는 혁명적 운동에 호의적이었던 것은, 아니 스스로 그런 혁명적 운동이 되고자 했던 것은 이런 이유에서였다. 20세기의 아방가르드가 대부분 '정치적'이었던 것은 이런 이유에서였다.

그렇기에 적어도 현대 예술은 언제나 익숙한 것을 와해시켜 알아볼 수 없게 하고, 쉽게 알아볼 수 없는 무언가를 창조하여 들이밀곤 기존의 감각을 넘어서도록 촉발하며, 생각하지 못했던 낯선 대기로 우리 눈앞에 있는 것을 둘러싼다. 그럼으로써 우리를 초험적 경험으로, 현행의 삶을 넘어서는 경험으로 유혹한다. 그 낯선 대기를 어느새 우리가 알고 공유하고 있는 지고한 의미로 해석하고, 어느새 우리가 바람직하다고 믿는 관념으로 채우려는 유혹은 또 얼마나 가깝고 강력한가! 지각밖엔 할 수 없는 것, 무언지 모르는 것과의 만남은 당혹스럽기 마련인데, 이런 당혹은 그것을 얼른 이해가능한 것으로 바꾸어버리려는 반응으로 이어지기 십상이다. 그 초험적 경험을 긍정적인 것으로 경험한 경우라면 그것은 '지고한 것', '성스러운 것', 내가 꿈꾸거나 내가 찾고자 하던 것 등과 같은 최고의 형상과 포개진다. 근대 이전이라면 예수를 보고 성모를 보고 천국을 보았다고 말할 것이다. 신과 같은 초월자가 힘을 잃은 시대라면, 거대한 것이 주는 감동 일반을 뜻하는 '숭고'로 쉽게 치환될 것이다. 지고한 것, 초월적인 어떤 것을 거기서 본다는 점에서 '초월적超越的 경험transcendent experience'이 초험적 경험을 대신하게 되는 것이다.

이는 예술이 창조한 초험적 가능성의 대기를 우리가 이미 잘 알고 있는 현재의 관념이나 익숙한 감각으로 메워버리는 것이다. 다들 아는 익숙한 것, 이해하기 쉬운 것으로 익숙지 않은 것, 이해할 수 없는 것을 밀쳐내버리는 것이다. 이해할 수 없는 것에 열리는 경험의 가능성을 이해할 수 있는 것의 장막으로 다시 가려버리는 것이다. 이로써 초험적 경험의 빈자리를 왕관을 쓴 초월적 경험의 숭고한 감옥으로 바꾸어버리는 것이다.

'법칙성', '필연성' 같은 범주의 힘을 빌려 이미 선험적으로 '진리' 내지 '옳은 것'의 자리를 차지한 익숙한 관념과 감각들로 초험적 경험의 가능성을 흡수해버리는 것도 이와 다르지 않다 하겠다. 리얼리즘이 문제가 되는 것은 이 지점에서다. 대기 속에 숨은 분위기의 모호함을 누군가 애써 찾아낸 개념이나 이념들로 명료하게 칠해버리고, 그것들이 지시하는 하나의 방향으로 향해 가도록 그 방향에 역사나 필연성 같은 개념을 빌려 초월적 지위를 부여하는 것. 그럼으로써 재현 대상을 둘러싼 대기를 우리가 쉽게 이해할 수 있는 의미나 쉽게 받아들일 수 있는 감각으로 채우고, 그 대기 속에서 슬며시 드러나는 분위기를 헤겔의 말대로 일종의 '절대자'의 지위를 갖는 '역사법칙', 혹은 또다시 '역사'의 이름을 끌어들이는 어떤 '사명' 같은 걸로 채색해버리는 것.

리얼리즘만 그런 것은 아니다. '진리'라는 말이 어떤 식으로든 우리가 현행의 감각과 사유 속에서 쉽게 옳다고 인정할 수 있는 것, 지금은 몰라도 드러난다면 어렵지 않게 받아들일 수 있는 것을 뜻하는 의미로 사용될 때마다, 그리고 그것을 통해 예술작품의 대기 속에 숨은 것을 어떤 '올바른' 방향으로 성급하게 인도하려는 시도가 행해질 때마다 이런 시도들은 반복하여 발견된다. 당혹스러운 넘어섬을 경험을 통해 '올바름'에 대해 묻는 대신, 이미 가정된 올바름으로 채색하거나 그걸 잣대로 재는 것. 그러나 올바름이란 내가 지금 서 있는 지평 안에서, 내가 지금 가진 척도 안에서의 올바름이 되는 한, 그것은 내가 이미 살고 있는 기존 세계 안에서 올바른 것이며, 그 기존 세계로 모호함의 대기를 끌고 가는 올바름일 뿐이다.

굳이 나치나 스탈린주의로 국한하지 않아도, 국가적 기념물이나 국가적 기념을 위한 그림이 예술과 거리가 먼 것은 바로 이 때문이다. 모호성의 대기를 국가가 기념을 위해 부여하고자 하는 관념이나 기념을 통해 고양시키고자 하는 가치로 명확하게 채색하여버리는 것, 그럼으로써 옳다고 가정된 '초월적' 가치로 작품을 휘감아버리는 것. 이는 사실 어떤 그림이 '이발소 그림'이 되는 것과 본질적으로 동일하다고 보인다. 가장 흔한 형태의 이발소 그림은 '아름다운' 풍경을 최대한 그럴듯하게 재현하고 그 풍경을 누구나 쉽게 이해할 '아름다움'의 대기로 칠해버린다. 거기엔 아름다움이란 무엇인지 역으로 묻고, 풍경이 주는 감응을 여러 방향의 감정을 섞어서 모호함의 대기를 만드는 분위기가 없다. 명료하고 뚜렷한 분위기가 있을 뿐이다. 대중이 아주 익숙하게 여기는 낡은 과거의 '미감' 내지 '미적 관념'이 선명하게 칠해져 있다. 그 선명하게 칠해진 것이 대중적인 '미감'인지, 아니면 '대중적' 내지 '국가적' 관념인지만 약간 다를 뿐, 작품에서 예술성을 몰아내는 방법에서는 국가적 기념물과 '이발소 그림'이 정확하게 동일하다.

초험적 경험에서 '진리'라는 게 있다면 그것은 누구나 알고 있는 자명한 사실이 아니라, 카프카가 말한 대로 누구도 충분히 알 수 없는 영원한 '수수께끼' 같은 비밀이다.[41] 블랑쇼가 말한 의미에서 '불가능한 것'이다. 오르페우스의 눈이 닿는 순간 사라져버리는 에우리디케처럼, 진리란 손에 넣는 순간 소멸해버리는 것이다.[42] 그렇기에 찾고자 하는 이라면 '자, 다시 한 번!'

---

41) 카프카, 「프로메테우스의 전설」, 『카프카 단편전집』, 솔, 1997, 577쪽.
42) 블랑쇼, 『문학의 공간』, 박혜영 옮김, 책세상, 1998.

하며 다시 찾으러 가는 여행을 영원히 다시 시작하게 하는 매혹의 연인이다. 우리가 현재 갖고 있는 것을 반복하여 내려놓게 하고, 우리가 현재 서 있는 곳에서 반복하여 떠나게 하는 별 없는 어둠이다.

확고한 진리의 깃발을 든 초월적 경험론은 한 번 차지한 자리를 결코 떠날 줄 모르는 게으른 신을 찾아가는 여행이고, 자신이 옳다고 믿는 것을 남들도 모두 옳다고 여기기라 믿는 안이하고 아둔한 영혼의 배다. 불가능한 진리의 손을 잡은 초험적 경험론은 어디에도 없지만 어딜 가든 있는 무규정적 존재를 찾아가는 여행이고, 지금 사라진 진리가 전에 사라진 진리와 같지 않음을 알기에 자신이 잃은 진리만큼 사실은 자신이 많은 진리를 얻었음을 아는 섬세한 방랑자의 지팡이다.

7. 창공의 미학과 어둠의 미학

초험적 경험은 초월자를 넘어선다. 신이든 그리스인들이 아르케라고 불렀던 원리든, 법칙이든 진리든. 신마저 넘어선다는 점에서 초험적 경험은 초월적 경험보다 크고 위대하다! 초월자를 넘어서는 이 경험을 페소아는 '지나감'이라고 명명한다. 스스로를 아연케 하는 이 지나감을 통해 '신-너머', '광활함 바깥의 광활함'을 향해 간다.

그것은 지나갔다. 언제와,
왜와 지나감의 바깥으로……

미지의 소용돌이,
소용돌이를 거치지 않은……

광활함 바깥의 광활함

존재함 없이, 스스로를 아연케 하는……

온 우주는 그것의 자취……

신은 그것의 그늘……

—페소아, 「신-너머」II(지나갔다) 전문[43]

　초험적 경험은 신 너머, 세계 너머의 우주를 향해 간다. 카오스의 우주, 혼돈의 대기를 향해 간다. 코스모스란 우주가 아니라 그 우주에 떠 있는 별 몇 개를 이어서 그린 엉성한 그림일 뿐이다. 그것은 우주가 아니라 세계의 천장이다. 천장에 그린 그림이다. 우주는 그 천장의 바깥이다. 그러나 그 바깥은 공간적 외연이 아니다. 우주는 어디에나 있다. 세계의 공간 어디에나, 세계를 채우고 있는 모든 대기 속에 있다. 대기 중에 가득한 모호성의 어둠 속에 있다. 그렇기에 우주로 가기 위해 로켓을 타고 나갈 이유는 없다. 현명한 자는 비행선을 타지 않고 자신이 사는 거리를 우주로 바꾸어버린다. 낯선 감응의 분위기를 풀어놓음으로써 대기 안에 우주의 바람을 풀어놓는다. 우리의 눈과 귀를 파먹는 바람, 우리의 뇌에 스며드는 바람을. 그 바람에 "나의 세계관이/무너진다". 그 자리에 "깊이 저편에 텅 빈/너도 저기도 없이 (…) // 자아 없이 텅 빈 채, 어떻게/존재할지 고민되는 카오스"가 모습을 드러낸다. 그것은 "신-너머! 신-너머!"다. "미지의 섬광"과 함께 오는 "검은 평온"이다(페소아, 「신-너머」IV).[44]

---

43) 페소아, 『내가 얼마나 많은 영혼을 가졌는지』, 김한민 옮김, 문학과지성사, 2018, 155~156쪽.

44) 같은 책, 157~158쪽.

초월적 경험처럼 확고한 곳을 찾아가거나 명확한 '원리'나 '진리'의 별을 향해 가진 않지만 초험적 경험 또한 '넘어섬'이기에, 즉 현재 상태에서 벗어나는 이탈의 벡터를 갖기에, 그 넘어섬에는 고유한 강도와 방향이 있게 마련이다. 즉 무엇인지 알 수 없고 그저 감지만 할 수 있는 경우에도 우리는 그저 거기에 주저앉지 않는다. 다른 감각을 향해, 다른 삶을 향해, 혹은 다른 세계를 향해 현재를 넘어가려는 의지가 거기 있기에, 그 의지는 현행의 세계와 다른 어떤 것을 향해 초험적 경험 속의 자신을 밀고 가게 한다. 혹은 그 초험적 경험을 통해 자신 안에 그것들을 불러들이게 한다. 그러나 초험적 경험이 어떤 방향을 갖는 것만으로, 현행의 삶이나 세계를 넘어선 어떤 '저편'을 지향하는 것만으로 초험성을 초월성으로 대체했다고 할 순 없다.

초험적 경험을 어딘가로 밀고 가는 힘은 여러 방향을 갖는다. 때론 지고한 곳을 향해 상승하기도 하고 때론 지옥 같은 어둠을 향해, 지하를 향해 '하강'하기도 하며, 때론 그저 이탈의 힘을 따라 안개처럼 퍼져가기도 하고, 때론 발생한 곳에서 더 깊숙이 침잠하기도 한다. 이 가운데 가장 빈번하게 만나는 것은 지고한 곳을 향해 상승하는 경우일 것이다. 지고한 것을 향하기에 그 방향은 흔히 '이상'이라고 불린다. 그 '이상'에 어떤 내용이나 형식이 갖추어지면 어느새 초월적 경험으로 되기도 하지만 그것은 구체적인 내용을 갖는 '이념'과 달리 어떤 내용을 갖지 않은 채 그저 방향만을 표시하는 한 초험적 경험의 일부가 된다. 넘어섬의 욕망을 표현하는 벡터가 된다. 역으로 그렇게 내용 없이 텅 빈 '이상'을 통해 무언가로 가득 찬 '이념'이나 초월성을 비워버림으로써, 초월적 경험을 향하던 힘의 방향을 초험적 경험으로 바꾸어버릴 수 있을지도 모른다.

다른 삶에 대한 의지를 현세적인 행복에 대한 역겨움이라는 부정적 형식으로 표명하며 그로부터 도망쳐 푸른 창공, 내용 없는 이상의 세계로 가려는 마음은, 많은 경우 현실의 비루함과 대비되는 지고함의 색조를 띠게 마련이지만, 그것이 구체적인 내용을 갖지 않는 한 그것은 초월성으로 초험성을 망치지 않으며, 그 안에 모호성의 대기를 불러들이고 또한 대기 속에 나가 섞인다. 물론 그 대기가 안개처럼 뿌연 대기인지, 창공처럼 맑고 깨끗한 대기인지는 다른 문제라 하겠지만. 따라서 여기서 문제는 초험성과 초월성의 대립이 아니라, '창공'과 같은 맑고 푸른 대기와 안개와 같은 뿌연 잿빛 대기의 대비로 바뀌는 듯하다. 혹은 뿌연 안개를 제거하여 맑고 밝은 창공으로 날아오르고자 하는 지고함의 방향과 뿌연 안개의 세계, 흙탕보다 진한 어둠의 세계로 파고들려는 의지의 대비가 되기도 한다. 이는 초험적 경험을 밀고 가려는 상이한 방향이라 할 것이다.

말라르메는 반복하여 실패하고 추락하지만 결코 포기할 수 없는 시인의 지고한 이상주의를 매우 강렬하게 표명한다. 그는 "제 피가 흐르는 것을 보리라는 행복에 도취"하여 "꿈의 젖을 빨듯이 고통의 젖을" 빨며 갈기를 솟구쳐 세우는 "창공을 구걸하는" 시인들과 달리, "비천하고 웅덩이도 없는 사막을 배회하는", "한 마리 독수리가 부족한 프로메테우스의 동류"인 자신 같은 시인을 대비한다(「불운」).[45] 거기서 그는 하나의 명확한 방향을 갖는다. "행복 속에 파묻혀 오직 그 식욕으로만/밥을 먹고 아등바등 오물을 찾아/제 어린것 젖 먹이는 아내에게 바치려는/모진 마음의 인간에게 역겨움 지울 수 없어" 삶을 등지고 "도망치고자" 한다. "창공을 앞에 두고도 코를 박도록 나를 몰아대는" 어리석음의 구토 속에서 "깃털 없는 나의 두 날개로 도망칠 방법"을 찾는다. 그러나 그가 가려는 곳은 결코 도달할 수 없는 곳이고, 그렇기에 그 도망은 결코 성공할 수 없는 것이다. 그래도 그는 그 도망을 계속하겠다

---

45) 말라르메, 『시집』, 황현산 옮김, 문학과지성사, 2005, 50~51쪽.

고 한다. "영원토록 추락하는 한이 있어도."(「창」)[46] 그리고 소망한다.

> 내 꿈을 왕관으로 쓰고, 다시 태어나고 싶다,
> 미가 꽃피는 전생前生의 하늘에!
>
> ―말라르메, 「창」 중에서

그렇기에 그는 자신의 무능력을 비웃는 "영원한 창공의 초연한 빈정거림" 마저 "꽃들처럼 무심하게 아름"답다고 느끼고, 자신의 "비어 있는 영혼을 / 응시하는 그 눈길이 따가워" 도망치려 하지만 도망조차 칠 곳 없음을 서러워한다. 그러면서도 그는 하늘을 잊고 묶여버릴 물질에게 손을 내밀고, 영원성의 창공을 흐리는 안개 속에 숨고자 하지만, 창공을 이길 수 없음을, 결국 창공이 승리할 것임을 잘 안다. 그렇게 그는 실패할 수밖에 없는 불운의 비상을 반복하고자 한다.

말라르메의 '창공'은 결코 숭고나 어떤 초월자의 형상으로 채색되지 않았지만, 젖 먹이는 여인이나 빈사의 환자가 기대어 앉은 지겨운 백색의 슬픈 병원 같은 현실과 대비되는 지고성의 세계다. 지고성의 방향을 표시한다. 결코 도달할 수 없지만 결코 포기할 수 없는 저 지고성에의 의지는 아이에게는 기쁨을 안겨주는 종소리를, 그저 부스러기로만 아련히 떨어져 내리는 땡그랑 소리로만 듣는, "이상의 종소리를 울리는" 수사修士처럼 "돌덩이를 풀어내고 내 목을 베리라"(「종치는 수사」)는,[47] 니체라면 '니힐리즘'이라고 명명했을 정서를 대기 속에 풀어놓기도 한다. 모호하지만 지고하고 고귀하기에 더욱더 매혹적인 유혹의 대기다. 이데아 없는 플라톤주의라고 해야 할까?

---

46) 같은 책, 58~59쪽.
47) 같은 책, 66쪽.

이는 "유리창에서 미소 짓"고 있는 "아름다운 창공"을 증오한다면서 "인간적인 것은 아무것도 원치 않는" 하나의 "조각상"이 되겠다고, "알지 못하는 것을 기다리"겠다고 하는 에로디아드를 통해 좀더 모호한 대기 속으로 들어간다. "나는 사랑한다 처녀로 삶의 끔찍함을. 나는 바란다/내 머리칼이 내게 안겨주는 공포 속에 살기를."(「에로디아드」)[48] 그러나 조각상이나 머리칼의 무기물이 주는 공포 속으로 들어가려는 이 욕망은 "죽게 마련인 한 인간"에 대한 거부와 절연하지 못하는 한, 죽음과 부패의 고통을 피해 변하지 않는 것을 향해 가는 '완전성'을 향한 넘어섬의 방향을 바꾸지 못하는 것 같다. 이러한 넘어섬이 대문자로 쓰는 절대적인 한 권의 〈책Livre〉에 이르면, 우주의 모든 것을 종합하는 책, 어떤 바깥도 없는 책에 이르면, 그리고 세계는 하나의 책에 이르기 위해 만들어졌다는 생각에 이르면, 이데아는 하나의 가시적 형태를 갖는 플라톤주의로 귀착되는 것 같다. 비록 그 책이 결코 쓰여질 수 없는 책, 불가능한 책이라고 해도, 그 불가능성은 세계 질서의 바깥이 아니라 불완전한 현실 저편에 있는 이데아의 완전성을 뜻하게 된다.

보들레르는 에드거 앨런 포와 이어진 표현형식에서는 말라르메와 가깝지만, 내용 차원에서 보면 현실의 누추함 속에서 미를 보고 이상조차 심연의 어둠에 묻어버리려 했다는 점에서 반대방향을 향해 있었던 것 같다. 가령 말라르메와 유사하게 병원을 무대로 하는 「이상」이란 시가 그렇다. 병원이기에 더욱 두드러지는 미인들보다는 차라리 악마성을 가진 죄악의 맥베스 부인에게 다가가는 자신의 마음속에서 그는 심연을 본다. '이상' 같은 게 있다면, 그건 차라리 거대한 밤의 어둠과 가까운 것이라고.

---

48) 같은 책, 80~82쪽.

병원의 수다 떠는 그 미인들의 무리는
위황병 걸린 시인 가바르니에게나 맡기련다,
그 창백한 장미들 속에선
내 붉은 이상을 닮은 꽃을 찾아낼 수 없을 터이니.

심연처럼 깊은 이 마음에 필요한 것은
바로 그대, 맥베스 부인이여, 죄악에 강한 꿋꿋한 넋,
폭풍우 속에서 꽃핀 에쉴르의 꿈이어라,

아니면 너 거대한 '밤', 미켈란젤로의 딸,
'거인'들의 입에 길들여진 젖가슴을
야릇한 자세로 한가로이 비트는 너.

— 보들레르, 「이상」 중에서[49]

    물론 그 또한 바싹 마른 포도 위, 울퉁불퉁한 땅바닥 위로 하얀 깃을 끌고 있는, 물도 없는 도랑가에서 안절부절 못 하며 먼지로 멱 감고 아름다운 고향 호수를 그리는 백조의 모습에서 자신의 처지와도 같은 시인의 현실을 본다(「백조」).[50] 그 현실에 대해 적에게 잡혀 그들과 살아야 하는 앙드로마크의 운명을 떠올린다. 그러니 그 현실에서 벗어나고 싶을 것이다. 그 도시에서 만난 한 늙은이는 어느새 일곱으로 증식되며 그의 시야를 가득 채운다. 그것이 "불멸의 모습"임을, 인간의 피할 수 없는 운명임을 안다. 그것을 받아들이긴 쉽지 않다. "나는 그 끔찍한 행렬에 등을 돌렸다.// 세상이 두 개로 보이는

---

49) 보들레르, 앞의 책, 69쪽.
50) 같은 책, 218~221쪽.

주정뱅이처럼 흥분하여,/나는 집으로 돌아와 문을 닫았다, 질겁을 하고"(「일곱 늙은이」).[51] 그렇지만 그는 그 말라붙은 도시, 추한 현실을 떠나는 안이한 넘어섬이 아니라 그 추함 속에서 미를 보고 그 참혹한 삶을 떠안고 사랑하고자 한다. 그들의 눈, "수백만 눈물로 만들어진 우물"이 "혹독한 '불운'이 키운 (…) 뿌리칠 수 없는 매력"을 가지고 있음을 본다(「가여운 노파들」).

> 찌부러졌으나, 눈은 송곳처럼 꿰뚫어보고,
>
> 밤에 물이 고인 웅덩이처럼 반들거리고;
>
> 무엇이고 반짝이는 것을 보면 놀라 웃는
>
> 소녀의 거룩한 눈빛을 그들은 간직하고 있다.
>
> ―보들레르, 「가여운 노파들」 중에서[52]

보들레르는 그 노파들에 대해 이렇게 쓴다. "번화한 도시의 혼돈 속을 뚫고서,/가슴에 피흘리는 '어머니'여, 창녀여, 아니 성녀여." 창녀이기도 하고 성녀이기도 한 그들은 죽음과 노쇠라는 "하느님의 무서운 손톱에 짓눌리는 팔순의 이브들"이다(「가여운 노파들」).

창공과 반대로 '지옥'을 향해 가는 랭보는 초험적 경험이 향하는 이러한 방향을 좀더 선명하고 강렬하게 표명한다. 그는 자신이 '나쁜 피'를 타고난 '열등한 종족'이며 이교의 피에 사로잡힌 저주받은 몸이라고 '고백'한다. 그는 자신이 짐승이고 니그로라고, 그렇지만 자신과 대극에 있는 상인, 관리, 장군, 황제들 또한 자신과 마찬가지로 니그로들이라고 한다. 그렇기에 대포와 세례를 앞세운 백인들의 상륙에, 그들의 '은총'에 타격을 받을지라도 유럽

---

51) 같은 책, 224쪽.

52) 같은 책, 226쪽.

을 떠나 오지의 풍토에 피부를 그을리며, 더욱 어두운 피부, 험악한 눈을 가진 강철 같은 사지를 갖고 되돌아오리라 본다. 그러나 그것이 흔히 떠올리는 지리적 모험 같은 것은 아니다. 그는 자신이 어디에나 살았다고 느끼며, 그렇기에 굳이 떠날 것도 없음을 안다. 하여 자신의 악덕을 짊어지고 악덕으로 덮인 이 길을 다시 갈 뿐이다. 차라리 정의를 조심하면서 고난에 찬 삶을 살고 단순하게 우둔해지는 방식으로. '구원'이나 '선', '축복' 같은 것은, 다른 삶은 거기서 발견해야 하는 것이다(「나쁜 피」).[53]

물론 이는 끔찍한 독을 삼키고 격렬하게 빠져들어가는 지옥일 것이다. 찬송마저 허용하지 않는 지옥의 삶, 그러나 그 또한 삶인 것이다. 현실의 누추함에 절망하여, 썩어가는 무력한 팔다리에 실망하여 제 팔다리를 자르려는 것이야말로 천벌이라 한다. 그는 그 현실에 명료한 해석가능성을 제공하는 '원리'나 '역사' 같은 것은 믿지 않는다. 그러나 그것은 세상 안에 그저 안주하는 삶이 아니라, 차라리 세상 밖으로 나가는 삶이다. 아무 소리 들리지 않고 촉감마저 사라지더라도, "나는 더이상 이 세계에 있지 않다."(「지옥의 밤」) 이 세상의 바깥, 익숙한 감각, 익숙한 의미, 멋진 원리 같은 것들이 사라져버린 곳이다. 지옥이란 다름 아닌 그곳일 터이다. 그것은 세상을 벗어난 별개의 세계가 아니라, 세상 안에서 세상을 벗어나는 독을 마시며 만나게 되는 암흑이 된 세상이다. 세상 안의 다른 세상이다.

그는 '미' 또한 내던져버린다. '정의' 또한 마찬가지다.

어느날 저녁, 나는 미美를 무릎에 앉혔다. ─그러고 보니 그게 고약한 것임을 알았다. ─그래서 욕을 퍼부어주었다.

---

53) 랭보, 『지옥에서 보낸 한 철』, 김현 옮김, 민음사, 1974, 24~52쪽. 번역서에서 '나쁜 피'란 제목은 '나쁜 혈통'으로 번역되어 있다.

나는 정의에 대항하여 무장을 했다.

—랭보, 「지옥에서 보낸 한 철—서시」 중에서[54]

말라르메는 미를 찾고자 추한 세상을 벗어나려 했다. 오직 미만이 존재하는 곳을 찾아 현세를 벗어나고자 했다. 그러나 랭보는 미가 고약한 것임을 본다. 그래서 미에 욕설을 퍼붓는다. 미를 찾아 세상을 떠나는 게 아니라, 다른 삶을 찾아, 다른 세상을 찾아 미美마저 떠나려 한다. 정의는 물론이다. 그래서 그는 차라리 미에 눈멀고자, 정의와 결별하고자 독을 마시고 지옥으로 들어간다. 추하고 악한 세상을 떠나지 않겠다고, 그곳을 살아내겠다고 한다.

떠나지 않을 테다. 내 악덕으로 덮인 이 땅의 길을 다시 가자. 철들 무렵부터 내 옆구리에 고통의 뿌리를 박은, 하늘까지 닿아 나를 때리고, 나를 엎어뜨리고, 나를 끌고 가는 그 악덕을 짊어지고

—랭보, 「나쁜 피」 중에서[55]

그렇게 수천 번 독을 마시고, "우리들의 추악함에 눈을 던지"며 그는 "다시 삶으로 떠오르리라" 한다. 그렇게 되돌아온 그는 남들과 다르겠지만 언제나 거기, 악덕의 세상을 떠난 적 없기에 남들과 딱히 달라 보이지 않는 자일 것이다. "숨겨지며 숨겨지지 않는 자"일 것이다(「지옥의 밤」).[56]

그러나 초험적 경험을 통한 넘어섬은 단지 이 두 방향만을 향하지 않는다. 그것은 모든 방향으로 열려 있다. 방향을 잃은 채 안개나 어둠 속을 헤매는

---

54) 이 시는 『지옥에서 보낸 한 철』의 서시다. 같은 책, 20쪽. 번역문 중 일부 표현을 수정했다.
55) 번역문 중 일부 표현을 수정했다.
56) 같은 책, 64쪽. 번역문 중 일부 표현을 수정했다.

경우도 그러하고, 방향을 잃기 위해 어둠 속으로 들어가는 경우 또한 그러하다. 안개 같은 모호한 대기를 뚫고 창공을 향해 가려 하지 않고, 반대로 뿌연 안개 속에서 이전의 세계가 희미하게 사그라지고 이전에 보이던 명료한 길들이 보이지 않게 되는 경험을 향해 가려 한다. 그럼으로써 없는 길을 만들어가고 사라진 세계를 대신할 다른 세계를 창안하려 한다.

그렇지만 지고한 창공을 향한 비상보다는 어둠이나 안개 속으로 들어가는 침잠이 초험적 경험의 방향을 표시하는 데 좀더 적절해 보인다. 즉 '안개'나 '어둠'은 지옥과 인접하지만 지옥과는 다른 '보편성'을 갖는 듯하다. 아니 안개와 어둠의 보편성은 랭보가 말한 '지옥'조차 초험적 경험의 보편성 속으로 끌어들이는 듯하다. 지금 자신이 살고 있는 세계 속에서 모질고 누추한 현실을 보며 그와 다른 세계를 찾고자, 그 세계의 현재를, 흐리고 명확하던 길을 지워버리는 것이란 점에서. 이를 "더듬거리기 위해 눈감"는 "암중모색"(진은영, 「modification」)[57] 같은 것이라고 해도 좋을 터이다. 그렇기에 나는 오히려 말라르메가 안개에 대해 썼던 시구들에서, 외람되지만, 창공을 향한 것을 걷어내고, "헛일이로다! 창공이 승리한다"는 뒤의 시구들을 잘라내, 그의 시를 '안개'라는 모호성의 대기 속에서 초험적 경험을 예찬한 시로 바꾸고 싶다.

농무들아, 피어올라라! 너희 단조로운 재들을
안개의 긴 넝마들에 실어날라,
가을의 납빛 늪에 익사할 하늘에 쏟아부어
거대하고 적막한 천장을 지어라.

---

57) 진은영, 『우리는 매일매일』, 문학과지성사, 2008, 39쪽.

그리고 너, 망각의 못에서 기어나오라,

친애하는 **권태**야, 진흙과 창백한 갈대를 주워와서

새들이 방정맞게 뚫어놓은 저 거대한 푸른 구멍들을

결코 지치지 않는 손으로 틀어막아라.

아직도 남았다! 처량한 굴뚝들아 쉬지 말고

연기를 뿜어내라, 떠다니는 그을음의 감옥들아

지평선에 노랗게 죽어가는 태양을

그 시커먼 옷자락의 공포로 덮어 꺼버려라!

─**하늘**은 죽었다─너를 향해 달려가노니, 오 물질이여,

잔인한 **이상**도 **죄**도 잊어버릴 망각을 달라,

행복한 인간축생들이 누워 있는

그 잠자리를 함께 나누려는 이 순교자에게.

─말라르메, 「창공」 중에서[58]

  안개나 어둠이란 창공과 반대 방향일 뿐 대기의 맑음이나 명료함과 반대
되는 또하나의 방향이라고 반박할지도 모른다. 그러나 그것은 빛과 어둠, 창
공과 안개를 대칭적인 것으로 보는 데서 오는 오인이다. 빛은 그것이 방사되
는 장소를 갖지만, 어둠은 본질적으로 장소를 갖지 않는다. 빛이 사라지면 어
디나 어둠이기 때문이다. 빛이 있고 빛이 있는 한에서만 어둠은 빛과 대립하
며 빛과 상대되는 위치를 갖는다. 누추한 세계로서의 현실은 빈번히 빛나는

---

58) 말라르메, 앞의 책, 68~69쪽.

창공과 대비되지만, 현실은 '창공'—하늘—없이 있지 않다. 우리가 사는 곳이 누추하다면, 우리가 사는 곳은 어디든 어둠인 것이다. '창공의 미학'과 대비되는 의미로 '어둠의 미학' 같은 게 있다면, 그건 아마 르네 샤르가 레지스탕스 시절 산악 지역에서 쓴 237개의 시편 중 마지막 단편으로 요약할 수 있을 터이다.

우리들의 어둠 속에서, 〈아름다움-La Beauté〉을 위한 장소는 없다. 모든 장소가 〈아름다움〉을 위한 곳이다.[59]

8. 감응의 유물론과 초험적 예술

예술이란 '이념의 감각적 가상화'라는 헤겔의 정의는 예술에 대한 관념론적 입장을 명확하게 보여준다. 그 이념이 플라톤의 이데아나 헤겔의 절대정신 같은 관념론적 이념이든 맑스주의라는 유물론적 이념이든 다르지 않다. 여기서 문제는 이념과 감각화의 관계이기에, 이념의 자리에 유물론적 이념이 들어선다고 해도 이념의 감각적 가상화라는 관념론적 정의에서 벗어나는 것은 아니기 때문이다. 물론 리얼리즘 이론에서 예술의 개념이 이러한 헤겔적 관념으로 환원될 수는 없다고 하겠지만, 헤겔주의자를 자처했던 루카치가 잘 보여주었듯, 이러한 헤겔적 관념이 리얼리즘 이론의 모태가 되었음 또한 부정하긴 어려울 것이다.

통치자인 이념에 봉사하는 것의 자리를 감각에 부여하는 모든 예술은 관념론적이다. 관념론적 예술론의 요체는 단지 감각을 이념의 전개 수단으로

---

59) René Char, "Feuillets d'Hypnos", *Fureur et mystère*, Gallimard, 1967, p. 149.

본다는 점만이 아니다. 또하나 중요한 것은 그러기 위해 기존의 감각을 이용하고, 그것에 편승한다는 점이다. 따라서 유물론적 예술론은 감각과 이념의 관계를 그저 전도하거나 바꾸는 것만으로는 불충분하다. 예술이 감각의 주변에서 형성되고 작용함을 안다면, 차라리 일차적인 것은 감각 자체를 변혁하는 것이다. "이치에 맞는 감각의 착란"을 통해서 "다른 삶은 가능한가" 물었던 랭보의 물음이 중요한 것은 이런 이유에서다. 유물론자들에게 예술이란 감각의 혁명을 통해 다른 삶을 향해 난 문을 여는 활동이다.

또하나, 유물론적 예술이론은 감각과 이념의 관계를 뒤집는 것이 아니다. 차라리 이념과의 관계를 절연하는 것이라고 해야 한다. 이런 점에서 우리는 초험적 경험의 개념이 유물론과 이어지는 선을 볼 수 있다. 앞서 본 것처럼 감각을 넘어서도록 촉발하는 예술작품의 작용은, 지각되기만 할 뿐 무엇인지 알 수 없는 지각으로서의 초험적 경험과 직결되어 있다. 여기에 사유불가능하지만 사유해야 하는 것과의 피할 수 없는 대면 또한 추가할 수 있을 것이다.[60] 여기서 발생하는 '초험적' 경험은 기존의 감각이나 사유를 넘어서는 어떤 충격을 통해, 기존의 감각이나 사유를 넘어서게 하며, 이로써 다른 삶의 가능성을 연다. 문제는 이러한 넘어섬의 경험을 어떤 종류의 '초월자'에 귀속시키는 '초월적 경험'으로 치환하는 것이다. 그 초월자가 신적인 것이든 플라톤적 이데아든 칸트적 초월자든 루카치적 역사법칙이든 사태는 달라지지 않는다. 초월적 경험은 기존의 감각이나 관념, 이념이나 사유를 넘어서는 경험을 기존의 어떤 초월자나 이념으로 귀속시킨다.

이런 점에서 재현 대상을 둘러싼 대기/분위기를 '숭고'라는 잘 알려진 개념으로 일반화하는 것은 관념론에 예술을 넘겨주고, 초월적 경험에 초험적

---

60) 들뢰즈, 『차이와 반복』, 김상환 옮김, 민음사, 2004, 318쪽.

경험을 넘겨주는 또하나의 길이다. 다양한 색조의 분위기, 명료하지 않기에 오히려 예술이 될 수 있는 모호함의 감응을 담은 분위기의 대기를 하나의 명료한 초월자나 대상으로 귀속시키지 않고 모호한 그대로 두는 것이 중요하다. 초험적 예술. 그 모호함 속에 다양한 감정이나 감각들을 섞어 넣어 대상이나 사건을 그 대기로 둘러싸게 하는 것, 그것이 재현적인 예술에서조차 어떤 작품을 예술이 되게 만드는 핵심적인 요인이다. 재현적 예술에서조차 작품의 예술성은 재현된 대상이 아니라 그를 둘러싼 대기 속에 있다. 비재현적 예술, 추상적 예술이라면 더 말할 것도 없다. 추상예술이란 웃음만 남기고 고양이는 사라져버리듯, 분위기만 남기고 재현 대상은 사라져버리는 유형의 예술이다. 여기서 예술작품은 분위기/대기에 녹아든 감응만 남김으로써 재현 대상에 우리의 감각적 경험이 포섭될 여지를 최소화한다.

작품을 둘러싼 대기, 혹은 대상이나 형상을 둘러싼 대기 속에 남은 것은 감응이다. 역으로 작가는 어떤 감응을 형성하는 방식으로 대기를 대상 주위에 둘러싸게 하고 응결시킴으로써 분위기를 만든다. 이런 점에서 예술작품이란 "감각과 감응의 응결"이다.[61] 작품과 감응에 대한 이러한 정의는 예술작품의 유물론에 중요한 또하나의 성분이다. 그것은 작품의 작용을 '감정' 같은 주관적 작용으로 규정하는 오래된 통념과 결별하며, 감상자의 '주관'으로부터 예술작품을 독립시키기 때문이다.

사실 들뢰즈가 기대고 있는 스피노자의 사유에서 감응이란 어떤 양태와의 만남에 의해 발생하는 능력의 증감을 통해 정의된다. 그런 점에서 예술작품

---

61) "예술작품은 감각들의 집적, 말하자면 지각들과 감응들의 복합체다. 지각은 지각작용이 아니다. 지각들은 그것을 느끼는 자들의 상태로부터 독립되어 있다. 감응은 감정이나 감정작용이 아니다. 감응은 그것을 경험하는 자들의 힘을 벗어난다. 감각, 지각, 감응은 스스로 가치를 지니며, 모든 체험을 넘어서는 존재다."(들뢰즈/가타리, 『철학이란 무엇인가』, 이정임 외 옮김, 현대미학사, 1995: 234)

이 야기하는 감응은 그 자체로는 그것과 만나는 사람에게 발생하는 신체적 및 정신적 능력의 변용이다. 그렇기에 이는 자칫하면 '주관적인' 것으로 오인되고, 감정과 혼동되기 쉽다. 예술작품과 짝하는 개념으로서의 감정이란 작품에 의해 감상자 내부에 야기된 효과를 뜻한다. 그러나 예술작품을 감응의 응결이라고 할 때, 감응이란 그것과 만난 사람에게 속하는 것이기 이전에 작품 자체에 속하는 것이다. 다시 말하면, 예술가는 작품을 통해 감상자에게 야기될 어떤 감정이나 감동 같은 것을 기획하는 게 아니라, 대상이나 작품 주위에 어떤 감응을 갖는 대기를 응결시켜놓음으로써 그 작품을 분위기로 감싼다. 그 감응의 대기는 명료하지 않고 모호하며, 상이한 감정 상태 사이에서 이행하고 상이한 감정들이 섞여 있기에, 그것과 접촉한 사람에게 야기하는 효과는 단일하지 않고 또한 양상도 다를 수 있다. 그렇다고 해서 그 감정적 반응들을 작품과 무관한 주관적 감정이나 판단이라고 할 수 없는 것은, 그 효과가 작품에 귀속될 감응과 어떤 식으로든 관련되어 있기 때문이다. 이 때문에 작품에 대한 판단이나 해석의 다양성을 말하면서도, '타당성'과 '부당성' 같은 개념마저 사용할 수 있는 것이다.

감응의 응결로서의 예술작품이 있고, 그것은 그 자신의 발로 서서 자신과 만나는 사람들을 다양하지만 무제약적이라고는 할 수 없는 양상으로 촉발한다. 그 촉발이 기존의 감각이나 생각을 넘어 신체나 정신 속으로 밀고 들어갈 때, 우리는 기존의 경험을 넘어선 경험을 하게 된다. 이 초험적 경험은 우리의 감각을 바꾸고 우리의 생각을 바꾸게 한다. 그리고 바로 이것이 우리가 사는 세계 안에서 그 세계를 벗어나는 문을 열게 하고, 우리가 사는 삶 안에서 다른 삶을 찾게 한다. 유물론적 예술론이란 감응의 유물론이라고 해도 좋을 이러한 사태연관 속에 예술을 위치 짓고, 그것으로 하여금 존재하게 하는 이론이다. 초험적 예술의 이론이다.

3장

존재의 목소리와 목소리 없는 존재:
빛의 존재론에서 어둠의 존재론으로

예술은 대기 속에 있다. 예술은 대기가 되어 대상 주위를 감싸고 떠돈다. 대상과 무관하지 않지만 대상이라고는 결코 말할 수 없는 그 대기가 어떤 작품을 예술이 되게 한다. 대기가 대상과 너무 가까워지는 순간, 대기는 모호한 분위기를 잃고 재현된 대상 속에 회수되며 생명을 잃고 만다. 존재는 대상이 아니라 대상을 둘러싼 대기다. 인식론은 대상을 향해 가지만, 존재론은 존재를 향해 간다. 대상을 둘러싼 대기를 향해 간다. 인식론은 저기 있는 존재자를 명료하고 뚜렷하게 규정된 대상으로 바꾸려 하지만, 존재론은 대상이기 이전의 존재에게, 혹은 대상적 규정을 벗어난 존재에게, 그저 '있다'고만 할 수 있는 존재에게 다가가려 한다.

문제는 오히려 우리의 통념이나 감각을 지우며 오는 모호한 대기를, 대기 속에 숨은 것을 우리가 알고 있는 것, 우리가 모르지만 사실은 우리에게 이미 '알려져 있는' 것이기에 어느새 알고 있는 것으로 바꿔버리는 것이다. 이는 '존재'의 의미조차 우리가 서 있는 지평 속에서 우리에게 '이미 알려져 있는' 것으로 대체해버리는 하이데거의 경우에서도 유사하게 발견할 수 있다. 그에게 존재란 이미 알려져 있으나 망각된 것이다. 이는 초험적 경험의 개념이 '존재론'과 이어지는 지점을 보여주지만, 동시에 하이데거의 존재론에 우리가 동의할 수 없는 이유를 보여준다. 하이데거에 대한 언급이 조금 길어진다 싶은 것은 이런 이유에서다.

1. 존재의 목소리?

하이데거는 예술작품에서 중요한 건 재현된 대상이 아니라 그 대상을 둘러싸고 있는 것이라는 생각과 가깝이 있다. 예컨대 반 고흐의 작품 〈구두〉(그림 1)에서 구두를 볼 때, 그는 구두라는 대상이 아니라 구두가 속해 있는 농촌 아낙네의 '세계'를 본다. 앞서 말한 어법으로 고쳐 쓰면, 그 그림에서 드러나는 것은 재현된 구두가 아니라 그 구두를 둘러싸고 있는 세계란 말이다. 이 세계를 그는 이렇게 서술한다.

> 너무 오래 신어서 가죽이 늘어나버린 신발이라는 이 도구의 안쪽 어두운 틈새로부터 밭일을 나선 고단한 발걸음이 엿보인다. 신발이라는 이 도구의 수수하고도 질긴 무게 속에는 거친 바람이 부는 드넓게 펼쳐진 평탄한 밭고랑 사이로 천천히 걸어가는 강인함이 배어 있고, 신발가죽 위에는 기름진 땅의 습기와 풍요로움이 깃들어 있으며, 신발 바닥으로는 저물어가는 들길의 고독함이 밀려온다.[1]

또하나, 리얼리즘 이론가들과 달리 하이데거는 존재의 비밀을 드러낼 때조차 다 까놓고 드러내선 안 된다고 믿는다. 좀더 정확하게 '존재론적' 방식으로 쓰자면, 존재의 목소리란 스스로 말을 건네오면서 동시에 뒤로 내빼는 은닉의 양상으로 온다는 것이다. 탈은폐되는 경우에조차 은닉되는 이런 상

---

1) 하이데거, 「예술작품의 근원」, 『숲길』, 신상희 옮김, 나남, 2008, 42쪽.

그림 1. 빈센트 반 고흐, <구두>,
반 고흐 미술관 소장.

을 다루기 위해 그는 '세계'와 대비하여 '대지'라는 개념을 사용한다. 대지는 세계에 의해 내세워질 때조차 '자기를 닫아두고 있는 것으로서' 들어온다. 작품이 세계를 건립하며 존재의 진리를 열어 밝힌다면, 대지는 그렇게 내세워지면서도 언제나 자신을 닫아둔 채 뒤로 물러선다. 존재는 다시 은닉된다. 그런 은닉 속에서만 존재자의 드러남은 존재의 진리가 된다. 가령 "색채를 파동수로 분해하여 이해하고자 할 때, 색채는 달아나버린다. 색채는 그것이 탈은폐되지 않고 해명되지 않은 상태로 머물 때에만 스스로를 나타내 보인다".[2] 세계는 대지의 은닉하는 작용을 통해서만 제대로 세계일 수 있다.

　요컨대 세계의 건립Aufstellen과 대지의 내세움Herstellen은 작품의 작품 – 존재(작품 – 임)에 속해 있는 두 가지 본질적 특성이다.[3] 세계는 대지에 근거하며, 대지는 세계를 솟아오르게 한다.[4] "세계와 대지의 대립은 어떤 하나의 투쟁이다. (…) 투쟁 속에서만 각자는 자기를 넘어 서로의 상태를 지탱해준

---

2) 같은 책, 64쪽.

3) 같은 책, 65쪽.

4) 같은 책, 66쪽.

다."[5] 그리하여 그는 반 고흐의 〈구두〉에서 그가 엿본 농촌 아낙네의 세계 뒤에 이렇게 이어서 쓴다.

신발이라는 이 도구 가운데에는 대지의 말없는 부름이 외쳐오는 듯하고, 잘 익은 곡식을 조용히 선사해주는 대지의 베풂이 느껴지기도 하며, 또 겨울 들녘의 쓸쓸한 휴경지에 감도는 해명할 수 없는 대지의 거절이 느껴지기도 한다.[6]

그는 이러한 자신의 진술에 대해 "모든 것을 마음대로 채색하고 덧칠한 것과 같은 주관적 행위에 지나지 않는다고 생각한다면 최악의 자기기만일 것"이라고 강하게 단언한다.[7] 반 고흐의 그림에서 그가 읽어낸 것은 예술작품으로서의 그 그림을 통해 들은 존재의 목소리요 존재망각으로부터 벗어나 그에게 다가온 존재의 진리지, 그가 주관적으로 부여한 의미가 아니라는 말이다. 그러나 이제는 잘 알려진 것처럼 그가 존재의 목소리를 들었다고 주장하는 저 그림은 농촌에 거주하기 이전에 그린 것이고, 따라서 반 고흐가 그린 것은 농촌 아낙네가 아닌, 아마도 노동자였을 도시인의 구두다. 그렇다면 도시의 거리나 공장의 더러운 지면을 훑고 다녔을 저 구두가 밭고랑 사이를 걸어가는 강인함이나 기름진 땅의 습기와 풍요로움, 혹은 곡식을 선사하는 대지의 베풂이나 휴경지에 감도는 대지의 거절을 자신의 목소리로 건네주었을 가능성은 없다. 그렇다면 그가 들었다는 그 목소리의 정체는 무엇일까?

그러나 이런 방법으로 그가 본 것을 '주관적'이라고 비판한다면, 자칫 재

---

5) 같은 책, 67쪽.

6) 같은 책, 42쪽.

7) 같은 책, 45쪽.

현된 대상의 실증적 사실을 들어 그 대상을 둘러싼 세계와 대지를 읽어내려는 시도를 비판하는 것이 될 터이다. 물론 이 그림에서 단지 재현된 대상이 아니라 그것이 속한 세계와 대지를 읽어내라는 얘기만 했다면, 하이데거의 이 실수는 그의 논지에 아무 손상을 주지 않는 아주 사소한 실수에 머물렀을 텐데, 그것이 '주관적'이지 않은 '존재의 목소리'라고 말하는 바람에, 그의 존재론을 생각하면 결코 사소하게 넘어가기 힘든 실수가 되었음은 부정하기 어렵다. 그러나 그런 식의 비판에 머문다면, 자칫 실증적 사실을 따지는 것이 예술작품에 대한 '올바른' 해석의 전제가 된다는 식의 주장, 따라서 작품에 대한 올바른 독해는 작품과 관련된 작가적 사실들의 탐색으로 내모는 주장으로 귀착될 수 있다. 대상을 둘러싼 것을 읽으려는 시도를 재현된 대상에 대한 '정확한' 해석으로 되돌릴 수 있다.

이런 이론적 후퇴가 유감스러운 것은 사실이지만, 그렇다고 노동자의 구두에서 농부의 세계가 건네는 존재의 목소리를 들었다는 말을 그냥 접고 넘어간다면, 이론적 목적을 위해 사실을 외면하는 오류를 면하기 어렵다. 어디로 가도 속 편한 길이 아니다. 이 궁지를 벗어나면서, 하이데거의 존재론이 갖는 근본적인 문제에 다가가려면 차라리 하이데거의 실수를 '면해주는' 방법으로 일종의 사고실험을 해보는 게 좋을 듯하다. 하이데거의 생각을 보완하며 더 충실하게 따라가보는 것이다. 가령 하이데거가 이 글을 쓰기 직전에 고흐의 저 그림이 농촌 아낙네가 아니라 도시 노동자의 구두임을 알았다면 그는 어떻게 했을까? 앞서의 문장을 고쳐서 이런 식으로 썼을까?

신발 안쪽 어두운 틈새로부터 공장 문 안에 들어서는 고단한 발걸음이 엿보인다. 신발이라는 이 도구의 수수하고도 질긴 무게 속에는 거대한 기계의 무게를 받쳐주는 공장의 단단한 대지를 밟고 썩썩하게 걸어가는 강인함이 배어 있고, 신발 가죽 위에는 기름기로 스며든 기계들의 힘찬 운동이 깃들어 있으며, 신발 바닥으로는 공장 문을 나서서 집으로 돌아가는 거리의 무심한 활기가 배어나온다.

존재의 목소리를 있는 그대로 듣는 그의 존재론적 요구에 따르면 이와 비슷하게 썼어야 할 것 같다. 하지만 그가 근대의 과학기술에서 니힐리즘을 포착하고 베를린대학의 초청을 거절하며 "우리는 왜 농촌에 거주해야 하는가?"에 대해 강연했으며, 존재가 거하는 장소인 집을 '기계'라고 명명했던 르코르뷔지에의 '주거 기계' 개념에 분노했음을[8] 보면, 결코 그랬을 것 같지 않다. 대지에 대해서 쓴 부분도 마찬가지다. 노동자의 구두가 발 딛고 선 대지 또한 그 구두를 둘러싼 대지임이 분명하지만, 이는 하이데거가 기꺼이 받아들일 수 있는 대지가 아니다. 반대로 고향상실의 징후로서 극복해야 할 대상이라고 생각하는 대지다. 그러니 공장이나 도시의 대지에 대해 위와 같이 썼을 가능성은 없어 보인다. 노동자의 구두임이 밝혀진 그 작품을 보고 하이데거의 방법대로 위와 같이 썼다면, 이를 그는 '존재의 진리'로서 인정해줄까? '고향상실'이라는 그의 '근본정서'를 안다면, 그럴 가능성은 별로 없어 보인다.

아마도 하이데거가 저 작품이 보내는 존재의 목소리를 통해 예술작품의 근원에 대해 글을 쓰는 일은 결코 없었을 것 같다. 저 그림이 아무리 맘에 들었다 해도 그것이 노동자의 구두였음을 알았다면, 그는 저 그림으로 글을 쓰지 않았을 것이다. 그림이 갑자기 맘에서 멀어졌을지도 모른다. 최소한 그는 저 그림을 포기하고 다른 그림을 찾았을 것이다. 어떤 그림을 찾았을까? 누가 그린 것이든 노동자의 구두를 그린 그림은 결코 아니었을 게다. 곤차로바

---

8) 하이데거, 『형이상학의 근본개념들』, 이기상 옮김, 까치, 2001, 354쪽.

나 말레비치가 그린 농부들의 그림이었다면 어땠을까?

곤차로바의 〈건초 베기〉(그림 2)와 말레비치의 〈추수〉(그림 3) 둘 다 추수하는 농민을 그렸고, 두 사람 모두 농민에 대한 애정의 마음으로 그림을 그렸다. 그러나 하이데거가 이 그림에서 대상들이 속한 세계의 건립과 대지의 내세움을 보았을 것 같지는 않다. 이 그림에도 세계와 대지가, 재현된 농민들을 둘러싼 감응의 대기 속에 있음은 분명하지만, 그랬을 것 같지 않다. 곤차로바의 농부가 들고 있는 커다란 낫은 그것을 둘러싸고 건립된 세계 안에 존재하는 내적 적대의 강렬함을 번득이며 보여주고, 볏단을 든 두 농민의 추수의 기쁨과는 무관한 무덤덤한 표정에서는 내가 거둔 곡식도 내 것이 되지 못하는 세계의 분열이 엿보이기 때문이다. 말레비치의 추수하는 그림은 추수를 둘러싸며 건립된 세계가 기하학적 입체들도 분절되어버렸고, 대지의 단단함은 거절하는 강인함이 아니라 겉도는 딱딱한 평면이 되어버렸으니, 결국 기하학적 입체들로 존재자의 본질이 대체되어버렸다고 할 것 같다. 말레비치의 다른 그림, 가령 농촌 여인의 얼굴 하나를 여러 입체로 분해한 〈농촌 처녀의 동상〉(1913)이나 물지게를 지고 가는 〈물긷는 여인들〉(1912)이라면 말할 것도 없다. 이런 그림들은 모두 그에게 존재의 목소리를 전해주지 못하며, 그 또한 존재의 진리가 열어 밝혀지는 예술작품이라고 말하지 않을 터이다. 아마도 이삭줍기를 하거나 저녁 종소리에 고요히 서서 기도하는 밀레의 그림들이라면 필경 그는 존재의 목소리를 들었겠지만 말이다.

하이데거가 노동자의 구두임을 알았다고 해서 고흐의 구두 그림에 대해 저기 써놓은 것처럼 존재의 목소리를 듣고 기록해줄 가능성이 없듯이, 이런 농민의 그림을 보고 거기서 자신의 '진리'를 드러내는 존재의 목소리를 그가 듣고 기록해줄 가능성은 없다. 결국 그는 어떤 식으로든 「예술작품의 근원」에 서술된 저 멋진 문장에 맞는 그런 그림을 다시 찾을 게 분명하다. 농

그림 2. 나탈리아 곤차로바, <건초 베기>.

그림 3. 카지미르 말레비치, <추수>,
스테델릭미술관 소장.

촌에 거주하며, 들길을 산책하며, 따스한 빛이 아름답게 비춰드는 숲속의 빈 터Lichtung에서 존재의 의미가 드러나는 그런 그림을 애써 찾았을 것이다. 그것은 자신이 '이미' 들은 존재의 목소리에 부합하는 그림을 찾는 작업이 되었을 것이다. 근대과학기술에 의해 근본적 위험[9](존재가 존재자로부터 떠나가버린 상황), 하늘과 대지와 신들과 인간이 하나로 모여드는[10] 통일된 공동체를 향한 그의 '근본정서'에 의해 선결정된 존재의 의미. 그는 그런 종류의 의미들로 선-구성된 이해의 지평에서 그가 대면하는 사실이나 작품을 해석하고 있는 것이다.

이러한 사고실험에 하이데거가 동의해줄까? 모를 일이다. 동의해줄 것 같지는 않지만, 빠져나가기도 쉽지는 않아 보인다. 어쨌든 그가 별로 생각하지 않았을 이런 상황을 통해 그가 예술작품의 근원을 찾아 어디로 가고 있는지 상상해보는 것은, 그의 존재론이 우리를 데리고 가려는 곳이 어디인지 아는 데 무용하지 않을 것이다. 그가 반 고흐의 그림에 그려진 존재자의 존재를 향해, 노동자의 구두가 건네는 목소리에 귀 기울이며 공장에서의 삶과 노동자의 세계를 향해 다가갔을 가능성은 없으며, 차라리 그 그림을 외면하고 말았으리라는 것, 그런 식으로 그는 그 그림이 보내는 존재의 목소리를 듣지 않았으리라는 것 말이다. 결국 그는 자신이 원하는 '존재의 목소리'만을 듣고자 하는 것이고, 그와 다른 존재의 목소리는 존재의 목소리로 듣지 않았으리라는 것, 따라서 그런 목소리는 외면하고 듣지 않았으리라는 것 말이다.

9) 하이데거, 「기술과 전향」, 『강연과 논문』, 이기상 외 옮김, 이학사, 2008, 36쪽.
10) 하이데거, 「건축함, 거주함, 사유함」, 『강연과 논문』, 이기상 외 옮김, 이학사, 2008, 189~198쪽.

2. 선험적 시야와 초험적 경험

하이데거가 고흐의 그림에서 들었다는 존재의 목소리는, 그려진 구두가 농부의 것이든 노동자의 것이든, 그 그림의 존재 '이전에', 거기 그려진 구두라는 존재자 '이전에' 있던 목소리다. 그가 듣고자 하는 목소리로서, 그가 보고자 하는 세계와 대지로서 '항상 이미' 거기 있었던 것이다. 그가 본 것은 그가 선 지평 안에서, '앞서 – 봄'의 선험성 속에서 본 것이고, 그의 시선을 제약하는 그 선험적 '시야'가 제공한 것이다.[11] 그는 언제나 그렇게 '미리 – 본다'. 그가 무언가 보고 들었다면 그것은 이미 그림이 그려지기 전에 자신이 서 있는 지평이 그의 입을 통해 발성한 목소리의 반향이고, 그의 입에서 나와 그가 서 있는 지평 안을 맴돌다 되돌아온 자기 목소리의 반향이었다고 해야 한다.

지평 안에 이미 있던 것이 그의 입을 통해 발성되고 그것이 지평에 반향되어 그의 귀에 존재의 목소리로 들리는 이런 목소리의 순환은 그가 '해석학적 순환'이라고 명명한 것과 동일한 구조를 갖는다. 이해가 해석을 가능하게 하고, 해석을 통해 이해에 다가가는 순환이 그것이다. 이해란 지평이 제공하는 '시야'이고,[12] 우리가 어떤 의미를 이해한다는 것은 '지평'이 제공하는 이 시야 안에서 보는 것이다. 지평이란 우리가 발 딛고 서 있는 의미의 지반이다. 우리는 그 위에서 보고 그 안에서 생각한다. 거기da, 거기서 내게 주어지는 것을 내가 받아들이는 것이 해석이다. 해석을 통해서만 우리는 이해의 지평에 다가갈 수 있다. 이해와 해석의 이 순환에 갇혀 있는 한 우리는 이미 알 수 있는 것만을 알고, 이미 주어져 있는 의미 안에서 선택한다. 어떤 새로운 것

---

11) 하이데거, 『존재와 시간』, 이기상 옮김, 까치, 1998, 210쪽.
12) 같은 책, 202~203쪽.

도 기존의 그 의미 구조 안에 자리잡을 때 비로소 이해될 수 있다. 따라서 해석학적 순환이란 이해의 지평이 내게 준 것을 내가 발성하고, 그것이 지평에 반사되어 되돌아온 반향을 내가 듣는 순환이다. 이 순환 때문에 하이데거는 자신에게 자기 지평이 준 것만을, 그가 발성한 것만을 존재의 목소리로 듣는다. 거기서 벗어나는 것은 듣지 못한다. 혹은 내버리고 밀쳐낸다. 노동자의 구두도, 따라서 고흐의 구두도, 그리고 필경 곤차로바와 말레비치의 농부도.

이는 자신이 익숙한 의미의 지평 안에서 세상을 보고 해석하려는 존재론의 근본적인 문제를 보여준다. 그 존재론은 '존재의 목소리'를 자신의 목소리의 메아리로 항상 – 이미 대체하게 된다. 내가 이해할 수 없는 것은 이해하려 하지 않고 내치거나, 내가 이해하는 방식에 맞추어 해석하여 이해한다. 이는 모든 존재의 목소리를 내가 듣고 싶은 목소리로 바꾸는 존재론이다. 그가 듣고 싶지 않은 목소리는 존재의 목소리가 아니다. '사물'에 대한 글에서 그는 하늘과 대지와 신들과 인간이 하나로 모여드는 것만이 '사물'이라고 하면서 사물이란 희소하다고, 그렇게 '사물화'되지 않은 것은 사물이 아니라고 할 때에도 이와 동형적인 모습을 발견할 수 있다.[13)]

존재가 '지반'이라면 그것은 모든 존재자가 기대고 있는 장대한 지반이다. 어떤 호오好惡의 분별 속에서 건립되는 세계는 존재의 지반 위에 있는 하나의 세계일 뿐이며, 존재의 무한한 능력이 산출해내는 하나의 세계일 뿐이다. 존재는 세계가 아니며, 그 세계가 발 딛고 선 대지도 아니다. 존재는 그 모든 세계의 바깥이며, 그 모든 대지 아래 있다. 그러나 모든 세계를 거절하는 바깥이 아니라 반대로 모든 세계를 받아들이는 바깥이다. 모든 세계를 허용하는 '무한한 받아들임'이고, 모든 대지를 이루는 한없는 토양이다. 이는 개체

---

13) 하이데거, 「사물」, 『강연과 논문』, 이기상 외 옮김, 이학사, 2008, 224쪽, 229쪽.

성을 갖는 존재자의 존재 또한 다르지 않다. 릴케는 꽃이라는 하나의 존재자의 존재에게서 이 무한한 받아들임을 본다. 하늘들의 온갖 소리가 쏟아져 들어가는 근육의 조용한 꽃병을.

> 꽃의 근육이여, 너는 아네모네에게
> 초원의 아침을 조금씩 열어주어,
> 그 품속으로 소란스런 하늘들의
> 온갖 소리의 빛이 쏟아져 들어간다.
>
> 무한한 받아들임을 위해 팽팽해진
> 근육의 그 조용한 꽃별 속으로.
> ─릴케, 「오르페우스에게 바치는 소네트」 2부 V 중에서[14]

이 무한한 받아들임은 어둠의 능력이다. 존재는 시야를 미리 규정하는 시야가 아니라 모든 시야 바깥에 있는 어둠이고, 시야의 미리-봄 속에서 보이는 형상이 아니라 모든 봄을 넘어서 있는 형상 없는 흐름이다. 존재는 지평이 제공하는 이해가능성 안의 의미가 아니라 모든 의미를 넘어 있으면서 모든 의미를 가능하게 하는 무의미이고, 지평 안에 이미-존재하는 역사가 보내는 목소리가 아니라 모든 지평 바깥에 있으며 모든 역사의 목소리를 지우는 절대적 침묵이다. 모든 감응의 대기 이전에 존재하는 공기 같은 것이고, 모든 형상이 들어설 수 있는 형상 없는 허공이다.

존재는 모든 존재자가 조화롭게 모여 이루어진 친숙한 질서가 아니라, 모

---

14) 릴케, 『릴케 전집』 2권, 김재혁 옮김, 책세상, 2000, 525쪽.

든 조화와 질서 바깥에서 그 모든 질서를 잠식하며 들어오는 낯선 무질서이고, 세계를 통해 자신의 일부를 드러내는 대지가 아니라, 모든 세계 바깥에 있는 카오스의 우주다. 우리가 상실의 향수 속에 그리워하는 친숙한 과거가 아니라 모든 향수와 그리움을 잡아먹으며 오는 생소한 미래다. 존재란 우리가 안온함을 느끼는 어떤 감각적 세계가 아니라 모든 안온함을 깨며 오는 낯선 감각이다. 모든 인식을 넘어서 있는 미지의 영역이다. 모든 경험을 넘어서 있는 경험의 바깥이다.

감각될 수만 있을 뿐 무언지 감지할 수 없는 경험, 사유되어야 하지만 사유될 수 없는 것의 경험, 초험적 경험과 존재가 연결된다면 바로 이 때문이다. 존재란 재현된 대상도 아니고, 그 대상을 둘러싼 분위기도 아니다. 존재란 모든 분위기를 넘어서 있는 대기이고, 모든 대기 바깥에 있는 대기의 흐름 자체다. 초험적 경험이란 하나의 분위기 속에 대상을 귀속시키는 어떤 것의 경험이 아니라, 익숙한 대기를 흩뜨리며 밀려들어오는 낯선 감응의 대기이고, 친숙한 분위기를 깨며 덮쳐오는 당혹스러운 사건이다. 그것은 대상과 분위기를 넘어 미지의 영역으로, 카오스의 우주로 우리를 밀어넣는다. 모든 존재자를 배태하고 있는 무규정성의 우주 속으로, 모든 규정가능성이 개체가 되어, 존재자가 되어 탄생하는 규정가능성들의 바닷속으로.

예술적 경험이란 본질적으로 이 카오스의 우주와 만나는 사건이다. 익숙한 경험, 내가 갖고 있는 감각이나 사유를 넘어서는 초험적 경험이다. 이런 경험은 모든 앞서 - 봄을 벗어나는 어둠의 경험이고, 앞서 - 가짐을 넘어서는 이탈의 경험이다. 그것이 사유불가능한 것 혹은 감지만 가능한 것은 내가 서 있는 지평을 넘어서 있기 때문이다. 예술이 제공하는 본질적 경험이란 이처럼 내가 선 지평 바깥의 어둠으로 밀고 가는 경험이고, 그 어둠 속에서 보이지 않던 것을 보고 생각지 못했던 것을 생각하게 하는 경험이다. 내가 이해할 수 없는 것을 향해 다가가며 내가 갖고 있는 이해의 틀을 벗어나고, 내 시야를 제한하는 지평을 벗어나도록 촉발하는 경험이다.

그 경험에서 우리가 알고 있던 것들, 우리의 행위를 끌고 가던 가치들은 물론 우리가 욕하던 악들마저 모두 사라진다. 그렇기에 우리는 흔히 그 알 수 없는 사태 앞에서 무감하게 눈을 돌리기도 하고 두려워서 눈을 감지만, 종종 무언가에 사로잡혀 거기서 벗어날 수 없는 경우가 있다. 예술은 '미'라고 불리는 어떤 매혹의 힘을 통해 그 어둠에서 빠져나갈 수 없게 한다. 곤혹스러움 속에서 그 어둠 속으로 끌려들어가게 한다. 물이 들어오는 밀물의 시간인데, 구멍 사이에 발목이 끼여 침수浸水를 피할 수 없게 한다.

> 위대한 악을 상속 받았던 도둑들은 모두 사라졌다
> 밤〔夜〕 속에 가득하던 전갈들도
>
> 혼자 바닷가를 걷다가
> 바위와 바위 사이 구멍에 끼인 발
>
> 부어올라 빠지지 않는,
> 밀물이 들어오는 시간
>
> ─진은영, 「모두 사라졌다」 중에서[15]

그러나 모두 사라지고 어둠 속으로 빠져드는 이 난감한 사태가 절망이라 할 수 없는 것은 무규정성의 바닷속에 사실은 모든 규정가능성이 숨어 있기

---

15) 진은영, 『일곱 개의 단어로 된 사전』, 문학과지성사, 2003, 9쪽.

때문이다. 새로운 가치, 새로운 미, 새로운 형상, 새로운 꿈들이 모두 그 존재의 어둠 속에서 태어난다. 위대한 것, 선하고 악한 것, 진리라고 불리는 것이 어둠 속으로 사라지지 않는다면, 어떻게 새로운 것들이 태어날 수 있을 것인가. "검은 비닐봉지조차 가끔은/주황 지느러미가 빛나는 금붕어를 쏟아낸다."(「모두 사라졌다」)

보이지 않는 것을 보고 들리지 않는 것을 듣기 위해선, 턱없는 존재자의 목소리를 따라가는 대신 감각과 사유능력을 무력화하는 말없는 어둠과 대면해야 한다. 작품을 통해 덮쳐온 카오스의 우주를 보아야 한다. 그렇기에 예술의 존재론을 위해선 예술에 대한 하이데거의 잘 알려진 저 책보다는 귀를 잘라버린 고흐에 대한 다음의 간결한 시가 훨씬 더 낫다고 나는 믿는다. 존재론이란 이미 알려진 것의 지평에서 망각된 목소리를 듣고 그 존재의 빛이 비추어주는 자신의 '역사적 사명Geschick'을 깨닫는 것이 아니라, 반대로 빛이 들지 않는 지평의 바깥, 그 어둠 속에 있는 것을 향해 감각과 사유, 신체를 밀고 가기 위해 익숙한 의미, 익숙한 경험을 반복하여 넘어서는 것이다.

왼쪽 귓속에서 온 세상의 개들이 짖었기 때문에
동생 테오가 물어뜯기며 비명을 질렀기 때문에
나는 귀를 잘라버렸다

손에 쥔 칼날 끝에서
빨간 버찌가
텅 빈 유화지 위로 떨어진다

한 개의 귀만 남았을 때

들을 수 있었다

밤하늘에 얼마나 별이 빛나고

사이프러스 나무 위로 색깔들이 얼마나 메아리치는지

왼쪽 귀에서 세계가 지르는 비명을 듣느라

오른쪽 귓속에서 울리는 피의 휘파람을 들을 수 없기 때문에

—진은영, 「고흐」 중에서[16]

익숙한 세계, 친숙한 미감의 세계에서 벗어난 자들은, 이해할 수 없는 것은 무의미하기에 비난받아 마땅하다고 믿는 자들, 그런 식으로 자신들의 규정성을 강요하고 자신들의 '시선'에, 미리 – 보기의 시야 속에 사람들을 포획하려는 자들이다. 왜 짖는지 모르지만 옆에서 짖는 것을 보고 짖는 개들, 그것만으로도 짖어댈 이유가 충분하다고 믿는 개들에게, 오직 하나 그 낯선 미의 시도를 지지해주던 동생이 물어뜯기며 비명을 지른다. 내게 직접 퍼붓는 비난보다 더 고통스러운 것은 어쩌면 이런 비명소리일 것이다. 개 짖는 소리, 비명소리를 듣지 않고자 귀를 자른다. 세계가 지르는 비명소리에 귀를 닫고 어둠 속에서 들려오는 휘파람소리를 듣기 위해 귀를 자른다. 귀를 자르고 나서야 비로소 별 주위에 물결치는 밤하늘의 대기를 볼 수 있었고, 사이프러스 나무 위로 소리치는 색깔들의 소리를 들을 수 있었다. 물론 칼날 끝에서 버찌처럼 핏방울 떨어지는 이런 시도는, 언젠가 그것을 둘러싼 것들에 의해 하나의 세계가 되고, 그 세계의 지평 안에서 이해가능한 것이 되며, 수많은 이가 모방하는 하나의 '양식mode'이, 지배적인 양식이 되곤 한다. "두 귀를 다

---

16) 같은 책, 12쪽.

자른 사람들이 우르르 몰려와/멍청한 표정으로 내 자화상을 바라"(「고흐」)
보는 것은 이 때문이다. 다시 세계의 바깥으로 나가기 위해, 감각을 자르는
일을 시도해야 한다. 탁월한 예술가가 대개는 세계의 저주와 함께 사는 것은
예술의 본질상 어쩌면 피할 수 없는 일인지도 모른다.

3. 빛의 존재론과 어둠의 존재론

　다음 주제로 넘어가기 전에 반 고흐의 그림에 대한 하이데거의 얘기를 좀
더 언급하고 싶다. 먼저 하이데거가 그 그림에서 보지 못한 것은 묻지 않는
다 해도, 그가 그 그림에서 본 것이 무엇인지는 늦었지만 다시 물어야 한다.
그것은 사실 반 고흐가 아니라 밀레의 그림에서 보았으면 적당한 것이었다.
고흐가 저 그림을 그렸을 때 중요한 것은 구두의 주인이 농부인지 노동자인
지가 아니라, 낡고 흐트러진 구두 자체를 둘러싸고 있는 대기다. 구두와 구
두끈에 반사되어 튀어나오는 빛의 입자들, 다양한 강도들의 입자가 펴져나
가며 만들어내는 구두의 감응이고, 그 감응이 스며든 대기이며, 그 대기 안에
스며들어 배어나오는 분위기다.
　고흐는 이 강도들을 좀더 강하게 부각시키기 위해 하이데거가 좋아했을
밀레와 달리 구두로부터 독자적으로 움직이는 입자들의 운동에 가시적 형상
을 부여한다. 구두라는 사물 바깥으로 튀어나오며 움직이는 강도들의 운동
을 그린다. 이는 이후의 다른 그림에서도 마찬가지다. 별이 빛나는 밤하늘의
어둠은 별을 소용돌이치며 감겨들고, 별빛은 그 어둠의 운동에 섞여들어가
그 요동치는 어둠을 안고 퍼져간다. 이 어둠의 운동에 공명하며 휘말려들어
가듯 사이프러스나무는 춤을 추며 하늘로 올라가고, 잠들었을 마을조차 저
멋진 강도적 운동에 감염되어 때아닌 생기를 드러내고 있다. 세상을 살아 움

직이게 하는 것은 저 어둠의 강도적 운동이라는 듯.

　이 그림을 유니크한 예술작품으로 만드는 것은 바로 이 대기의 운동이고, 그 운동의 강도를 표현하기 위해 대상에서 이탈하며 움직이는 강도적 터치들의 흐름이다. 중요한 것은 무엇을 그렸느냐가 아니라 어떻게 그렸느냐이다. 고흐의 그림이 그린 것이 농촌 아낙네의 세계와 대지라고 해도 좋다. 그러나 그 경우에도 놓쳐선 안 될 것은 바로 이것이다. 감응의 대기를 응결시키는 방식, 감응의 강도로 분위기를 표현하는 고유한 방식. 하이데거는 이를 놓치고 만다. 그는 고흐의 '세계'를 특징짓는 가장 결정적인 것을 보지 못한 것이다. 반 고흐는 안개 같은 대기에 섞여 보여도 보이지 않는 것을 가시화하고자 했다면, 하이데거는 존재의 빛이 가닿는 것만을 보고자 했기에 고흐가 보이도록 그린 것도 보지 못한 것 아닐까? 이는 가시성의 지평 안에도 있으나 보이지 않는 것이 존재함을 뜻하는 것 아닐까?

　좀더 근본적인 문제는 세계와 대비되는 '대지'에 관한 것이다. 앞서 본 것처럼 하이데거에게 대지란 세계와 대립되고 투쟁하는 것이다. 세계가 건립의 방식으로 존재의 진리를 드러내주는 반면, 대지는 세계에 의해 내세워지면서도 자기를 닫아두는 과묵한 거절과 함께 드러난다. 존재란 망각에서 벗어나 탈은폐될 때에도 온전히 자신을 드러내지 않고, 그렇게 닫아두고 물러서는 방식으로만 드러난다. 그런 은닉 속에서만 세계는 진리가 된다. 그렇기에 그는 고흐의 구두 그림에서 내세워진 대지에 대해 부름이나 베풂이 느껴진다고 하면서도 황량한 거절 또한 느껴진다고 썼을 터이다.

　그러나 그가 그 그림에서 본 세계는 사실 대지가 아니라 '대지적인 세계'다. 밭일의 고단함은 대지 위에 세계를 만드는 노동이고 그 구두로 강인하게 걸어간 밭고랑 역시 그 세계의 일부다. 세계를 떠받치며 물러서는 대지라기보다는 '대지'라고 명명되는 하나의 세계다. 대지의 습기나 부드러움, 들길의 고독함 또한 대지의 표정이란 점에서 드러난 것이고 '탈은폐된' 것이다. 대지가 세계 안에 들어감으로써만 내세워진다고 하지만, 이러한 대지란 닫아두고 은닉하는 게 아니라 충분히 자신을 드러낸 것이다. 거절하는 겨울의 황량한 대지조차 사실은 사계절이 순환하며 만들어내는 대지의 한 얼굴이다. 물론 모두 드러났다고야 할 수 없을 테지만, 그건 세계라고 불리는 것 역시 마찬가지 아닌가. 조금 더 뒤에 대지를 민족과 연결시켜 말할 때, '어머니 대지'와 민족이 거하는 장소를 연결시킬 때, 이 '대지'는 대지가 아니라 민족의 이름을 내건 세계의 이름이 되고 만다.

현존재[인간]가 역사적 존재자로서 이미 내던져져 있는 그러한 터전(…)이 바로 대지이다. 그것은 어떤 역사적 민족을 위한 그 민족의 대지가 된다. 한 민족의 대지는 (…) 그 민족이 거기 체류하고 있는 그런 터전, 즉 자기를 닫아두고 있는 지반이다. 그러나 이것이 민족의 세계이(…)다.[17]

이렇게 세계가 된 대지는 어느새 역사와, 민족의 역사적 사명과 이어진다. "역사란 한 민족에게 공동으로 부여된 사명 속으로 그 민족을 밀어넣는 것인 동시에 그 민족이 떠맡아야 할 과제 속으로 그 민족을 몰입하게 하는 것이다."[18] "바로 이렇게 한 민족의 역사적인 터-있음[현존재]의 근원이 곧 예술이다." 미술사에 등장하는 고유명사와 다른 의미에서 '대지의 예술'이 '민족', '역사'와 매우 빠르게 이어진다.

예컨대 후기낭만주의적 과장으로 도취효과를 극대화한 「대지의 노래」는

---

17) 하이데거, 「예술작품의 근원」, 『숲길』, 신상희 옮김, 나남, 2008, 110~111쪽. '터-있음'으로 번역된 dasein은 통상적 번역어인 '현존재'로 수정했다.
18) 같은 책, 113~114쪽.

'대지'라는 이름으로 스스로를 내세우는 세계의 노래다. 그렇다면 이런 '존재의 목소리'에 실려오는 대지는 과묵한 거절 대신 과장된 감정으로 노래하며 자기를 내세우는 세계화된 대지 아닐까? 지나치게 세계화된 대지라고 해야 하지 않을까? 이로써 결국 무와 어둠의 영역인 대지는 어느새 존재의 빛이 드는 세계의 일부가 되고 마는 것 아닐까? 그는 나중에 이 '빛Licht'을 나뭇잎 사이로 빛이 드는 '숲속의 빈터Lichtung'로 완화시키고자 하지만, 숲속의 빈터에 드는 빛이야말로 대기 속에 퍼져 보이지 않는 빛이 일종의 조명처럼 가시화되는 특별한 장소 아닌가? 숲속이란 말로 표시하고 싶었던 대지적 과묵함이란 이 경우 빛을 두드러지게 해주기 위한 어둠에 지나지 않는다. 조명과 함께 작동하는, 조명의 일부다. 그것은 멋진 빛이 존재하는 세계의 표상에 속하며, 자신을 숨긴 말없는 침묵이나 어둠과는 거리가 멀다.

이런 점에서 하이데거는 빈번히 '심연'을 말하고 '무'를 말하지만, 그것은 모두 빛이 드는 특별한 장소로서의 '거기da'로 존재의 사유를 밀고 가기 위한 것이다. 이런 점에서 그의 존재론은 빛의 존재론이다. 거기에 어둠은 없다. 존재는 다 드러나 있지만 망각 속에서 잊혀 있을 뿐이란 말도 내겐 이런 의미로 읽힌다. 거기서 어둠이란 빛임이 망각된 빛일 뿐이다. 그것은 빛의 시녀다. 가짜 어둠이다. 그의 존재론에 어둠은 없다. 흰빛과 검은빛이 있을 뿐이다.

존재는 망각이 아니라 어둠 속에 있다. 시선이 닿는 시야 바깥에 있고, 시선이 무효화되는 지평 외부에 있다. 지평 안의 앞서-보는 이해 속에서 밝혀져 있는 것이 아니라 그런 이해가 좌절되는 지평선 바깥에 있고, 세계성이 제공하는 규정성의 빛 바깥에 있다. 존재란 규정되지 않은 것이고 규정되지 않는 것이다. 그것은 본질적으로 규정성의 빛을 빠져나가는 어둠 속에 있다. 존재자의 규정성이 매장되고 매몰되는 고요한 침묵 속에 있다. 그것은 지평의 바깥을 보려는 시도들에 의해 발견되지만, 발견의 시선이 닿는 순간 소멸하며, 규정성이 부여되는 순간 다시 무규정성의 어둠 속으로 돌아가는 순수 어둠이다. 하이데거식으로 말하면 그것은 세계화되며 내세워지는 대지가 아니라 세계화를 거부하는 순수 대지이고, 세계와 투쟁과 통일의 변증법적 운동을 하는 대지가 아니라 어떤 변증법도 거부하며 언제나 규정성의 빛에서 이탈하는 대지다. 절대적 어둠이다.

4. 존재, 세계 바깥의 어둠

이 어둠은 세계의 바깥에 있지만, 빛과 어둠, 선과 악, 참과 거짓을 나누는 세계의 도덕이나 법, 관습으로 인해 흔히 '악'이나 '거짓'을 뜻하는 것으로 간주되고 비난되는 세계다. 가령 토니 모리슨의 소설 『빌러비드』에서 시이드는 백인세계에 쫓기며 그 세계의 바깥으로 나간다. 그러나 그것은 흑인들의 세계에 의해서도 받아들여질 수 없는 바깥이고 어둠이었다는 점에서 흑백의 대립 바깥이었고, 두 극단의 세계 모두의 바깥이었다. 그런 점에서 그것은 어쩌면 세계 자체의 바깥에 있는 어둠에 가까운 것이었던 것 같다.

시이드는 자신이 거부하고자 했던 노예로서의 삶의 포위 속에서 그런 삶보다는 차라리 죽음이 나으리라는 생각에 자신의 아이들을 죽이고 자살하려 한다. 이는 노예로서의 삶을 강요하는 하나의 세계에 대한 거부이고 그런 세계의 바깥으로 나가는 이탈의 선택이다. "아무리 울고 힝힝거려도 책임 있는 인간의 언어로 바꾸어 해석되지 않는 그런 존재"이기에,[19] '인간'의 세계 안으로 들어가 이해를 구하려 하기보다는 그들이 이해할 수 없는 존재를 끝까

---

19) 토니 모리슨, 『빌러비드』, 김선형 옮김, 들녘, 2006, 219쪽.

지 밀고 나가려는 것이다. '인간'이 이해가능한 지평 바깥으로 나가버리려는 것이다. 인간이 허용할 수 있는 모든 규정 바깥으로.

하지만 자살에 실패하고 딸 하나만 죽인 채 잡히고 만다. 제정신이라고 보기 힘든 이 행동으로 인해 노예로 잡혀가는 대신 감옥생활을 하고 나온다. 이러한 시이드의 행동은 백인은 물론 이웃으로 함께 살던 인근의 흑인들로부터도 이해받지 못한다. 뿐만 아니라 시이드의 행동은 자신이 죽인 딸로부터도 이해받을 수 없고, 되돌아온 귀신 같은 딸에게 충분히 설명할 수도 없는 난감하고 곤혹스러운 행동이다. 백인들 세계의 바깥일 뿐 아니라 흑인들이 이해할 수 있는 지평의 외부인 것이다. 그렇게 외부로 나간 이들에겐 대개 정신이상이나 범죄, 악 같은 개념이 부여된다. 비난이나 배제의 권력이 가해진다. 결국 그는 이웃이었던 흑인들로부터 완전히 고립된다.

여기에 세계와 대지의 투쟁과 통일이라는 변증법은 없다. 그들이 사는 집은 이웃한 이들, 자신을 둘러싸고 있던 세계로부터 버림받고 고립되어 있다. 스스로를 거주의 터나 하나의 세계로 건립하기보다는 차라리 와해를 견디고 있다. 그것을 견디다못해 두 아들도 떠나버렸다. 그렇게 고립된 집 안에서 시이드와 딸 덴버가 유령 같은 존재자와 맺는 관계를 세계라고 한다 해도, 그 세계는 그들이 발 딛고 서 있는 대지를 내세우지 않는다. 그렇다고 유령을 통해 소환되는 명계를 끌어내는 것도 아니다. 거기에 세계가 있다면, 그것은 대지 없는 세계다. 지반을 잃어버린 세계다. 거기에 대지라고 할 게 있다면, 그것은 세계를 갖지 않는, 세계가 와해되는 대지다. 헤어날 수 없는 심연의 대지다. 아무리 들어가도 알 수 없는, 이해할 수 없는 감정들이 뒤엉키고 말할 수 없는 생각들이 뒤섞여 만들어진 깊은 밀림이다.

흑인들끼리는 당연하다고 생각하는 자질들을 백인에게 설명하느라 힘을 빼면 뺄수록, 흑인 마음속의 밀림은 더 깊어가고 더 빽빽하게 얽혔으니까. 하지만 그 밀림은 예전에 살던(살 만하던) 세상에서 올 때 흑인들이 가지고 온 것이 아니었다. 그것은 백인들이 흑인들 속에 심어준 밀림이었다. 그리고 그 밀림은 자랐다. 퍼져나갔다. 삶 속에서, 삶을 통해서, 삶 이후에도. 밀림은 퍼져나가 결국 창조주인 백인들마저 침범하고 말았다. (…) 백인들은 자기네들이 만들어낸 밀림에 끔찍하게도 겁을 먹었다.[20]

사실 어둠으로서의 대지, 빛의 거절로서의 대지란 그런 것이다. 김시종의 바다[21]가 그러하고 『빌러비드』의 고립된 집이 그러하듯, 그것은 존재자들을 비추어주는 규정성의 빛이 사라지는 곳이고, 그 규정성을 부여하고 유지하며 부과하고 강제하는 세계성이 사라지는 곳이다. 그것은 빛과 짝을 이룬 어둠이 아니라 빛이 소멸한 어둠 그 자체고, 세계와 투쟁하며 춤을 추는 대지가 아니라 세계를 잡아먹는 대지다. 세계를 받치고 있는 지평 바깥의 어둠이다. 시이드의 말이다. "[딸을 죽여야 했던] 헛간 사건 이후로 저는 세상을 바라보는 걸 그만두었답니다."[22]

납득할 수 없던, 이해할 수 없는 죽음이 서러워 아이는 한때 난동을 부리는 유령으로 찾아오다 나중엔 몸을 받아 찾아온다. 이를 안 뒤 사람들은 거기서 엄마에 대한 복수만을 볼 뿐이지만, 그는 단지 복수의 정염에 사로잡힌 원귀가 아니다. 그는 자신을 죽인 엄마에 대한 원망 이상으로 엄마의 사랑에 대한 갈구 속에서 엄마에게 집착한다. 인간인지 유령인지 식별할 수 없는 것이 되어 집으로 찾아온 '빌러비드Beloved' — 시이드가 자기 몸을 팔아 아이의

20) 같은 책, 336~337쪽.
21) 김시종, 『니이가타』 2부 1~2절, 곽형덕 옮김, 글누림, 2014, 83~102쪽.
22) 토니 모리슨, 『빌러비드』, 김선형 옮김, 들녘, 2006, 340쪽.

묘비에 새긴 이름—가 죽은 언니임을 확신하는 덴버가 묻는다. "어째서 돌아온 거야?" 빌러비드는 미소를 지으며 대답한다. 엄마인 시이드를 보고자 돌아온 거라고. 자신은 언니 편이라면서 엄마에게 자신이 빌러비드임을 밝히지 말라는 덴버의 말에 빌러비드는 이렇게 반응한다. "엄마가 필요해. 내가 필요한 건 엄마야. 너는 가도 좋지만 엄마만은 내가 가져야 해." 시이드의 동료였던 폴 디 또한 안다. 빌러비드가 "오직 시이드를 위해서라면 무슨 일이라도 저지를 아이라는 것"을.[23]

　시이드도 자신을 찾아온 아이가 자신이 죽인 딸임을 알고는, 자기 행위를 해명하려는, 그러나 용서보다는 거절을 구하는 듯한 욕망과 딸에 대한 사랑 속에서 세계와 간신히 걸치고 있던 다리—일자리—마저 끊어버린 채 빌러비드에게 말려들어간다. 이 또한 하나의 현실적인 관계, 통상의 세계 속에선 볼 수 없었던 새로운 종류의 관계다. 밖에서 보는 이에겐 세계와의 절연으로, 공허와 무를 향한 고립으로 보이지만, 실은 흑인 노예의 운명을 강요하는 세계에서 벗어나려는 필사적인 시도로 인해 떠밀려간, 곤혹스럽지만 잃어버린 시간을 되찾을 수 있는 기회로도 보이는 만남 속에서 새로이 생성되는 또다른 세계다. 두 사람은 이제까지 존재한 적 없는, 난감하지만 다행스레 찾아온 그 관계 속에서 존재를 건 새로운 삶을 다시 시도하고 있는 것이다. 어쩌면 아무 출구도 없어 보이는 그 상황에서 그런 식으로 출구를 찾으려는 것이다. 이해할 수 없는 방식으로.

　이런 점에서 이해할 수 없고 규정할 수 없는 어둠은 다른 세계의 대지, 다른 세계의 싹이 트는 발아 지대다. 하지만 위와 아래의 대립 속에서 위에 있는 '하늘'이나 천국과 대비되어 아래에 있는 '지옥'으로 간주되는 어둠의 땅

---

23) 같은 책, 133~134쪽 및 175쪽.

이고 대지 속의 침묵이다. 수많은 세계로 난 길들로 이어진 지옥이다. 새로운 삶의 가능성들이 숨어 있는 무규정성의 어둠이다.

5. 존재, 긍정적 무규정성

존재는 규정성이 없기에 어떤 것으로도 규정될 수 있는 무규정적 잠재성이다. 그것은 발견될 때마다 다른 어떤 것으로 규정되지만, 그 규정 순간 무규정성의 어둠 속으로 숨는 잠재성이다. 존재는 끝없이 발견되지만 발견되자마자 다시 사라져버리는 영원한 비밀이다. 그렇기에 빛과 대비되는 어둠, 선과 대립하는 악, '천국'과 반대편의 '지옥'이란 형상으로 채색되지만, 사실은 어떤 형상도 사라진 무규정성이다. 그 모든 형상은 무규정성에 대해 빛의 세계가 부여한 헛된 이미지다.

순수 무규정성으로서의 존재는 그렇게 채색되기에 공허로서의 무, 지워버리는 힘으로서의 부정으로 간주되지만, 그것은 빛의 세계가 부여한 형상에 들러붙어 있는 오인일 뿐이다. 세계 쪽에서, 세계의 지평에서 보는 시야 안에서만 그렇게 보이는 세계의 바깥이다. 다른 세계의 싹들이 자라는 어둠의 토양이다. 그러니 차라리 반대로 말해야 한다. 존재는 모든 규정을 거부하는 고집 센 부정적 거부의 힘이 아니라 모든 규정을 받아들이기에 어떤 규정성도 갖지 않는 부드러운 긍정적 수용의 힘이다. 동시에 그 모든 규정성을 싸안고 그 모든 규정성이 작동하게 하면서도 그 모든 규정성을 벗어나 있는 무규정성이다.

조지프 콘래드의 『암흑의 핵심』에서 정복하려는 자들은 물론 '위대한 문턱'까지 밀고 들어간 이들마저 싸안고 그들의 핏줄 속을 불태우며 그들의 영혼마저 삼켜버린 밀림, 말없지만 결코 평화롭다고는 할 수 없는 기이한 침묵

속의 밀림, 분명히 거기 있지만 무엇인지 결코 알 수 없는 밀림이 바로 그러하다. 규정할 수 없고 예측할 수 없는 수많은 잠재성이 그 밀림 속에 있다. 알 수 없기에 어둠으로 간주되고 뭐라 규정할 수 없기에 정적으로 간주되지만, 사실은 규정이나 예상을 뛰어넘는 어떤 것들이 거기 있기에 어둡고 정적인 것이다.

『암흑의 핵심』의 숨은, 그러나 실질적인 '주인공'인 밀림은 이를 잘 보여준다. 이 작품에서 아프리카의 밀림은 정복하려는 자들에 의해 잠식되고 규정되고 밀려들어가는 경우에조차, 바다처럼 "아무리 들여다봐도 그 속을 알 수 없는" 암흑이다. 선원인 서술자 말로Marlow는 '아무도 알지 못하는' 오지, 그 오지에 감추어진 뱀 같은 강에 매혹되어 "무슨 수를 써서라도 아프리카로 꼭 가야겠다는 느낌이 들었"다고 말한다.[24] 암흑이라고 서술되는 무규정적 어둠에 매혹되어 자신의 시야 밖에 있는 곳을 향해 간다. 그리고 거기서 그는 무엇보다 말없는 밀림에, 그 밀림의 정적에 매료된다.

'상아'라는 말이 허공에 울리고 있었어. (…) 백치 같은 탐욕의 색채가 마치 시체 썩는 냄새가 확 풍기듯이 모든 것 속에 번지고 있었다네. (…) 그런데 밖을 내다보면, 대지 속의 그 작은 공지空地를 둘러싸고 있는 말없는 밀림은, 마치 악이나 진실처럼, 무언가 위대하고 정복할 수 없는 존재가 되어 내게 엄습해왔으며, 이 어처구니없는 침입이 종식되기를 참을성 있게 기다리고 있는 듯했어.[25]

밀림은 "모든 야만인의 말살을 부르짖"으며, 상아는 물론 자신의 손이 닿

---

24) 조지프 콘래드, 『암흑의 핵심』, 이상옥 옮김, 민음사, 1998, 18~19쪽.

25) 같은 책, 52~53쪽.

은 모든 것을 자기 것이라고 주장하며 정복의 화신이 된 인물, '온 유럽'이기도 한 인물 커츠("커츠라는 사람을 만들어내는 데에 온 유럽이 기여한 셈이지") 마저 서술자인 말로가 보기엔 받아들인 것처럼 보인다. "밀림은 그를 받아들였고, 그를 사랑했으며, 그를 껴안았고, 그의 핏줄 속으로 들어가서 그의 육신을 불태웠으며, 어떤 악마의 풍습에 입문시키기 위한 상상하기 어려운 제례祭禮를 통해 그의 영혼을 밀림 자체의 영혼에 병탄해버렸던 것이네."[26]

이러한 말은 밀림이나 대지가 정복자마저 받아들이는 밀림의 능력을 말하는 것이지만, 쉽게 비판하며 말하는 것처럼 그런 식으로 식민주의적 정복을 그럴듯하게 포장하거나 '정당화'하려는 것이라고 본다면 크게 오해하는 것이다. 여기서 밀림이 커츠를 받아들이고 껴안았으며 심지어 사랑했다는 말의 실질적 의미는 다음과 같은 것이기 때문이다.

그는 '나의 약혼녀', '나의 상아', '나의 주재소', '나의 강', '나의 ……' 어쩌구 하면서 모든 것을 자기의 것이라고 했어. 그런 소리를 들을 때마다 밀림이 그만 하늘에 박힌 별들을 뒤흔들 정도로 굉장한 웃음을 터뜨리지나 않을까 싶어 나는 숨을 죽이곤 했네. 그는 모든 것을 자기 것이라고 했어. 하지만 그것은 보잘것없는 주장이었지. 중요한 것은 〔반대로〕 그가 무엇에 복속되어 있었으며 얼마나 많은 어둠의 힘이 그를 자기네 것이라고 주장하고 있느냐를 아는 것이었어. 그런 생각을 하면 온통 오싹해지기도 하네.[27]

밀림을 쑤시고 들어가 파헤치고 '정복'하여 자신의 손이 닿은 모든 것을

---

26) 같은 책, 109쪽.
27) 같은 책, 110쪽.

'나의 것'이라고 하는, 온 유럽이기도 한 커츠조차 사실은 밀림에 복속되어 있었던 것이고, 그 어둠의 힘에 침윤되어 있었던 것임을 서술자 말로는 느낀다. 그는 그 이전부터 밀림의 거대한 힘에, 그 힘이 방사하는 감응에 충분히 감염되어 있기 때문이다. 말로는 밀림의 정적에 대해 자주 말하지만, 그 정적이 평화와는 거리가 멀다는 것을 잘 안다. "과거는 불안하고 소란하기만 한 꿈의 형태로 찾아왔으며, 식물과 물과 정적으로 구성된 기이한 세계의 그 압도적인 실체 사이에서 경이롭게 기억되었지. 이 생명체의 정적은 평화로움과는 조금도 닮지 않았네. 오히려 그것은 어떤 헤아리기 어려운 의도를 감싸고 있는 달랠 수 없는 세력이 지닌 정적이었어. 그래서 그 정적은 마치 복수라도 할 듯한 표정으로 우리를 바라보고 있었지."[28]

이러한 감응에서 감응의 주어는 어느새 말로 자신 같은 인간이 아니라 밀림으로 바뀌어버렸음을 주목해야 한다. 커츠가 자기 것이라고 생각했던 것과 반대로 커츠 자신조차 밀림의 것이었다고 말한 것은 이런 주어의 전환을 단적으로 대비하여 보여준다. "밀림은 그를 받아들였고, 그를 사랑했으며 (…)"라고 서술한 부분에서 중요한 것은 '받아들이다', '사랑하다'라는 동사가 아니라 밀림이 주어라는 사실이다. 인간이 자기 것이라고 소유를 주장할 때, 자신을 정복자로서의 주어로 표상할 때마다 밀림이 별들이 떨어질 정도로 웃음을 터뜨릴 것 같은 느낌을 서술한 것도 이런 이유에서다. 그는 밀림을 '탐험'하겠다며 그 속으로 들어가는 이들을 보면서 "마치 바닷물이 그 속에 뛰어든 사람을 삼키듯이 밀림은 탐험대를 삼켜버"린다고 느낀다. 밀림의 정적 또한 그러하다. 그가 정적을 느끼는 게 아니라, "그 신비로운 정적이 내가 벌이는 보잘것없는 짓거리를 지켜보고 있다는 것을 나는 자주 느낄 수 있

---

28) 같은 책, 77쪽.

었"다고 쓴다.[29]

　이러한 사태를 통해 확연해지는 것은 '정적'이라고 반복하여 묘사되는 것을 중심으로 펼쳐지는 밀림의 감응에서, 감응의 주어/주체는 서술자나 정복을 꿈꾸는 백인, 혹은 특별한 백인으로서의 커츠가 아니라 밀림이라는 점이다. 『암흑의 핵심』은 바다에 대한 모두의 묘사에서도 그러하듯, 인간 아닌 밀림이 주어이고 밀림이 주인공인 소설이다. 통상 '정적'이라고 표현되는 밀림의 감응은 평화로움으로 표상되는 정적이 아니라 모든 것을 바라보고 삼켜버리는, 그것이 무엇인지 도대체 알 수 없는 무규정성이다. 그것은 이런저런 말로 규정할 수 없으며, 모든 규정을 헛된 것으로 만들며 펼쳐질 어떤 잠재성, 그것을 알고자, 장악하고 정복하고자 하는 모든 힘을 웃어버릴 압도적인 힘이기 때문이다. 어떤 일이 벌어질지 모를 무수한 가능성이 거기 숨어 있기 때문이다. 이 작품의 중심에 있는 커츠의 유언 "무서워라, 무서워라!"는 그 암흑의 핵심에 다가갔던, 그러나 거기서 오직 그 무규정적 어둠만을 보았던 자의 신체에 새겨진 감응이었을 터이다. 커츠를 향해, 암흑의 핵심에 다가가는 기선을 타고 가며 말로는 주어인 밀림에 대해 이렇게 쓴다.

　그 더러운 소형기선은 강물에 떠밀리지 않으려는 듯이 기슭에 바짝 붙어 있었는데, 마치 딱정벌레가 높다란 주랑柱廊의 바닥을 기어가는 듯한 광경이었을 거야. 거기서 우리는 인간이야말로 보잘것없고 방향을 상실한 존재라는 느낌을 가지지 않을 수 없었지만, 그런 느낌이 반드시 우리를 우울하게 하지는 않았어. 우리가 보잘것없는 존재이건 아니건 어쨌든 그 더러운 딱정벌레 같은 기선은 기어가고 있었고, 우리가 그 기선에 바라고 있

29) 같은 책, 78쪽.

는 것도 오직 그것뿐이었으니까.[30)]

    이런 점에서 이 작품은 어둠이자 정적인 밀림에 대한 소설이고, 그 밀림의 감응에 대한 소설이다. 또한 '오직 하나의 목소리'로 표상되는 커츠와[31)] 반대로 인간들이나 그들이 벌이는 모든 사태를 바라보고만 있는 말없는 존재에 대한 소설이고, 존재를 정복하려는 시도의 근본적 불가능성에 대한 소설이다. 밀림을 향해, 암흑의 핵심을 향해, 다시 말해 존재를 향해 다가가려는 자(말로)에게 들려오는 목소리(커츠)란 존재의 목소리가 아니라 존재를 규정하려는 목소리이고, 존재인 밀림을 자기 뜻대로 규정하려는 목소리, 그럼으로써 존재를 자기 것으로 장악하고 소유하려는 정복자의 목소리다. "'오! 하지만 나는 너의 심장을 쥐어짜고 말리라!' 그는 보이지 않는 밀림을 향해 소리치고 있었어."[32)]

    반면 커츠의 마지막 말 "무서워라, 무서워라!The horror! The horror!"는 그 목소리를 따라 스스로 "위대한 것들의 문턱에까지 갔었다"[33)]고 말하는 자가 암흑의 밀림과 대면하며 느껴야 했던 최종적인 말이다. 그것은 밀림, 혹은 존재의 정복불가능성을 표현하는 결정적인 말이다. 존재를 정복하려는 앞서의 모든 목소리가 '위대한 문턱까지' 가본다면 결국은 뱉어낼 수밖에 없는 말이다. 모든 규정적인 힘이 밀림의 정적 앞에서, 존재의 어둠 앞에서 받아들일

---

30) 같은 책, 80쪽.

31) "그 사람은 내게는 오직 하나의 목소리로만 부각되고 있었던 거야."(106쪽) "내가 들은 것은 하나의 목소리뿐이었어. 그는 하나의 목소리에 불과한 존재였어. 그런데 나는 들었어. 그가 하는 이야기, 그것, 그 목소리, 다른 많은 목소리를 들었던 거야. 그 모든 것은 목소리였을 뿐 그 이상의 것이 아니었지."(108쪽)

32) 같은 책, 156쪽.

33) 같은 책, 149쪽.

수밖에 없게 될 사태의 표현이다. 커츠의 "그 상앗빛 얼굴에서 나는 음침한 오만, 무자비한 권세, 겁먹은 공포, 그리고 치열하고 기약 없는 절망의 표정이 감도는 것을 보았거든".[34]

여기서 커츠의 마지막 말 "무서워라, 무서워라!"는 '죽음 앞에서' 느끼는 공포, 사람들이 흔히 느끼는 공포가 아니다. 그것은 오히려 '죽음 다음에' 느낀 공포라고 해야 할 것 같다. 죽음 앞에서 두려워 물러서는 자의 공포가 아니라, 죽음마저 두려움 없이 넘어간 자가 느끼는 공포다. 커츠는 죽음의 문턱을 넘어선 자이기에, 죽음 앞에서 느낀 공포를 마지막 말로 간직하지 않았을 것이다. 커츠의 '무서워라'는 그다음에 느낀 공포다. 그건 대체 어떤 공포일까? 죽음을 넘어서까지 밀림을 향해, 존재를 향해, 말없는 암흑의 어둠을 향해 달려갔지만, 그것으로도 결코 정복할 수 없으며 역으로 그런 자신마저 자신의 일부로 싸안아주는 말없는 무규정성, 그 칠흑 같은 어둠 앞에서 느낀 공포 아닐까? 정복의 끝을 가본 자가 밀림의 정복불가능성 앞에서 느낀 공포 아닐까?

무규정적 잠재성으로서의 존재란 침투불가능한 딱딱함이 아니라 침투해도 여전히 알 수 없는 것으로 남는 절대적 무규정성이다. 아무것도 없는 공허한 무가 아니라 나름대로 다가가는 길을 내고 나름대로 거기 숨어 있는 것을 캐어내도 끝내 드러나지 않는 어둠이다. 빛의 부재를 뜻하는 어둠이 아니라 모든 빛이 포개져 있는 어둠이다. 모든 개체성이 소멸하여들어가는 일종의 질료적 일원성으로서의 존재다. 모든 개체성이 그로부터 출현하는 존재자의 바다다. 무가 아닌 과잉으로서의 어둠이다.[35] 무규정적 어둠이지만, 그것은 모든 것이 사라진 텅 빈 어둠이[36] 아니라 수많은 것이 뒤섞여 숨어 있

---

34) 같은 책, 157쪽.

는 충만한 어둠이다. 아무리 찾아내고 끄집어내도 결코 빌 줄 모르는 마법 같은 어둠이다. 『암흑의 핵심』에서 말로도 커츠도 모두 그 미규정적이지만 무수한 가능성이 숨어 있다고 보이는 그 밀림에 매혹되어 무슨 일이 벌어질지 알 수 없는 그곳을, '암흑의 핵심'을 향해 다가갔던 것이다.

6. 존재의 정복불가능성

이러한 해석에 대해 예상되는 반박들이 있다. 왜냐하면 이 작품에서 저자 콘래드는 서술자인 말로의 입을 통해 커츠에게 공감하고 암흑의 핵심으로 찾아들어간 그에게 경의를 표하고 있기 때문이다. "무서워라, 무서워라"라는 커츠의 마지막 말 또한 그 경의를 표하게 하는 결정적인 이유가 된다. 그렇다면 이 소설을 정말 밀림 내지 존재의 정복불가능성에 대한 작품이라 할 수 있을까? 또하나의 반박은 잘 알려진 탈식민주의적인 비판이다. 아프리카는 방황하는 유럽인들이 위험을 무릅쓰고 들어가는 무대가 되어버리고, 아프리카에서 아프리카인은 제거된 백인들의 졸개들로 묘사된다는 점에서 인종주의적이고 식민주의적이라는 치누아 아체베Chinua Achebe의 비판이 직접 겨냥한 작품이 바로 『암흑의 핵심』이다.[37]

---

35) 존재 자체와 구별하여 존재자의 존재에 대해서도 유사하게 말할 수 있다. 존재자의 존재란 어떤 규정된 존재자에게서도 그 규정성을 벗어나는 어떤 것이 있음을 내비치는 어둠이다. 규정가능성으로 충만한 미규정성이다. 보이는 것, 모든 규정성을 초과하는 과잉의 어둠이고, 그런 만큼 매혹당할 줄 아는 눈을 잡아당기는 비밀의 어둠이다. 말하기를 거부하며 굳게 닫힌 과묵함이 아니라, 들려주고 싶은 수수께끼로 가득찬 침묵이다.

36) 레비나스, 『존재에서 존재자로』, 서동욱 옮김, 민음사, 2003, 94쪽.

37) Chinua Achebe, "An Image of Africa: Racism in Conrad's Heart of Darkness", *The Messachusetts Review*, 18, 1977(치누아 아체베, 『제3세계 문학과 식민주의 비평』, 이석호 옮김, 인간사랑, 1999).

모두 나름대로 타당한 비판일 것이다. 하지만 이상에서의 존재론적 해석 또한 나름의 타당성을 갖고 있다. 이유는 텍스트를 서로 다른 층위에서 읽기 때문이다. 이것 말고도 다른 해석들이 가능하겠지만, 어느 층위에서 읽을 것인지 다루기 위해 일단 세 가지 해석을 두고 간단하게나마 좀더 언급해보자.

『암흑의 핵심』은 일단 앞서 말한 것과 관련해서 보면, 아주 다른 두 가지 층위에서 읽을 수 있다. 첫째는 작품에 재현된 사실들을 계열화하는 층위다. 아프리카의 오지에 매혹된 서술자 찰리 말로, 그의 눈을 빌려 재현되는 밀림과 백인 식민주의자나 정복자들, 그들에게 고용된, 말할 기회도 거의 갖지 못한 채 '식인종'이니 '원주민'이니 명명되는 아프리카인들, 상아를 걷어다 파는 회사의 아프리카 주재소와 거기서 일하는 자들, 상아에 대한 탐욕과 머리를 잘라 벽에 꽂아 세우는 커츠의 잔혹함, 그 커츠에 대한 원주민들의 복종, 아프리카의 야생적 여인과 문명화된 백인세계에 사는 커츠의 약혼자 등을 어떻게 계열화하는가에 따라, 이 작품은 대단히 식민주의적이고 인종주의적인 소설이 되기도 하고 반대로 백인들의 정복 행위를 비판하는 소설이 되기도 한다. 야만적이고 말 못하며 말할 기회를 갖지 못한 채 배경으로만 등장하는 아프리카인과 상이한 양상의 백인들을 계열화하여 비인간적이고 인종적이라고 비판하는 아체베의 해석이나, 백인들의 정복행위에 대한 비판을 부각시키려는 그를 향한 반박 모두 이런 층위에서 이루어진다.

둘째는 작품에서 재현된 사실들이 아니라 재현된 것들을 둘러싸고 있는 대기나 특정한 분위기를 형성하는 모호한 감응의 층위에서 읽는 것이다. 앞서 말했듯이 재현된 사실이 아니라 그것들을 둘러싸고 있는 재현불가능한 어떤 것이 어떤 작품을 예술이 되게 한다는 점을 수긍할 수 있다면, 이는 작품을 '작품'으로서 읽는 방법이라고 할 수 있을 것이다. 『암흑의 핵심』에서 이는 일차적으로 커츠라는 수수께끼로 가득찬 인물, 그를 둘러싼 소문이나 그에게서 방사되는 분위기 같은 것과 결부되어 있다. 밀림의 대기, 나아가 '암흑' 또한 그렇다. 이 작품에서 서술자인 말로는 커츠라는 인물에 대한 이런저런 소문을 들으며 그가 어떤 인물일지 상상한다. 그러나 그 상상 역시 모호할 수밖에 없고, 그러는 한 그에게 커츠는 계속 수수께끼의 인물로, 뭐라 말할 수 없는 인물로 남는다. 그 수수께끼 같은 인물에 매혹되어 말로는 그에게 다가가면서 커츠가 다가갔던 암흑의 핵심에 가까이 간다. 이 모호한 대기는 상아에 대한 애착이나 원주민에 대한 카리스마적 지위, 잔혹함과 깊이 같은 서로 상충되기에 의미를 명료하게 포착할 수 없는 사실들을 싸안으며 작품의 분위기를 형성한다.

이를 결정적인 것으로 만드는 것은 커츠가 죽기 직전 토하듯 내뱉은 마지막 말이다. "무서워라, 무서워라!" 이 말 또한 의미가 모호하며, 그 모호성을 통해 커츠를 둘러싼 대기에 알듯말듯한 색채를 섞어 넣는다. 말로는 이 말을 그가 가까이 갔던 위대한 문턱과 계열화하면서, 무서움을 감내하며 죽음의 문턱을 넘어가는 모습을 상상한다. 이를 들어 자신을 포함한 통상의 백인들과 커츠를 아주 다른 세계에 속한 인물로 구별한다.

어쨌건 그 [마지막] 말은 모종의 믿음을 표현하고 있었어. 그 말은 솔직했고 신념을 지니고 있었으며, 그 속삭임 속에서는 항거의 어조가 떨리고 있었고, 흘끗 엿보인 진실의 그 끔찍한 표정을 지니고 있었으며, 그래서 열망과 증오가 기이하게 뒤섞이고 있었다고 할 수 있지. (…) 내가 보기에 그간 내가 체험해온 것은 바로 커츠의 극한 상황이었어. 사실 그는 마지막 한 걸음을 성큼 내딛으며 죽음의 문턱을 넘어갔던 거야. 그러나 나는 그 문턱에서 머뭇거리다 물러서도록 허용되었지. 아마도 그와 나의 차이는 바로 거기에 있을 거야. 아마도 모든 지혜, 모든 진실, 그리고 모든 성실성도 우리가 그 보이지 않는 세계의 문턱을 넘어가는 바로 그 알 수 없는 순간에 압축되어 있을 것이네.[38]

이것이 말로가 커츠에게 경의를 표하는 이유다. 그리고 아마도 말로를 통해 작가인 콘래드가 내비친 자신의 의도라고 해석될 수 있을 터이다. 말로는 이를 좀더 확실하게 표명한다. "그 외침은 하나의 긍정이요 하나의 도덕적 승리이며, 그 대가로 그는 무수한 패배, 끔찍한 공포 및 끔찍한 욕구충족을 겪어야 했어. 그러나 그건 하나의 승리였어!"[39]

여기서 말하는 긍정이나 승리란 무엇일까? 그건 식민주의의 긍정이나 정복의 승리가 아니라 죽음의 문턱을 넘어서까지 극한으로 향해, 암흑의 핵심을 향해 밀고 들어갔던 의지와 그것이 추동한 삶의 긍정이고, 어둠이나 죽음 앞에서 머뭇대는 생존본능에 대해 용기가 거둔 '도덕적 승리'다. 그렇기에 커츠나 말로, 콘래드 모두에게 식민주의는 중요한 관심사가 아니었을 것이다. 말로가 커츠의 마지막 말 "무서워라, 무서워라!"에서 그의 신념과 솔직함, 항거, 떨림, 열망과 증오를 포착하는 것은 이런 맥락에서다. 그러나 "무서워라, 무서워라!"는 동시에 죽음 너머에서까지도 떨구지 못한 어떤 근본적인 공포를 표현한다. 죽음의 문턱을 넘는 용기와 의지를 갖고 밀고 들어갔지만 끝내 넘어서지 못한 공포, 그것은 앞서 말했듯이 밀림의 정적, 밀림의 압도적인 힘과 대면한 자의 공포다. 무엇이든 정복하여 자기 것으로 만들려던 자가 죽음의 문턱 너머까지 갔으나 끝내 넘어서지 못한 것, 그렇기에 그의 모든 극한적인 의지와 용기, 힘을 넘어서 있는 어떤 것이 있음을 표현해주는 말이다. 정적 속의 밀림, 암흑의 어둠으로서의 존재, 그것의 정복불가능성을 표현해

---

38) 조지프 콘래드, 『암흑의 핵심』, 이상옥 옮김, 민음사, 1998, 160쪽.
39) 같은 책, 160쪽.

주는 말이다. 가도 가도 끝이 없는 무한한 어둠, 퍼내고 정복해도 여전히 거대한 바다로 남아 있는 한없는 규정가능성. 이는 커츠의 마지막 말에 대한 말로 내지 콘래드의 해석 그대로 커츠의 두려움을 승리의 반어^{irony}로 받아들여도, 사실은 커츠를 둘러싼 대기를 아주 다른 색으로 채워넣을 수 있음을 뜻한다.

나는 이 작품을 이런 방향으로 더욱 멀리 밀고 나갈 수 있다고 믿는다. 그 것은 밀림을 둘러싼 모호한 대기를 커츠를 둘러싼 대기와 섞음으로써 가능하다. 결코 평화롭지 않은 정적, 인간들의 어떤 행위도 주어 내지 주체가 될 수 없게 만들고, 역으로 자신의 목적어나 보어로 만들며 인간을 압도하는 거대한 정적 속의 밀림. 그 밀림 안에서 커츠가 인간의 극한을 향해 끝까지 갔던 것조차 사실은 밀림이 받아들여주고 사랑해주었으며 그의 피를 불태웠고 그를 밀림의 영혼 속에 삼켜버렸기에 가능했던 것이다. 인간의 모든 것을 보잘것없는 것으로 보이게 하는 위대하고 정복할 수 없는 존재로서의 밀림. 그 것은 무어라 규정할 수 없는 것이지만, 자신을 정복하려는 행위조차 포함하여 모든 것을 가능하게 해주는 순수 잠재성이다. "무서워라, 무서워라!"는 커츠가 바로 그것을 알았을 때 그를 휘어잡은 두려움의 감응이었을 것이다. 밀림 내지 존재의 정복불가능성이 그의 입을 통해 발화되어 나온 것이다.

그런데 이 해석은 커츠를 둘러싼 대기를 단지 좀더 밀고 나간 해석만이 아니다. 어쩌면 아주 상반되는 해석, 혹은 층위를 달리하는 해석이라고 해야 한다. 왜냐하면 이 작품에 재현된 것이 아니라 재현되지 않은 것을 통해, 재현된 것을 둘러싼 대기를 통해 읽는 경우에도 그 독해의 중심을 커츠로 설정하는지 밀림으로 설정하는지에 따라 아주 다른 것이 되기 때문이다. 전자는 도덕적 승리와 긍정을 강조하든 그가 넘어서지 못한 공포를 강조하든 인간주의적인 것 이상이 되기 어렵다. 어쩌면 죽음으로-미리-달려가-보는 결단을 강조했던 초기 하이데거의 실존론적 해석처럼 자신의 죽음과 대면하는 영웅적 인간의 비극을 크게 넘어서기 어렵다. 반면 후자처럼 밀림의 대기를 중심으로 해석한다면 그것은 인간 아닌 것, 인간을 넘어선 어떤 것과 인간을 "무서워라, 무서워라!"라는 말로 대면하게 한다. 이는 인간주의적 해석을 단번에 뛰어넘는다. 여기서는 백인과 원주민의 대비도, 문명과 야만의 대비도 별다른 의미를 갖지 못한다. 원주민이 밀림의 일부를 이룬다고 해도, 문제는 그들이든 백인이든 자신의 목적이나 보어로 만들어버리는 밀림 자체이기 때문이다. 이는 존재의 정복과 식민화만큼이나 밀림의 정복과 식민화가 불가능함을 보여주는 것이란 점에서, 통상적인 반식민주의와 다른 종류의 반식민주의라고 할 수 있지 않을까? 그러고 보면 그간의 식민주의 비판은 너무나 인간적인 층위에서, 혹은 너무나 재현적인 층위에서 이루어져온 것은 아니었는지 반문해봐야 하지 않을까?

나는 이런 반인간주의적이고 존재론적인 해석이 작가가 의도한 것이었다고는 생각하지 않는다. 흔히 그러하듯, 말로라는 서술자는 작가의 생각을 펼치는 매개자 역할을 한다고 보이며, 커츠에 대한 말로의 말이나 해석은 두번째 해석, 즉 죽음의 문턱마저 넘어간 커츠의 영웅적 삶에 대한 인간주의적 찬사라고 보아야 할 것이다. 그러니 작가의 의도를 찾고자 한다면 그 근방이어야 할 것이다. 그것이 이 작품의 중심 서사라고 보아야 한다. 그러나 작품이 작가의 의도에서 벗어난 독립적 운동 속에서 씌어지며, 종종 작가가 알지 못한 작품, 때론 작가의 의도에 반하는 작품이 되기도 함을 우리는 안다. 이 작품에서 작가는 밀림을 소설의 중심이라고 생각하지 않았지만, 그것이 작가에게 준 어떤 강력하고 압도적인 감응으로 인해 배경처럼 등장하여 어느새 인물이나 인간, 때론 말로나 커츠 같은 주인공들마저 압도하는 주체로 떠오르게 된다. 이로 인해 작가가 의도한 작품의 중심과 다른 해석적 대기를 형성하며, 어느새 커츠와 반대편에 있는 또하나의 중심항이 된다. 이 때문에 "무서워라, 무서워라!"라는 말로의 말로 표명되는 작가의 의도와 달리 위대한 문턱을 향해, 죽음을 넘어가는 영웅적 서사의 모티프만이 아니라 밀림 속의 암흑과 마주한 커츠의 공포와 무능력을 표현하는 모티프로 미끄러져 넘어가게 된다.

　작품을 작품이게 하는 것은 재현된 대상을 싸안은 대기요 분위기다. 그것은 재현될 수 없는 것이기에 필경 모호함을 운명처럼 안고 간다. 그 모호함이 이런 미끄러짐과 결합될 때, 작품은 작가가 의도한 서사narrative와 다른 서사로 이행하게 된다. 이러한 유형의 서사를 중심 서사 옆에서para 형성되는 서사, 종종 중심서사에 반하는para 서사가 된다는 의미에서 패러내러티브 paranarrative라고, 병행-서사 내지 역-서사라고 해도 좋을 것이다. 세번째 해석은 이 작품의 표면적인 의미, 혹은 중심서사라고 할 두번째 해석을 따라가며 형성된, 그 해석에 반하는 서사라고 해야 적절할 것이다.

7. 존재의 비밀

　시는 소통에서 빠져나가는 말이다.[40] 세계성이 요구하는 소통과 일반성에서 빠져나가는 언어이기에, 시는 존재자를 규정된 대상으로 다룰 때조차 규정성에서 벗어나는 방식을 취하며, 그렇기에 대상에 대해 말할 때조차 존재자의 존재로 접근해간다. 대상은 존재의 미규정성으로 인해 대상적 지위나 성질에서 벗어난 표현의 경로를 얻고, 존재는 대상의 규정성에서 비껴가는 방식으로 그 대상의 형상 속에 자리잡는다. 예를 들어 송승언의 시 「철과 오

---

40) 이진경, 「시인에게 오는 시는 어디서 오는가?」, 『현대시』 337호, 2018월 1월호.

크」에서 표면에 등장하는 숲과 새, 나뭇잎, 그리고 나무꾼과 도끼 등은 대상들의 형상이 규정성에서 벗어나는 모호성의 지대를 통해 미규정성에 이르는 길로 우리를 인도한다. 말할 수 없는 것을 말하기 위해 그 모호한 형상들에 약간의 개념들을 포개어 읽는 것을 용인해준다면, 우리는 이 시를 존재와 존재자, 규정성과 그 바깥에 대해 지금까지 펼쳐놓은 사유의 동반자로 삼을 수 있다. 먼저 주목할 것은 이 시의 모든 문장은, 모든 행은 '있다'라는 말로 끝난다는 점이다. '있음'을, 존재를 다루려는 시임을 시사한다 하겠다. 이 시 전문을 연별로 나누어 차례로 보자. 우선 첫째 연이다.

> 숲의 나무보다 많은 새들이 있고 부리에 침묵을 물고 있고
> 그보다 많은 잎들이 새를 가리고 있고
>
> ──송승언, 「철과 오크」 중에서[41]. 이하 동일

여기서는 숲과 나무, 새, 그리고 잎이 등장한다. 이들을 관계 짓는 말은 '침묵'이란 명사, '많다'는 형용사, '가리다'라는 동사다. 나무보다 새가 많고 새보다 잎이 많다. 그 많은 잎이 가리고 있다. 무엇을? 숲을. 따라서 숲은 잎의 무성함으로 인해 가려진 것, 그 많음으로 인해 다 드러날 수 없도록 가려진 것이다. 나무는 숲의 일부이면서 숲 안에서 개체성을 갖고 서 있는 것들이다. 하나하나의 존재자들을 표현하는 환유다. 그렇다면 숲이란 그 존재자들 모두를 포괄하여 '하나'로 묶어주는 존재의 형상이라 말해도 좋을 것이다.

새들은 그 나무에 날아와 앉는 것들, 그런 식으로 숲에 날아드는 것이다. 숲에 속해 있어도 숲이라고는 말할 수 없는 것들이다. 날아다니는 것들의 외

---

41) 송승언, 『철과 오크』, 문학과지성사, 2018, 62~63쪽.

부성을 갖고 있다. 그 새들이 날아드는 양상에 따라 나무는 사건에 말려들어 간다. 숲은 그런 사건이 벌어지는 장이다. 사건이란 숲의 새들처럼 존재자의 이웃이지만 존재자의 외부에서 오는 것, 다시 말해 존재자의 바깥에서 '도래 하는 것'이다. 그것은 존재라는 하나의 장에 속해 있지만 존재에 뿌리박고 기 대서 있는 나무―존재자와는 구별되는 방식으로 존재한다. 새란 그 사건을 물고 들어오는 것, 아니 사건으로 도래하는 것이다. 사건의 씨앗들이다.

그러나 새들이 날아들 때마다 사건이 발생하는 것은 아니다. 사건은 현행 화될 때에만 가시화된다. 새들은 침묵을 부리에 물고 있다. 사건화의 잠재성 을 가진 채 날아든다. 그런 잠재성이 나무와 만나며 노래하거나 울어댈 계 기와 양상을 얻게 될 때, 새는 그 양상에 따라 그에 부합하는 울음을 울 것이 다. 그때마다 사건은 현행화된다. 새가 나무보다 많은 것은 어떤 집합의 원소 수(n)보다 그 원소들이 계열화되며 만들어지는 사건의 수(부분집합의 수=2^n 개)가 훨씬 많기 때문이다($n < 2^n$).

그런데 그 사건의 수보다 많은 잎이 새를 가리고 있다. 나무 하나하나의 잎이 존재자의 개체적 규정가능성이라면, 그런 잎들이 모인 것은, 숲 전체의 잎은 존재 전체의 규정가능성이라 하겠다. 잎이 새보다 많다 함은 존재가 갖 는 규정가능성이, 가능한 사건들보다 많다는 말이다. 규정가능성으로서의 존 재란 사건의 가능성보다도 크다는 말이다. 존재의 규정가능성이 사건들이 고갈되지 않도록 가려주고 있다는 말이기도 하다. 이는 역으로 잎들이 사건 적 규정성으로부터 존재자의 존재를, 나아가 그것들 모두를 싸안고 있는 존 재 자체로서의 숲을 가려주고 있음을 뜻한다. 즉 '가리고 있다'는 말은 존재 자의 존재의 미규정성에, 존재 자체의 무규정성에 잇닿은 말이다.

수십 명의 아이들이 지거나 이기지 않고 같은 색의 옷을 입고 숲을 통과

하고 있고
　　끝도 모른 채 발자국을 남기고 있다

　　그 숲을 아이들이 지나간다. 끝도 모르는 발자국, 그것은 도달하려는 어떤 목적도 없이 그저 지나가고 통과해가는 발자국이다. 끝도 없고 목적도 없으니 이기고 지는 것도 없다. 아이들이니 이런저런 장난도 하고 시합도 하고 놀이도 하며 지나가겠지만, 그리고 거기엔 그때그때 이기고 지는 일이 있기도 하겠지만, 본질적으로 이기는 것을 목적으로 하지 않기에 사실상 이기고 진다는 게 아무런 의미도 없는 그런 놀이에 지나지 않는다. 니체라면 이런 놀이를, 그렇게 목적 없이 지나가는 궤적을 '무구성'이란 말로 명명했을 터이다. 존재의 무구성. 그때그때의 우연만이 있을 뿐 어떤 목적도 없고 어떤 종착지도 없는 무구성의 놀이, 그것이 존재의 장인 숲에서 벌어지는 일이라 할 것이다. 그런 무구성을 갖고 있다는 점에서 아이들은 모두 비슷하다. 그들은 그렇게 같은 색의 옷을 입고 있는 것이다. 우주란 그렇게 무구성의 발자국만이 존재하는 장이다.

　　수십 명의 나무꾼들은 수백 번의 도끼질을 할 수 있고 수천 그루 나무를 수만 더미 장작으로 만들 수 있고
　　빛은 영원하다는 듯이 장작을 태울 수 있고
　　장작은 열 개비가 적당하고 그 불이면 영원도 밝힐 수 있고

　　그 숲에 아이들만 들어가지는 않는다. 어른들도 들어간다. 나무를 하러. 각자 자신의 목적에 따라 나무를 베어 이용하려는 이들이니 어른들은 모두 나무꾼이다. 그들은 도끼질을 하여 나무를 베어 장작을 만든다. 자신의 목적에

맞는 규정성을 존재자에 부여한다. 하나의 존재자는 수많은 규정가능성으로 인해 수많은 대상이 될 수 있다. 그러니 나무꾼들은 각자 나무보다 훨씬 많은 장작을 만들 수 있다. "수천 그루 나무를 수만 더미 장작으로 만들 수" 있다. 그리고 그 장작에 불을 붙여 빛을 만든다. 아니, 빛을 비추어 장작에 명료하고 뚜렷한 규정성을 부여한다고 해야 할지도 모른다. 그렇게 빛을 통해, 규정성을 통해 변함없는 영원성에 도달하고 싶다는 소망은 굳이 플라톤을 들먹이지 않아도 잘 알려진 것이다. 그렇기에 그들은 "빛은 영원하다는 듯이 장작을 태울 수" 있다. 그러나 하나의 나무가 수많은 규정가능성을 갖지만 사람들이 그 나무를 이용하는 방식은, 그 존재자에 부여하는 규정성은 몇 개 되지 않는다. 열 개면 적당하다고, 그 불이면 영원도 밝힐 수 있다고 믿는다. 사람들이 사는 방식이 아무리 달라 보여도 그리 많이 다르지 않은 것은, 그 많지 않은 것을 보편성의 증거라고 믿고 거기에 영원성을 부여하려는 것은 이와 무관하지 않을 것 같다.

　　아이들이 영원을 지나가고 있고 별들이 치찰음을 내고 있고
　　밤과 낮은 서로에게 이기지도 지지도 못하고 있고

　　아이들이 영원을 지나간다. 이는 어른들의 영원성, 즉 나무꾼들이 믿는 영원성과 다른 종류의 영원일 것이다. 무구한 운동의 영원성, 우연의 영원성이다. 장작의 빛으로 밝게 빛나는 나무꾼의 영원성이 낮의 영원성이라면 아이들의 영원성은 밤의 영원성이다. 그것은 빛의 규정성에 따라 명료하고 뚜렷하게 움직이는 것이 아니기에 많은 마찰이나 충돌을 동반하는 영원성일 것이다. 규정성들은 동일률과 모순율을 통해 그런 마찰을 제거하려 하지만 무구성의 운동은 그럴 수 없다. 별들의 치찰음은 그 마찰과 충돌의 존재를 드

러낸다. 그 두 가지 영원성 가운데 어느 것이 이길까? 알 수 없는 일이다. 빛의 세계에 사는 이들의 눈에는 카오스를 뜻하는 우연성의 어둠에 빛을 비추어 쫓아내는 진리의 힘이 승리할 것처럼 보이겠지만, 핵심에 다가갈 때마다 나타나는 '암흑성' 물질이나 에너지는 물리학에서조차 그것이 그리 만만치 않음을 의미한다. 초기 조건의 사소한 차이가 법칙을 무의미하게 만드는 뜻밖의 결과를 만든다는 것을 우리는 알고 있지 않은가? 좀더 근본적으로 보면, 빛을 비추어 어둠을 찾으려는 시도는 그 자체만으로 결코 승리할 수 없고 결코 종결될 수 없는 게임이라고 해야 하지 않을까? 그렇다고 빛의 힘이 결코 이길 수 없다고 쉽게 말할 수는 없다. 이미 너무 거대해져서 우리가 통제할 수 없게 된 거대한 지식의 힘이 존재함을 잘 알기에.

불 앞에서 나무꾼들은 수십 개의 그림자를 벗으며 농담을 하고 있고
인간의 맛에 대해 이야기하고 있다

불그림자가 불의 주변을 배회하며 불그림자를 만들고 있고
새들은 여전히 침묵을 부리에 물고 있고

불은 그림자를 동반한다. 빛이 있는 곳에는 반드시 그 빛으로 인해 보이지 않는 그림자가 있다. 무언가를 잘 보이게 하는 빛은 반드시 그 힘으로 인해 보이지 않는 어떤 것을 산출하기 마련이다. 그런데 빛의 사유는 다시 그 그림자마저 빛을 비추어 지우려 한다. 불 앞에서, 불빛을 비추어 그림자를 벗으려는 것이다. 우리는 그런 불빛이 인간 자신에 대해서까지 비추어지고 있음을 안다. 인간의 두꺼운 살 속 가장 깊은 곳에 있는 것까지 불빛이 비쳐들고 있음을 안다. 그런 빛의 낙관주의 아래서 그림자의 존재는, 어둠의 존재는 심

각하게 생각할 어떤 것이 아니라 조만간 사라질 어떤 것이다.

그러나 불빛을 여러 개 동원하여 그림자가 사라지게 한다고 하지만, 그것은 엷어진 강도의 그림자가 광원光源의 수만큼 늘어난 것임을 잊은 데 지나지 않는다. 새들의 침묵 속에 잠든 사건의 잠재성은, 울지 않기에 드러나지 않았지만, 결코 없다고 할 수 없는 것으로 현실 속에 존재한다. 침묵하는 새들은 언제든지 울 수 있기 때문이다. 사건은 존재자의 바깥에서 오기에 예측할 수 없는 것으로 올 것이다. 예측할 수 있는 것은 사건이 되지 않는다. 나무라는 존재자의 미규정성, 숲이라는 존재의 무규정성 속에 숨어 있는 예측불가능한 규정가능성이 거기에 있다. 자연의 힘을 통제할 수 있다는 믿음을 근본에서 뒤흔드는 사건들이 반복하여 발생해왔음을 우리는 잘 알고 있다. 빙하를 녹이는 온난화와 이상기후, 물질의 근본적 통제불가능성을 드러내준 후쿠시마와 체르노빌 등등. 침묵 속에 잠든 사건, 오 그것은 정말 '무서운' 것 아닌가! 존재란, 숲이란 본질적으로 밀림인 것이다. 결코 충분히 정복될 수 없는 존재의 어둠을 아직 보지 못했다면, "무서워라, 무서워라!" 하는 커츠 대령의 유언은 결코 충분히 이해할 수 없을 것이다.

> 나무 위에서 열쇠들이 쏟아지고 있다
> 나부라진 옷가지들이 발자국을 가리고 있고
> 나무꾼들은 횃불을 나눠 들고 더 어두운 곳으로 움직이고 있고
> 잎이 풍경을 가리며 무성해지고 있고

밤과 낮의 영원성이 이기지도 지지도 못하고 있기에, 우연성을 몰아내고 법칙적 규성성의 빛을 좀더 치밀하게 비추려는 나무꾼의 도끼질은 계속된다. 나무꾼들은 나무와 숲의 비밀을 풀 수 있다고 하는 열쇠들을 나무 위로

쏟아낸다. 물론 각각의 열쇠는 어떤 비밀을 찾아낼 것이다. 그러나 그것은 언제나 그로 인해 보지 못하는 그림자를 동반하게 마련이다. 그들이 벗어놓은 옷가지들은 무구한 우연성의 발자국을 가린다. 그러나 우연성을 지우며 얻은 필연성이란 그것이 지운 만큼 풀 수 없는 것을 증식시키는 일면적인 열쇠일 뿐이다. 어쩌면 그들이 이기지 못하는 것은 그들이 이기고 있는 것으로 인해서라고 해야 할지도 모른다. 그렇기에 나무꾼들은 횃불을 나눠 들고 더 깊은 곳으로 들어가지만, 그럴수록 잎은 풍경을 가리며 무성해진다. 존재란, 존재의 비밀이란 그런 것이다.

4장

미지(未知)의 존재와 해방:
존재론은 어떻게 해방을 사유하는가?

1. 존재와 존재자의 존재

존재는 숲이다. 나무들의 모습도, 날아오는 새들마저 그 많은 나뭇잎으로 가리우는 숲이다. 끝없는 어둠이다. 정복불가능한 밀림이다. 아무리 깊이 들어가도 깊은 어둠이 계속 이어지는 장대한 밀림이다. 존재는 바다다. 수면의 모든 파도와 물결들, 그 무한한 형상들이 태어나고 또 사라져 들어가는 거대한 바다다. 존재는 세계 바깥의 어둠이다. 세계의 모든 규정성을 벗어난 무규정성이다. 세계 안에서 작동하는 모든 규정성이 멈춘 어둠이다. 그러나 또한 그 모든 규정성을, 그 이상의 모든 규정가능성을 포함하고 있는 어둠이다. 모든 규정가능성의 모태다.

존재는 어둠이지만 빛과 대립하는 어둠이 아니다. 빛과 맞선 어둠이 아니라 빛 이전에 있는 어둠이다. "태초에 어둠이 있었느니라!" 빛의 입자들마저 포함하고 있는 어둠이다. 빛과 어둠은 그 검은 대기 속에서 탄생한다. 어둠의 바닷속에서 태어난 개체들이 이어지고 연결되며 세계가 탄생할 때, 그 개체들 사이의 공간에서 태어난다. 서로를 보고 확인하려는 시선을 촉매로 탄생한다. 그렇기에 빛은 언제나 세계의 빛이다. 빛은 세계의 자식이다. 세계를 아비로, 존재의 어둠을 어미로 탄생한다. 그러나 빛은 아비의 칼로 어미의 배에

칼집을 내는 자식이다. 그 칼이 가르고 간 자리에서 새로운 개체가 비어져나온다. 빛이 비추는 곳마다 존재자가 얼굴을 드러낸다. 빛의 강도와 각도에 따라 다른 모습을 하고. 어둠은 언제나 그 칼질을 받아주지만, 칼이 어둠을 벨 수는 없는 법이다. 명을 다한 빛은 그것이 비추던 개체와 함께 어둠 속으로 돌아간다.

존재자는 존재가 '아니다'. 존재의 숲속에 있는 나무들이다. 존재는 각각의 나무들이 태어나는 대지이고, 그들이 발 딛고 선 지반이며, 그들이 죽어 되돌아가는 땅이다. 그 나무들이 모여 숲을 이룬다. 나무는 숲의 일부다. 그러나 숲은 '아니다'. 존재가 모든 개체 간 구별이 사라진 일종의 질료적 흐름 같은 것이라면, 존재자는 개체성을 통해 다른 개체와, 또한 존재 자체와 구별되며 존속한다. 하지만 존재자의 존재는 존재의 일부다. 빛이 비추지 못하는 어둠이 어둠 이전의 어둠의 일부이듯이. 개체의 존재이기에 존재 자체와 구별되지만 개체의 소멸과 더불어 존재 속으로 되돌아간다. 그렇기에 존재자의 존재는 존재와 하나지만, 또한 같지 않다. 강물이, 수돗물이, 빗물이, 냄비 속의 물이 모두 '물'이란 점에서는 하나지만, 그저 '물'이라고 할 수 없는 차이를 갖듯이. 개체 각자의 차이를.

존재자는 존재의 바닷속에서 태어나고 다시 그 바다로 되돌아간다. 파도가 바다로부터 솟아나 다시 바다로 돌아가고 비가 물로부터 생겨나 물로 되돌아가듯이. 존재는 절대적 어둠이기에 어떤 모습도 형상도 갖지 않지만, 존재자는 경계와 윤곽을 갖기에 빛에 따라 달라지는 모습과 형상을 갖는다. 빛과 반응하며 드러나는 존재자의 형상을 '대상對象'이라고 한다. 빛과 마주서 있고, 빛과 함께 오는 시선과 마주서 있다는 뜻에서.

대상이 된다는 것은 규정성의 빛 속에 들어감이다. 세계 속에 들어감이고, 세계 속에서 주어진 자리에 들어앉음이다. 따라서 대상으로서의 존재자가 마주하고 있는 것은 사실 언제나 하나의 세계다. 대상은 그렇게 세계 안에 있으며, 세계의 규정성 안에 있다. 대상으로서의 존재자는 하이데거 말대로 '세계-내-존재'다. 그 세계가 제공하는 규정성을 갖고, 그 규정성에 갇혀 있다. 규정된 것들 사이에서, 친숙해진 규정들 사이에서 편안하게 있다. 그 규정성을 자기 존재의 본질로 믿고 거기-있다.

그러나 존재자는 대상이기 이전에 존재자다. 존재의 일부인 존재자다. 존재자의 존재란 대상 이전의 이 '존재'와 이어져 있다. 개개 나무의 잎들이 장작이 되기 이전에 숲의 나뭇잎과 항상 이어져 있듯이. 존재자의 존재는 대상과 달리 규정성을 갖지 않는다. 규정성을 갖기 이전의 미규정성이다. 가능한 모든 규정을 함축하고 있는 미규정성이다. 존재의 무규정성과 잇닿아 있는 미규정성이다. 세계 안에서조차 존재자가 이런저런 다른 대상이 될 수 있는 것은, 다른 규정성들을 가질 수 있는 것은 이 때문이다. 세계-내-존재로서, 하나의 세계가 요구하는 '통일성' 속에서 일련의 대상이 될 수 있는 것은, 때로는 그 통일성을 넘어 서로 양립하기 힘든 규정성들 사이를 넘나들 수 있는 것은 이 때문이다. 또한 그 세계를 떠나 다른 세계를 이동하거나 아주 다른 세계를 창안하며 그 세계 안에 들어갈 수 있는 것도 무수한 규정가능성을 갖는 미규정성 때문이다. 따라서 존재자의 존재가 갖는 미규정성은 현행화되지 않은 그 존재자의 잠재성이다.

"다른 삶은 있는가?" 물으며 주어진 세계로부터 벗어나는 것은 그 세계의 빛이 사라진 존재의 어둠 속으로 들어가는 것이다. 동시에 그것은 존재자가 자신의 존재 속으로, 그 미규정성 속으로 들어가는 것이다. 그 어둠 속에서 현행 세계의 규정적 힘에서 벗어난 다른 규정성을 찾는 것이다. 따라서 존재자의 존재란 누구나 갖고 있는 자기 안의 어둠이다. 모든 인식이나 감각을 벗어난 미지의 어둠이다. 어떤 존재자의 잠재성이란 그 어둠 안에 접혀 들어가 있는 가능성의 주름들이다.

빛에 익숙한 이들, 세계 – 내 – 존재로서 친숙하고 안온한 것에 길든 이들에게 어둠이란 두려운 것이다. 세계를 벗어나 그 바깥으로 간다는 것은 미지의 영역에 자신을 던지는 위험한 일이다. 비록 그 어둠이 자신의 존재 그 자체라고 해도. 그래서 그들은 어둠에 눈감는다. 간혹 눈에 들어와도 못 본 척 외면한다. 명료하고 확실한 것만이 그들의 희망이다. 현실에 없고 손에 들어올 수 없는 것이라도, 그들은 확실한 것만을 희망한다. 세계가 허용하고, 또 세계가 유혹하기 위해 빚어낸 화려한 미래의 희망들로 현재의 고통과 빈곤을, 그 밑에서 슬쩍 엿보이는 어둠을 가린다. 그들에게 '가능성'이란 현실에 없지만 세계가 제공하는 따뜻하고 화사한 조명의 무대다. 어둠마저 자신의 배경으로 끌어들이는 환상의 세계고, 그 세계 안의 조명된 자리다. 관객으로 구경만 하다 끝나게 될지라도 그 환상은 얼마나 아름다운 것인가! 어쩌면 그들이 사는 세계 자체가 이 환상의 빛과 이어져 있다는 점에서 이 멋진 미래의 일부라 해야 할지도 모른다. 그들에게 앞이 보이지 않는 어둠이란 희망이 아니라 절망이며, 잠재성 속의 '다른 가능성'이 아니라 '가능한 대안의 부재'를 뜻할 뿐이다.

그들은 존재를 외면하고 대상으로서 산다. 빛이 있는 곳을 향해 가고, 빛 속에서 자신을 보는 남들의 시선으로 자신을 본다. 그들은 시선의 포로다. 그 시선에 맞추어 산다. 남들의 시선에 대한 욕망으로 그 시선의 요구에 자신을 맞추어 산다. 그들은 거미줄 같은 시선의 갑옷, 화려하게 빛나는 빛의 갑옷 속에서 산다. 그들의 '이상'은 그 갑옷에서 모든 먼지를 닦아내는 것이다. 마찰이나 충돌의 생채기를 지우는 것이다. 순수한 빛으로, 순수 규정의 금속들로 빛나게 하는 것이다. 존재의 어둠을 그 갑옷으로 완전하게 둘러싸고 가리는 것이다.

자신의 존재를 망각하는 것은 존재에 눈 돌릴 줄 모르는 세인적世人的인 무심함 때문이 아니라, 빛나는 것에 대한 이러한 욕망 때문이고, 그 욕망이 실어나르는 세계의 요구 때문이며, 규정성의 갑옷에 몸을 맞추기 위해 세계가 제공하는 훈육과 강제 때문이다. 그러나 그것은 근본적으로 존재자의 존재란 말할 수 없는 것이라는 점 때문이기도 하다. 존재의 목소리를 듣지 않는 것은, 존재란 어떤 목소리도 갖지 않는 순수 침묵이기에, 아무리 귀 기울여도 들리는 게 없다는 사실 때문이다. 세계는 역사를 갖지만 존재는 역사를 갖지 않는다. 존재는 세계의 바깥이고, 역사를 지우는 무규정성이다. 그렇기에 '역사적 운명' 같은 건 존재와 아무 상관이 없다.

존재자의 존재 역시 어떤 형상도, 목소리도 갖지 않는다. 혹시 가진다면 자신을 대상 속에 가두는 규정에 대한 항의의 목소리를 가질 뿐이다. '나는 단지 그것만은 아니라고!' '주체'나 '대상'으로 호명하는 목소리를 거부하는 목소리다. '역사적 사명' 같은 건 지워버리는 어둠이다. 존재에 눈을 돌린다 함은 그 미규정의 어둠을 보는 것이다. 그러나 보이지 않으면 '없다'고 하는 우리의 감각으로 인해 우리는 거기 있는 나의 존재를 보지 못한다. 그렇기에 우리의 존재에 눈 돌리려면 그 미규정의 어둠을 '없다'가 아니라 '있다'로 보는 훈련이 필요하다. 미규정성 속에서 '없다'가 아니다 '많다'를 볼 수 있는 훈련이 필요하다. '존재론'이란 이런 훈련의 방법에 붙인 이름이기도 하다.

2. 존재의 언어와 사유의 문법

모든 존재자는 세계 속에서 규정된 '대상'인 동시에 그 규정성을 벗어난 '존재'다. '있다'는 말이 존재로서의 존재자를 표현한다면, '이다'라는 말은 규정성과 결합하여 대상으로서의 존재자를 표현한다. '저기 한 여인이 있다. 그는 어쩌면 아무 일도 아니었을 작은 사고를 극히 곤혹스러운 사건으로 밀고 간 사람이다. 검고 깊은 눈으로 사람들을 끌어들여 사건 속에 휘말려들게 하는 팜파탈femme fatale이다.' 그는 하나의 존재자이지만, 그가 속한 세계 안에서 팜파탈이라는 존재자다. 그 세계에 의해, 그 세계 속 다른 사람들에 의해 팜파탈로 규정되는 존재자다. 대상적 규정은 이처럼 존재자 '외부'에서 온다. 그를 둘러싼 세계로부터 온다. 그 세계가 발신하는 말들과 함께 온다.

세계-내-존재는 자신을 보는 세계의 시선 속에서 자기를 본다. 기쁨과 슬픔, 희망과 비탄을 실어나르는 시선 속에서 자기를 본다. '너는 ~~이다'라는 형식의 문장은 나를 보는 시선 속에서 자신을 보는 나의 시선을 통해 '나는 ~~이다'로 변환된다. 나 자신을 대상으로 하는 이런 시선을 '반성적 시선'이라고 한다. 세계의 거울로 나를 보는 시선이다. 세계가 내게 부여한 규정은 반성적 시선의 조정 속에서 '나 자신에 의한' 나의 규정이 된다. 비록 그게 팜파탈처럼 부정적인 것이어도. 명예와 존경이 따르는 좋은 것이라면, 말할 것도 없다. 그렇게 규정된 나는 나에 대해서도 하나의 대상이다. 그 대상과의 동일성·정체성을 갖게 될 때, 세계 안에서 나는 하나의 주체가 된다.

'이다'는 그런 대상에 속하는 수많은 성질이 나에 속함을 받아들이고, 나의 성질로서 진술하는 기본 형식을 제공한다. 이러한 문장들을 '그'라는 3인칭 주어의 문장으로 변형할 수 있게 될 때, 나는 나와 너, 주체와 대상의 2자관계로부터 3자관계, 3자 이상의 '객관적' 관계로 넘어간다. 세계의 '객관성' 속에 나를 위치 짓고, 그 안에 주어진 대상의 자리를 나의 자리로 살아내게 된다. '이다'는 이제 이 객관적 세계 안에서 대상의 규정성을 표현하거나 그 대상에 속하는 성질들properties을 표시한다.

반면 '있다'는 그 자체만으로는 어떤 규정성도 제공하지 않는다. 어떤 성질도 표현하지 않는다. 존재는 규정도 아니고 성질도 아니다. 그것은 그저 있을 뿐임을 표현하며, 어떤 성질도 드러내지 않은 채 존재함을 표시한다. '자고 있다', '먹고 있다' 등에서처럼 보조용언으로서 '자다', '먹다'와 결합되어 사용될 때조차 '자다', '먹다' 등의 행동이나 상태를 동반하는, 그러나 '자지 않고', '먹지 않는' 상태와도 결합될 수 있는 독립성을 유지한다. 규정가능한 모든 것과 결합될 수 있는 '있다'의 능력은 '있다' 자신이 어떤 규정성과도 거리가 있다는 사실에서 나온다. 즉 '있다'의 자립성과 결합능력은 존재의 미규정성과 규정가능성을 표현한다. '검은 옷을 입은 한 여인이 오래 방치된 듯한 묘지 옆에 홀로 서 있다'처럼 구체적 규정성을 담은 문장들과 결합될 수 있지만, 상황에 따라 그 규정들을 잘라내 '그 묘지 옆에 서 있다'고, 그냥 '한 여인이 있다'고 쓸 수 있는 유연성과 가변성은 '있다'만으로 충분히 설 수 있는 존재의 자립성에서 나온다. 모든 방향으로 열린 자립성, 우리는 바로 그것을 '있다'의 미규정성 속에서 본다.

'이다' 또한 모든 규정이나 성질과 결합할 수 있다. 그러나 '이다'는 '있다'와 같은 자립성을 갖지 못한다. 아무 규정 없이 '그저 있다'고 할 수 있는 독립성을 '이다'는 갖지 못한다. '이다'는 조사로서 주어에 어떤 규정이나 성질을 결합시키는 역할을 할 뿐이다. 존재자에 대해 서술할 때에도 '이다'는 존재자의 상태나 특성을 표시하는 말들을 그 존재자에 연결할 뿐, 그런 규정과 무관한 존재 자체를 표현하지 못한다. 오히려 어떤 존재자의 존재를 그것의 이런저런 상태들로 바꾸어버림으로써 규정이나 성질로 존재를 가린다. 마치 그런 규정이나 성질의 합이 그 존재자의 존재인 양 오인하게 한다. 존재자를 대상적 규정으로 오인하게 한다. 따라서 '이다' 자체가 대상과 동일한 외연을 갖지는 않지만 '이다'는 어떤 경우에도 대상과 짝하며, 대상의 규정이나 성질을 드러내거나 끌어들인다. 그렇기에 존재와 대상이 다른 만큼 '있다'와 '이다'는 다르다. 모두 상이한 규정가능성들에 열려 있지만, '있다'는 미규정의

자립성과 짝하고 '이다'는 규정성 없이는 무의미한 비자립성을 갖고 있다.

이는 일본어나 중국어에서도 크게 다르지 않다. 문법적 명칭이나 기능에 약간 차이가 있겠지만, '있다'와 '이다'에 해당하는 단어는 분리되어 있고, 양자의 용법이 아주 다르다는 점에선 차이가 없다. 반면 서구의 언어에서 이 두 말은 구별되지 않은 채 be 동사(sein 동사, etre 동사 등) 하나에 통합되어 있다. 이는 '이다'로 표현되는 어떤 성질과 '있다'가 표현하는 존재가, 좀더 나아가면 구별하지 않고 하나의 동일한 것으로 오인할 가능성을 함축하는 것 같다. 물론 '대상'은 '존재'와 구별되는 개념이고, '있다'와 '이다'는 1형식 문장과 2형식 문장의 구별 속에서 의미상으로 구별될 수 있다고 해도, 명사적으로 사용되는 부정형의 동사에서, 문장에서 분리된 동사에서, 존재는 규정성과 너무 가까이 있다.

대상과 존재의 차이를 개념적으로 구별하지 않고, 어원학적 의미 속에서 사유의 자원을 찾게 될 때, '있다'와 '이다'는 '하나'의 기원을 통해 존재를 대상의 어떤 규정이나 성질로 오인할 가능성을 갖는다. 이는 서구의 '존재론'을 반복하여 오도했던 문법적 환상 아니었을까? 가령 하이데거가 현존재로서 인간의 '존재'는 마음-씀Sorge이라고 할 때, 그가 바로 그랬다. 그는 마음-씀이란 어떤 심리적 작용이 아니라 존재가능성을 향해 항상 자기를 넘어서 있음이고, 그런 식으로 가능성에 열려 있음이라고 한다. 그런 의미에서 '자기를-앞질러-이미-하나의-세계-안에 있음'이라는 존재구조를 뜻한다.[1] 그러나 여기서 가능성에 열려 있음은 인간이란 자기를 앞질러가는 현존재(인간)의 마음의 작용방식 내지 태도—후설이라면 '지향성'이라고 했을—이고, 이는 인간의 '존재구조'라는 거창한 지위를 부여한다 해도 인간의 고

---

1) 하이데거, 『존재와 시간』, 이기상 옮김, 까치, 1998, 261~262쪽, 이 책에는 Sorge가 '염려'라고 번역되어 있으나, 이보다는 '마음-씀'이 더 나은 번역어로 보인다.

유한proper 어떤 상태나 특징property이지 인간의 존재 자체는 아니다.[2) 존재와 특성은 근본적으로 다른 것인데, '있다'와 '이다'를 동시에 뜻하는 하나의 동사로 인해 어느새 '하나'로 혼동되고 존재는 특성이 되어버린 것이다. '있다'와 '이다'가 마치 '존재'의 두 양상인 것처럼 오인된 것이다. 반면 '이다'와 '있다'를 동일시할 수 없는 언어에서 이는 오히려 생각하기 어려운 일이다.[3)

이것은 단지 하이데거만의 문제가 아니다. '있다'와 '이다'를 혼동할 때, 존재는 '이다'로 서술될 수 있는 규정이나 성질 중 하나로 오인된다. '있음'과 '없음'이 존재자의 성질을 표시하는 말로 오인된다. 그 존재자가 소유한 성질property로, '완전한 존재자'라는 말을 통해 신을 정의하고, 이 정의를 통해 신의 존재를 증명할 수 있다고 간주했던 오래된 신학의 오류는 바로 '있다'를 체언이 갖는 어떤 성질 중 하나라고 보는 이런 오해에서 비롯되었다. 즉 '있다'는 '완전한'이라는 형용사에 속하는, 상태를 표시하는 하나의 성질이라는 오해가 그것이다. 그들은 '신은 완전한 존재자'라고 정의하고는, 그 정의로부터 신의 존재를 증명한다. 그에 따르면, 완전함이라는 규정성 속에 '있음'이라는 성질이 없다면 '완전하다'고 할 수 없다. 따라서 완전한 존재자인 신은 '있음'이란 성질을 갖는다. 즉 신은 존재한다. '존재론적 증명'이라고 불리는 이 증명을 이용하면, 우리는 어떤 완전한 것도 존재함을 손쉽게 증명할 수 있다. '완전한 미인', '완전한 인공지능', '완전한 생명체', '완전한 국가', '완전한 인간' 등등. 이는 철학이나 신학이 존재자의 존재를 오해하는 오래된 방

---

2) '존재구조'는 존재의 근본적인 상태나 규정을 뜻할 수는 있어도, 그 자체가 '존재'는 아니다. '그것은 ~~이다(Es ist ~~)'라는 문장의 공란에 들어갈 규정의 하나다. '현존재의 존재구조는 마음-씀이다'라고 써야 했을 문장을 그는 존재와 존재구조를, 즉 존재와 상태를 동일시하여 '현존재의 존재는 마음-씀이다'라고 쓴 것이고, 이를 통해 존재와 마음-씀이라는 어떤 상태는 존재와 직접적으로 동일시된다.
3) 하이데거는 '이다'와 '있다'가 분리된 언어로는 존재를 사유할 수 없다고 했지만, 이런 식으로 존재를 사유할 수 없다는 것은 차라리 매우 다행스러운 일이라 할 것이다. 그것은 존재를 특성이나 규정과 혼동하고 세계 안에서 벗어날 줄 모르는 사유의 함정에 빠질 가능성이 적음을 뜻하기 때문이다.

식이다.

'존재'의 언어로 인해 존재론이 빠질 수 있는 또하나의 오류는 의미와 무의미에 대한 것이다. '있다'라는 말은 어떤 의미도 없이 미규정적 모호성 속에 있을 수 있는 반면, '이다'라는 말은 규정된 의미를 '밝혀주는' 말이다. 그렇기에 양자가 같다고 보게 되면, 존재론이란 '있음'의 의미를 밝혀주는 사유가 된다. 이 경우 존재론은 의미를 찾아서, 의미를 가능하게 해주는 지평을 찾아서 간다. 이때 존재론은 존재의 모호함에 담긴 무의미가 갖는 함축, 무의미 그 자체가 갖는 '의미'를 보는 게 아니라, 의미 속에서 근본적인 의미를 찾아가는 작업이 된다. 신의 목소리를 대신하는 존재의 목소리를. 심지어 '무'라는 말로 의미가 사라지는 사건을 강조할 때조차, 그것은 망각된 의미를 발견하는 계기로서 의미의 사유에 귀속되고 만다.[4]

이는 서구의 존재론이 존재의 어둠 속으로 들어가는 데 실패하는 중요한 또하나의 문법적 이유인지도 모른다. 미규정적 존재를 표현하는 '있다'가 대상적 규정이나 성질과 짝하는 '이다'와 하나이기에, 있음이란 규정성의 빛과 같은 것이며, 미규정일 때조차 규정성을 향해서 가야 한다고, 빛 가운데 진정한 빛을 찾아가야 한다고 오해하기 쉽기 때문이다. 하이데거는 이러한 오해를 아주 잘 보여주는 사례일 것이다.

존재론과는 아주 다르다고 하겠지만, 확고한 근거와 엄밀성을 추구했던 19세기 수학자들 또한 이런 길을 확실하게 따라갔다. 그들은 수학적 문장에서 '있다'('존재한다')는 말의 모호성에 곤혹스러워했다. 가령 '어떤 연립방정식의 해가 있다'거나 '두 곡선의 교점이 있다' 같은 문장에서 '있다'는 대체 무슨 의미인가? '있다'의 미규정성에 기인하는 모호성을 그들은 이런 식으로

---

4) 하이데거, 「형이상학이란 무엇인가」, 『이정표 1』, 신상희 옮김, 한길사, 2005, 178~185쪽.

포착한 셈이다. 그러나 그들은 이 모호성을 모호성 그대로 두지 못한다. 자신들이 제기한 물음에 대해 그들이 내린 대답은 '이다'라는 말로 서술될 수 있는 해들 사이에 모순이 없을 때 '있다'고 한다는 것이었다. 가령 어떤 무한급수가 괄호를 묶는 방식에 따라 0이 되기도 하고, 1이 되기도 하고, 1/2이 되기도 한다면, 이 무한급수는 해가 '없다'고 간주한다. '있다'/'없다'라는 존재의 진술이 '이다'/'아니다'의 규정성의 진술로 환원된 것이고, 그러면서 복수의 규정가능성은 '있다'가 아니라 '없다'가 되고 만 것이다. '있다'는 이로써 수학의 영토에서 추방된 것이지만, 그와 같은 단어로 표시되는 '이다'가 있기에 추방되었다는 사실조차 사유될 수 없는 듯하다.

3. '있다'와 '이다'

'이다'라는 말은 통상 '조사助辭'라고 명명되어, '도와주는' 말의 부차적 위상을 갖는 것처럼 보이지만, 실은 주어와 그것에 달라붙을 규정성들을 결합시키는 접착제 역할을 한다. 통사syntax 구조를 형성한다는 점에서 '조사'가 아니라 '통사統辭'라고, 통합하는 말이라고 해야 할 법하다. '있다'는 의미도 모호한 하나의 용언에 머무는 반면, '이다'는 단어들을 결합하여 의미를 만들어내는 중추적 역할을 한다는 말이다. 이것이 '있다'에 비해 '이다'가 우리의 사유나 삶에 훨씬 넓게 영향을 미치는 이유일 것이다. 그래도 '조사'라는 말이 유의미하다면, 그 말 자체로는 아무런 의미를 갖지 않는다는 점 때문이다. 주어와 서술어를 연결하여 의미를 형성하는 연결고리로 기능하지만, 스스로는 아무 의미도 갖지 않는 빈칸이다. 비자립성을 공백으로 바꾸어 자기 옆에 달고 다니는 말이다. 존재에 대한 관심으로 충만한 시집에서 송승환은 카메라가 바로 이런 '이다'-기계임을 지적한다.

이것은 ……이다

—송승환, 「카메라」 전문[5]

카메라는 자기 안에 들어서는 것에 대해 "이것은 ……이다"라고 말해주는 기계다. 저기 '있는' 어떤 것에 반사된 빛을 받아 하나의 형상으로 만들어주는 기계다. 빛에 반사되는 모습에 따라 저기 있는 그것은 다른 형상이 되어 나타난다. 그 형상은 '이것은'과 '이다' 사이, '이다'에 달라붙은 공란을 메우며 자신을 드러낸다. 이것은 사과다, 이것은 돌이다, 이것은 고양이다 등등의 '문장'을 출력해준다. 이로써 저기 있는 어떤 것은 빛에 의해 규정된 대상이 된다. 카메라는 존재자를 하나의 규정된 대상으로 포착하는 규정-기계다.

'이다-기계'로서의 카메라는 자기 안에 들어서는 존재자를 '이다' 문장으로 바꾸어주는 기계다. 어떤 것도 들어서는 대로 받아들여주는 '방camera'이지만 빛을 통해 빚어지는 양상으로만 받아들여주는 기계다. 그런 점에서 카메라는 애초의 기원인 '어둠의 방camera obscura'이 아니라 빛이 드는 방이고 빛이 지배하는 방이다. 세상의 빛으로 "존재를 밝히는" '밝은 방camera lucida'이다. 존재의 어둠을 빛으로 비추어 찾는 방이고, 빛을 위해 어둠을 이용하고, 빛의 배경으로만 어둠을 받아들이는 빛의 방이다.

'이다' 또한 빈방이다. 빛이 드는 빈방이다. 존재를 밝히는 빛이 드는 빛의 방이다. 빛을 통해 존재자를 대상으로 규정하는 빈방이다. '이다'와 카메라의 이러한 동형성을 그저 은유적 유사성이라고만 할 수 있을까? 저 간결한 한 문장, 아니 반 문장은 카메라의 기계적 본질 이상으로 '이다'의 문법적 본질을 확실하게 부각시켜 보여준다. 이 두 직관이 만나는 점에서 규정-기계의

5) 송승환, 『클로로포름』, 문학과지성사, 2011, 29쪽.

존재론적 본성이 드러난다.

'이다'는 빛이 없이는 작동하지 않는다. 반면 '있다'는 빛이 만드는 규정이나 성질들을 모두 떠안을 수 있지만, 빛이 없어도 작동한다. 아무것도 보이지 않을 칠흑 같은 어둠 속에서도 우리는 무언가가 있다면, 그 있음을 감지한다. 반대로 어떤 이유로 어둠 속에 숨지만, 자신을 드러낼 수 없지만, 그래도 어둠 속에 자신이, 아니 알 수 없는 누군가가 있음을 알아주었으면 하는 경우가 있다. 누구인지는 몰라도 누군가 있음은 알아채도록 드러내지 않은 채 기척을 내는 경우가 있다. 이를 감지하는 이는 조용히 묻는다. "누구입니까? / 우두커니 앉아 있는 것은. / 눈꺼풀 뒤 격자창에 매달려 있는 것은 누구입니까?"(김시종, 「불」)[6]

이렇게 물어도 누구라고 대답할 수 없는 경우가 있다. 아무 대답 못하고, 오히려 더 깊이 숨어야 할 때가 있다. 광주사태 직후, 어둠 속에 숨어 있어야 했던 이라면, 말할 수 없는 공간에 갇혀 있던 이라면 특히 그러했을 것이다. 그렇게 숨어버려 누구인지 알 수 없게 될 때, 어둠 속에서 '누구이다'라고 할 어떤 것도 보이지 않을 때, 그래도 다시 던졌을 저 물음이 대답 없이 반복하여 되돌아올 때, 우리는 더이상 묻기를 중단하거나 포기한다. '이다'를 의문문으로 바꾼 인식론적 물음은 그렇게 모호한 기척만 있을 뿐 아무것도 보이지 않는 어둠 속에서, 더 깊이 숨어버린 존재자 앞에서 중단된다.

'이다'를 묻는 물음이 아니라 '있음'을 묻는 물음은 이와 다르다. 보이지 않고 대답도 없지만, 그래도 어떤 기척이 있다면, 누군가 있는 듯한 모호한 느낌이 조금이라도 있다면 "거기 누구 있습니까?" 하고 묻는다. 아니, 있음을 묻는 것은 오히려 그럴 때 던져진다. 누군가 거기 있고, 그게 누구인지 알 수

---

6) 김시종, 『광주 시편』, 김정례 옮김, 푸른역사, 2014, 24쪽. 원래 제목은 '火'인데, 이 번역본에는 '점화'로 번역되어 있어, 원래대로 수정했다.

있다면, "누구 있습니까?" 하고 더이상 물을 이유가 없다. 누구인지 모르겠지만, 무언가 있는 듯할 때, 있는지 없는지 명료하게 알 수 없을 때, "누구 있습니까?"라는 물음은 비로소 던져진다. 아무런 답이 없어도 이 물음은 중단되지 않는다. 더욱 깊이 숨어버렸을 때, 그래도 뭔가 있다는 느낌이 들 때, 이 물음은 더욱 간절하게, 더욱 강하게 던져진다. 드러낼 수 없지만 그래도 누군가 그 어둠 속에 있음을 알아주었으면 할 때라면, 그런 소망을 감지했을 때라면 "누구입니까?"라는 물음은 신원을, '규정성'을 드러내지 않아도 될 존재의 물음으로 바꾸어 던져져야 한다. 어떤 규정의 단서도 달지 않고 그저 '누가 있는가' 묻는 물음으로. 「불」의 마지막 연이 그렇다.

누구입니까?
그 어둠 속을 다가오는 이는?
누군가 거기에
당신은 있습니까?

—김시종, 「불」 중에서

시인은 여기서 어둠 속에 누군가 있음을 감지한다. 말하려는 누군가가 있음을 감지한다. 누구냐고 묻지만, 대답이 없자, 대답할 수 없음을 깨닫자 다시 묻는다. 있음의 물음은 이렇게 알 수 없는 모호함, 미규정적 상태를 향해 던져진다. 나아가 말이 전할 수 없는 것을 위해 침묵으로 말하고, 눈이 볼 수 없는 것이 드러나도록 어둠 속에 숨는 경우도 있다. 이 모두가 존재론적 물음과 함께 온다.

큰 물과 만나 하나가 되는, 어쩌면 '존재론적 사건'이라고 할 것에 대해 물방울이 되어 아름답게 쓴 시 「물의 나라에서」에서 이성복이 던지는 물음 또한 그렇다.

> 누가 물 위를 지나가면
> 물의 목소리
> 누가 풀잎 흔들면
> 풀빛 마음 흔들려
> 누가 거기 있어?
> 눈초리, 목마른 눈초리
>
> 누가 누구를 흔든다
> ······안개······
> 누가 나를 흔든다
> 풀잎 사이
>   물방울,
> 떠 있는
>
> —이성복, 「물의 나라에서」 중에서[7]

  누군가 물 위를 지나가기에, 누군가 풀잎을 흔들기에, 그 흔들림을 감지한
이는 묻는다. "누가 거기 있어?" 누군지는 알 수 없다. '······안개······' 그 모
호한 대기가 가리고 있다. 그래도 누가 나를 흔든다는 것, 누가 누구를 흔든
다는 것은 분명하다. 그 흔듦이, 그렇게 흔들림이 중요하다. 흔들린다는 것은
있던 곳에서 떨어져 큰 물 속으로, 하나인 존재 자체 속으로, 아니면 다른 세

---

7) 이성복, 『뒹구는 돌은 언제 잠 깨는가』, 문학과지성사, 1980, 34쪽.

계 속으로 들어갈 계기다. 그 만남을 '감격'으로 받아들일 줄 아는 물방울이라면 말할 것도 없다. 그래서 묻는다, "누가 거기 있어?"라고. 목마른 눈초리로 묻는다. 이 목마름은 간절함이지만 누구인지 알고 싶다는 간절함이 아니라, 그 감격스러운 흔들림을 기다리는 간절함이고, 그렇게 흔들어줄 누구를 기다리는 간절함이다. 흔들어줄 누군가의 존재를 기다리는 간절함이다. 있어 달라는 간절함이다.

'있다'는 '이다'가 아니다. '있다'는 규정된 존재자로부터 잘려나갈 때에도, 체언의 규정에 아무런 손상을 가하지 않는다. 다만 그렇게 규정된 대상을 존재와 분리할 뿐이다. 존재하지 않는 존재자로 만든다. 반대로 존재자에 달라붙은 그 모든 빛이 사라지고, 모든 규정성이 지워져도 '있다'는 '있다'로 남는다. 규정성이 없으니 뭐라 말할 수 없는 어떤 것이 '있음'을 표시하며 그대로 남는다. 규정성이 없어도 존재자는 존재한다. 존재와 대상은 그토록 다른 것이다.

그래도 '있다'는 '이다'와 아주 가까이 있다. '이다' 옆에 붙어서 그것이 존재하는지 아닌지 표시해준다. 어떤 존재자에 달라붙을 다양한 규정성을 모두 수용해주는 신체로서 거기 있다. 그 모든 규정성의 변화를 하나로 이어주는 영혼으로서 거기 있다. 연속적 변화의 이 미묘함을 모두 담아내는 말없는 능력으로서 거기 있다.

사과가 있다

푸른 사과
거의 둥글고 파란 사과
가까스로 둥글고 연푸른 사과

기어이 둥글고 작은 초록 사과

(…)

사과가 있다

—송승환, 「레코드 플레이어」 중에서[8]

　이 시는 '무언가'가 있다가 아니라, 사과가 있다는 것으로 시작한다. 사과라는 규정을 가진 것에서. 이 사과의 색은 여러 가지로 변할 수 있다는 점에서 많은 규정가능성에 열려 있다. 규정에 갇힌 대상이 아니라 규정을 갖는 존재자다. 사과라는 규정이 있지만, 그 경우에도 '있다'와 '이다'가 어떻게 다른지 보여주려 한다. 이 존재자 안에서 규정을 바꾸며 시인은 존재자의 존재에, 사과의 있음에 다가가려 한다.

　첫 행과 끝 행의 "사과가 있다"는 문장을 지워도 반복되는 두 문장 사이에 있는 시구들의 의미는 아무런 손상을 입지 않는다. '있다'는 말이 없어도 저 모든 규정성을 가진 사과에 대해 우리는 말할 수 있다. 다만 그것이 '있다'는 말만 못할 뿐이다. 어디 사과뿐인가. '있다'라는 말만 붙이지 않는다면, 화성인이나 숲속의 괴수에 대해, 방안의 곰에 대해 우리는 얼마든지 말할 수 있다. 그러나 규정성의 빛은 대상을 뜻한 대로 자유로이 만들고 바꾸지만, 존재를 주지는 않는다. 그것은 존재로부터 그렇게 자유롭지만, 존재 없는 규정들이란 얼마나 공허한 것인가.

　반대로 사과의 존재는 그렇게 달라지는 색들로부터 독립하여 있다. 물감

---

8) 송승환, 『클로로포름』, 문학과지성사, 2011, 17쪽.

과 물감을 섞고, 거기에 물을 더 섞으면 사과의 색은 달라지겠지만, 사과가 '있다'는 사실은 그로 인해 어떤 변화도 겪지 않고 그대로 있다. 어떤 색이 와도 오는 대로 받아준다. '이다'와 함께 오는 여러 규정에 대해 존재란 받아들임의 능력이다. 존재가 규정과 무관하다는 사실이 그렇게 오는 대로 받아들일 수 있는 이유다. 이렇게 존재는 대상적 규정을 가능하게 해주는 어두운 신체이고, 변화를 떠받쳐주는 유연한 신체다. 수많은 옷에 가려진 신체다.

> 육체는 옷들의 그림자
> 너의 깊은 존재를 감추는.
>
> —페소아, 「전수」 중에서[9]

'있다'는 그처럼 수많은 규정성을 받아들여준다는 점에서 결코 "딱딱하지" 않지만, 어떤 규정성의 변화에도 그대로 '있다'는 점에서 "견고하다".[10] 규정성이 무엇이든 '있다'고 할 수 없는 것은 결코 받아들이지 않는다는 점에서 단호하기까지 하다. 딱딱하지 않은 견고함, 부드러운 단호함을 우리는 '있다'에서 본다. 존재자의 존재는 유연하지만 견고하다.

---

9) 페소아, 『내가 얼마나 많은 영혼을 가졌는지』, 김한민 옮김, 문학과지성사, 2018, 178쪽.
10) '레코드 플레이어'는 그처럼 "가만히 일어서는 표면"이나 "구멍/불꽃"을, "흰색에서 갈색까지/솟아올랐다 가라앉았"다 하면서 받아들이고 소리나게 해주지만 그 자체로는 그 변화에 좌우되지 않는다는 점에서 견고하다. 이를 두고 "딱딱함과 견고함 사이"라고 하며 끝내는 것(송승환, 「레코드 플레이어」, 앞의 책, 25~26쪽)은 레코드 플레이어는 양자 사이에 있다는 말일까? 아니면 거기에서 "딱딱함과 견고함 사이"의 차이를 보라고 하는 것일까? 나는 후자라고 읽고 싶은데, 사과의 '있음'을 다루는 다른 시 「모터에서 제너레이터까지」에서 '있음'을 서술하며 '견고하다'고 쓴 것(송승환, 앞의 책, 33쪽)을 보면 자의적인 것만은 아닌 듯하다.

4. 말할 수 없는 것

한 존재자에게 하나의 규정성 대신에 다른 규정성이 가능한 것은 그것의 존재가 미규정적이기 때문이다. 존재자의 존재란 규정가능하기에 특정한 규정성을 가질 수 있지만, 규정성을 갖는 순간 그 규정성 뒤로 물러나버리는 미규정성이다. 송승환은 마이크에서 수많은 목소리의 규정가능성을 담는 이 미규정성의 능력을 본다. 받아들임의 능력을. 그것은 모든 목소리를 담아내고 증폭시켜 들리도록 만들지만 스스로는 아무런 목소리를 갖지 않으며 그저 자신에게 들어온 것을 담아내고 통과시키는 능력이다. 존재자의 존재는 그럼으로써 규정성 뒤로 물러선다. 그렇게 물러서지 않으면, 어떤 목소리도 정확히 담아내고 제대로 증폭시킬 수 없다. 스스로 지워지는 방식으로 규정성을 담아내는 것이 마이크가 '말하는' 방식이다.

나는 세계에서 지워지고 있다

나는 내 몸속을 울리며 사라져가는 그녀의 모든 말을 증폭시킨다

나는 말한다

—송승환, 「마이크」 전문[11]

존재도, 존재자의 존재도 따로 목소리를 갖지 않는다. '존재의 목소리' 같은 게 있다면 그건 하이데거가 말하는 '역사적 사명Geschick' 같은 것이 아니

---

11) 송승환, 앞의 책, 7쪽.

다. 그것은 다가오는 규정성을 담아내고 증폭시켜주는, 하지만 스스로는 어떤 말소리도 내지 않는 저 마이크의 '목소리' 같은 것이다. 혹은 어떤 다른 목소리들을 담아낼 수 있는 수용능력 내지 증폭능력처럼 스스로 소리 내지 않는 목소리다. 담아내는 방식으로만 말하는 목소리다. 존재에 귀 기울이는 건 좋은데, 거기서 자신이 들은 소리를 '존재의 목소리'라고 하는 것은, 마이크에서 나오는 가수의 목소리를 듣고 그걸 '마이크의 목소리'라고 하는 것처럼 어리석은 일이다. '마이크 소리'를 '마이크(의) 소리'라고 오인하는 것은 그걸 같은 말로 표시하는 언어 탓도 있지만, 그래도 우리는 그 정도는 구별할 수 있지 않은가.

존재의 목소리에 귀 기울이려는 이에게, 아무것도 말해주지 않는 침묵이란 견디기 어려운 것일 게다. 그렇게 목소리를 듣고자 하는 한 자신이 들은 소리를 존재의 목소리로 오인하게 된다. 마이크 소리를 '마이크의 소리'라고 오인한다. 또한 아무 소리도 없는데 무슨 소리를 들었다고 하는 이들이 종종 있다. 신의 목소리, 존재의 목소리, 타자의 목소리…… 그건 그러나 대개 무언가 듣고자 하는 열망이 들은, 자기 목소리다. 그렇게 자기 내면에서 울리는 어떤 목소리를 듣게 된다. 이 목소리를 존재가 내게 말하는 것이라고 오인한다. 이걸 안다고 해도 존재를 사유하는 '거대한' 작업을 하면서, 그 존재에게서 어떤 목소리도 기대하지 않기란 또 얼마나 힘든 것인지……

우리는 이처럼 무를 보고, 무를 듣는 것에, 무를 무로서 대면하는 것에 익숙하지 않다. 무의 소리를 들으려 하고 무의 형상을 보려 한다. 아무 규정 없는 무의 어둠을 보는 게 아니라 어둠 속에서 무언가를 보고 들으려 한다. 환청이나 환영에 홀리게 되는 것은 아마도 이와 무관하지 않을 것이다.

이는 아무 규정 없는 '있음', 존재자의 존재를 말하는 것의 근본적 어려움을 다시 상기하게 한다. 가령 '있다'라는 제목의 시에서 진은영은 여러 규정성과 결합된 '있다'를 나열하고는, 그와 대비하여 "있다고, 말할 수 있을 뿐인 때가 있다"고 쓴다.

창 전면에 롤스크린이 쳐진 정오의 방처럼
책의 몇 줄이 환해질 때가 있다
창밖을 지나가는 알 수 없는 사람들이 있다

있다고, 말할 수 있을 뿐인 때가 있다
여기에 네가 있다 어린 시절의 작은 알코올램프가 있다
늪 위로 쏟아지는 버드나무 노란 꽃가루가 있다
죽은 가지 위에 밤새 우는 것들이 있다.
그 울음이 비에 젖은 속옷처럼 온몸에 달라붙을 때가 있다

확인할 수 없는 존재가 있다
깨진 나팔의 비명처럼
물결 위를 떠도는 낙하산처럼
투신한 여자의 얼굴 위로 펼쳐진 넓은 치마처럼
집 둘레에 노래가 있다

—진은영, 「있다」 중에서[12]

"있다고, 말할 수 있을 뿐인 때가 있다"라는 문장 바로 뒤의 시구들은 "있다고, 말할 수 있을 뿐인" 경우일까? 아마도 그럴 것이다. 그렇지 않으면 그 앞

---

12) 진은영, 『훔쳐가는 노래』, 창비, 2012, 8~9쪽.

뒤가 같아지니, 그 중요한 문장이 무색해진다. 그러나 그 뒤의 문장들이 "있다고, 말할 수 있을 뿐인" 경우일까? 그렇게 쓴 것이겠지만, 읽는 순간 어긋난다. 줄여서, 내가 있다, 알코올램프가 있다, 노란 꽃가루가 있다 등등. 무언가 주어가 등장하는 순간, 그저 '있다'고 말할 수 있는 것에서 멀어진다. 있다고 말할 수 있을 뿐인 때에 대해 쓰고자 하지만, 어느새 '내'가 있고 '알코올램프'가 있고 '꽃가루'가 있다는 것이 된다. "죽은 가지 위에 밤새 우는 것들이 있다"는 문장조차 '있다'보다는 '밤새 우는 것들'이 부각된다. 규정된 어떤 것들과 함께하는 한, '있다'는 그것이 담아낸 규정성들에 가려 보이지 않게 된다.

이를 면하려면, 정말 있다고만 말하려면, 그 문장 뒤의 문장을 모두 "있다, 있다./있다, 있다"라고 써야 했을 것이다. 이건 일상적인 경우는 물론 시에서도 쓰기 난감한 문장이다. 혹시 시니까 그렇게 썼다고 해도, 그 문장들은 있다고 말할 수 있을 뿐인 상황의 묘사가 아니라 '있다'라는 말을 갖고 하는 시적이지도 않고 재미도 없는 헛된 유희로만 읽힐 뿐이다. 있다고 말할 수 있을 뿐인 '때'가 아니라, '있다'는 말만 부각되고 만다. 존재는 사라지고 '있다'는 말만 남는다. 따라서 '있다고, 말할 수 있을 뿐인 때'는, 또한 존재자의 존재는 '있다'는 말로도 표현할 수 없다. 그것은 근본적인 불가능성 속에 있다. 존재자의 존재란 말할 수 없는 것이고 표현불가능한 것이다.

그렇다면 "말할 수 없는 것에 대해선 침묵해야 한다"는 비트겐슈타인의 잘 알려진 말대로, 아무 말 하지 말아야 할까? 차라리 반대일 것이다. 쉽게 말할 수 있는 것은 시나 소설 같은 것으로, 벗어나는 말이나 특이성을 증폭하는 말로 표현하지 않아도 쉽게 말해지고 표현될 수 있다. 언젠가 블랑쇼가 말했듯이, 진정 말해야 할 것은 말할 수 없는 것이다. 더구나 소통의 언어가 아니라 소통에서 벗어난 말로, 쉽게 알아들을 수 있는 말이 아니라 그냥 들어선 알 수 없는 말로 애써 말해야 할 것이 있다면 그것은 바로 말할 수 없는 것이다. 존재, 존재자의 존재, 그것은 말할 수 없는 것이기에, 애써 말해야 한다. 실패하면서, 실패를 반복하면서 그 불가능한 것을 말해야 한다.

이 시가 '있다고, 말할 수 있을 뿐인 때'에 대해 말하는 데 실패했음을 시인이 몰랐을까? 그랬을 것 같지 않다. 이 섬세한 감각의 시인이 '있다'가 아니라 '나', '알코올램프' 등이 전면에 나서면서 '있다'가 사라져버린 것을 어찌 모를 것인가. 어떻게든 그런 때가 있음을 쓰고 싶었을 것이다. 그래서 저렇게 썼을 것이다. 그러나 쓰는 순간 실패했음을 알았을 것이다. 그래도 썼을 것이다. 실패하면서 쓸 수밖에 없는 것임을 잘 알기에. 실패하면서도 써야 할 것임을 잘 알기에.

그렇기에 우리는 저 문장 뒤의 시구들을 그 앞의 것과 다르게 읽어야 한다. 있다고 말할 수 있을 뿐인 어떤 것을 표현하려는, 그러나 끝내 표현에 실패한 문장들로. 그러한 실패를 잘 알기에 시인은 다음 연에서 다시 '있다고 말할 수 있을 뿐인 때'를 표현하려는 시도를 바꾸어 시도한다. "확인할 수 없는 존재가 있다." '있다'를 가리며 나서는 규정성을 지우기 위해 '확인할 수 없는 존재'란 말로 주어를 바꾸어놓는다. 확인할 수 없는 존재란 명료한 규정성을 갖지 못한 것이기에, '있다' 앞에 있어도 '있다'를 완전히 가리진 않는다. 그러나 확인할 수 있는 존재가 있다 함은 어떤 것인지 구체적으로 쓰지 않는다면 그런 존재가 있다는 말로 말하려는 것은 여전히 표현되지 못한다. 그래서 시인은 '있다'에 다가가려고 다시 시도한다. 확인할 수 없는 것이 있음을 통해 '있다'고 말할 수 있을 뿐인 때를 가시화하려 한다. 그러나 그것을 다시 "투신한 여자의 얼굴 위로 펼쳐진 넓은 치마처럼 / 집 둘레에 노래가 있다"라고 말하는 순간, 확인할 수 없는 것은 집 둘레의 노래에 사로잡히고, 그 노래에 가려 그 확인할 수 없는 '존재'는, 있음 자체는 다시 사라진다.

존재자의 존재는 언제나 미규정성 속에 숨어 있다. 그래도 시는, 문학은 그 말할 수 없는 것을 말하고자 하고, 쓸 수 없는 것을 쓰고자 한다. 과학이, 많은 경우 철학 또한 확실한 것만을 말하고자 하며 그렇게 확인가능한 것만을 향해 가고자 한다면, 문학이나 예술은 차라리 이 확실하고 확인할 수 없는 것, 있지만 말할 수 없는 것을 향해서 가고자 한다. 불가능한 것을 향해.

송승환 또한 존재를 다루고자 하는 만큼, 이런 어려움 내지 불가능성을 잘 아는 것 같다. 가령 「레이저 프린터」에서 규정성들을 지우고 읽고 다시 지우는 방식을 주목하는 것은 이 불가능한 것을 쓰려는 또다른 시도다. 그때그때 오는 규정성을 담아내기 위해 이전에 있던 것을 지우고 새로 오는 것을 담아내고 다시 지우는 레이저 프린트의 작동방식, 그것이야말로 어쩌면 '있음'이 수많은 '이다'의 규정을 받아들이는 방식이라 하겠다.

내 망막에 거꾸로 맺히는 사물의 영상

나는 잃는다

나는 읽는다

나는 잊는다

나는 있는다

—송승환, 「레이저 프린터」 중에서[13]

---

13) 송승환, 앞의 책, 53~54쪽.

입력된 규정성이 망막에 맺히는 순간, 존재는 기존의 규정성을 잃고 입력된 것을 읽는다. 그러나 그것을 계속 간직하고 있으면 프린터가 아니라 인쇄된 종이가 될 뿐이기에 다시 그것을 잊어야 한다. 그렇게 잊고, 비어 있는 상태로, '있음'으로 되돌아간다. '있다' 대신 '있는다'고 쓴 것은 말의 리듬 때문이기도 하지만, '있음'을 형용사가 아닌 동사로 바꾸기 위함이고, '있다'는 동사에 의지적 뉘앙스를 부여하기 위해서이기도 할 것이다. '있음'이란 그렇게 잃고, 읽고, 잊고 하면서 있는 것이다.

5. '존재 없는 존재자'와 '존재자 없는 존재'

존재자는 대상인 동시에 존재다. 존재는 대상이 아니다. 존재는 '~~이다'라는 규정과 무관한 그저 '있음'이고, 대상은 있든 없든 '~~이다'란 규정을 갖는다. 대상은 규정성을 부여하고 그것을 의미 있게 해주는 세계와 짝을 이루지만, 존재는 그것이 있든 없든 존재한다. 존재는 세계나 대상 '이전에', 그에 선행한다. 모든 대상, 모든 세계는 존재의 어둠에서 태어난다. 그렇기에 존재는 대상과 대립하지 않는다. 그러나 알코올램프, 버드나무 가지 같은 대상이 나타나면 존재는 보이지 않고 감추어진다. 이로 인해 양자는 대립하는 것으로 간주된다. 역으로 이런 대립은 존재와 대상의 차이를 선명하게 드러내주는 역할을 한다. 나의 존재에 눈 돌린다 함이 무엇을 뜻하는가 천착하기 전에, 이 대립을 통해 '있다'와 '이다', 존재와 대상의 차이를 극화한 작품을 살펴보자. 이는 '있다'와 '이다'를 갖고 했던 얘기를 매우 이해하기 쉽게 형상화해서 보여준다.

이탈로 칼비노의 소설 『존재하지 않는 기사』는 존재와 대상을 분리된 개체로 다루는 우화적 소설이다. 이런 대비를 위해 존재는 '존재자 없는 존재'

로, 대상은 '존재 없는 존재자'로 극단화된다. '존재자임을 모르는 존재'와 '존재하지 않는 존재자'라는, 사실 적절한 표현이라고 하긴 어렵지만, 그러나 딱히 더 좋은 표현을 찾기도 힘든 두 인물의 대비. 이 대비되는 두 항을 우리는 존재와 존재자의 대비로 요약하게 되는데, 사실 이는 (존재자의) 존재와 대상의 대비라고 읽어야 할 것이다. 어쨌든 이를 통해 칼비노는 '있다'로 표현되는 존재자의 존재와 '이다'라는 말과 짝하는 규정된 대상이 어떻게 다른지를 문학적으로 다루고자 한다.

존재 없는 존재자는 '존재하지 않는 기사' 아질울포이고, 규정 없는 존재는 '존재하지만 누구인지 말할 수 없는' 구르둘루다. 먼저, "자기가 존재한다는 것을 분명히 알지만 존재하지 않는"[14] 기사 아질울포는 "무지갯빛 깃털이 달린 투구와 이어진 백색갑옷"을 입고 있지만 그 안에는 아무도 없다. 하여 카를루스 대제가 투구를 들어 얼굴을 보이라고 하지만 그는 그렇게 하지 못한다. 그 이유를 이렇게 말한다. "제가 존재하지 않기 때문입니다, 폐하."(12쪽) 그가 기사가 된 것은 겁탈당할 뻔한 공주 소프로니아의 처녀성을 구해낸 공적 때문이다. 그 공적으로 얻은 기사라는 규정이 그를 기사로서 '있게' 한다. 그렇기에 그는 규정성의 화신이다. 스스로 오직 규정대로 행동할 뿐 아니라, 모든 것이 규정대로 되고 있는지 언제나 확인한다. "규정대로" 되지 않는 것을 찾아 지적했고, "군대에서 작은 실수라도 발견하면 모든 일을 다시 다 검사했고 다른 사람의 실수나 태만함을 찾아내고 싶어 안달을 했으며, 제자리에 있지 않은 것을 보면 몹시 괴로워했다"(18쪽). 나중에 그 규정성이, 기사라는 규정의 '근거'가 사라지면서 그는 흩어진 갑옷만 남겨두고 사라진다. 규정성을 표시하는 이름과 함께 말이다. "내겐 이제 이름이 없어요. 잘 있으시

---

14) 이탈로 칼비노, 『존재하지 않는 기사』, 이현경 옮김, 민음사, 2010(2판), 37쪽. 이하에서 이 작품의 인용은 본문에 쪽수만 표시한다.

오!"(158쪽) 규정 없이는 존재할 수 없다는 점에서 그는 오직 규정으로 환원되는 '존재자', 규정만 있을 뿐인 '대상'으로서의 존재자다. 존재 없는 존재자다.

아질울포의 반대쪽 극은 "존재하지만 자신이 누구인지 모르는 사람"인 구르둘루다. '구르둘루'라고 하는 것도 부정확하다. 그는 가는 곳마다 다른 이름을 갖는 자이고, 그렇기에 어떤 하나의 이름으로 부를 수 없는 자, 이름이 없기에 "이 세상 모든 이름을 가질 수도 있는 사내"다(67쪽). "저 사내는 여기저기 떠돌아다녔고, 기독교 군대나 이교도 군대를 모두 쫓아다녔는데 그때마다 다른 이름을 얻었습니다. (…) 어떤 외딴 농장에서는 사람들마다 모두 다른 이름으로 저 사내를 부른 일도 있었을 겁니다. 그러다가 저는 저 사내의 이름이 어디에서든 계절에 따라 변한다는 것을 알게 되었습니다. 어떤 이름이든 그에게 달라붙어 있지 않고 흘러가버린다고 할 수 있지요. 그러니까 어떻게 부르든 그에게는 별 차이가 없는 겁니다. (…) 폐하께서 '치즈'나 '시냇물'이라고 말씀하시면 저 사내는 '저 여기 있어요' 하고 대답할 겁니다."(38쪽)

이는 단지 이름만의 문제는 아니다. 그는 오리떼와 만나면 오리가 되고, 개구리와 만나면 개구리가, 배나무와 만나면 배나무가 되고, 물고기를 잡으려 그물을 던지고는 물속에 뛰어들어 자신도 그물 속으로 들어가는 자다(34~36쪽). 자신이 무엇인지에 대한 아무런 규정도 없기에 모든 규정성을 받아들이는 자, 하지만 어떤 이름으로도 제대로 부를 수 없는 자다. 그때마다의 이름이란 그를 부르는 방법이긴 하지만 그 이름으로는 어떤 것도 될 수 있는 그를 결코 부를 수 없다. 미규정적 존재가 갖는 규정가능성의 멋진 우화적 형상figure이다.

아질울포가 명료하고 뚜렷한 것을 추구하고(28쪽) 세상과 부딪친 적 없어 보이는 깔끔하고 완벽한 갑옷을 갖고 있다면, 구르둘루는 육체적 물질성을 갖지만, 어떤 규정에도 고정되지 않은 채 다가오는 조건에 감응하며 변화한다(37쪽). 아질울포가 완벽한 규정성을 추구하면서 현실로부터 멀어진다는 점에서 플라톤적 이데아를 상기시킨다면, 구르둘루는 어떤 규정성도 혼잡성 속에 잠식하여버리고 세간의 더러운 곳에 빠지고 구르고 한다는 점에서 지저분하고 누추한 현실의 물질성을, 흙 묻는 세계의 더러움을 상기시킨다. 아질울포가 빛나는 갑옷의 기사라면 구르둘루는 나중에 왕에 의해 아질울포의 하인으로 임명되는 평민이다. 규정성을 따라다니는 미규정성이고, 존재자를 받쳐주는 존재인 셈이다. 존재란 어쩌면 이렇게 모든 대상의 '질료matter'라 하겠다. 모든 규정에 몸을 대주는 질료. 반면 아질울포는 질료에서 독립된 형식form, 규정 자체다.

아질울포가 그를 존재자로 인정해주는 다른 이들(타인, 세계)에 의해 규정되는 것도, 그가 기록이나 기억을 대단히 중요하게 여기는 것도(94, 96, 98쪽)이 때문이다. 즉 그에겐 기록이 곧 존재이고, 기록이나 규정성의 소멸은 존재의 소멸을 뜻한다. 반면 구르둘루는 기억이나 기록이 아무 의미가 없으며, 심지어 모든 기억을 무로 돌리며 산다. 자신이 존재하는지도 모르는 자인 것이다. 또한 자신에게 다가오는 것들에 따라 다른 규정을 갖고 다른 존재자가 되지만, 그렇다고 남들의 인정을 구하지는 않는다. 남들이 뭐라 하든 그는 자기에게 다가온 것들을 받아들이며 그때마다 다른 세계 속으로 들어간다. 규정들마다 다른 세계가 하나씩 있는 것이다.

좀더 근본적으로 보면, 자신이 누구인지도 모르는 자로서의 그는 사실 어떤 규정성도 갖지 않는 만큼, 밖에서 오는 어떤 것에도 흔들리지 않는 미규정성이다. "모든 것을 분해해버리고 다른 모든 것을 뒤덮어버리는, 형태도 없는 거대한 죽"(69쪽) 같은 인물이고, 세상이 그런 죽 같은 것임을 일깨우는 인물이다. 아질울포가 "각진 곧은 선"을 그리며 달린다면 구르둘루는 "구불구불하고 이리저리 뒤얽힌 선"을 그리며 달린다(108쪽).

 존재하지 않는 기사 아질울포가 명료하고 뚜렷하며 완벽함을 뜻하는 이데아로서 '천상'에 있다면, 미규정적 존재 구르둘루는 혼잡하고 '더러운' 흙탕의 현실로서 '지상'에 혹은 '지하'에 있다(한때 그는 시체를 묻어주다 스스로 시체가 되어 땅에 묻힌다). 이 두 개의 극 사이에 또다른 상반되는 두 인물이 있다. 하나는 남장을 하고 다니는, 어떤 전사도 능가할 수 없는 강력한 여전사 브라다만테다. 그가 전사가 된 것은 "엄격하고 정확하고 엄밀하고 도덕 규범에 상응하는 것, 무기나 말을 다룰 때의 아주 정확한 움직임 비슷한 모든 것을 사랑했기"(77쪽) 때문이다. 형식form만을 사랑하는 것이다. 그러나 그의 천막은 병영 전체를 통틀어 가장 지저분했다는 점에서 질료를 등진 사람이 가장 더러운 질료적 진창에 빠짐을 보여준다. 존재하는 자라면, 존재라는 질료를 떠날 수 없기 때문이다. 아질울포처럼 존재하지 않는 자만이 질료를 떠나 완벽한 규정에 이를 수 있다. 그러니 브라다만테는 아질울포와 달리 하나의 존재자다. 현실에 존재하는 인간이다. 그러나 뚜렷한 규정만을 사랑하기에, "일단 갑옷과 무기를 들자마자 그는 완전 다른 사람이" 된다. 그는 사랑을 갈망하지만 상대가 자신을 쫓아오면 어느새 사랑이 식어버린다. 그는 존재하는 남자에 대한 희망을 버렸기에 존재하지 않는 남자만이 희망이고, 그래서 아질울포를 짝사랑한다.

 지저분한 천막과 엄격하고 정확함에 대한 갈망 사이, 사랑에 대한 욕망과 존재하지 않는 것에 대한 사랑 사이에 있다는 점에서 브라다만테는 앞의 두 극 사이에 있다. 그러나 그의 지향은 아주 선명하다. 완벽한 규정성의 화신, 흙이나 때가 전혀 묻지 않은 깨끗한 갑옷으로서의 아질울포에 대한 사랑, 그것은 현실의 더러움을 혐오하며 이상을 향해 치달리는 플라톤주의자의 형상이다. "신비한 기하학을 알고 질서와 그 질서의 시작과 끝을 알게 해주는 규칙을 아는 사람은 그 사람뿐이야."(104쪽)

브라다만테와 반대편에는 모든 것이 겉으로 보여주기 위해 꾸며낸 것이라면서 군대에서 자신들이 하는 일이 개구리가 개골개골 울다 연못 속으로 뛰어드는 것만큼의 의미밖에 없다며 땅을 쳐다보고 우울하게 걷는 토리스먼드가 있다. 그는 이름이나 규정성을 믿지 않는다. "이름들도 모두 가짜야. 내가 마음만 먹으면 모두 물거품으로 만들 수 있어. 두 발 디딜 땅도 남겨놓지 않고 말이야."(86쪽) 그 또한 아질울포와 구르둘루의 양극 사이에 있지만, 브라다만테와는 반대되는 지점에 있다. 그는 자신이 소프로니아의 아들이라면서 15년 전의 소프로니아의 처녀성을 부정하는 발언(97쪽)을 통해 아질울포의 존재 근거를, 그가 기사로서 존재할 수 있었던 이유를 부정한다. 또한 자기 아버지가 순결서원을 한 성배기사단이라고 주장하여, 아질울포와 나란히 놓일 또하나의 이상주의적 '인물'에 시비를 건다. 그는 (기사 개인이 아니라) 성배기사단에게 아들임을 인정받기 위해 찾아가는데, 그들이 식량이 없다며 공납을 면해달라는 쿠르발디아 사람들을 학살하는 것을 보고 농민들을 도와준다. 성배기사단 하나만을 찾아 떠돌아다녔지만 결국에는 굶주리는 현실의 농민과 함께 이상주의적 집단을 격퇴한다는 점에서 브라다만테의 플라톤주의와 정반대 방향으로 가는 것이다. 급기야 토리스먼드는 상대가 소프로니아인 줄 모르는 상태에서 사랑을 나누곤 근친상간의 죄를 범했다고 자책하지만, 소프로니아의 해명으로 모자간이 아니라 이복남매임이 밝혀져 사면된다.

요컨대 토리스먼드는 보여주기 위해 만들어낸 것, 다른 이의 시선을 향해 만들어진 규정성을 혐오하는 가운데 그래도 성스러운 것, 이상적인 것을 찾아다니지만, 그 모든 성스러운 것의 성스러움을 '침범하는' 자, 성스러움에 반하는 자로서 떠밀려가는 인물이다. 즉 성스러운 것이나 이상적인 것과 현실을 대면시키고 그 대면을 통해 현실의 승리를 증언하는 자다. 심지어 카를루스 대제가 쿠르발디아의 백작으로 임명하지만, 기사단이나 백작 같은 것의 통치 없이도 잘살 수 있음을 알게 된 그곳 사람들의 요구에 따라 쿠르발디아의 시민이 되어 산다(169~170쪽). 그는 그것이 자신의 하인이 된 구르둘루와 동등한 처지가 되는 것은 아닌가 묻는 방식으로 받아들인다.

칼비노의 이 작품에서 매우 빠른 속도로 진행되는 서사는, 이렇게 아질울포와 구르둘루, 브라다만테와 토리스먼드라는 네 인물을 꼭짓점으로 하는 사변형의 공간을 통과한다. 아질울포와 브라다만테를 잇는 사선과 구르둘루와 토리스먼드를 잇는 사선이 그 공간의 근간을 이루는데, 서사 전체는 앞의 사선에서 뒤의 사선으로 흘러가며 그에 따라 존재하지 않는 기사는 합당하게도 존재를 상실한 채 사라지고, 버려진 갑옷은 랭보라는 인물의 손에 들어가, 그가 짝사랑하던 브라다만테와 사랑을 나눌 수 있게 해준다.

랭보는 원래 아버지의 원수를 갚기 위해 군대에 들어온 인물인데, "오직 한 사람에게만 해당되는 문제"(22쪽)를 던지고 답을 찾는 인물이다. 이를 위해 원수인 아르갈리프 이소아르를 어떻게 하면 죽일 수 있을까 묻지만, 규정과 조직에 정통한 아질울포는 "결투관리부, 복수관리부, 그리고 명예회복관리부에 가서 자네가 요구하는 사항의 이유를 분명히 밝히고 자문을 구하라"고 대답한다. 찾아간 부서의 서기는 아버지인 "장군의 복수를 하기에 가장 좋은 방법은 소령 세 명을 죽이는 거다. 우리는 자네에게 손쉽게 제거할 수 있는 적 세 명을 배당해줄 수 있다"고 알려준다. 아버지를 죽인 이소아르를 죽이겠다고 하니 대장 네 명이면 되겠느냐고, "자네 아버지는 겨우 여단장군이었는데" 그거면 충분하지 않느냐고 말한다(25~26쪽). 철학자들은 규정성이란 개체성을 포섭하는 보편자라고 하지만, 개체성을 겉도는 허상임을 이보다 익살스레 보여주긴 쉽지 않을 듯하다. 한 사람의 존재에 대한 물음을 대상적 지위와 그것의 등가물로 치환하면, 이렇게 어이없고 우스운 결과에 이르게 된다. 이러한 대답은 아질울포가 알려준 곳에서 온다. 존재를 보지 못하고 대상적 규정만 볼 때 얻게 되는 대답이다.

랭보는 "갑옷과 깃털 달린 투구"가 허상임을 깨닫는다. 그것은 주름투성이인 작고 늙은 남자들의 본모습을 감추어줄 뿐이다. 갑옷 속에 숨은 뜻밖의 몸을 보고 매료되어 사랑하게 되는 것은 이런 태도와 상응한다. 그러면서도 동시에 자신이 속한 군대에서 만났던 사람들 중 "가장 확실한 존재가 바로 이 존재하지 않는 기사"라고 생각하는 것(27쪽)은 군대처럼 규정성과 규칙이 지배하는 세계에서 명확하게 확인할 수 있는 것은 그것밖에 없기 때문일 게다. 의도한 것은 아니었지만, 랭보는 나중에 아질울포가 갑옷만 남기고 사라진 뒤, 그의 갑옷을 입은 덕에 브라다만테와 사랑을 나눌 수 있게 된다. 사랑하는 신체는 갑옷의 규정성 저편에 있지만 규정성을 통하지 않고선 그것의 존재에 가닿을 수 없음을 뜻한다. 규정성은 존재가 아니지만 존재자는 규정 없이 따로 있을 수 없는 것이다.

브라다만테가 랭보의 사랑을 거절하고 아질울포를 쫓지만, 아질울포가 사라져버린 뒤 기사를 그만두고 수녀가 된 것은 플라톤과 기독교를 잇는 성스러운 선을 따라간 것이라 하겠다. 그러나 변화하는 세상사에서 벗어나기 위해 수녀들이, 아니 자신이 기다리는 게 무언지 묻게 되면서, 다시 자신을 찾아온 랭보를 따라간다. 그러고 보면 랭보는 아질울포의 갑옷을 따라갔다가 그가 인도한 곳에서 튕겨나와 갑옷 뒤에 숨은 '다른' 신체를 따라 브라다만테에게 매혹된다. 그에게 했던 구애는 거절당했지만, 아질울포의 갑옷 덕에 의도치 않게 브라다만테에게 다가가 몸을 섞고, 결국은 그 몸의 "열정"으로 브라다만테를 이데아를 쫓는 규정성의 세계에서 불러낸다.

랭보는, 나중엔 브라다만테도, 모두 갑옷 같은 규정성을 가진 존재자인 동시에 그 규정성으로 회수되지 않는 신체적 질료를 가진 존재자다. 존재라는 질료의 미규정성이 갑옷의 규정성에 갇혀 있으면서도 그 규정성에서 벗어나는 이탈의 힘을 제공했고, 그것이 새로운 삶으로 이어진 것이다. 네 개의 극으로 만들어진 삶의 공간 안에서 때론 이 극으로, 때론 저 극으로 끌려가기도 하고 부딪치기도 하며 가장 혼잡한 선을 그린 것은 확실히 랭보였다. 우리의 삶이란 사실 상이한 극들 사이를 떠돌며 오가는 운동이라고 한다면, 랭보는 그 삶의 운동, 그것의 혼잡스러운 궤적을 보여주는 인물이라 하겠다. 여기서 칼비노가 이를 위해 굳이 랭보라는 이름을 사용한 것은, 네 명의 인물이 만드는 삶의 공간이 어쩌면 시인 랭보처럼 "다른 삶은 있는가?"(「나쁜 피」) 묻고 그에 대한 답을 찾으려는 우리 모두를 둘러싸고 있다고 말하려는 것이었을까?

존재자는 규정성을 갖고 그것에 갇히기도 하지만 그것으로 회수될 수 없다. 반대로 뜻하지 않은 짓을 하지만 규정성을 직조하며 오는 세계성을 모면한 채 존재할 수도 없다. 아질울포와 구르둘루 사이에 있는 브라다만테, 토리스먼드도 그렇지만, 이 점에서 랭보는 특히나 존재자의 형상이라 할 것이다. 존재하지 않는 기사 아질울포도, 존재함을 모르는 백치 같은 하인 구르둘루도 존재자를 둘러싸고 존재자를 당기는 극일 뿐 그 자체가 현실적인 존재자일 리 없다. 완벽한 규정성을 쫓는 이상주의자 브라다만테나, 규정성을 혐오하고 그것의 지배를 와해시키는 토리스먼드는 두 극 사이에 있는 존재자이지만, 두 극에 가장 가까이 다가가는 극한의 존재자다. 아질울포와 구르둘루 사이에서 현실의 인간이 취할 수 있는 두 개의 극한을 보여주는 인물이다. 반면 랭보는 극한적인 인물이 아니라 두 극 사이에서 움직이는 현실적인 인물이다.

여기서 주목할 것은 그가 랭보가 아버지의 원수를 갚겠다며 군대로, 규정성의 세계로 들어가지만 그것은 규정성으로 회수될 수 없는 '오직 한 사람에게만 해당되는' 특이한singular, 혹은 흔히 말하듯 '단일한singular' 문제를 풀려는 인물로 등장한다는 점이다. 사랑 또한 그렇다. 완벽한 규정성을 추구하는 브라다만테에게 사랑은 실존하지 않는다. 오는 사랑은 거절해버리기에 증발해버리며, 쫓아가는 사랑은 관심을 갖지 않은 채 결국 사라져버린다. 사랑은 규정성의 갑옷에 홀려, 그 안에 숨어 있는 뜻밖의 신체를 향해 말려들어가지만, 그것은 규정성이나 세계성과 무관한 신체적 '동물성'의 유희가 아니다. 정확하게 규정성과 함께하는 어떤 종류의 대상에 대한 사랑이다. 흔히 '영혼'이라 명명되는 신체의 표면, 신체를 둘러싸며 오는 것들이 달라붙는 그 표면과 함께하는 대상. 자신이 몸을 섞은 신체가 그 대상의 규정과 거리가 멀다면, 그 사랑은 속은 게 된다. 떠나게 된다. 그렇기에 신체적 끌림에 따라 소프로니아와 잤던 토리스먼드는 자신의 죄를 자책하고, 갑옷에 '속아' 랭보와 잤던 브라다만테는 화를 내며 그를 떠나버린다. 그러나 반대로 신체와 무관한 영혼의 공명이란, 존재하지 않는 기사를 쫓아다니고 변하지 않는 세계를 구하는 헛된 몽상에 지나지 않는다. 모자가 아니라 이복남매라는 소프로니아의 해명이 토리스먼드를 죄의 가책에서 구해 결혼에 이르게 하고, 랭보의 "젊고 열정적인" 사랑에 끌려 브라다만테는 수녀원을 나온다.[15]

---

15) 단일성 내지 특이성으로서의 존재자의 형상, 이는 존재 자체나 존재 없는 존재자와 대비되는 '존재자의 존재'에, 그를 둘러싼 세계에 접근하는 중요한 통로다. 하지만 존재와 존재자를 분리하여 대비하려는 시도가 두드러진 작품이기에 『존재하지 않는 기사』가 이를 효과적으로 드러내주지는 못했던 것 같다. 역으로 이는 존재의 문제를 의식하지 않는 많은 서사문학에서 실질적으로 다루어지고 있는 문제다. 이들을 존재론적 문학의 장으로 끌어들이기 위해선 특이성과 세계, 존재자의 존재에 대한 별도의 개념적 서술이 필요하다. 이에 대해서는 다음 장에서 다룰 것이다.

6. 알려지지 않은 자의 자서전

우리는 규정된 존재자다. 규정된 대상인 존재자다. 규정은 세계로부터 온다. 내가 있는 세계로부터. 그런 점에서 우리는 세계 안에 있다. 세계성을 가진 존재자로서, 그 세계성을 산다. 세계성을 산다 함은 주어진 세계 안에서 주어진 규정성을 사는 것이다. 우리는 자신에 대해 말할 때 자신을 둘러싼 사람들의 시선에 맞추어 말한다. 자신의 삶을 살 때조차 그들의 시선 속에서 산다. 자신의 세계성을 유지하는 방식으로 말할 뿐 아니라, 그런 방식으로 산다.

마세도니오 페르난데스가 자서전과 마찬가지로 전기란 가장 허황된 예술 형식 내지 최고의 통속소설이라고 하는 것은 이런 이유에서다. "자서전의 주인공이 자기 자신에 대해 확신하는 것은 대부분 그의 실제 모습이 아니라 그가 되고 싶어 하는 모습이기 때문이다."[16] 역사는 더욱 그렇다. "거짓으로 뒤섞인 걸로 치면 역사가 단연 으뜸"이다(60쪽). 역사 서술을 둘러싸고 대부분의 나라에서 벌어지는 빈번한 논쟁은 모두, 무엇을 남겨서 알리고 가르칠 것인지에 대한 것임을 우리는 안다. 이는 모두 '내'가 언제나 세계와 동시에 탄생하기 때문이다. '자서전: 1번 포즈'라는 제목을 단 글을 그는 이렇게 시작한다.

'우주' 혹은 '현실'과 나는 1874년 6월 1일에 태어났다. 그리고 간단히 덧붙이자면 우리 둘의 탄생은 여기서 가장 가까운 곳, 즉 부에노스아이레스에서 발생한 사건이다. 태어나는 모든 것들에게는 세계가 존재한

---

16) 마세도니오 페르난데스, 『마세도니오 페르난데스―계속되는 무』, 엄지영 옮김, 워크룸프레스, 2014, 60쪽, 105쪽. 이하 이 절에서 이 책의 인용은 본문에 쪽수만 표시한다.

다. (…) 태어났지만 세계를 찾지 못한다는 건 애당초 불가능한 일이다. 태어났는데 자기가 존재할 세계가 없는 경우는 지금까지 단 한 번도 없었다.(59쪽)

나와 세계는 같이 태어난다. 쌍둥이, 분신이다. 세계가 나의 외면이라면 나는 세계가 내면화된 것이다. 프로이트는 '초자아'라 하겠지만, 자아 또한 정확히 세계의 구성물이다. 그 세계의 규정에 따라 내 안의 욕망이나 충동을 맞추어내고 길들이는 세계의 대행자다. 내 신체 안에 존재하는 수많은 충동의 우주를 세계에 맞춰 길들이는 세계의 에이전트다.[17]

그렇기에 나는 세계를 향해 말하고, 세계가 내게 말하는 것 안에서 말한다. 남들이 내게 말하는 것은 어쩌면 내 전기에 들어갈 조각들을 쓰는 것이다. 전기란 남들의 시선으로 본 나의 삶이고, 그 삶의 기록이다. 남들에게 나에 대해 말하는 것은 조각난 자서전을 쓰는 것이다. '안을 들여다보는' 인터뷰에서 내가 말해주는 것은 나의 '내면'이지만 그가 보아주었으면 하는 내면이다. 전기나 자서전, 인터뷰 모두 세계를 향해, 자신을 둘러싼 사람들의 시선을 향해 쓰고 말하는 방식이다. 『고백』이란 형식의 말이나 글이야말로 무엇보다 이 세계성에 충실하다. 모두가 세계성을 갖고 말해지고 쓰여진다. 알고 있는 규정 근방을 맴돌며 말해지고 쓰여진다. 그 세계에 속한 이들이 내게 요구하는 것에 대한 나의 대답이고, 그런 요구 속에서 만들어가는 나의 모습이다.

---

17) 클로소프스키는 우리의 신체 안에 있는 이 미시적 충동들의 카오스적 다양성을 강조한다(피에르 클로소프스키, 『니체와 악순환』, 조성천 옮김, 그린비, 2009, 2장). 그러나 이 다양성은 '자아'라는 외부 세계의 대행자로 인해, 제각각인 수많은 충동은 초자아와 대립되는 하나인 것처럼 소급적으로 간주되어 '이드'라는 하나의 명칭을 얻게 된다. 충동들의 차이는 초자아와의 대립 속에서 하나로 묶이며 사라진다. 들뢰즈는 이런 프로이트의 주장에 대해, 무의식의 이 미분적 차이를 거대한 대립으로 환원한다는 점에서 헤겔적이라고 비판한다(들뢰즈, 『차이와 반복』, 김상환 옮김, 민음사, 2004, 246쪽).

친구에게, 연인에게, 심지어 나를 매일 옆에서 지켜보는 가족에게조차 나는 이 세계성 속에서 말하고 행한다. 그들 또한 그 세계성 속에서 내게 말한다. 그들은 소문 속에서 내게 말하고, 나는 소문 속에서 그들에게 말한다. 말뿐 아니라 삶 자체가 그렇다. "내가 살아 있는 것, / 그것은 영원한 루머에 지나지 않는다."(최승자, 「일찍이 나는」)[18]

내가 쓰지 않아도 이런 식의 전기가 쓰여지고, 전기작가의 스티커가 내게 달라붙는 것은 피하기 어렵다. "거리에서 사소한 실랑이를 벌인 사람도 (…) 마음만 먹으면 이삼 분 내로 우리의 결점이나 문제점을 조목조목 짚어낼 수 있을 것"이고 "자기처럼 품위 있는 사람이 되려면 그런 결점을 과감하게 버리고 장점을 길러내야 한다는 등의 어울리지 않는 훈계를 늘어놓을 것"이다. 그러니 "이 세상에서 그 사람만큼 뛰어나고 군더더기 하나 없는 정확한 문체로, 더구나 한순간에 그토록 신속하고 열정적으로 전기를 쓸 수 있는 작가가 어디 있겠는가?"(105쪽) 나 또한 빈번하게 남들에 대해 이런 전기를 쓴다. 쓴다는 생각 없이 쓴다. 그들의 삶은 내 입안에 있다. 내 입안에 떠도는 소문 안에 있다.

전기는 세계의 눈으로 본 나의 삶이다. 세계의 시선에 나를 가두는 규정들의 집합이다. 자서전은 세계의 눈으로 세계의 눈을 향해 쓴 나의 삶이다. 내가 살아온 삶의 충실성을, 그것의 세계성을 보여주려는 것이다. 이렇게 나와 세계 사이에 존재하는 '이해'는 나에 대한 세계의 바람과 요구를, 그것의 규정을 이해하고 받아들이는 것이다. 따라서 전기나 자서전은 세계가 펼쳐놓은 규정성의 그물이다.

세계 안의 나와 다른 나, 남들이 보는 나가 있지 않은가? 물론 있다. 그런

---

18) 최승자, 『이 시대의 사랑』, 문학과지성사, 1981, 13쪽.

나와 남들이 보는 나를 대비하여 선악호오善惡好惡의 칼을 들이대는 일은 흔한데, 그렇게 할 때 대개 잊는 것은 남들이 모른다고 믿는 자신의 숨은 내면조차 실은 그런 세계성 속에서 만들어진 것이란 사실이다. 그러한 내면은 세계의 규정과 다른 나의 소망을 그 세계 안의 다른 규정들로 빚어놓은 형상이다. 그 세계를 벗어난 게 아니라, 세계 안에 있는 다른 규정, 다른 자리에 맞추어 내가 빚어낸 또하나의 '나'다. 세계와 하나인 또하나의 '나'다. 그렇기에 세계와 나를 대비하며 '소외'란 개념을 사용하는 것은 이런 망각과 오인의 산물이다.

세계의 그물에서 벗어난 것은 남들이 보는 것과 다른 나가 아니라, 차라리 내 신체 안에 있는, 나도 알지 못하는 수많은 충동이나 욕망들, 힘과 의지들이다. 제멋대로의 크기와 방향을 갖고, 제멋대로 바꾸어가기에 프로이트처럼 '이드'라는 하나의 말로 들씌워버릴 수 없는 중중무진重重無盡의 카오스적 신체다. 그 신체를 움직이려는 수많은 미시적 의지다. 나도 알지 못하고 내 뜻대로 할 수도 없기에, '나'라고 할 수도 없는 카오스적 힘과 의지들의 우주. 어떤 규정에 앞서 있기에 미규정이고, 어떤 인식에 앞서 있기에 미지인 나의 '존재'다. 이는 일체의 세계성을 벗어나 있는 세계의 '바깥'이고, 세계와 대립하는 나의 '내면'이 아니라, 그 내면마저 벗어난 '나'의 바깥이다.

'나 자신'이라고 할 것은 '나'나 '자아'가 아니라 나 자신의 '존재'다. 나의 존재는 나 안의 외부이고, '나'를 벗어나 있다. 세계 안에서 내가 옮겨다니며 자리하는 많은 '나'의 자리 모두를 벗어나 있다. 그것은 '나'도 모르는 미지의 나, 미규정의 나다. 사람들에게 알려진 나가 아니라 알려지지 않은 나, 나에게도 알려지지 않은 나다. 나에 대해 제대로 무언가 쓰고자 한다면, 그건 알려진 나가 아니라 바로 이 알려지지 않은 나에 대한 것이다.

따라서 진정한 의미의 자서전이란 '알려지지 않은 나'의 자서전이고, 알려지지 않은 채 남을 내 존재의 자서전이다. 페르난데스는 '알려지지 않은 자의 자서전'을 써야 한다고 말한다. 자신을 알려주는 자서전이 아니라 자신이 알려지지 않도록 하기 위한 자서전, 자신에 대한 무지를 가급적 잘 지켜내기 위한 자서전. 나도 모르는 나에 대한 자서전. 이를 대체 어떻게 쓸 것인가? 그것은 불가능한 자서전이다. 그러나 자서전이 모두 나를 알리려는 것이란 점에서 나의 존재를 감추는 것이라면, 이는 나의 존재를 알려지지 않게 하는 역할을 하는 게 아닐까? 그렇다면 이는 나를 알려지지 않은 채 남도록 하는 자서전이다. 모든 자서전은 사실 알려지지 않은 자를 위한 자서전이다. 필요하다면 좀더 모르도록, 좀더 오인하기 쉬운 사건을 추가해도 좋을 것이다.

아무것도 모르는 것보다 무언가 잘 아는 것이 누군가를 좀더 알지 못하는 데 유리하다. 아무것도 모른다면 만난 사람을 알기 위해 주의를 기울이겠지만, 잘 아는 게 있으면 그게 전부라고 믿고 넘어가기 때문이다. 가령 잘 알려진 '스타'들만큼 실상 알려지지 않은 사람은 없다. 그리고 보면 "정말 알려지지 않은 사람은 자서전의 주인공밖에 없다".(107쪽)

자서전만은 아니다. 우리의 인식 자체가 이와 동일하다. 우리는 우리가 알고 있는 것 때문에 어떤 것을 제대로 알지 못한다. 우리가 아는 대로 보기 때문이고, 우리가 안다고 믿기에 대충 보기 때문이다. 눈에 잘 보이고 귀에 잘 들리는 것이야말로 어떤 것을 제대로 보지 못하고 듣지 못하게 하는 장막이 된다. 안 보이고 안 들리는 게 있다는 생각을 하지 못하게 하기 때문이다. 확실한 지식, 명증한 진리야말로 어떤 것에 대해 정말 무지한 채 남도록 하는 가장 강력한 장애다. 다르게 볼 생각을 할 수 없게 하기 때문이다. 소문의 힘을 더없이 강력하게 하는 것은 '사실'이고, 그 사실의 실증성에 근거한 확고한 판단이다. 사실이 확연하면 그 인근의 것은 보이지 않는다. 재현된 대상이 선명하면 그가 속한 풍경은 보이지 않고, 그 풍경의 대기 또한 보이지 않는다. 빛은 사물을 비추어주지만 그림자 없이는 비추어주지 못한다. 빛이 강하면 그림자도 강하다. 빛은 그림자를 대가로 진리를 산다. 그럼으로써 사물의 존재를 가린다. 규정하는 시선에 뚜렷한 윤곽을 제공하는 언어 또한 그러하다. 반대로 진리가 사라지고, 아는 것을 내려놓을 때, 보이지 않는 것은 보이기 시작한다. 선악도, 미추도 다르지 않다. 아름답다는 감각이 확고한 한, 언제나 보던 아름다움만 볼 뿐, 새로이 드러난 아름다움은 보지 못한다. 오히려보이던 것만 보던 눈이 멀 때, 진정 보아야 할 것이 보인다. 그렇게 나타난 아름다운 것 또한 손을 대고 빛을 비추면 검게 굳어버린다.

여름
우리는 아름답게 눈이 멀고
그제야 숲은 자신의 호주머니 속에서
눈부신 정원을 꺼내주었던 것입니다

색색의 꽃들 아름다워 손대면
검게 굳어버리는 곳

―안희연, 「돌의 정원」 중에서[19]

알려지지 않은 자의 자서전, 자신을 숨기기 위한 자서전이라는 페르난데스의 이 반어적인 발상은 말과 글, 인식과 지식의 방향을 바꾸어놓는다. 나에게 건네는 남들의 말이 아니라, 말할 수 없는 것으로 입과 귀를 돌리고, 나를 보는 세계의 시선이 아니라 그 시선이 놓치는 것으로 눈을 돌리게 한다. 세계

---

19) 안희연, 『너의 슬픔이 끼어들 때』, 창비, 2015, 62쪽.

안의 주어진 자리에 멋지게 자리잡는 게 아니라, 그 세계로부터 벗어나는 것을 향해 가게 한다. 세계성이 아니라 나라고 불리는 존재자의 존재를 향해. 내가 잘 알고 있는 것을 확인하는 인식이 아니라 거기서 벗어나는 것을 보도록 하고, 빛이 잘 비춰주는 면이 아니라 그로 인해 가려지는 그림자와 어둠을, 멋지게 그려진 형상이 아니라 그것을 가능하게 해주는 배경을, 보이는 대상이 아니라 그것을 둘러싼 안 보이는 대기를 보라고 한다. 참되지 않은 것의 참됨을, 진면목을 보라고 하고, 참된 것의 참되지 않음을, 허상을 보라고 한다.

페르난데스는 알려지지 않기 위해 자서전을 쓰는 것과 마찬가지로 알려지지 않는 미지의 인물에 대한 전기를 쓰는 것도 가능하리라고 상상한다. 가령 그는 자신이 어떤 미지의 인물에 대한 전기를 쓴 적이 있다고 말하면서, 이를 통해 "어떤 사람에 대해 얻을 수 있는 가장 절대적인, 말하자면 과학적인 미지 상태이면서, 이와 동시에 그토록 다양하고 풍부한 속성을 지닌 유일한 사례를 얻을 수 있었다"고 한다(108쪽). '미지 상태', 그것은 말 그대로 미규정성이지만, 알려진 규정성과 다른 다양하고 풍부한 규정가능성을 갖는 상태다. 미지의 인물을 미지의 상태 그대로 본다 함은, 그 인물의 존재에 숨은 다양하고 풍부한 능력을 보는 것이다. 미지의 인물에 대한 전기란 누군가의 존재의 전기다.

7. 존재자의 존재를 본다는 것

누군가를 미지의 인물로 본다는 것은 누군가를 모르는 상태에 그대로 두는 것이 아니고 그저 모르는 인물로 판단하는 것이 아니다. 내가 아는 인물도 미지의 인물로 보는 것이고, 내가 아는 것을 넘어선 어떤 존재로 보는 것이다. 내가 아는 인물이 내가 알지 못하는 어떤 존재임을, 그런 미지의 존재가 내

시야 바깥에 있음을 보는 것이다. 내가 아는 그가 그의 모두가 아님을, 내가 알지 못하는 그가 있음을 보는 것이다. 알려지지 않은 자로서의 나를 본다 함 또한 그렇다. 남들의 시선 뒤로 숨는 것이 아니라 남들의 시선 바깥에 있는 나를 보는 것이다. 남들은 물론 나도 모르는 누군가가 내 안에 있음을 보는 것이고, 그런 나를, 내가 알고 남들이 아는 모습에 맞추지 않은 채 지켜보는 것이다. 나의 바깥에 있는 나의 존재를 보는 것이다. 나의 존재, 그 미지의 나를 통해 내가 알고 있는 나에 대해 물음을 던지는 것이다. 내게도 알려지지 않은 나를 통해 나를 보는 것이고, 그 미지의 나를 통해 나의 시선에서, 또한 나를 보는 세계의 시선에서 벗어나는 것이다. 그 세계가 요구하는 것과 다른 나의 가능성을 묻는 것이다. 이렇게 볼 줄 안다면, 모든 자서전, 모든 책은 미지의 인물에 대한 전기, 알려지지 않은 나의 자서전이 된다. 누군가의 존재를 본다는 것은 이런 것이다. 존재자의 존재를 사유한다는 것은 바로 이런 것이다.

그러나 우리는 우리가 보고 듣고 읽은 것만으로 '저 사람은 ~~이다'라고 얼마나 쉽게 판단하는가. 이 경우에도 우리가 읽은 것 뒤에 미지의 인물이 있다는 사실은 변함이 없다. 그것의 그의 존재이기에. 다만 그런 미지의 인물이 '있음'을 우리가 모를 뿐이다. 그렇게 우리는 존재에 눈멀어 있다. 내가 아는 사람 안에 내가 모르는 미지의 인물이 있음을 아는 것은 내가 아는 것이 바로 그라고 믿는 것과 얼마나 다른 것인가! 내가 아는 게 그의 모든 것이라고 믿는 것과 내가 아는 것 뒤에 다양하고 풍부한 가능성을 가진 미지의 인물이 있음을 아는 것은 얼마나 다른 것인가!

우리는 우리가 보고 듣는 것, 확인된 것만으로 어떤 사람에 대해 '그는 ~~한 사람'이라고 규정한다. 그것은 어쩌면 피할 수 없는 일인지도 모른다. 그러나 그것이 다라고, 그것이면 그에 대해 규정하기에 충분하다고, 그는 그런 사람일 뿐이라고 단정하는 것은 얼마나 성급하고 경솔한 일인가. 그 규정이

'좋은' 것이든 '나쁜' 것이든 마찬가지다. 안희연이 '너'를 보내려는 것은, 방 안 사물들에 달라붙은 것을 떼고 방을 치우면서, 몇 줄 문장 속에 '너'를 담으려 했던 자신을 꾸짖는 것은 이 때문일 터이다.

> 빈방을 치우는 일부터 시작했다
> 놓을 줄도 알아야 한다는 말을 가슴에 돌처럼 얹고서
> 베개에 붙은 머리카락을 떼어내고
> 흩어진 옷가지들을 개키며
>
> 몇줄의 문장 속에 너를 구겨 담으려 했던 나를 꾸짖는다
> 실컷 울고 난 뒤에도
> 또렷한 것은 또렷한 것
> 이제 나는 시간을 거슬러
> 한 사람이 강이 되는 것을 지켜보려 한다
>
> —안희연, 「너를 보내는 숲」 중에서[20]

강은 문장 안에 구겨 넣어지거나, 규정성의 포로로 굳어버린 것과 달리 흘러가는 것이다. 끊임없이 변하는 것, 문장으로 포착한 것을 손에 남겨두고 어느새 흘러가버리고 달라져버리는 것이다. 하지만 너를 흘러가는 강으로서 지켜보는 것도, 규정에서 벗어나 '너'의 존재를 보는 것도 쉬운 일이 아니다. 그렇게 보았다 해도 계속 그러기는 쉽지 않다. 우리의 세계성이란 운명 같은 것이고, 우리의 생각은 바뀌어도 집요한 것이어서, 벗어났다 싶어도 어느새

---

20) 같은 책, 101쪽.

다시 오고, 또 어느새 다시 오기 때문이다. 그래서인지, 인용된 시 뒤의 세 연은 모두 "저기 삽을 든 장정들이 나를 향해 걸어온다"를 동일하게 반복하며 시작한다. 사방에서 다가와 나를 묶고 안대를 씌운다. 그들은 흙을, 대지를 그냥 두지 않는다. 삽질하여 흙을 파고 파고 퍼 나른다. 그래서일 게다.

> 가만 보니 네 침대가 사라졌다
> 깜빡 잠이 든 사이
> 베개가 액자가 사라졌다
> 파고 파고 파고
> 누가 누구의 손을 끌고 가는지
>
> ―안희연, 「너를 보내는 숲」 중에서[21]

다행인 것은 아무리 파도 흙을 다 파내 퍼 나를 순 없다는 사실이다. 미규정의 존재란 아무리 파도 다 파낼 수 없는 흙이다. 그래도 몇 줄 문장 속에 '너'를 구겨 담으려 했음을 스스로 꾸짖었던 이라면, 그렇게 파대고 퍼 나르는 분주한 발소리 시끄러울 때에도 "싱싱한 흙냄새에 휘감겨 깜빡 잠이 든다". 그 "잠 속에서 싱싱한 잠 속에서 / 나는 자꾸 새하얘"진다. 세계의 시선이 칠해놓은 색들을 잃고 새하얘진다. 그런 '나'의 "창밖으로 / 너는 강이 되어 흘러간다". 창문으로 보이는 나의 시야에서 벗어난 어딘가로 흘러간다. 그렇게 강처럼 "마르지 않는 것은 아직 / 열려 있는 것". 그 열려 있음을 본다면, 이제 모든 창문을 전과 다르게 보게 될 것이다.[22] 나의 시선을 유도하고, 보던 것

---

21) 같은 책, 102쪽.
22) 그래도 몇~될 것이다: 큰따옴표 속 시 인용 부분은 모두 안희연, 「너를 보내는 숲」, 『너의 슬픔이 끼어들 때』, 창비, 2015, 101~103쪽.

만 보게 하던 이런저런 의미의 색들을 지워 의미 없이, 미지의 것으로 보게
할 것이다.

> 눈이 내리고
> 눈이 내리고
> 눈이 내린다
>
> 세상 모든 창문을
> 의미없이 바라볼 수 있을 때까지
>
> —안희연, 「너를 보내는 숲」 중에서[23]

　그러나 화려한 빛의 세계에서 어둠을 주목하기는 얼마나 어려운가. 지식
과 진리, 선악미추가 당당한 곳에서 존재자의 존재에 스스로 눈 돌리는 것은
또 얼마나 어려운가. 그렇기에 어둠은 뜻밖의 곳에서 온다. 놀라게 하는 '사
건'으로 덮쳐온다. 일상의 평온함이 깨지는 당혹과 함께 온다. 그 당혹 속에
서 떠밀리듯 우리는 존재자의 존재에 눈을 돌리게 된다. 가령 기차 안에서
자신을 보고 "어머, 검둥이야!"라고 외친 백인 소년의 비명을 당혹스러운 사
건으로 받아들여야 했던 프란츠 파농이 그러했다.
　비명으로 튀어나온 '검둥이'라는 이 말은 백인 소년의 '개인적인' 인상이
아니라 그 소년이 속해 있고 파농 또한 속해 있던 세계가 만든 것이다. 그 세
계에 속한 이들이 자신이 아는 바대로, 그들에게 알려진 바대로 포착한 인물
이다. 그래서 파농은 말한다. "나는 외부로부터 과잉결정되었다."[24] 그렇다고

---

23) 같은 책, 103쪽.

소년의 입에서 나온 그 규정을 틀렸다고 할 순 없다. 자신의 검은 피부, 자신의 외관이 주는 어쩌면 자연스럽다 해야 할 그 규정이기도 하다. "나는 타인들이 내게 가진 '관념'의 노예가 아니라 내 외관의 노예다." 그게 바로 자신의 존재라고는 결코 받아들일 수 없는 그 규정이 부정할 수 없는 사실이란 점이 파농을 곤혹스럽게 한다.

결코 틀렸다고 할 수 없는 이 규정은 파농을 "대상으로 만들면서 내 존재로부터 멀리, 참으로 멀리 떨어"지게[25] 만든다. 파농을, 아니 어떤 존재자를 그저 '검둥이'의 한 사람으로, 그 규정 속에 갇힌 수인으로 만들 뿐이기 때문이다. 규정하는 사람도 마찬가지다. 놀란 아이는 자신이 아는 것, 자신이 본 것이 누구도 부정하지 않을 사실이라고 믿기에, 자기 앞의 파농이란 존재자의 존재를 보지 못한다. 존재를 알지 못한다는 점만 문제는 아니다. 이는 그렇게 규정한 아이 또한 자신이 부여한 규정성에 가둔다. "어린 소년은 검둥이가 겁나기 때문에 몸을 떤다. 검둥이는 추워서, 당신의 뼈를 비트는 이 추위 때문에 몸을 떤다. 어린 소년은 검둥이가 분노를 못 이겨 몸을 떤다고 믿고 전율한다. 어린 백인 소년은 자기 엄마 품으로 뛰어든다. 엄마, 검둥이가 나를 잡아먹으려 해."[26]

파농은 자신을 그저 검둥이의 한 사람으로, 그런 대상으로 규정하는 백인

---

24) 프란츠 파농, 『검은 피부, 하얀 가면』, 노서경 옮김, 문학동네, 2014, 113쪽. '과잉규정'이라고 해도 될 '과잉결정'은 '중층결정'이란 번역어를 수정한 것이다. 세계의 규정은 하나에 의해 단일하게 이루어지지 않고 그 세계 안에 존재하는 복수의 이웃 항들에 의해 이루어진다는 점에서 '과잉'규정이고 중층적 규정이다. 규정하는 항들의 이질성은 연립방정식에서 변수보다 많은 방정식처럼 해를 과잉규정한다. 이 경우 수학자들은 방정식을 풀 수 없다고, 해가 없다고 간주한다. 사용하는 방정식에 따라 해가 다르게, 즉 여러 개로 나오기 때문이다. 이는 앞서 말했던, '있다'를 '이다'로 환원하고, 과잉된 규정을 '없음'으로 간주하는 19세기의 수학적 사유를 다시 상기하게 한다.

25) 같은 책, 110쪽.

26) 같은 책, 111~112쪽.

의 시선, 그렇게 자신들을 식민화하는 세계에 머물러 있는 한, 또 그런 식민화의 짝인 문명화된 세계에 머물러 있는 한, 존재자의 존재는 보이지 않고 사유되지 못할 것이라고 쓴다. 거기서 "모든 존재론은 실현불가능하다"고. 거기에는 "모든 존재론적 설명을 막아버리는 어떤 불순, 어떤 결점이 있"음을[27] 감지한다.

파농이 '검둥이'라는 규정이 부인할 수 없음에도 그것이 자신의 존재와 멀어지게 한다고 했던 것은, 검둥이라는 규정이 자신에 속하지만 그것이 다는 아니라고, 그런 규정으로는 담을 수 없는 어떤 것이 내게 있다고 항변하고 싶었기 때문일 것이다. 그 규정에 담기지 않는 어떤 것에 다가가려 할 때, '미지의 인물'에 다가가려 할 때 그는 비로소 자신의 '존재'를 조금은 이해할 수 있을 것이라고 말하려는 것일 게다. 한 사람을 그저 검둥이라는 대상으로만 보는 것은 그의 존재를 식민화하는 것이다. 흑인들을 식민화하는 세계는, 한 사람 한 사람 흑인의 존재를 식민화한다. 빠져나갈 길 없는 대상으로 식민화한다. 무력으로 어떤 존재자를 정복하는 것이 정치적 식민화라면, 대상적 규정으로 그의 존재를 정복하는 것은 존재론적 식민화다. 파농이 이 책에서 지적하고 있는 것은 정치적 식민화에서 끝나지 않는 존재론적 식민화다. 정치적 식민화보다 포착하기 어렵고 극복하기는 더더욱 어려운 것이 존재론적 식민화라 해야 할 것이다.

하지만 파농이 백인이 부여한 규정성에 갇혀 말했던 '식민화'가 어찌 백인과 흑인 사이에서만 발생한다 할 수 있을까. 그것은 알려진 사실에 의해 어떤 존재자를 규정하는 사태에서라면, 그것이면 저 존재자를 파악하기에 충분하다고 믿는 한 언제나 발생할 수 있다. 사실에 근거한 규정이면 마주선

---

27) 같은 책, 107쪽.

존재자를 알기에 충분하다고, 그것으로 그의 존재를 '정복'하기에 충분하다고 믿는 한, 식민화는 어디서나 발생한다. 그러나 그 대상적 규정이 기꺼운 것일 때는 누구도 그것이 '식민화'임을 알지 못하며, 대상이 존재자를 외면하는 곤혹을 느끼지 못한다. 오히려 그 규정에 자신을 맞추고자 한다. 자신의 초상화나 전기가 "워낙 건강하고 활력 넘치는 이미지를 풍기기 때문에 (⋯) 가급적 세상에 모습을 드러내지 않"고자[28] 하는 페르난데스의 인물처럼. 그래서 그런 이들은 집에 "처박혀 지낸"다. "행여 밖에 나갔다가 누군가 나를 본다면 그 초상화며 내가 쓴 전기가 모두 새빨간 거짓말이라고 떠벌릴"까[29] 두려워하기에.

존재는 근본적으로 다 퍼낼 수 없는 것이기에 정복불가능한 것이지만,[30] 존재에 눈 돌리지 않는 한 정복하려는 자 없이도 스스로 정복되어버리는 것이기도 하다. 존재론이 존재에, 존재자의 존재에 눈 돌리게 하는 촉발의 시도라면, 존재론이란 이 존재론적 식민화에 대한 저항이라고 해도 좋지 않을까? 이러한 존재론이 하이데거가 말하는 존재론과 상반되는 것임을 다시 강조할 필요가 있을까? 하이데거는 비록 세인적인 삶이 지배한다고 해도 존재의 진리가 개현되는 곳은 여전히 세계일 뿐, 그 바깥이 아니라고 믿기 때문이다. 존재가 탈은폐되면서도 여전히 자신을 은닉하려 함을, 그 은닉 속에서만 존재는 존재일 수 있음을 말하지만, 그렇게 은닉과 거절 속에 있는 대지조차

---

28) 페르난데스, 앞의 책, 71~72쪽.

29) 같은 책, 72쪽.

30) 앞서 우리는 『암흑의 핵심』에서 존재자의 존재를 정복하려는 시도를 넘어 존재 자체를 정복하려는 시도가 있을 수 있음을 지적한 바 있다. 그런 정복의 불가능성과 더불어 이에 대해서도 존재론적 식민화라고 할 수 있을 것이다. 하이데거식으로 구분하자면, 존재자의 식민화와 존재 자체의 식민화는 다르며, 전자가 '존재적' 식민화라면 후자는 '존재론적' 식민화라고 말할 수도 있겠지만, 굳이 이렇게 구별하지 않고 모두 존재론적 식민화라고 명명해도 충분하다는 생각이다.

언제나 존재의 진리를 밝혀주는 세계에 의해 '내세워지는' 한에서만 그렇다고 믿기 때문이다. 세계가 제공하는 규정성이 '세인적인' 빠져 있음Verfall 속에서 존재를 망각하게 하지만, 그 망각된 존재가 존재자에 다가오는 것은 이미 거기-있는 것들, '역사'라고 불리는 것이 보내는 규정성을 받아들이는 것이라고 말하기 때문이다. 그 모든 사태를 의미를 제공하는 세계성의 지평 안에서 이해하고 해석하려 하기 때문이다. 존재란 그처럼 실존의 '희생'을 요구하기까지 하며, 존재자의 '외부'[31]에서 다가오는 규정성을 받아들이는 것이며, 그런 한에서 '탈존'을 뜻한다고 강조하기 때문이다. 심연이나 무를 반복하여 말하지만, 본질적으로 그것은 존재의 빛을 찾아가도록 만드는 계기 이상이 아니란 점에서, 마치 그의 대지가 세계 안에 있듯이 본질적으로 빛 안에 있는, 빛을 위해 기능하는 어둠일 뿐이기 때문이다. 파농이라면 이를 세계성에 의해 식민화된 존재론이라고 하지 않았을까?

존재는 수많은 규정가능성의 모태인 무규정성이고, 존재자의 존재는 어떤 규정 바깥에 있는 미규정성이다. 규정성을 통해 존재자는 하나의 '대상'이 된다. 그것은 그 존재자에 속하는 것이고, 그 존재자의 중요한 일부다. 그러나 어떤 존재자도 하나의 대상적 규정으로 회수되지 않는 미규정성을, 다른 수많은 규정가능성을 뜻하는 미규정성을 갖고 있다. 존재는 규정될 수 없기에, 존재자의 존재는 규정성 바깥의 미규정성이기에 '무'라는 부정적 언어로 명명되지만 실제로는 많은 규정가능성이 접혀들어가 있는 긍정적인 잠재성이다. 페르난데스가 다음과 같이 쓴 것은 이런 이유에서일 것이다.

31) 이러한 '외부'란 나라는 개체의 공간적 외부에 지나지 않는다. 그 외부는 나를 둘러싼 세계란 점에서, 그 세계와 대칭적인 나와 그다지 멀지 않다. '민족중흥의 역사적 사명'이 바로 '나'의 사명이라고 믿고 나서는 이들이 많음을 안다면, 이 '외부'가 나와 그리 낯선 외부가 아님을 쉽게 이해할 수 있다. 그것은 '조국을 위한 전쟁'처럼 심지어 내 목숨을 건 결단을 요구하며 올 때조차 실은 내가 항상-이미 그 안에 들어가 있는 세계, 항상-이미 내가 그 안에 있는 '외부'에 불과하다.

존재의 종류가 무궁무진하게 다양하다면, '무'의 종류 또한 무궁무진하게 다양해야 마땅하다. 이 책이 가진 장점이 있다면, 그건 무한하리만큼 다양한 '무'를 보여주는 것이리라.[32)]

그러나 필경 문법의 환상 때문이겠지만, 아쉽게도 그는 종종 이 미규정적 '무'를 부재를 뜻하는 '무'와 혼동한다. 예를 들면 '콜럼버스의 존재하지 않는 두번째 항해'라든가 '놓친 기차를 타고 여행하면서 글을 쓰는 이'와 같은 경우가 그렇다. 그것은 미규정적이어서 '무'라는 부정성으로 오인되는 긍정적 존재가 아니라 정확하게 '없음'을 뜻하는 부재의 무이고, 다양한 규정가능성을 현실적으로 갖는 존재가 아니라 어떤 규정가능성도 현실적으로 갖지 않는 무를 뜻하기 때문이다.[33)]

존재자의 존재에 눈을 돌린다는 것은 일상의 삶에서 우리가 흔히 놓치는 것, 그러나 결코 놓쳐선 안 될 어떤 태도와 감각에 관한 것이다. 내가 아는 규정성 속의 그가 그의 전부라고 믿는 것은 존재자를 규정성 속에 가두는 것이다. 보지 않을 수 없는 명백한 사실들이 있고, 부정할 수 없는 사건들이 있지만, 그것이 다가 아님을 아는 것, 그렇게 명확한 것 저편에 우리가 알지 못하는 미지의 존재가, 다양한 가능성을 갖는 존재가 있음을 보는 것, 그것이 존재자의 존재에 눈을 돌리는 것이다. 내가 아는 사물, 내가 보는 저 나무가 내가 알고 있는 것과 다른 어떤 것일 수 있음을 보는 것이다. 확실한 것 뒤에 있

---

32) 페르난데스, 앞의 책, 90쪽.

33) 이와 유사하게 무를 부재로 오인하고, '없는'이란 관형어를 하나 추가함으로써 무나 존재를 다룰 수 있으리라는 발상은 김경주의 시집 『나는 이 세상에 없는 계절이다』(문학과지성사, 2012)에서 반복하여 발견할 수 있다. 가령 「없는 내 아이가 방 안에 들어오는 햇빛을 자르고 있다」(70~71쪽)가 그러한데, 이 시를 보면 "나는 문득 어머니의 없었던 연애 같은 것"(62~63쪽)도, "이 세상에 없는 계절"도 여기서 그리 멀리 떨어져 있지 않은 것 같다.

는, 알지 못하고 알 수 없는 어떤 존재가 있음을 알 때, 그 존재자와는 현행의 규정과 다른 관계의 가능성이 열린다. 현행의 세계와 다른 세계를 향한 문이 열린다.

8. 나의 존재와 수많은 '나'

세계는 요구하고 말하며 작동한다. 규정하고 재규정하며 작동한다. 존재자의 존재는 말할 수 없는 것이다. 그러나 그것이 말할 수 없는 것은 규정 이전의 것이고, 하나의 규정으로 포착할 수 없는 것이기 때문이지, '트라우마'처럼 떠오르는 것조차 고통스러워 지워진 기억이나 세계가 허용할 수 없는 패륜의 욕구라서 표상조차 할 수 없도록 상징의 세계에서 추방된 것이기 때문은 아니다. 존재가 '공백'이라면 그것은 텅 비어 있기 때문이 아니라, 수많은 가능한 규정에 동시에 열려 있기 때문이다. 다가오는 조건들에 맞추어 어떤 능력을 통해 가능성을 열기 때문이다. 존재가 모든 규정을 벗어나 있는 것은 모든 규정을 거부하는 불모의 완고함이어서가 아니라, 말하는 순간 놓치게 되는 생성의 풍부함 때문이다. 이런 의미에서 존재는 라캉이 말하는 '실재' 같은 것이 아니다.

존재란 포착했다고 하는 순간 어느새 놓치게 되는 무한속도의 변화와 생성이고, 카오스다. 따라서 존재는 규정성을 가동하는 세계 안에 들어올 수 없는 바깥이 아니라, 그 세계 안에 있는 바깥이고, 언어적 상징을 취할 수 없는 바깥이 아니라 모든 언어적 상징을 동원해도 다 취할 수 없는 바깥이다. 모든 언어적 상징을 허용하지만, 그렇기에 받아들인 것 뒤로 물러서 다시 열리는 무한한 받아들임의 능력이다. 존재자의 존재가 의미를 벗어나 있는 것은 너무 많은 의미가 뒤섞여 있는 과잉 때문이지 어떤 의미도 갖지 않는 근본적

결핍 때문이 아니다. 존재는 말로 되길 거부하는 '아니요'의 부정성이 아니라, '그렇다'고 답하는 순간 그 답 뒤에 숨는 물음이고, 그 물음으로 열릴 수많은 규정의 긍정성이다. 존재자의 존재는 무수한 규정가능성이 잠들어 있는 미규정성이다.

페르난데스가 '알려지지 않은 자'를 통해 미규정성을 주목했다면, 페소아는 수많은 이명異名의 '나'를 통해 무수한 규정가능성을 탐색한다. 그는 스스로 70개가 넘는 이명의 존재자를 창안하고 그들의 상이한 삶들을 살아냄으로써, 자신의 존재가 낳는 수많은 규정가능성을 산다. 알베르투 카이에루, 리카르두 레이스, 알바루 드 캄푸스, 소아레스, 토마스 크로스, 헨리 모어, 바롱 드 테이브 등 상이한 문체의 글들을 쓰는 여러 국적의 인물 모두를 '나'로서 산다.[34] '나'라고 지칭되는 이 모든 사람은 모두 한 존재자의 존재가 낳은 인물이다. 존재의 미규정성으로부터 그때마다의 규정성을 얻어 태어난 인물이다.

그중 어떤 인물도 다른 이름의 인물에 대해 특별한 지위를 갖지 않는다. 심지어 법적 신원을 담지한 페르난두 페소아도, 그 많은 인물 중 하나일 뿐이다. 그 모두가 그의 존재 안에 숨어 있던 규정가능성의 조각이다. 이 규정가능성은 하려고 하면 얼마든지 증식될 수 있다. 하지만 이름을 얻은 인물들을 그렇게, 심지어 천 명, 만 명, 혹은 인구 숫자만큼 늘려간다 해도 그 증식가능성은 끝나지 않을 것이다. 무한히 열려 있는 가능성이 한 사람의 존재

---

34) 최근 번역된 것만 보아도, 『시는 내가 홀로 있는 방식』(김한민 옮김, 민음사, 2018)에는 카이에루, 레이스, 페소아의 시가 실려 있고, 『초콜릿 이상의 형이상학은 없어』(김한민 옮김, 민음사, 2018)에는 캄푸스의 시가, 『내가 얼마나 많은 영혼을 가졌는지』(김한민 옮김, 문학과지성사, 2018)에는 페소아의 시가 실려 있다. 『페소아와 페소아들』(김한민 편역, 워크룸프레스, 2014)에서는 앞에 언급된 이들 외에 알렉산더 서치, 안토니우 모라, 토마스 크로스, 바롱 드 테이브, 헨리 모어, 마리아 주제 등의 산문을 볼 수 있다. 잘 알려진 『불안의 책』은 소아레스 명의의 저작이다.

안에 그렇게 숨어 있는 것이다. 나의 존재란 '상징'을 거부하는 트라우마나 어떤 이름도 거부하는 완고한 부정성이 아니라 이처럼 수많은 '이름'을 갖는 수많은 다른 삶의 가능성이다. 멜빌의 바틀비가 '그렇게 하지 않기를 선호한다'는 완곡한 어법으로 모든 것을 거절하는 완고한 부정성을 죽음으로까지 밀고 간다면,[35] 페소아의 이명들은 모두가 각자 '선호하는' 상이한 삶을 끝까지 산다.

페소아가 이 많은 페소아의 모태인 '존재'를 주목하는 것은 어쩌면 당연하다 하겠다. 페소아가 자신의 스승이었다고 쓰기도 했던 또다른 페소아, 알베르투 카이에루는 장시 「양떼를 지키는 사람」에서 이렇게 말한다. "만물은 존재할 뿐 그 이상은 아니다./그래서 만물이라 부르는 거지."[36] 그러한 사물들에 우리는 의미를 달지만, 사실 "사물들은 의미를 지니지 않는다, 존재를 지닌다./사물들의 유일한 숨은 의미는 사물들이다".[37] 따라서 존재는 어떤 의미 없이, 아니 의미를 삭제했을 때 비로소 완전하다. "완전해지려면 존재하는 것만으로 충분하"기[38] 때문이다. 의미란 우리가 사물들에 붙인 것이다. 존재에 속하는 게 아니라, 그 존재자를 이용하려고 붙인 것이다. 이는 아름다움조차 다르지 않다. "나는 왜 사물에게/아름다움을 부여하는가?" 묻고는 이렇게 답한다.

한 송이 꽃이 아름다움을 지니나?
과일 하나가 아름다움을 지니나?

---

35) 허먼 멜빌, 『필경사 바틀비』, 공진호 옮김, 문학동네, 2011.
36) 페소아, 『시는 내가 홀로 있는 방식』, 김한민 옮김, 민음사, 2018, 37쪽.
37) 같은 책, 81쪽.
38) 같은 책, 105쪽.

아니, 그저 색깔과 형태 그리고

존재를 지닐 뿐.

아름다움은 존재하지 않는 무언가의 이름

내게 주는 만족감의 보답으로 내가 사물에게 주는 것.

아무것도 의미하지 않는다.

— 카이에루, 「양떼를 지키는 사람」 중에서[39]

그렇기에 아름다움이란 의미조차 "그저 존재할 뿐인 사물들에 대한／인간의 거짓말"에 지나지 않는다. 꽃이나 과일은 내게 만족감을 주었지만 그 만족감에 존재하지 않는 어떤 이름을 주는 것은 '인간'이, 내가 사는 세계다. 그 세계 안에 존재하는 이런저런 관습의 산물이다. 그런 '보답'을 주는 것을 통해 '유용'한 무언가를 계속 얻기 위해, 그럼으로써 그런 방식의 삶, 그런 세계를 계속하여 살아가게 하려는 것이다. 의미화된 규정을 떠나는 것은 그런 세계, 그런 삶을 떠나려 함이다. 그렇기에 페소아／캄푸스는 그런 의미를 만들어내고 사용하게 하는 세계와 이별한다. 거리를 떠나 그들이 가르쳐준 주소가 사라진 곳으로 간다.

내게서 추상적이고 유용한 문들은 모두 닫아버렸어.

내가 거리에서 볼 수 있었던 모든 가능성들에는 커튼이 쳐졌어.

내가 찾은 골목에는 그들이 가르쳐준 주소가 없어.

— 알바루 드 캄푸스, 「리스본 재방문」 중에서[40]

---

39) 같은 책, 67쪽.

40) 페소아, 『초콜릿 이상의 형이상학은 없어』, 김한민 옮김, 민음사, 2018, 35쪽.

이런 생각은 나 자신의 존재에 대해서도 마찬가지다. 페소아의 이름으로 발표한 시에서 그는 이렇게 말한다. "나의 생각은, 발설한 순간, 더이상 / 나의 생각이 아니다." 그것은 내 꿈에 떠다니는 죽은 꽃이다.

　　　　내가 말을 하면, 느껴진다
　　　내가 단어들로 내 죽음을 조각하고 있음이,
　　　　　영혼을 다해 거짓말을 하는 것이.

　　　그렇게 말을 하면 할수록, 나는 더 나 자신을 속이고,
　　　　　나는 더 새로운 허구의
　　　존재를 만든다, 내 존재인
　　　　　것처럼 꾸미는.[41]

　　그는 "내가 존재한다면, 내가 그걸 안다는 게 오류"라면서 "지금 이 순간 내가 누군지 나도 모른다"고 쓴다(「나는 꿈꾼다」).[42] 존재란 이런저런 규정들의 모태이기에 우리는 '아, 이것' 하고 규정하고, 안다고 생각한다. 그러나 존재로부터 나와 규정을 얻은 것은 대상이지 존재가 아니다. 그러니 안다고, 그 아는 게 존재라고 하면 오류가 된다. 나 자신 또한 그러하다. 내가 아는 나란 나를 둘러싼 세계로부터 내게 주어진 규정이고, 나라고 동일시한 나일 뿐 나의 존재가 아니다. 그래서 그는 차라리 내가 누군지 모른다고 쓴다.

　　그러나 이는 나의 존재란 알 수 없는 것임을 알고 있다고 말하기 위함이 아니다. 그건 안다고 하는 순간 놓치는 것이 있음을 알기에, 바로 그것을 느

---

41) 페소아, 『내가 얼마나 많은 영혼을 가졌는지』, 김한민 옮김, 문학과지성사, 2018, 46쪽.
42) 같은 책, 55쪽.

190

끼기 위해선 안다고 믿는 것을 떠나기 위함이다. 그렇게 아는 것을 떠나 "내가 원하는 모든 걸/모든 방식으로 느끼기" 위함이다. 생각 밖으로 "흩어지는 것들이/존재의 파편들이기에/나는 내 영혼을 조각들로,/또 여러 명으로 깨뜨린다". 그렇게 흩어진 나의 조각들, 그 부정확하고 다양한 조각들이 바로 나다. 따라서 "자아를 믿는 사람은 틀렸다./나는 여럿이며 나의 소유가 아니다"(「경계 있는 영혼은」).[43] 이질적인 것들, 어느새 달라져버리는 것들을 모든 방식으로 느끼기 위해선, '자아'는 물론 지난 순간의 '나'를 떠날 수 있어야 하고, 그 나의 감각을 바꾸어야 하며, 영혼을 조각내야 한다. 그런 방식으로 다른 나, 수많은 나가 되어야 한다.

> 셀 수 없는 것들이 우리 안에 산다.
> 내가 생각하거나 느낄 때면, 나는 모른다
> 생각하고 느끼는 사람이 누군지.
> 나는 그저 생각하거나 느끼는
> 하나의 장소
>
> 나에게는 하나 이상의 영혼이 있다.
> 나 자신보다 많은 나들이 있다.
> 그럼에도 나는 존재한다
> 모든 것에 무심한 채.
> 그들이 입을 다물게 해놓고, 말은 내가 한다.
> ─리카르두 레이스, 「셀 수 없는 것들이 우리 안에」 중에서[44]

---

43) 같은 책, 80~81쪽.
44) 페소아, 『시는 내가 홀로 있는 방식』, 김한민 옮김, 민음사, 2018, 181쪽.

내 안에는, 나의 존재 안에는 수많은 영혼이 있다. 나의 존재란, 존재의 미규정성이란 그 많은 '나'를 낳는 모태다. 그중 어느 하나에만 머무른다면, 바보 같은 짓이다. 그 많은 나에 대해 무심한 채, 그들의 입을 다물게 해놓고 혼자 떠드는 '자아' 같은 것은 나의 존재를 보지 못하게 하는 허구다. 내 존재 안에서 태어날 수많은 다른 '나'를 가두는 간수看守이고, 자신이 아는 '나'만 허용하는 세계이며, 그 세계의 대행자인 아버지다. 나의 가면을 쓴 아버지다. 흘러가며 지나가는 것들의 존재에 다가가기 위해선, 그런 '나'를 제거해버려 수많은 나가, 조각난 영혼, 조각난 감각이 되어 흘러갈 수 있게 해야 한다. 수많은 다른 이름의 '나'가 되어, 다른 삶들을 살 수 있도록 해야 한다.

조금씩 조금씩, 나는 속수무책으로 빠져 있던 수렁에서 기어나왔다. 나는 무한한 내 존재를 낳았다. 집게를 들고 나 자신을 나로부터 뽑아내버렸다.[45]

그래서일까? 특히 『불안의 서』에서 페소아는 아주 다른, 종종 상반되고 상충하는 정서적 상태를 드러내면서 소아레스 안에서 여러 사람이 된다. 이 많은 '나'를 그는 '영혼' 내지 '정신'의 복수성으로 이해한다. 이는 생각이나 지식, 기억, 사색이 자신을 자아에, 동일성 내지 유사성에 가두는 것이라고 비판하며 '느낌'을 강조하던 것과 아주 다른 색조다. 느낌이란 생각이나 사색보다는 신체적 반응에 가까운 것이고, 새나 고양이처럼, 혹은 아메바처럼 '정신이 없는' 생물에게도 있는 것이란 점에서 정신보다는 신체에 속한다. 생각 없이 느낌만으로 사는 새들을 상찬하던 카이에루의 시와 달리 『불안의 서』에

---

45) 페소아, 『불안의 서』, 배수아 옮김, 봄날의책, 2014, 47쪽.

서 소라에스/페소아는 "정신의 존재는 곧 그 자신의 존재"[46]라고 말한다. 이에 관해 미련하게 붙들고 논평한다면, 자아는 그가 멀리하고자 했던 의식, 정신과 가까운 것이기에, 자아에서 벗어난 이 '나'들은 정신보다는 신체와 더 가까이 있음을 놓친 것 같다.

신체성과 더불어 이 책에서 그가 놓친 또하나의 중요한 거점은 '사건성'이다. 뜻밖에 닥쳐와서, 나를 흔들고 교란시키며 바꾸어놓는 것. 이는 위험이나 모험에 대해 두려워하며 거리를 두는 것[47]이나 사랑을 그저 자신의 이미지에 대한 사랑으로밖에는 받아들이지 않는 것[48]으로도 다시 표현된다. 이런 '경험'과 대비하여 그는 상상력을 강조하지만, 사실 상상력 또한 의식의 작용인 한, 익숙한 것의 범위를 벗어나는 데 근본적인 제약이 있다.

확실히 이 점에서 회계사무실 직원 소아레스는 카이에루나 캄푸스 등의 시인과 다른 인물이다. 『불안의 서』에서 보이는 상충되는 말이나 정서는 아마도 그가 아주 새로운 사유를 펼치기 위해 오래된 낡은 말들을 사용해야 했고, 그 스스로도 그 낡은 사유로부터 충분히 자유롭지 못했다는 사실에 기인하는 것일까? 시에서는 잘 드러나지 않던 이런 요소가 산문에서 드러난 것일까? 아니면 그의 사유와 감각, 정서가 그토록 불안정하고 다양하게 운동하고 있는 것일까? 그게 아니면 일부러 인물들의 발산을 위해 '차이의 놀이'를 하고 있는 것일까?

여하튼 그렇게 그는 자신의 자아로부터 해방되었다. 자아가 뽑혀나간 존재의 대기 속에 수많은 '나'가 흩어져간다. 제각각의 길로 흩어져 산다. 그렇게 그는 그 자아의 세계로부터 해방되었다. 해방된 '나'들의 여정마다 다른

---

46) 같은 책, 166쪽.
47) 같은 책, 150쪽.
48) 같은 책, 212쪽.

세계가 천천히 피어날 것이다. 이전의 세계로부터 해방된 무수한 세계가 피어날 것이다. 때로는 서로 겹치거나 이어지기도 하고, 때론 끊어지거나 상충하는 세계일 것이다. 해방은 미규정성의 어두운 안개와 함께 온다. 존재의 존재론은 해방의 사유다.

9. 공가능한 것과 공가능하지 않은 것

모든 존재자는 세계 안에서 이러저러한 규정성을 갖는다. 하나의 세계 안에서 허용된 자리만큼의 규정성들을. 하나의 세계 안에 있다 함은 단지 하나의 규정을 가짐이 아니라, 그 여러 규정성 사이에 어떤 질서 내지 통일성이 있음을 뜻한다. '아들'과 '아버지'는 반대되는 규정이지만, 누군가의 아들이면서 동시에 누군가의 아버지라는 것은 전혀 상충되지 않으며, 오히려 권해지거나 강요되기도 하는 것이다. 한 가족의 가장이라는 규정과 교사 내지 경찰관이라는 규정은 개념적 연관은 없지만, 한 세계 안에서 하나의 존재자에게 별다른 문제없이 주어질 수 있는 것이다.

이처럼 한 세계 안에서 아무런 문제없이 한 존재자가 취할 수 있는 규정성들을 라이프니츠의 말을 빌려 '공가능성共可能性, compossibility'이란 말로 묶을 수 있다. 한 세계 안에서 규정성들 사이의 통일성 내지 일관성을 갖는다 함은 그 세계 안에서 공가능성을 갖는 규정들의 집합을 뜻한다. 반면 한 세계 안에서 여성이면서 남성일 수는 없고, 인간이면서 동물일 수는 없다. 한 개체가 고양이이면서 개이거나 까마귀이면서 지렁이일 수는 없다. 이런 규정성들에 대해서는 '공가능성이 없다', '공가능하지 않다'고 할 것이다. 굳이 말하자면 '불공가능성'이라고 명명해도 좋겠다. 이와 달리 자본가이면서 노동자이기는, 민족주의자이면서 외국인 노동자 운동을 하기는 공가능하지 않다고

까지는 못해도 사실 매우 어렵다. 알코올중독자이면서 택시운전수이긴 매우 어렵고, 가난한 시인이면서 바이올리니스트이기도 매우 어렵다. 이처럼 공가능하지 않다고는 못해도 한 존재자에게 공존하기 어려운 것이 있다. 이를 '난공가능성難共可能性'이라고 하자.

이러한 개념은 세계 안의 자리나 개체의 '정체성'들 사이에서뿐 아니라, 그 개체를 이루는 요소들 사이에서도, 또한 그 개체가 속한 세계들 사이에서도 같은 의미로 사용할 수 있다. 가령 남성의 생식기와 여성의 생식기, 혹은 여성의 젖가슴은 공가능성이 없거나 난공가능하다. 노숙자의 누추한 옷과 멋진 집은 난공가능하고, 지체장애인의 신체와 축구선수 또한 공가능하기 매우 어렵다. 라이프니츠는 아담이 사과를 딴 세계와 따지 않은 세계의 불공가능성에 대해 말한 적이 있다. 하지만 아담이 사과를 딴 세계와 카인이 아벨을 죽이지 않은 세계는 공가능하다. 모세가 이집트 왕자인 세계와 그가 히브리인의 지도자인 세계는 불공가능하거나 난공가능하다. 그래서 그 두 세계는 잠시의 이행기를 거치며 분리되고 멀어지며 대립한다.

불공가능성과 난공가능성은 하나의 세계 안에서 한 존재자가 동시에 취하기 어려운 규정들, 즉 통일성을 갖는다고 하기 어려운 규정들의 관계를 지칭한다. 하나의 세계 안에 있다 함은 공가능한 규정 사이를 오가고 있음을 뜻한다. 공가능한 규정들을 벗어나게 될 때, 우리는 주어진 세계를 이탈하게 된다. 불공가능하거나 난공가능한 다른 세계로 넘어가게 된다. 비록 물리적으로는 그대로 그 세계 안에 머물러 있는 경우가 있다고 해도. 다른 종류의 삶을, 공가능성이 적은 다른 삶을 살게 됨을 뜻하기 때문이다. 따라서 다른 세계로 넘어간다 함은 물리적인 분리나 외연적인 이탈을 뜻하지 않는다. 세계 안에서 다른 삶을 살 때, 그 삶 속으로 다른 사람, 다른 것들을 불러들이게 될 때, 그는 그 안에서 이미 다른 세계를 사는 것이다. 다른 세계를 창조한 것이다.

존재자의 존재는 미규정적이기에, 공가능한 규정가능성뿐 아니라 그렇지 않은 규정가능성도 포함한다. 가령 동물인지 인간인지 모호하고, 여성인지 남성인지 모호한 규정처럼 하나의 세계 안에서는 명료하지도 뚜렷하지도 않은 규정성조차 포함한다. 우리가 하나의 세계에 머물러 있지 않을 수 있음은 이 때문이다. 하지만 존재자의 규정가능성이니, 모든 가능성에 다 열려 있다고는 하기 어렵다. 식물이 아무리 변해도 걷는 동물의 규정을 가질 수는 없고, 두부가 아무리 단단해도 그걸로 못을 박을 순 없을 것이기에. 그런 점에서 존재자가 갖는 규정가능성은 그 존재자의 잠재성에 속하는 것으로 제한된다. 잠재성에 접혀들어가 있는 능력이다.

존재자의 규정가능성은 그 존재자에게 열려 있는 다른 삶의 '가능성'이고, 그 존재자가 속할 다른 세계의 가능성이다. 강한 의미에서 다른 규정가능성을 찾는다 함은 다른 삶의 가능성을 찾는 것이다. 현행의 세계에서 벗어나는 길을 찾는 것이다. 그 세계와 공가능하지 않거나 어려운 규정을 찾는 것이다. 이런 이유로 인해 현행적 규정성과 잠재적 미규정성은 종종 대립되고 대비된다. 실존하는 존재자를 둘러싼 이러한 대립은 존재와 공가능한 대상 간의 대립이지만, 흔히 존재와 존재자의 대립이란 말로 표현되기도 한다. 주어진 규정성에서 벗어나 다른 규정가능성을 찾고자 하는 시도는 미규정적 잠재성을 향해 가게 마련인데, 이는 필경 현행의 규정성과, 그 규정의 동일성을 지속하려는 힘과 대결하게 되기 때문이다.

'대결'이란 말은 과한 표현이라 할지 모른다. 의문의 여지를 갖는 듯 보일 수도 있다. 왜냐하면 규정성이나 미규정성 모두 '나' 자신에 속하는 것이고, '나'는 여러 가능성 가운데서 어느 하나를 '선택'하기만 하면 되는 것처럼 보이기 때문이다. 그러나 선택은 언제나 습속이나 관성의 기차에 타고 있고, 불확실한 미래를 위해 무언가 갖고 있던 것을 포기해야 한다는 계산의 벽 앞에서 있다. 새로운 선택이 현행적 세계 안에서의 '몰락'을 비용으로 요구할 때 그것을 '선택'이라 할 수 있을까? 빛 아닌 어둠의 선택을 그저 선택이라고 쉽게 말할 수 있을까? 차라리 반대로 말해야 할 것이다. 다른 삶을 찾는 것은 존재하는 두 힘의 대결이라는 말로도 불충분하다고. 그것은 공가능하지 않은 두 세계 사이를 건너뛰는 것이고, 기존의 세계로부터 탈주하고 그로부터 이탈하는 것이다. 그렇기에 세계를 갖는 수많은 존재자가 그 세계를 떠나지 않으며 주어진 규정성을 산다. 기쁘게 산다. 그렇지 못한 자, 즉 다른 삶, 다른 세계를 찾는 자들을 염려하거나 비난하면서.

주체나 대상은 그와 짝하는 하나의 세계를 동반한다. 즉 어떤 존재자의 규정성은 자신의 의도나 의지에 따른 것 이상으로 타인들에 의해, 그를 둘러싼 세계에 의해 부여되고 유지된다. 가령 흑인을 노예로 규정하는 것은 흑인 자신이 아니라 그를 둘러싼 세계. 가족 안에서조차 개인의 규정성을 부여하는 것은 그가 태어나기 전부터 실존하는 가족과 사회다. 굳이 정신분석학을 빌리지 않아도, 세계가 부여하는 이런 규정성을 개개인이 받아들이고 그에 스스로 동일화하는 '정신적' 프로세스가 실존함을 우리는 안다. 그렇기에 심지어 강제가 없는 상황에서조차 우리는 현행의 규정과 다른 규정가능성을, 다른 삶을 선택하기가 쉽지 않다. 다른 규정가능성을 선택한다는 것은 자신이 속할 다른 세계를 선택하는 것, 아니 다른 세계를 창안하는 것이다. 때로는 연속적으로 이어지는 공가능한 세계들을, 때로는 불공가능하거나 난공가능한 세계들을. 자신의 존재에 눈을 돌리고, 자신의 존재를 자각한다는 것은 바로 이와 결부되어 있다.

자아로부터 해방된 페소아의 '나'들, 혹은 존재의 미규정성이 낳은 수많은 '나' 또한 때로는 공가능한 것들, 심지어 하나의 세계 안에 정렬된 것들의 연속체를 이룰 수 있을 것이며, 때로는 불공가능한 것이나 난공가능한 것들의 불연속적 계열을 이룰 수 있을 것이다. 라이프니츠처럼 예정조화의 신학적 강박에 사로잡힌 이가 아니라면, 자신의 존재가 낳은 '나'들이 반드시 공가능해야 한다고 믿을 이유는 없을 것이다. 하나의 통일체로 조화롭게 수렴되는 공가능한 '나'들이란 사실 '자아' 주변을 배회하는 분신들에 불과하다. '자아'를 벗어난다 함은 단지 수많은 나를 사는 것만으론 부족하다. 나의 존재가 낳은 '나'들이 공가능성의 경계를 벗어나 흩어지기 시작할 때 비로소 시작된다. 공가능해 보이는 것들이 발산의 경로를 그릴 때, 모아보아도 이가 안 맞는 퍼즐처럼 어긋난 채 모여들 때, 우리는 자아에서 벗어나기 시작한다. 그 자아의 짝인 세계에서 벗어나기 시작한다. 불공가능하거나 난공가능한 것들의 공존.

김행숙이 반복되는 '한 사람'이라는 제목의 시 중 한 편에서 "그 애는 학교 같았습니다", "지하철 개찰구 같아지기도 했는데", "왜 아무도 변하지 않는 걸까요?" 물으며 다시 "그 애는 주차장 같았습니다. 그 애는 기둥 같았습니다", "코 같았습니다"로 바꾸어가는 것을 우리는 이런 맥락에서 읽을 수 있다.[49] 학교, 지하철 개찰구, 주차장, 기둥, 코는 우리가 사는 세계 안의 이곳저곳에서 발견되는 것이지만, 한 사람인 '그 애' 안에서 조화로운 통일체를 이루기는 어려울 것이다. 중간에 '왜 아무도 변하지 않는지' 묻는 것을 보면, 이렇게 바꾸어감으로써 다른 사람도 변하기를 바랐던 것 같다. 그들과 연루되어 있는 세계가 변하기를 바랐던 것 같다. 그것으로 불충분하다고 믿었기에 주차장으로, 기둥으로, 코로 바뀌어 넘어갔던 것일 게다. 하나의 세계 안에서 공가능하다고 하기 힘든 것 사이를 넘나드는 것은 어렵거나 불가능한 일이다. 역으로 그것들 사이를 넘나들게 되면 하나의 세계를 벗어난다.

49) 김행숙, 「한 사람 2」, 『이별의 능력』, 문학과지성사, 2007, 92쪽.

시 「앤솔러지」에서 진은영은 자기 자신 안에 페소아처럼 여러 사람의 시인이 있음을 본다. 아주 다른 종류의 사람들, 하나의 정체성으로 수렴되기 힘든 '나'들의 공존을 본다. 몸이 아픈 병자, 용감한 전사, 의사 흉내를 내는 사람, 노래하지 않는 천재, 그리고 엉터리. 시 제목이 '선별'을 뜻하는 '앤솔러지'인 것을 보면, 이 다섯은 '나' 안에 있는 더 많은 다른 사람들 가운데서 선별된 이들이란 말이다. 더 많은 이가 '나' 안에 산다. 선별된 사람 중 마지막에 언급한 엉터리 안에는 다시 다섯 명이 살고 있고, 그 다섯 명은 각각 다섯 마리 새를 키우고 있고, 그 새들은 깃털만큼 많은 이미지를 품고 있다. 그러니 깃털만큼의 이미지를 제한다 해도 다섯 명의 사람과 스물다섯 마리의 새가 엉터리 한 사람 안에 있는 셈이다. 엉터리만 그럴 리 없다. 다른 이들도 그 안에 여러 사람이 있고, 그들 또한 다른 어떤 것을 동반하고 있을 것이다. 이토록 많은 이가 한 사람 안에 살고 있는 것이다.

시인만 그렇다 할 것인가? 그럴 리 없다. 나 자신을 유심히 보면 누구나 다 그렇다. 종종 정반대되는 나들이 출현하여 '이중인격'이니 '다중인격'이니 하는 비난을 받기도 하지 않는가? 그러나 꼭 그렇게 상충되고 대립되는 나만 있는 것은 아니다. 정말 아주 다른 나들이 있는 것이다. 나의 존재 안에 있는 그 많은 '나' 가운데 어떤 때는 이 '나'가, 다른 때는 저 '나'가 고개를 든다. 둘 이상의 '나'가 함께 손잡고 하나처럼 섞여 나타날 수도 있다. 그때마다 나는 그 '나'의 삶을 살고, 그 '나'가 속한 세계를 산다. 그렇게 다른 '나'만큼 다른 세계들이 나의 존재 안에 접혀들어가 있는 것이다. 이 가운데는 서로 공가능한 것들도 있고, 병자와 전사처럼 난공가능한 것도 있다. 이들은 때론 서로 모이며 하나의 세계를 만들기도 하고, 때론 흩어지며 다른 세계를 만들기도 할 것이다. 나무를 뽑는 굴착기는 새들의 거처를 부수며 있어도 될 것과 없어져야 할 것을 물리적으로 정돈하고 재정리한다. 세계란 그렇게 정돈되고 정

리된 것들의 총체이기에. 그 정돈된 자리에 들어가기보다는 차라리 그 세계
에서 벗어나버리는 것들이 있다. 무엇보다 '엉터리'가 그렇다. 시의 마지막 부
분에서 엉터리에 대해 반복하여 쓰는 것은 이 엉터리가 중요하기 때문이다.

마지막 한 사람은
엉터리
그의 갈라진 목소리 안에 또 다른 다섯이 살고 있어
저마다 녹색 침을 퉤퉤 뱉는
다섯 마리 새들을 키운다
새들은 깃털 수만큼의 이미지를 품고 있어

뽑힌 나무들 너머
덜덜거리는 굴착기 위에서
잿빛 깃털들이
　　　여러 빛깔로

　　　　흔들리며

　　　　　떨어지네

마지막 사람은 엉터리
서툰 시 한 줄을 축으로 세계가 낯선 자전을 시작한다

—진은영, 「앤솔러지」 중에서[50]

---

50) 진은영, 『우리는 매일매일』, 문학과지성사, 2008, 44쪽.

엉터리가 엉터리인 것은 그 정리된 세계에 들어맞지 않아서다. 그는 세계로부터 벗어나는 인물이다. 아마도 반복해서 이탈하는 인물일 것이다. 내가 사는 여러 사람의 삶을 휘저어 교란하는 자, 공가능한 '나'들 사이를 흐트러뜨려 '엉터리'로 만드는 자일 것이다. 그렇게 '엉터리'로 쓰는 서툰 시 한 줄로 세계는 낯선 자전을 하기 시작한다. 다른 세계가, 밤과 낮마저 달라진 다른 세계가 출현하는 것이다. 엉터리가 중요한 것은, 이 시에서 마지막에 다시 언급되는 것은 이 때문이다. 엉터리가 끼어들면 내가 속한 세계가 낯선 자전을 한다.

우리는 모두 이런저런 '나'들의 복합체다. 이 나들이 반드시 공가능한 것이라곤 할 수 없고, 그래야만 한다고도 할 수 없다. 사람마다 다르겠지만, 공가능한 '나'들만 있는 사람이야말로 오히려 예외적인 인물이라 할 것이다. 난공가능한 '나'들, 불공가능한 '나'들이 내 안에 공존한다. 또 누구나 자신의 '엉터리'를 갖고 있다. 그 엉터리로 인해 발생할 낯선 세계를 자신의 존재 안에 갖고 있다.

공가능성으로 수렴되는 것이 좋다고 할 수 없듯이, 단순하게 불공가능한 발산이 좋다고도, 난공가능성의 정도가 큰 게 좋다고도 말할 수 없다. 중요한 것은 주어진 세계 안에서 다른 세계를 만들어내는 능력이고, 주어진 규정성 밑에서 다른 규정가능성이 자라나게 하는 것이다. 특정한 '나'에 머물거나 갇히지 않고 다른 '나'들 사이를 넘나들고 옮겨다니는 능력이다. 나의 존재 안에는 그렇게 옮겨다닐 수 있는 수많은 나가 있고, 어떤 '나'로 하여금 다른 삶을 시작하게 할 능력이, 세계의 낯선 자전을 만들어낼 능력이 잠재해 있는 것이다.

같은 시집에 있는 시 「주어主語」에서 우리는 공가능하기 힘든 것들의 공존을 인간의 경계마저 넘어 아주 아름다운 양상으로 다시 읽을 수 있다.

먼지의 예절
지나가다 멈춰 선 짧은 목례와 같았다
다시 거울 위에 푸른 콩이 쏟아지듯
눈빛들이 흩어졌다

우리가 바람의 무덤 속에 매장하는 향기들
실패에서 풀려나오는 실을 감으려는
그림자 손가락 같았다

사물들은 올리브유의 초록처럼
내내 투명했다
다른 시간 속에서 활활 타오를 것 같았다

엉겅퀴와 찔레
노란 탱자나무가 반복되는 가시나무 뜰의 정원사
그의 눈먼 손가락이 그 이름들을 건드릴 때
붉은 피로 젖어드는 습자지의 식물들과 같았다

대기의 습도를 맞추기 위해
검은 휘장 속에서 뻐꾸기가 울고 있었다

티베트어로 묘사된 달밤, 세계는 읽을 수 없이 아름다워
천 개의 팔에 불안의 아이들을 안고
날아가는 천사와 같았다

너의 집 쪽으로 향하는 골목들의 미로
비단으로 된 계단
집 안으로 영원히 들어서지 않는
빛나며 찢어져가는 거리들과 같았다

누군가 엄지로 폐동맥을 누르다 떼는 듯
불명료함의 심장에서 솟구치는
무언가와 같았다

서커스단 파란 천장 같은 궁륭에서
별들이 떨어졌다

반대편으로 건너가기 위해
외줄을 놓아버린 곡예사 소년처럼

무한의 흰 손목을 놓칠 것만 같았다

—진은영, 「주어主語」 전문[51]

  '주어'는 시인 자신일 뿐 아니라, '나'라고 말하는 모든 이들이다. 나는 지
나가다 멈춰 서 짧게 목례하는 먼지이고, 바람의 무덤 속에 매장하는 향기들,
그걸 실을 감듯 감아 잡으려는 그림자 손가락이며, 가시나무 뜰의 정원사이

---

51) 같은 책, 95~97쪽.

고, 그 나무의 이름들을 건드릴 때마다 가시에 찔려 흘린 피로 젖는 습자지의 식물들이고, 대기의 습도를 맞추기 위해 우는 뻐꾸기이고, 티베트어로 묘사된, 말할 수 없이 아름다운 달밤이며, 그 달밤에 불안해하는 아이들을 안고 날아가는 천사이고, 너의 집 쪽으로 향하는 골목들의 미로, 빛나며 찢어지는 거리들이다.

이토록 아름답지만 이질적인 것을 모두 담을 수 있는 자아는 없다. 시인은 결코 수렴할 수 없는 이 모든 것이 나의 술어가 될 수 있다고 한다. 하지만 애써 모아 풍경화를 그리려 해도 실패할 수밖에 없는 이가 맞지 않는 퍼즐조각들이다. 그러나 이 얼마나 멋진 풍경화인가! '나'는 이가 빠진 이 풍경을 그리는 화가이고, 그 풍경에 속해 있는 존재자다. 어긋난 풍경 조각만큼 다른 세계들 속에. 그 세계 안에는 필경 다른 시간들이 흐를 것이다. 나와 함께 세계를 직조할 사물들은 그렇게 "다른 시간 속에서 활활 타오"르며 제 삶을 살게 될 것이다.

이 모든 '나'는 나의 존재, 그 "불명료함의 심장에서 솟구치는 무언가"들이다. 이들은 각각 제 갈 길을 갈 것이다. 때론 옆에 있던 다른 나와 함께, 혹은 같이 가던 나와 헤어져 홀로. 이들의 발길을 어찌 하나로 모을 수 있으랴. 그렇기에 마치 우주의 중심이라도 되는 양 나를 인도하겠다며 현혹하던, 세계의 천장에 붙어 있던 별들은 필경 차례차례 떨어지고 말 것이다. 나는 그렇게, 마치 반대편으로 건너가기 위해 외줄을 놓고 아찔한 허공을 향해 날아가야 하는 곡예사 소년처럼 누군가의 손목을 놓고 가야 한다. 그것은 자아의 손목이거나 이전 '나'의 손목일 수도 있고, 내 이웃이나 가족, 혹은 내가 익숙한 사물 같은 나를 둘러싼 것들의 손목일 것이다. 따져보면 무한히 늘어날 손목들이다. 이 얼마나 아름다운 이별들인가!

'존재론적 해방'이란, 자아로부터, 세계로부터의 존재론적 해방이란 이러한 이별을 반복해가는 삶이다. 시인이란 이 이별이 얼마나 아름다운지 아는 자다. 이 이별의 아름다움을 통해 외줄을 놓는 위태로움을 잊게 만드는 자다. 나와, 나를 둘러싼 세계와, 자신의 몸에 감긴 의미들과 빠르게 이별하는 자다. 그런 이별을 반복하는, 탁월한 '이별의 능력'(김행숙)을 가진 자들이다. 문학이란, 예술이란 이 이별의 무서움을 아름다움으로 바꾸어놓는 위대한 속임수다.

10. 대지의 책략, 혹은 존재론적 해방

페소아가 가능한 '나'들의 해방을 꿈꾸고 글로 실행했다면, 릴케는 세계와 인간이 부여한 그 규정성의 힘으로부터 사물들의 존재론적 해방을 꿈꾸었다고 해도 좋을 듯하다. 페소아 역시 사물들의 존재에 눈을 돌렸고, 인간들이 부여한 의미의 허구성에 대해 누차 지적했지만, 그 규정성으로부터 사물의 해방으로 밀고 가는 것보다는 자신의 자아로부터 자신의 해방을 밀고 나가는 데 주로 몰두했던 것 같다. 반면 릴케는 사물들의 해방을 위해 존재를 시적 사유의 영역으로 끌어들인다. 「두이노의 비가」와 「오르페우스에게 바치는 소네트」는 우주적 장대함으로 아름답게 펼치는 존재의 사유를 눈으로 불어넣어 신체를 흔들고는 손끝으로 빠져나가게 하는 멋진 존재론적 시집이다. 하이데거가 경탄하며 탐냈지만 결코 감당할 수 없었던 릴케의 사유를, 세계의 바깥에서 불어오는 우주의 바람이 습관의 맹종만 남은 우리의 얼굴을 파먹어들어가는 밤의 존재론을 우리는 여기서 읽을 수 있다. 빛으로부터 빠져나가고, 친숙하기에 낯선 세계를 다가오지 못하게 하는 인간적인 공간을 벗어나는 존재론을,[52) 내가 노래한 것을 잊고 무를 싸고도는 숨결, 그 한 줄기 바람을 따라가는[53) 존재의 존재론을.

영리한 짐승들은 해석된 세계 속에 사는 우리가

마음 편치 않음을 벌써 느끼고 있다. 우리에게 산등성이

나무 한 그루 남아 있어 날마다 볼 수 있을지 모르지.

하지만 우리에게 남은 건 어제의 거리와, 우리가 좋아하는

습관의 뒤틀린 맹종, 그것은 남아 떠나지 않았다.

   오, 그리고 밤, 밤, 우주로 가득 찬 바람이

우리의 얼굴을 파먹어 들어가면, 누구에겐들 밤만이 남지 않으랴,

—릴케, 「두이노의 비가, 제1비가」 중에서[54]

   존재자의 존재가 수많은 규정가능성의 모태라면, 인간뿐 아니라 동물이나 식물, 사물의 존재 또한 다르지 않을 것이다. 페소아는 기억으로 순간을 붙들려는 인간과 자취를 남기지 않고 아무 생각 없이 날아가버리는 새를 대비한 적이 있지만, 사물이나 인간 주변의 동물은 물론 하늘을 나는 새들조차 인간들의 세계 안에 있기에, 인간의 세계가 부여하는 규정성에서 자유롭지 못하다. 세계의 규정성은 홀로 좋을 대로 생각하는 것이 아니라, 생각 이전에 '항상-이미' 있는 의미를 부과하고 강제하는 것이기 때문이다. "우리는 말을 하거나 손가락으로 가리켜/세계를 점점 우리 것으로 만들고 있다."[55] 그렇기에 꽃조차 "꼿꼿이하는 손과 친척"이 되어 "시들고 가볍게 상처 입은 채 서

52) "어머니, 당신이 그를 작게 만들었다, 그를 시작시킨 것은 당신이었다./당신에게 그는 새로웠고, 당신은 그의 새로운 눈 위로 친근한 세계를 아치처럼 드리워놓고 낯선 세계가 다가오지 못하게 했다. (…) 밤이 되면 미심쩍어지는/방들을 아무렇지도 않은 것으로 만들었고, 당신 가슴의 가득 찬 은신처에서 더욱 인간적인 공간을 꺼내서 그의 밤 공간에다 섞어 넣었다."(릴케, 「두이노의 비가, 제3비가」, 『릴케 전집』 2권, 김재혁 옮김, 책세상, 2000, 453쪽)

53) 「오르페우스에게 바치는 소네트」 1부 Ⅲ, 같은 책, 502쪽.

54) 같은 책, 443쪽.

55) 「오르페우스에게 바치는 소네트」 1부 ⅩⅥ, 같은 책, 512쪽.

있"을[56] 뿐이다.

인간들이 부여하는 그 규정성이 결코 기꺼울 리 없겠지만, 입이 없고 말이 없기에 그에 대한 불화를 표현할 수 없다. 그런 규정에 대한 저항마저 오직 생존을 위한 투쟁이라는, 인간적인, 너무나 인간적인 개념 안에 갇혀 있다. 그들은 오직 생존하기 위해 환경에 적응하고 적과 싸우는 존재자에 불과한 것이다. 그러나 그 규정 이전에, 생물이란 닫힌 세계가 아니라 열린 어딘가를 보는 존재자다. 다만 우리 인간들의 눈이 그들 주위에 둘러놓은 덫으로 인해 그 열린 곳을 향한 출입이 막혀 있을 뿐이다.

> 생물들은 온 눈으로 열린 곳das Offne을 바라본다.
> 우리들의 눈만이 거꾸로 된 듯하여
> 생물들 주변에 빙 둘러 덫처럼 놓여
> 생물들의 자유로운 출입을 가로막는다.
> 외부에 존재하는 것, 그것을 우리는 동물의
> 표정에서 알 뿐이다. 우리는 갓난아이조차도 이미
> 등을 돌려놓고 사물들의 모습을 뒤로 보도록
> 강요하기 때문이다. 동물의 얼굴에 그토록 깊이 새겨져 있는
> 열린 곳을 보지 못하게.
>
> ─릴케, 「두이노의 비가, 제8비가」 중에서[57]

---

56) 「오르페우스에게 바치는 소네트」 2부 VII, 같은 책, 527쪽.
57) 같은 책, 475쪽. 번역문에는 '열린 세계'로 되어 있으나 원문 das Offne에서 보이듯 '세계'가 아니라 '열린 곳'이다. 친숙한 인간의 '세계'가 아니라 차라리 그것의 바깥인 '우주'와 통하는 것이라고 보아야 한다.

그들은 애초에 인간들이 만들어놓은 외부에 존재한다. 우리는 동물들의 표정에서 그것을 알 수 있다. 그러나 갓난아이 때부터 그 표정을 보지 못하도록, 표정 없는 뒷모습만 보도록 등을 돌려놓았기에, 그들의 얼굴에 깊이 새겨진 그 열린 곳을, 세계의 바깥을, 그 바깥에 대한 갈구를 보지 못하는 것이다. 인간의 목적이나 유용성을 탄생의 이유로 하는 사물이라면 말할 것도 없다. 그들은 인간의 합목적성 안에, 그런 인간의 세계 안에 갇혀 있다. 그렇기에.

> 사물들은, 우리가 느낄 수 있는 사물들은 우리에게서 멀어져간다,
> 모습이 없는 행동이 그것들을 밀어내며 대체하기 때문이다.
> 껍데기들로 덮여 있는 행동이다, 안쪽에서 행동이 너무 커져
> 다른 경계를 요하게 되면 금방 깨져버리고 마는 껍데기들로.
> ─릴케, 「두이노의 비가, 제9비가」 중에서[58]

그렇지만 그들 또한, 그들이기에 더더욱 자신을 가둔 이 합목적적 규정들의 갑옷에서, 세계라는 감옥에서 벗어나 페소아의 수많은 '나'처럼 수많은 '나'가 되어 아주 다른 삶을 살고 싶지 않을까? 릴케는 사물들의 이런 바람을 듣는다. 말할 수 없고 스스로 이탈할 수 없기에 세계성에 더욱더 강하게 사로잡힌 것들의 바람을. 그는 자신이 "왜 인간이길 고집하는가?" 묻고 이렇게 쓴다. "사실은 이곳에 있음이 의미가 있기 때문이다. 그리고 이곳에 있는/모든 것, 사라지는 이 모든 것들이 우리를 필요로 하고,/나름대로 우리의 관심을 끌기 때문이다."[59] 인간이 만든 세계의 감옥 안에 인간으로 남으려는 것

---

58) 같은 책, 481쪽.
59) 「두이노의 비가, 제9비가」, 같은 책, 479쪽.

은, 인간의 합목적성에 충실한 간수로 있기 위함이 아니라, 반대로 이처럼 사라지는 모든 것의 바람 때문이다, 그들이 자신을 필요로 한다는 자각 때문이다. '그리고'라는 접속사로 연결되었으나, 바로 그것이 '이곳에 있음의 의미'가 있다는 말의 실질적 내용이라고 해야 할 것이다. 그들이 인간이길 고집하는 릴케를 필요로 하는 이유는 무엇인가? 그들에겐 세계 속에서 자신들이 느끼는 불화와 고통을, 열린 곳에 있는 다른 '세계'를, 세계의 바깥을 향해 가고자 하는 소망을 입이 없는 그들을 대신하여 말하게 하고자 함일 것이다. 사물들 스스로 표현하고자 하는 것을 찾아서 말하고자 함이다. 인간이라면, 세계 안에 있는 자라면 한 번도 꿈꿔보지 못한 방식으로.

> 어쩌면 우리는 말하기 위해 이곳에 있는 것이다: 집,
> 다리, 우물, 성문, 항아리, 과일나무, 창문 그리고
> 잘해야: 기둥, 탑이라고…… 그러나 그대는 알겠는가, 이것들을
> 말하기 위해, 사물들 스스로도 그렇게 표현할 수 있으리라.
> 한 번도 꿈꿔보지 못한 방식으로.
> —릴케, 「두이노의 비가, 제9비가」 중에서[60]

이처럼 "사랑하는 이들을 재촉하여 / 서로 감정을 나누는 가운데 모든 것이 황홀해지도록" 하는 것이, 시인과 사물이 황홀한 기쁨으로 만날 수 있도록 하는 것이 바로 "말없는 대지의 은밀한 책략"임을[61] 릴케는 감지한다. 이는 헤겔이 말한 '이성의 책략'과 반대되는 것이다. 이성의 책략이 세계를 밝히고 우리도 모르는 사이 그 빛으로 이끌어가는 빛의 책략이라면, 대지의 책략은

---

60) 같은 책, 480쪽.
61) 같은 책, 480쪽.

세계 바깥의 어둠으로 유혹하는 밤의 책략이다. 그 어둠을 통해 사물의 친구가 되고, 사물의 연인이 되도록 유혹하는 것, 그것이 릴케가 이 세계 '안에서' 인간으로 남아, 인간이길 고집하는 이유다. 이를 그는 '구원'이라는 시적 언어로 표현한다. "이들은 가장 덧없는 존재인 우리에게서 구원을 기대한다."[62]

'구원'이라는 말에 호응하여 '천사'를 말하지만, 이 천사는 세계의 신학적 지붕에 살고 있는 인간화된 신의 대리자가 아니라, 우주에 속한 자, 우주의 바람을 타고 오는 자다. 세계의 바깥에서 오는 자다. 세계 - 내 - 존재인 우리를 가슴에 끌어안아 그 강한 존재로 말미암아 나를 스러지게 하는 무서운 자다. "모든 천사는 무섭다."[63] 그 "천사들을 향해 이 세상을 찬미하라"고 하지만, 그런 천사들이기에 인간이 부여한 호화로운 말들, 세계 안에 자리잡은 호화로운 의미들로는 그들을 감동시킬 수 없다. "천사가/모든 것을 절실하게 느끼는 우주공간에서 나는 초심자일 뿐이다./그러니 천사에게 소박한 것을 보여주어라." 소박하게, 존재하는 것을 존재하는 것으로서, 사물을 그저 사물로서 보여주라는 말이다. "그에게 사물들에 대해 말하라." 인간화된 의미들을 모두 떼어버리고. "우리 것이 되어 우리 손 옆에 그리고 눈길 속에 살아 있는 것을",[64] 우리의 것이 되어 우리의 규정 속에 갇혀 있지만, 거기서도 죽지 않고 살아 있는 사물의 존재를. 세계의 바깥, 우주공간의 절실함을 통해, 우리에게 보내오는 그들의 절실함을 통해 그들이 살아날 수 있도록 해주는 사물의 존재를.

사물의 존재, 그 미규정의 어둠 속에서 사물들은 우리가 아는 것과 다른 어떤 것으로 변용될 것이고, 다시 태어날 것이며, 다른 삶을 살게 될 것이다.

---

62) 같은 책, 482쪽.
63) 「두이노의 비가, 제1비가」, 같은 책, 447쪽.
64) 이상은 모두 「두이노의 비가, 제9비가」, 같은 책, 481쪽.

물론 거기서 파괴되고 해체되는 '죽음' 또한 면할 수 없을 것이다. 해체되지 않는다 해도 다른 것으로 태어난다 함은 본질적으로 이전의 것, 이전의 규정 안에서 존속하기를 중단하는 것이고, 죽는 것이니. 그렇게 다른 것이 됨으로써 이전과 다른 것들을 자신의 주위로 불러들일 것이며, 이전의 것들과 다른 관계를 맺게 될 것이다. 인간들마저, 이전에 자신을 가두던 인간들마저 다른 관계 속으로 불러들일 것이다. 그리하여 하나의 다른 세계가 거기서 조그맣게 탄생하지 않을까? 릴케는 그 가능성 속에서 사물들의 황홀을 본다. 그들의 행복을 본다.

> 사물이 얼마나 행복할 수 있는지, 얼마나 순수한지 그리고 얼마나 우리 편인지,
> 구슬픈 고통조차 어떻게 순수하게 제 모습을 갖추어, 사물로서 봉사하거나
> 죽어서 사물 속으로 들어가는지
>
> —릴케, 「두이노의 비가, 제9비가」 중에서[65]

사물의 구원이라고 말하지만, 이는 사물만이 아니라 인간인 자신의 구원이기도 하다. 아니 사물 이전에 인간 자신의 구원이라 해야 한다. 사물이 다른 것이 되어 다시 태어나고, 그 사물의 주위에 인간마저 다시 불러들이며 다른 세계가 만들어질 때, 그 사물 가까이 있던 인간 자신이 다른 세계 속으로 들어가게 될 것이기 때문이다. 뒤집어 말하면, 사물의 구원이란 그 사물의 변용을 통해 인간 자신이 파먹혀들어가며 자기가 속한 세계에서 빠져나가는

---

65) 같은 책, 481쪽.

것이라고 해야 한다. 그 정도로까지 밀고 들어가지 못한다면, 사물의 변용이란 주어진 자리에서 살짝 껍데기를 바꾸는 것에 머물고 말 테니까.

> 어두운 종루 그 들보 안쪽에서
> 네 자신을 울리게 하라. 너를 파먹어 들어가는 것이
> ─릴케, 「오르페우스에게 바치는 소네트」, 2부 XXIX 중에서[66]

사물의 구원은 인간 자신의 구원이다. 그것은 자신이 속한 세계에서, 자신의 '자아'에서 자신을 벗어나게 한다. 사물에 의한 인간의 구원. '자아'로부터 '나'들의 존재론적 해방, 세계로부터 '나'의 존재론적 해방을 여기서 다시 만나게 된다. 그렇다면 인간에 의한 사물의 구원 또한 사물 자신의 해방이라고, 주어진 세계로부터, 그 세계 안에 주어진 대상의 자리로부터, 그 세계의 집요한 규정성으로부터 사물 자신의 해방이라고 할 것이다. 릴케는 그것이 대지가 원하는 것이라고 믿는다. 자신의 은밀한 책략을 통해 대지가, 무규정의 존재가, 혹은 사물들의 미규정적 질료가 원하는 것이라고.

> 대지여 그대가 원하는 것은 이것이 아닌가? 우리의 마음에서
> **보이지 않게** 다시 한번 살아나는 것 ─언젠가 눈에 보이지
> 않게 되는, 그것이 그대의 꿈이 아니던가? ─대지여! 보이지 않음이여!
> 변용이 아니라면, 무엇이 너의 절박한 사명이랴?
> ─릴케, 「두이노의 비가, 제9비가」 중에서[67]

---

66) 같은 책, 544쪽.
67) 같은 책, 482쪽.

사물의 변용, 그 모든 변용을 위해 세계의 규정과 의미를 벗어나 바깥으로 나가는 것, 그 바깥에서 새로운 것으로 다시 태어나길 반복하는 것, 바로 그것이 대지의 소망이다. 자신의 은밀한 책략을 통해 소망하는 것이다. 사물들이 그렇게 모습을 바꾸며 인간의 손에서 빠져나가는 것. "변화를 희망하라, 오 화려하게 모습을 바꾸며 / 네게서 빠져나가는 사물을 만들어내는 불꽃에 열광하라."[68] 우주의 바람을 통해 우리의 얼굴을 파먹어들어갔던 밤의 소망 또한 다르지 않을 것이다.

물론 그 세계 속에서 필경 그들은 인간에게 다시 자신을 내주게 될 것이다. 다시 그들의 말 속에, 그들이 부여하는 의미의 껍데기 속에 갇히게 될 것이다. 그렇지만 그 세계 안에도 릴케처럼 인간이길 고집하며 자신들을 위해 다시 말해줄 누군가가 있으리라 믿을 것이다. 그들을 통해 다시 자신의 존재로, 존재의 대지에서 다시 피어날 수 있으리라 믿을 것이다. 파도 파도 고갈될 수 없는 것이 존재 자체의 무규정성이기에, 그 무규정성 속에서 해체되고 다시 조합되며 기다릴 무한의 시간이 그에게 허용되어 있기에. 그것이 사물들의 능력이다. 무한한 받아들임의 능력이다. "존재를 향한 결단"[69] 같은 게 있다면, 죽음으로 – 미리 – 달려가 – 보는 인간의 결연함이나, 존재의 파수꾼을 자처하며 사방이 합일된 세계 안에서 그것들을 돌보며 편안하게 해주리라는 고독한 결의 같은 게 아니라, 존재 자체의 변용능력을 믿고 존재의 무규정성에 주어진 무한의 시간을 믿는 이 받아들임의 능력의 평온함 같은 것 아닐까? 존재의 미규정성이란 바로 이 '무한한 받아들임'의 능력이다.

대지의 책략을 알아차린 시인은, 대지 아래 어둠의 명계로, 무규정의 존재 자체로 내려가려는 오르페우스에게 바치는 장대한 존재의 시를 이렇게 끝

68) 「오르페우스에게 바치는 소네트」 2부 XII, 같은 책, 531쪽.
69) 「오르페우스에게 바치는 소네트」 2부 XXI, 같은 책, 538쪽.

낸다.

> 그리고 지상의 것들이 너를 잊었다면,
> 조용한 대지에게 말하라: 나는 흐른다고.
> 빠른 물결에게 말하라: 나는 존재한다고.
> ─릴케, 「오르페우스에게 바치는 소네트」, 2부 XXIX 중에서[70]

 조용한 대지 아래에는 그렇게 끊임없는 변용의 무한한 흐름만이 존재하는 것이다. 빠르게 흘러가는 물결 밑에는 그 모든 변용을 조용히 받아들이며 침묵하는 존재만이 있는 것이다.

---

70) 같은 책, 545쪽. 이 시의 2부는 숨쉬기에서 "끊임없이 우리의 존재와／순수하게 교류 중인 우주공간"을 보는 것으로 시작함을 안다면, 29편으로 이루어진 2부 전체가 존재에 대한 시임을 알아챌 수 있을 것이다.

5장

특이점의 존재론:
특이점과 존재의미

． ．
．

1. '엉터리'와 낯선 자전의 세계

　존재론은 해방의 사유다. 기존의 세계로부터, 주어진 삶으로부터, '나'를 대신해서 말하는 자아로부터의 해방을 향한 사유다. 수많은 규정가능성을 담은 미규정성의 힘, 그것은 이 존재론적 해방을 위한 짙은 안개의 대기다. 그렇기에 존재의 어둠은 절망과 가까운 암담함이 아니라 수많은 소리가 뒤섞여 있는 카오스의 백색소음이다. 너무 많은 소리를 담아 어떤 소리로도 들리지 않는 침묵의 소음이다. 어떤 것도 낳을 줄 모르는 불모의 사막이 아니라 매일 아침 다른 세상을 하나씩 낳는 다산^{多産}의 밤이다. 매일 저녁 다른 밤을 하나씩 토해내는 한없는 어둠이다.

　세상이 아무리 명료하고 뚜렷하게 규정하더라도, 존재자는 단지 하나의 규정된 대상이 아니다. 그는 대상이기 이전에 존재다. 수많은 표정의 얼굴들이 출현하는 물렁물렁한 머리이고, 수많은 손을 떠나보내는 '무한의 손목'이다. 내게 악수를 청하는 세상의 손들에 그때마다 응대하여 때로는 적절한 표정의 손을 꺼내지만 때로는 반응 없이 외면하기도 하고 싫으면 냉정하게 주먹을 내밀어 거절할 줄 아는 능력이다. 종종 표정을 잃고 흘러내리는 액체성 신체다.

그가 나에게 악수를 청해왔다

손목에서 손을 꺼내는 일이
목에서 얼굴을 꺼내는 일이
생각만큼 순조롭지 않았다

그는 초조한 기색이 역력했다
자꾸만 잇몸을 드러내며 웃고 싶어했다

아직 덩어리인데 괜찮으시겠습니까?

나는 할 수 없이 주먹을 내밀었다
얼굴 위로 진흙이 줄줄 흘러내렸다

—안희연, 「액자의 주인」 전문[1]

　액자의 주인, 그렇게 나는 틀frame에 갇혀 있다. 우리는 모두 틀에 갇혀 세계에 전시된 그림의 주인이다. 나에게 오는 자는 그 액자를 보고, 보는 이의 시선을 향해 세워진 나에게 손을 내민다. 그러나 내가 단지 그렇게 그려진 대상만은 아니기에, 그의 요구에 부응하여 적절하게 손을 꺼내거나 적합한 얼굴을 꺼내기가 쉽지 않다. 그 경우 대개 그는 당황할 것이다. 손을 내밀 거라고 가정된 주체이기에, 웃으며 응대해줄 거라고 가정된 대상이기에, 얼른 반응하지 않는 내게 초조해할 것이다. 웃으며 다시 청할 것이다. 왜 아직 덩

---

1) 안희연, 『너의 슬픔이 끼어들 때』, 창비, 2015, 34쪽.

어리인 채, 표정 없는 살인 채 있느냐고 물을 것이다. 웃는 손을 낼 수 없는데 이렇게 초조해하며 화답을 요구할 때, '나'는 손 대신 주먹을 내민다. 그의 손과 함께 온 시선을 거절하며, 액자의 주인 자리에서 벗어난다. 그 경우 전시된 얼굴의 표정은 무너지고 진흙 같은 살이, 액체성 머리가 흘러내릴 것이다.

그렇게 우리는 '엉터리'가 된다. 내 안의 엉터리가 액자 속의 얼굴을 지우며 심술을 부리는 것이다. 주먹으로 움켜쥔 서툰 시 한 줄로 세계는 낯선 자전을 시작한다. 때로 우리는 우리가 사랑하는 사물들을 그처럼 줄줄 흘러내리는 살로 되돌리며 '그'를 액자에서 꺼내버리고, 낯선 자전의 세계를 만들어내기도 한다. 예를 들어 백남준은 1962년 뒤셀도르프 미술대학에서 했던 퍼포먼스 〈바이올린 솔로〉에서 5분 동안 천천히 들어올린 바이올린을 단숨에 내리쳐 부수어버린다. 백남준의 손에서 테이블로 빠르게 하강하는 바이올린은 그 하강의 속도로 자신의 액자에서, 악기라는 규정에서 빠져나가버린다. 바이올린의 아름다운 선율 대신 '쾅' 하는 한 줄의 '문장'이 그를 둘러싼 세계로 펴져나간다. 이때 바이올린이란 무엇일까? 여전히 악기일까? 이 '쾅!' 하는 소리는 무엇일까? 여전히 음악일까? 음악을 파괴하는 소리일까? 아니면 저 엉터리 퍼포머의 서툰 시 한 줄일까? 다행히도 어느 하나의 규정에 다 담기지 않는다. 분명한 것은 그 공연장에서 그것이 '바이올린'이기를 그쳤다는 사실이다. 나뭇조각들과 함께 산산히 흩어지면서 모든 신체가 흘러드는 질료들의 흐름 속으로 되돌아갔다. 흘러내린 사물의 질료가 잘 보이던 바이올린의 얼굴 위로 흘러내린다. 안희연이 글로 하고자 했던 것을 백남준은 몸으로 했던 것이다.

세계의 질서를 교란하고 사물을 주어진 자리에서 벗어나게 하는 저 '엉터리'의 퍼포먼스를 통해 바이올린이라 불리던 사물 주위의 세계는 낯선 자전을 시작한다. 그 행위가 발생한 순간, 인근에는 저 사물을 악기라고 규정하던 세계가 와해되고 그 통쾌한 폐허에서 하나의 다른 세계가 출현한다. 사건 전후 공연장에 모여 있던 사람은 거의 그대로였고, 무대도 의자도 그대로였지만, 사건 이전의 세계와 공가능하지 않은 세계가 거기서 탄생한다. 백남준이 바이올린을 내려치기 직전 청중석에 있던 한 사람이 일어나며 소리친다. "그만!" 이후 벌어질 일을 견디지 못한 것이다. 그는 결국 공연장을 나가버린다. 드레스덴 오케스트라의 바이올린 주자였다는 그의 고함과 퇴장은, 거기 출현한 세계가 악기라는 규정에 충실한 사람으로선 결코 그 안에 계속 머물러 있을 수 없는 세계였음을, 불공가능한 세계였음을 입증한다. 두 손으로 움켜쥔 과감한 시 한 줄이 낯선 자전의 세계를 만들어낸 것이다.

사물은 대상이 아니다. 대상은 규정만을 갖지만 사물은 존재 또한 갖는다. 사물의 존재는 미규정적이다. 그렇기에 그것은 대상의 액자에서 벗어나 아주 다른 것이 된다. 주어진 세계에서 벗어나 아주 다른 세계 속으로 들어간다. 사물의 존재론적 해방은 세계의 낯선 자전과 함께 시작한다.

2. 특이점과 특이성

미규정적 존재는 존재자를 규정성의 액자에서 벗어나게 한다. 그 액자의 틀과 자리를 부여한 세계성을 넘어서 가게 한다. 어느 언덕에 가닿을지 모르는 채 부는 바람이 되어 그 세계를 빠져나가게 한다. 다른 삶의 출구를 찾게 한다. 그 문을 통해 다른 세계로 간다. 자신이 들어간 세계 속에서 그것은 어떤 의미를 얻게 된다. 무엇인가가 된다. 특이점과 특이성이란 개념은 이런 양상을 잘 보여준다.

특이점은 특이성을 구성하는 점이다. 특이성이란 말 그대로 '특이한 어떤 성질'이다. 무언가를 다른 것과 달리 특이하게 포착하게 해주는 것. 어떤 사람을 다른 사람들과 확연히 구별하게 해주는 것, 어떤 표정을 평소의 얼굴과 확연히 구별하게 해주는 것을 칭하여 '특이하다'고 한다. 누군가의 응큼해 보이기도 하는 장난기를 보면서 '오, 이 사람 너구리네, 너구리!'라고 할 때, 혹은 누군가의 행동이 병정 같다고 느낄 때, 우리는 특이성으로 그 개체를 포착한 셈이다. 잘 들어맞는 별명은 모두 누군가 주는 감응의 특이성을 표현하는 말이다. 북미 원주민들은 어떤 순간 포착된 특이성으로 그의 이름을 정해준다. '주먹 쥐고 일어서', '늑대와 춤을'…… 예술가는 이런 특이성에 아주 민감하다. 가령 자코메티는 스무 살 때 기차에서 우연히 만난 반 뫼르소라는 네덜란드 노인의 초대로 베네치아 여행을 한 적이 있는데, 그 여행 도중에 그 노인이 병이 들어 죽어가는 모습을 지켜보게 된다. 해질 무렵 그는 갑자기 그 노인의 코가 이상하게 길어진 느낌을 받았다고 한다. 후일 그는 이때 그가 그날 해질 무렵에 보았던 것을 작품으로 만든다. 거짓말할 때의 피노키오처럼 코가 아주 긴 노인의 두상이다.

그렇기에 특이성은 개체의 특이한 면을 집약해서 보여주지만 개별성이나 '단독성'과는 아주 다르다. 자코메티가 그때 본 특이성은 흔히 만나는 사람과 다를 뿐 아니라 그가 같이 여행하고 얘기하던 그 전날의 노인과도 다른, 그때 그 순간의 특이성을 표현한다. 그 특이성이 그때 거기 있던 그 사람의 존재를 평소와 다르게 드러내주고 있는 것이다. 따라서 한 개체마저 평소와 다르게 만드는 것이 특이성이고, 그런 양상이 반복된다면 다른 개체에서도 발견될 수 있는 것이 특이성이다. '이 사람도 너구리네, 너구리!' 한 개인도 다른 특이성을 표현하는 여러 얼굴을 가질 수 있고, 하나의 특이성이 여러 개인을 하나로 묶어줄 수도 있다. 그렇기에 개인과 함께 개체성은 죽어도 특이성은 죽지 않는다. 비슷한 양상의 특이성을 포착할 때, 우리는 그 사람에게서 '같은 것'을 보게 된다.

사람만이 아니라 동물, 식물, 사물을 우리는 자주 특이성을 통해 포착한다. 덩굴을 휘감아 토마토를 착취하는 미국산 실새삼은 뱀처럼 감겨들어 누군가를 갈취하는 사람을 떠올리게 하고, 꼼짝 않고 우직하게 서서 주인을 기다리는 개에게서 우리는 동물보다는 차라리 석상을 본다. 이는 모두 감응의 특이성을 포착한 것이다. 스피노자는 감응에 의해 개체를 분류하는 방법을 제안한 바 있다. '그 사람 정말 개 같애!'라고 하게 한다면, 그는 개인 것이다. 개가 주는 감응의 특이성을 갖는 인물이란 말이다.

　특이성은 특이하다고 느끼게 하는 몇 가지 요소를 통해 포착된다. '주먹 쥐고 일어서'는 주먹, 일어섬이라는 두 특이점으로 어떤 사람의 특이성을 요약해주고, '늑대와 춤을'은 늑대, 춤이란 특이점으로 어떤 사람의 특이성을 요약해준다. 특이점으로 포착된 것은 다른 특이점과 만나면 다른 특이성을 형성한다. 주먹이 술과 만날 때 포착되는 특이성은 '주먹 쥐고 일어서'와는 아주 다른 것이며, 춤이 공주와 만날 때 포착되는 특이성은 '늑대와 춤'을 추는 사람과 아주 다른 특이성이다. 이런 점에서 주먹이나 춤 같은 특이점은 그 자체로는 어떤 의미가 '가치'를 갖는지 미리 정해져 있지 않다. 다른 특이점과의 관계 속에서 다른 의미나 가치를 갖게 된다.

　이런 특이성 개념은 우리에게 익숙한 유기체나 사물뿐 아니라 유기체 이하의 것이나 그 이상의 것에도 사용된다. 감응뿐 아니라 물리적이고 생물학적 특이성이 있다. 특정 효소에 대해서만 반응하는 효소반응은 짝이 되는 효소의 특이성을 '알아보고' 그것과만 결합하는 데서 기인한다. 우리 몸의 면역 세포 또한 항원들의 특이성을 '포착하여' 반응한다. DNA의 핵산들도 짝이 되는 핵산과만 결합한다. 아데닌은 티민·우라실과 구아닌은 시토신과. 이는 분자구조 안에 있는 특이점들의 분포에 기인한다.

　특이성은 특이점singular point들의 분포에 의해 정의된다. 삼각형은 세 개의 특이점을 가지며, 그 특이점의 분포에 따라 정삼각형, 이등변삼각형, 예각삼각형, 직각삼각형 등의 특이성이 만들어진다. 아미노산은 특이점이라 할 세 개의 핵산을 통해 그 특이성이 규정된다. AAC는 아스파라긴이 되고, GAG는 글루탐산이, GCG는 알라닌이 된다. 유기체보다 큰 개체에 대해서도 마찬가지로 말할 수 있다. 가령 축구팀은 열한 개의 특이점으로 구성된 개체이고, 야구팀은 아홉 개의 특이점으로 구성된 개체다. 핵가족은 부, 모, 자식을 특이점으로 하여 구성되는 개체다. 그 특이점의 분포가 그 가족의 특이성을 형성한다.

수학적 특이점은 원래 '미분불가능한 점'을 뜻한다. 미분계수가 '없는' 점이라는 말이다. 그러나 그것이 미분불가능한 것은 미분계수가 하나가 아니기 때문이다. 수많은 미분계수로 인해 미분계수가 '없다'고 말하게 하는 점, 그것이 특이점이다.[2] 규정성의 과잉으로 인해 하나의 규정을 갖지 못하지만, 그래서 수학적 어법에 따라 '없다'고 하지만[3] 사실은 수많은 규정가능성을 갖는 미규정적 점으로 존재한다. 존재자의 존재와 동형성을 갖는다. 존재자의 존재를 '점'으로 표현하는 것이 적절한가 묻는다면, 점이란 있다/없다와 있는 곳의 위치라는 최소규정만으로 정의된다는 점에서 존재자의 최소치를 표현하기에 그러하다고 답할 수 있다. 물리학에서처럼 그 최소치 이상이면 어디에나 적용할 수 있다는 뜻이다.[4]

---

2) 알다시피 한 점에서의 미분계수란 그 점에서 접선의 기울기를 뜻한다. 수학적으로 미분가능하다 함은, 어떤 곡선상의 한 점에서 연속이고, 그 점에서의 좌미분계수와 우미분계수가 동일함을 뜻한다. 곡선이 꺾인 점이나 끊어진 점, 다각형의 꼭짓점에서는 좌미분계수와 우미분계수가 다를 뿐 아니라 그 사이에 무수한 접선들이 있기에 미분불가능하다. 이런 점이 특이점이다.
3) 이에 대해서는 이미 4장에서 언급한 바 있다. 147~148쪽을 참조.
4) 물리적 의미에서 특이점은 그 점에서의 물리적 상태에 대해 서술할 수 없는 점이다(이것이 미분불가능하다는 말의 물리적 의미다). 블랙홀이나 와류의 중심, 기압의 중심 같은 '점'들이 그렇다.

특이점은 그 자체로는 가능한 미분계수만큼이나 수많은 규정가능성을 갖는 미규정의 점이지만, 그렇기에 이웃한 특이점들과 더불어 하나의 특이성을 형성한다. 특이성을 갖는 관계를, 특이적인 세계를 형성한다. 면역계, 가족의 세계 등등. 역으로 한 세계의 특이성이 거기 참여한 특이점으로 하여금 어떤 규정이나 의미를 갖게 한다. '주먹 쥐고 일어서'의 특이성에 참여한 주먹은 '술 마시면 주먹질'의 특이성에 참여한 '주먹'과 아주 다른 주먹이다. 특이성에 따라 '주먹'이란 특이점이 아주 다른 의미와 가치를 갖게 된다. 다시 말해, '주먹'이란 특이점은 그 자체로는 미규정적이다. '술'과 이웃하는지, '일어서'와 이웃하는지에 따라 아주 다른 규정성을 갖게 된다. 그러니 '좋은 이웃'을 만나는 게 중요하다. 좋은 특이성에 참여하는 게 중요하다.

특이성을 형성하는 특이점들 사이에 다른 특이점이 끼어들면, 하나가 끼어드는 것만으로도 특이성이 달라진다. 두 개의 수소분자와 한 개의 산소분자가 이웃한 사이(H_2O, 물)에 새로 산소분자 하나가 끼어들면(H_2O_2, 과산화수소) 아주 다른 특이성의 물질이 출현한다. 두 사람의 연인 사이에 다른 특이점이 하나 끼어들면, 행복한 연인관계는 고통스러운 삼각관계로 바뀌고, 사랑의 세계는 질투와 번민의 세계로 변환된다. 특이점 하나가 끼어들면서 다른 세계가 출현한다. 하나의 존재자가 끼어듦으로써 새로이 출현하는 세계, 그 세계는 새로 끼어든 특이점에 기대어 존재한다. 그 특이점에만 기대어 있는 것은 아니라 해도. 한 세계는 특이성을 형성하는 모든 특이점에 기대어 존재한다.

시는 익숙하고 평범하던 것을 생소하고 낯선 것으로 변환시킨다. 평범한 것을 아주 특이한 것으로 바꿔버린다. 그래서겠지만, 뛰어난 시인들은 특이성을 다루는 데 매우 능란하다. 종종 몇 안 되는 특이점들을 포착하는 것만으로 어떤 존재자나 세계의 특이성을 아주 간결하고 명확하게 묘사한다. 예컨대 이성복은 특이점들을 결합하여 특이성을 포착하는 데 탁월한 능력을 갖고 있다. 가령 「소풍」에서 그는 몇 개의 특이점을 통해 '고통이라 불리는 도시'의 특이성을, 혹은 어떤 도시가 갖는 '고통'의 특이성을 선명하게 포착한다.

> 고통이라 불리는 도시의 근교에서 나는 한 발을 들고
> 소변 보는 개들을 보았다 진짜 헬리콥터와 자동차 공장과
> 진짜 어리석음을 보았다 고통이라 불리는 도시의
> 근교에서 기차를 타고 가며 나는 보았다 장바구니를 든
> 임신부와 총을 멘 흑인 병사를
>
> ─이성복, 「소풍 1」 중에서[5]

소변보는 개들, 장바구니를 든 임신부는 도시 주변이라면 어디서나 볼 수 있는 '평범한' 것이다. 자동차 공장은 공업도시에서나 보겠지만, 그 역시 무엇과 결합되는가에 따라 달라질 모호한 의미만을 갖는다. 노동자, 파업과 결합되면 투쟁으로 끓는 사건의 특이성이 될 것이고 고속도로, 백화점 등과 연결되면 개발로 달려가는 도시의 특이성이 될 것이다. 헬리콥터나 총을 멘 흑인 병사도 크게 다르지 않다. 군부대, 특히 미군부대가 있는 곳이라면 쉽게 볼 수 있으니 평범한 것이지만, 밀림이나 베트남 전사들과 계열화되면 우리가 잘 아는 참혹한 전쟁이 펼쳐지는 도시로 비약한다. 그러나 어디 이것뿐이랴.

헬리콥터도 총 든 병사도 하나의 세계에서 어떤 의미를 갖는가는 제각각

5) 이성복, 『뒹구는 돌은 언제 잠 깨는가』, 문학과지성사, 1980, 29쪽.

일 테니 뭐라 미리 규정할 수 없다. 그런데 장바구니를 든 임신부와 자동차 공장, 헬리콥터, 총을 멘 병사를 연결하여 장 보는 임신부와 총 멘 병사가 조우하고 자동차 공장과 진짜 헬리콥터가 계열화될 때, 이 특이점들은 참혹스러운 내전 상황의 도시가 된다. 어떤 사람은 우리가 잘 아는 구체적인 도시를 떠올리겠지만, 꼭 거기만 해당되는 건 아니다(아마도 시인은 그것을 우려하여 '흑인' 병사를 넣은 듯하다). 내전이 벌어진 도시라면 어디든 이런 특이성을 가질 터이니. 특이성이란 개체의 개별성마저 넘어서게 만드는 반복가능성이다. 거기에 아무것도 모르는 채 무심하게 소변보는 개들, 그리고 진짜 어리석음을 연결하면, 한 도시 전체를 뒤덮은 고통이 '평범한' 고통과는 비교할 수 없는 아주 '특이한' 고통이 되어 읽는 이를 덮친다. 이 시는 어떤 구체적 사건도 적시하지 않았고 재현된 도시를 떠올릴 어떤 사실도 구체적으로 적지 않은 채 그저 몇 개의 특이점들을 '나는 보았다'고 썼을 뿐인데, 그것들이 연결되면서 그 특이점들을 둘러싼 대기 속에 고통의 감응이 들어서며, 도시로 치환된 어떤 세계의 특이성이 매우 선연히 드러난다.

그러나 이 시에서 시인이 포착한 특이점은 이것만이 아니다. 시의 2연과 3연은 이렇다.

> 기차 놀이 기차
> 놀이 생生은 기차 놀이
> 나는 보았다 벌거벗고 춤추는 사내들과 구슬치는
> 튀기 아이와 섬세한 텔레비전 안테나를
> 욕정인가 욕정인가
> 때로 지붕을 뚫고 솟는 이것은
> 고통이라 불리는 도시의 근교에서 나는 영화를 보고

핫도그를 사 먹고 휘파람 불며 왜, 어디론가 갔다

소돔이여, 두꺼워 가는 발바닥이여, 움직이는 성체여

—이성복, 「소풍 1」 중에서[6)]

2연에서 포착된 특이점은 벌거벗고 춤추는 사내들, 구슬 치는 튀기 아이,
텔레비전 안테나다. 이를 통해 "생은 기차 놀이"라며 요약한다. 생은 이런
것들을 통과하는 기차이고 놀이이고 기차놀이란 말이겠다. 혹은 그런 놀이
들의 연쇄란 의미에서 "놀이 기차"라고 해도 좋다. 간단히 말하면, 세 개의
특이점으로 '놀이'라고 명명될 생의 존재를 포착한 것이다. 이 역시 도시적
삶에서 우리가 보게 될 하나의 특이성이다. 이것만이라면 도시 어디에나 있
을 법한 것이기에 특별하다 할 것 없는 반복적 삶의 한 양상이다. 그런데 이
것이 "나는 보았다"는 말로 1연의 특이성과 결합될 때, 결코 쉽게 흘려보낼
수 없는 것이 된다. 즉 이것이 거슬러올라가며 1연의 고통과 결합할 때, 2연
의 "생은 기차 놀이"와 대응되는 3연 머리의 "욕정인가 욕정인가"는 "지붕을
뚫고 솟는"과 결합된다. 무엇과 결합되는가에 따라 달라질 모호한 '특이성'이
1연의 '특이성'과 만나며 명료한 '상위의' 특이성을 형성한 것이다. 2연의 사
실들은 이 결합 속에서 자신의 의미를 '소급적으로' 얻게 된다.

3연은 1연의 특이성과 2연처럼 대비되지는 않는, 사실은 대부분의 사람
이 사는 평범한 일상을 '나'의 삶으로 묘사한다. "영화를 보고 핫도그를 사 먹
고 휘파람 불며" "어디론가" 가는 평범한 도시인 대부분이 사는 무심한 일상
이다. 섬세한 감각의 시인이라고 해도 다르지 않을 평범한 일상이 역시 몇
개의 특이점으로 간결하게 묘사된다. 그런데 이 일상은 연마다 반복되는 "나

---

6) 같은 책, 29쪽.

는 보았다"를 통해 지붕을 뚫고 올라가, 1연과 2연이 결합되며 형성된 특이성 속으로 들어간다. 그 자체라면 어울리지 않았을 "욕정인가 욕정인가"라는 말은, 이렇게 형성된 특이성 속에서, 2연의 '놀이'와 마찬가지로 자신의 욕망 속에서 1연의 저 고통을 무심하게 지나치는 평범한 일상에 덮쳐 내려온다. 특별히 욕정이라 비난할 것도 없는 일상의 무심함이기에 어쩌면 그 고통을 더욱 해결할 길 없는 것으로 모는지도 모른다.

이렇게 이 시는 각 연마다 특이점들을 모아 그 도시의 부분적인 특이성을 만들고, 그 특이성들을 다시 특이점으로 삼아 도시 전체의 특이성을 만들어 낸다. 바로 옆에 있는 고통에 이리 무감한 '발바닥'에 의해 '움직이는 성채'는 이제 '소돔'이라는 이름을 부여받는다. 이는 '나'가 본 어떤 도시의 특이성이라 하겠지만, 이런 특이성을 가진 도시라면 어디나 다르지 않을 것이다.

특이점은 규정된 질을 전혀 갖지 않는 것이 아니라 무엇과 결합되는가에 따라 달라지는 것이란 점에서 미규정적이다. 그래서 그 자체로 특이성을 가진 것도 다른 특이성을 가진 것과 결합하여 '상위의' 특이성을 형성하면, 이 상위의 특이성 속에서 자신이 갖던 규정을 잃고 다른 규정성을 얻는다. 삼각형은 그 자체로 특이적인 기하학적 도형이지만, 다른 삼각형들과 만나면 삼각뿔이 되고 사각형, 삼각형과 모이면 삼각기둥을 이루기도 한다. 장마전선과 강력한 대륙성 고기압은 각각 그 자체로 독자적인 기상학적 특이성을 표현하지만, 그것이 결합되면 '마른장마' 같은 상위의 특이성을 만들어낸다.

이런 점에서 이 시는 특이점과 특이성이 작동하는 이런 양상을 아주 탁월하게 보여준다. 각 연은 특이점을 모아 고통, 놀이, 무심 같은 특이성을 형성한다. 그런데 이 특이성은 다시 모여 고통의 도시의 특이성을 형성한다. 놀이나 무심 등은 특이점이 되어 이 '상위의' 특이성 속에서 '욕정'과 '고통'이 섞여 만들어진 '소돔'–특이성의 일부가 된다. 고통의 도시 안에서 전과 다른 규정성을 얻게 된 것이다.

　이런 이유로 인해 평범한 것도 결합되는 것에 따라 특이한 것이 되며, 잘 알려진 특이성도 아주 생소한 특이성에 말려들어가게 된다. 이성복은 이를 아주 잘 알고 있다. "슬픔이 괴로움을 만나 흐린 물이 된다//부패와 분노가 만나 불이 되고/사내와 계집이 만나 땀이 되어도/못 만난 것들은 뿔뿔이 강江을 따라 간다."(「또 비가 오고」) 슬픔과 괴로움은 만나서 흐린 물이 되면서 애초의 규정을 잃어버리고, 부패와 분노, 사내와 계집도 그러하다. 그래서인지 그는 잘 알려진 특이성을 섞어 놀랄 만큼 뜻밖의 특이성을 만들어낸다.

> 빨리 오너라 비 오는 밤 통금을 깨고
> 빨리 오너라 후금後金의 아내여 와서
> 톱밥과 발톱을 섞어 떡을 만들라
> 앉은뱅이와 곱추를 불러 동요를 부르게 하라
> 늙은 왕과 송충이를 교미시켜 병든 아들을 얻게 하라
> 빨리 오너라 비 오는 밤 횃대에 올라 순한 닭들과 더불어 노래하라
> 　　　　　　　　　　　　　　　—이성복, 「또 비가 오고」 중에서[7]

　톱밥과 발톱이 섞인 떡은 어떤 맛일까? 알 수 없지만 씹히지 않고 서걱대는 맛과 할퀴는 날카로움이 섞인 맛이 섞이며 만들어지는 어떤 특이하고 난감한 맛을 상상할 수 있다. 앉은뱅이와 꼽추가 만나 부르는 동요, 늙은 왕과 송충이가 교미하여 낳은 병든 아들. 그 자체로 잘 알려진 특이성을 갖는 존

---

7) 같은 책, 18쪽.

재자이지만, 이 시적 결합 속에서 모두 생각해보지 못한 뜻밖의 특이한 존재자가 되어 우리를 덮친다. 아주 다른 성격을 갖는 시이지만, 가령 최승자가 유리창과 피칠을 노을과 결합하였을 때 출현하는 어떤 감응의 특이성 또한 그러하다.

봐, 봐, 저 붉은 노을 좀 봐.
죽을동 살동 온 유리창에 피칠을 하며
누군가 나 대신 죽어가고 있잖아.
—최승자, 「노을을 보며」 중에서[8]

어쩌면 시란 이처럼 잘 알려진 특이성을 뜻밖의 방식으로 결합하여 생각지 못한 새로운 특이성을 산출하는 작업인지도 모른다. 이성복이 소망의 형식으로 적은 다른 시에서 우리는 이를 읽을 수 있다.

앵도를 먹고 무서운 애를 낳았으면 좋겠어
걸어가는 시가 되었으면 좋겠어 물구나무 서는
오리가 되었으면 구토하는 발가락이 되었으면
발톱 있는 감자가 되었으면 상냥한 공장이
되었으면 날아가는 맷돌이 되었으면 좋겠어
—이성복, 「구어 1」 중에서[9]

---

8) 최승자, 『기억의 집』, 문학과지성사, 1989, 70쪽.
9) 이성복, 앞의 책, 22쪽.

3. 특이점과 존재의미

'세계'란 흔히 표상하듯 지구상에 존재하는 인간세상을 뜻하는 것도 아니고, 국가나 '사회'같이 특정한 경계 안에서 형성된 삶의 공간을 뜻하지도 않는다. 그렇다고 하이데거가 말하듯 어떤 현존재^{Dasein, 인간}를 둘러싸고 있는 의미화된 삶의 지평 같은 것도 아니다.[10] 인간이든 동물, 식물, 사물이든, 혹은 형태조차 없는 어떤 '점'의 경우에조차 세계란 어떤 존재자 인근에 펼쳐진 특이성의 장을 말한다. 그렇기에 그 외연은 특이성이 형성되는 범위만큼의 크기를 갖는다. 촌락이나 도시의 범위를 벗어날 일 없던 세계가 있다면 우주 전체를 포괄하는 세계가 있기도 하고, 유아의 경우처럼 가족을 벗어나지 않는 세계가 있다면 가족들이 모르는 뒷골목 패거리의 세계나 밴드들의 세계가 있기도 하다.

인간만이 세계를 갖는 것은 아니다. 모든 존재자는 자신이 속한 세계를 갖는다. 인간에겐 인간의 세계가 있고, 동물에겐 동물의 세계가, 식물에겐 식물의 세계가 있다. 개미의 세계, 바이러스의 세계가 있고 흙의 세계가 있다. 동물과 인간, 식물이 섞이며 만들어진 숲의 세계가 있고, 균류와 흙, 식물이 섞이며 만들어지는 지하의 세계가 있다. 한 종의 개체를 중심으로 한 고양이의 세계가 있고 소나무의 세계가 있다. 구체적인 한 개체 인근에 만들어지는 세계도 있다. '앨리스'라고 불리는 개 인근에, 개집과 인간들로 펼쳐진 하나의 세계가 있다. 인간 없는 사물들만의 세계도 있을 수 있다. 자기장은 전자기력을 갖는 사물들로 이루어지며 거기 끼어들어 특이성을 바꿀 만큼 힘이 없다면 아무리 공간적으로 가까이 있어도 인간이든 돌멩이든 그 세계 안에 있다

---

10) 그는 "인간은 세계를 갖지만 동물은 빈곤한 세계를 갖고 식물이나 사물은 세계를 갖지 않는다"고 말한다(하이데거, 『형이상학의 근본개념들』, 이기상 옮김, 까치, 2001).

할 수 없다. 전기를 이용해 강력한 자기력을 인공적으로 만들어낼 수 있을 때, 인간은 비로소 그 자기磁氣들의 세계에 특이점이 되어 끼어들 수 있다. 그에 따라 전자기장의 세계는 다른 세계로 변환되어 재탄생한다. 하나의 세계만 있는 게 아니라 상이한 세계가 이웃하거나 중첩되어 있다. 인간의 세계와 소의 세계, 소나무의 세계와 송이버섯의 세계처럼 부분적으로 중첩되어 있기도 하고, 고양이 앨리스의 세계와 옆집에 사는 심청이의 세계처럼 바로 옆에 있어도 서로 빗겨난 채 따로 있기도 하다.

세계는 흔히 생각하는 것과 달리 동종의 개체만으로 이루어지지 않는다. 인간의 세계는 인간들로만 이루어진 세계가 아니다. 대지와 집, 들과 밭이 있었고, 거리와 자동차, 고기가 된 동물과 감각기관이 된 스마트폰이 있다. 도구 없는 인간이 인간이 아니라면, 인간의 세계에는 처음부터 항상 도구들이 같이 있었다. 그것이 달라지면 다른 세계가 출현한다. 마찬가지로 동물의 세계에는 풀과 물, 숲과 들판, 인간들이 들어와 있고, 식물의 세계에는 이웃한 나무와 풀들뿐 아니라 햇빛과 바람, 흙과 균사, 물과 풀 또는 동물이 포함되어 있다. 작품들이나 추상적인 사유 인근의 것들로 만들어진 세계도 있다. 음악의 세계가 있고, 사유의 세계가 있으며, 브람스나 라벨의 음악세계, 카프카의 문학세계, 들뢰즈의 철학세계가 있다.

특이성은 세계와 짝하지만, 특이점은 세계 '이전'에 속한다. 세계 바깥의 미규정적 존재이기 때문이다. 특이점은 다른 것과 결합되어 특이성을 형성할 때 세계 속에 들어간다. 세계 안에서, 특이성 속에서 어떤 규정된 것이 된다. 세계 안에서 의미를 갖는 존재자가 된다. 존재자의 존재는 특이점이다. 존재자의 존재의미는 특이점의 이 상반되는 위상 속에서 탄생한다. 존재자는 의미를 갖는다. 세계 안에 존재하기 때문이다. 하나의 대상으로 존재하기 때문이다. 그러나 존재자의 존재는 그 대상의 위치에서 벗어나 세계 바깥에 있다. 따라서 존재자의 존재의미는 '주체'나 '대상'에게 주어지는 의미가 아니다. 존재는 대상이 아니기 때문이다. 대상의 의미는 세계가 할당한 자리에 걸린 액자 속에 있지만, 존재의 의미는 그 액자에서 벗어나 뜻밖의 장소로 가는 이행능력 속에 있다. 존재의 의미, 어떤 것의 존재의미는 세계의 지평 안에서 빛이 비치는 자리에 있는 게 아니라, 지평 바깥의 어둠 속에 있다. 의미들의 그물망을 짜는 매듭 속에 있는 게 아니라, 의미의 그물망에서 벗어나고 그 매듭을 푸는 풀림 속에 있다. 얼굴을 지우는 머리의 물렁물렁한 신체 속에 있다. 액자와 이별하여 테이블로 향하는, 더이상 규정된 대상이기를 중단하는 변환 속에 있다. 한 세계에서 다른 세계로 부는 바람 속에 있다. 그렇기에 그 바람은 자신이 모르는 채 분다. 어디에 가닿을지 모르는 채 분다. 가닿은 뒤에야, 가닿은 곳의 특이성에 따라 거룩함에 참여하니 즐겁다거나 참혹함에 참여하니 비통하다거나 함을 안다. 새로 속하게 된 세계에서 즐거움이 꽃이 되어 피기도 하겠지만, 어느새 지는 꽃으로 떨어질 수도 있을 게다. 그마저도 알지 못한 채 부는 것이 바람이다.

> 바람의 고개는 자기가 일어서는 줄
> 모르고 자기가 가 닿는 언덕을
> 모르고 거룩한 산에 가 닿기
> 전에는 즐거움을 모르고 조금
> 안 즐거움이 꽃으로 되어도
> 그저 조금 꺼졌다 깨어나고
>
> ─김수영, 「꽃잎 1」 중에서[11]

---

11) 김수영, 『김수영 전집』 1(3판), 이영준 편, 민음사, 2018, 363쪽.

살랑대는 바람이 가닿으면 봄같이 살가운 세계가 출현한다. 세게 부는 바람이 가닿으면 폭풍의 세계가 출현한다. 어느 경우든 전에 없던 세계가 출현한다. 바람의 존재의미는 그것이 가닿아 출현하는 세계 자체다. 살랑대는 바람의 존재의미는 봄바람 부는 세계가 존재하게 되었다는 사실이고, 세게 부는 바람의 존재의미는 폭풍의 세계가 존재하게 되었다는 사실 자체다. 내 존재의 의미는 내가 존재한다는 사실 자체의 의미다. 그 의미는 내 존재에 붙인 의미가 아니라 내 존재로 인해 하나의 새로운 세계가 존재하게 된다는 사실로부터 나온다. 어떤 존재자의 존재의미는 그것의 '있음'으로 출현하는 한 세계의 존재에 있다. '~~이다'라는 모든 문장 이전에, 그 세계의 '있음'에 있다. 그것은 의미 이전의 의미다. 모든 의미에 선행하는 존재 자체의 의미다.

물론 특이점은 홀로 존재하지 않는다. 다른 특이점과 더불어 특이성을 형성하고, 그 특이성 속에, 특이적 세계 속에 존재한다. 평범점에 둘러싸여 존재한다. 존재자는 존재한다. 그러나 그것은 규정된 대상으로 존재한다. 대상과 짝하는 세계 속에 존재한다. 페르난데스의 말대로 세계와 함께 탄생하며 세계와 함께 존재한다. 하이데거의 말대로 세계 안에 존재하며 그 세계의 규정적 힘 속에 존재한다. 그러나 그것이 다는 아니다. 더 중요한 것은 어떤 존재자가 그 세계 속에 특이점으로서 존재할 수 있다는 사실이다. 어떤 존재자는 그 세계 속에서, 그 세계의 규정을 받아들이는 하나의 평범한 점으로 존재하지만 어떤 존재자는 그 세계의 특이성을 형성하는 특이점으로 존재한다. 어떤 존재자가 특이점으로 존재한다 함은 그가 '있는' 세계와 그가 '없는' 세계가 결코 동일할 수 없음을 뜻한다. 자신의 존재 여부에 따라 세계가 달라지는 방식으로 존재함을 뜻한다.

누구나 쉽게 경험하는 것은 결혼하여 아기를 낳는 순간 이제까지 있던 것과 아주 다른 세계가 출현한다는 사실이다. 아기를 중심으로 도는 새로운 세계가. 낯선 공전의 세계, 혹은 낯선 자전의 세계가 출현한다. 누구에게는 그것이 기쁨의 세계가 될 것이고, 누구에게는 난감하고 당혹스러운 세계가 될 것이다. 어느 경우든 아기의 존재는 그가 없는 세계와 다른 세계를 존재하게 한다. 아기는 새로 출현한 세계의 특이점이다. 결코 유일하다 할 순 없지만 확실한 하나의 특이점이다. 아기의 존재로 인해 존재하게 된 그 낯선 자전의 세계가 바로 그 아기의 존재의미다. 아기에게 어떤 의미를 부여하는가와 상관없이, 그런 의미부여 이전에, 아기로 인해 탄생한 한 세계의 존재 자체가 그 아기의 존재의미다.

어떤 이는 이 세계를 아기의 존재 자체가 낳은 이들에게 주는 선물이라고 하겠지만, 어떤 이는 이 세계를 아기의 존재 자체로 인해 덮쳐온 고난의 '운명'이라고 할 것이다. 그러나 선물이나 고난이란 아기로 인해 존재하게 된 세계의 미래로부터, 미래에 대한 예측으로부터 소급되어오는 의미이고, 나중에 오는 의미다. 아기의 존재의미는 그 의미 이전에 그가 있는 세계가 존재하게 되었다는 사실 자체에 있다. 이는 모든 '의미' 이전의 의미이고, 어떤 '의미'도 갖지 않는다.

아기와 세계는 그렇게 동시에 탄생한다. 그러므로 이렇게 말할 수 있다. 모든 인간은 한 세계의 특이점으로 태어난다. 따라서 어떤 세계의 특이점이 될 잠재성을 누구나 갖고 있다. 이를 단지 인간이란 존재자에게만 고유한 것이라고 해야 할까? 동물의 '가족' 안에서 어떤 개체의 탄생 또한 새로운 세계의 출현이라고 해야 하지 않을까? 식물이라고 다를까? 어떤 의미부여 이전에 존재하는, 존재 자체로 인한 이런 종류의 '의미'에 대해, 의미를 부여할 줄 아는 자로서의 자신을 특권화하는 인간중심주의적 관념을 투영하는 것은 어리석은 짓이다.

사물이라면 어떨까? 알 수 없는 일이다. 하지만 적어도 인간의 세계에서 어떤 사물의 존재는 그것이 없는 세계와 결코 같을 수 없는 새로운 세계의 탄생으로 이어짐을 우리는 본다. 가령 스마트폰이 있는 세계가 그것이 없는 세계와 얼마나 다른지를 우리는 경험했다. 라디오도, 텔레비전도, 전화도, 컴퓨터도 다르지 않았다. 화덕이 있는 세계, 솥이 있는 세계는 그것이 없는 세계와 또 얼마나 달랐을 것인지! 생각해보면 '도구를 사용하는 동물'로 인간을 정의하려는 이들이 있음을 안다면, 인간이 하나의 도구를 사용하여 활동하기 시작했을 때, 막대 하나의 존재는 전에 없던 새로운 세계의 존재이유가 되었음을 이해하기 어렵지 않다. 그러므로 다시 이렇게 말할 수 있다. 모든 존재자는 한 세계의 특이점으로 태어난다. 따라서 어떤 세계의 특이점이 될 잠재성을 누구나 갖고 있다. 존재자의 존재가 특이점이란 말은 이런 뜻이기도 하다.

특이점이 되지 못한 채 탄생하는 존재자는 '불행하다'. 그 '불행'은 태어난 아기나 부모가, 혹은 그 옆의 누군가가 부여하는 의미나 해석에서 오지 않는다. 그 불행은 그 존재자의 탄생으로 인해 이전과 다른 세계가 출현하지 않았다는 사실 자체를 뜻한다. 자신이 존재한다는 사실 자체만으로 세계의 특이성이 달라지는 것은 그 존재자의 '최소 행복'이다. 자신의 '존재의미'를 확인할 수 있는 최소한의 세계가 있다는 의미에서. 비록 당시에는 결코 인지할 수 없는 행복이라고 해도. 그렇게 출현한 세계가 '불행'을 향해 흘러갈 때조차. 아기가 나중에 부모의 부재를 근본적 결핍으로 느끼게 되는 것은 어쩌면 이 때문 아닐까? 의미를 알기 이전에 감지하는 자신의 존재의미, 그것을 감지할 수 없다는 느낌, 나중에조차 그것을 확인할 길이 없다는 데서 오는 근본적인 상실감이, 자신으로 인해 달라진 세계의 부재를 인지한 순간 도래하는 것 아닐까?

대량으로 쉽게 태어나기에 하나하나의 있음과 없음의 차이를, 그것의 있음을 감지하기 어려운 자본주의 시대의 사물들은 어떨까? 자본주의적 공장에서 '부모 없이' 태어나고 살아가야 하는 가축들은? 그들에게 자본주의는 자신들의 존재의미를 부정하는 체제라고 해야 하지 않을까? 사물들, 동식물들의 '최소행복'이 사라진 시대라고 해야 하지 않을까? 물론 존재란, 특이점으로서의 잠재성이란 그런다고 지워질 수 있는 것이 아니라고 해도, 존재의미를 확인할 '최소세계' 없이 시작한다는 것은 분명 '존재론적 불행'이다.[12] 어떤 의미의 불행 이전의 불행이다.

4. 사건과 특이성

하나의 특이점이 끼어들며 하나의 세계가 탄생하는 것은 '사건'이다. 사건이란 그 이전과 이후가 결코 같을 수 없도록 하는 분기점이다. 그 사건이 있는 세계와 그 사건이 없는 세계, 그 사건이 끼어든 세계와 그 사건이 끼어들지 않은 세계가 결코 같을 수 없게 해주는 분기점, 그것이 그 사건의 존재의미다. 앞서의 예처럼 가령 한 아기의 탄생은 그의 부모들에겐 탄생 이전과 이후가 결코 동일할 수 없는 분기점이란 점에서 하나의 사건이다. 어떤 존재자의 존재로 인해 발생하는 존재론적 사건이다. 따라서 사건 또한 특이점으로 세계

---

12) 자신들의 존재를 부정함으로써만 존재하는 세계 안에서, 그 요구에 따라 자신의 존재를 숨기고 살아야 했던 전 '일본군 위안부'들이 '해방' 이후 귀국한 세계에서 감수해야 했던 고통 내지 '불행'은 존재론적 고통 내지 불행이다. '위안부'에 할당된 그 세계의 의미를 거절하고, "위안부였던 내가 여기 있다"고 선언했던 김학순의 증언이 존재론적 선언인 것은 '여기 있다'는 존재론적 언표형식 때문만은 아니다. 김학순의 증언은 '위안부'가 '위안부'로서 존재할 수 있는 다른 세계를 존재하게 했다. 위안부로서 살아야 했던 이들의 존재의미는, 그것을 긍정하거나 부정하며 부여하는 어떤 의미 이전에, 그들의 존재로 인해 그 이전에 존재하던 것과는 근본적으로 다른 하나의 세계가 출현했다는 것, 그 세계의 존재 자체에 있다(이진경, 「진실을 견디는 힘은 어디서 나오나: '위안부'의 존재론을 위하여」, 『진보평론』 74호, 2017 참조).

속에 끼어들며 존재한다고 해야 할 것이다. 낯선 자전 속에서 새로운 특이성을 갖는 세계가 그 사건으로 인해 탄생한다.

이 때문에 어떤 사건의 존재를 둘러싼 투쟁이 벌어지기도 한다. 그 사건이 개입한 세계로부터 그 사건 이전의 세계를 지키기 위해, 그 사건이 없는 세계를 지속하게 하기 위해 그 사건의 존재 자체를 지우려는 시도들이 행해진다. 반대로 그렇게 지우고 망각하게 하려는 시도에 반하여 그 사건이 존재했음을 드러내고 그 사건이 현행의 세계 속에 끼어들게 하려는 항의가 행해진다. 그 사건이 존재하는 세계와 부재하는 세계, 그 사건이 끼어든 세계와 끼어들지 못한 세계 간의 투쟁이 벌어진다. '광주사태'나 '위안부'의 존재를 부정하려는 자들과 그것의 존재를 주장하는 자들의 투쟁이 그것이다. 그런 사건이 끼어들지 못하게 하여 사건의 힘을 무효화하려는 시도와 그것이 끼어들어 유효하게 작용하게 하려는 시도의 투쟁이다.

하지만 굳이 이런 명시적 대립과 투쟁의 형태를 취하지 않을 때에도, 사건은 언제나 새로이 출현하는 세계에 속하기에 기존의 세계와, 그 사건 이전의 세계와 충돌한다. 뜻밖의 사태로 발생하고 충돌의 양상으로 진행된다. 예상되던 일이 일어났다면, 그것은 아무리 규모가 커도 사건이 아니다. 규모가 어떤 사태를 사건으로 만드는 것은 그 규모가 어떤 종류의 초과로, 흘러넘침으로 이어질 때다. 반면 미소해 보이는 일이라도 뜻밖의 것이며 그것이 있는 세계와 없는 세계를 다르게 한다면 사건이라 해야 한다. 백남준이 바이올린을 들어올려 테이블에 내려친 퍼포먼스는 작은 공연에 지나지 않았고, TV 브라운관에 자석을 들이대 닉슨의 얼굴을 변형시키기 시작한 것은 아주 작은 사건에 지나지 않았지만, 그것은 이전에 없던 예술 세계의 탄생을 알리는 것이었기에 사건이라 하기에 충분하다. 그는 누구와도 투쟁하려 하지 않았지만, 내려치려는 바이올린을 보다 못해 "그만!" 하고 고함을 친 사람이나, 샤

를롯 무어맨과의 공연 이후 그들을 체포한 경찰은 사건이란 이전 세계와의 충돌을 동반함을 보여준다. 또한 그 사건 이후의 세계에서 더는 그런 일이 '사건으론' 일어나지 않음은 그 사건 이후 다른 세계가 출현했음을 보여준다.

둔한 사람은 거대한 사건이 도래해도 사건인 줄 알아보지 못한다. 섬세한 감각을 가진 이들은 작고 사소한 것에서도 사건을 알아챈다. 아직 사건화되기 전에 사건적 잠재성을 간취한다. 별것 없는 꽃잎 한 장에서도, 아주 작은 꽃잎 한 장의 떨어짐에서도 바위를 뭉갤 힘을 보고, 혁명 같은 거대한 사건이 발생할 수 있음을 본다. 언뜻 보기엔 임종의 생명, 혹은 떨어지고 있으니 이미 죽어버린 생명 같은 꽃잎에서 김수영은 그것을 본다.

> 언뜻 보기엔 임종의 생명 같고
> 바위를 뭉개고 떨어져 내릴
> 한 잎의 꽃잎 같고
> 혁명革命 같고
> 먼저 떨어져 내린 큰 바위 같고
> 나중에 떨어진 작은 꽃잎 같고
> 나중에 떨어져 내린 작은 꽃잎 같고
>
> ― 김수영, 「꽃잎 1」 중에서[13]

한 장 꽃잎이 떨어지며 발생한 사건이지만, 우리는 모두 큰 바위가 굴러떨어지는 것만 본다. 눈에 잘 보이는 것만 본다. 나중에야 그것이 떨어져 내린 작은 꽃잎 때문이었음을 안다. 아니, 다시 말해야 한다. 한 장의 꽃잎이 그저

---

13) 김수영, 앞의 책, 363~364쪽.

떨어지고 말았다면 그것은 아무것도 아닌 것이 되었을 것이다. 세계는 달라지지 않았고, 꽃잎의 떨어짐은 사건이 되지 못했을 것이다. 큰 바위가 '먼저' 굴러떨어지는 사태가 있을 때, 꽃잎 한 장의 낙하는 그 사건을 통해 말 그대로 '사건'이 된다. '나중에' 사건으로 발견된다. 나중에 소급적으로 사건이 된다. 거대한 사태를 야기한 사건, 전과 다른 세계를 있게 한 사건이 된다. 새로이 출현한 세계가 어떤 것을 사건이 되게 한다.

시인이 혹시 꽃을 찾고자 한다면, 그것이 사람들에게 쾌감을 주는 것이어서도 아니고, 많은 이가 기억해줄 빛나는 의미를 갖고 있어서도 아니고, 더러운 세상을 견디게 하는 아름다움 때문도 아니다. 그것은 뜻밖의 사건을 위해서, "아까와는 다른 시간"을 위해서다. 다른 시간으로 자전하는, 다른 시간 속에 존재하는 어떤 세계를 위해서이고, 그로 인해 우리가 익숙한 의미들과 거리를 두며 고심하고 고뇌하게 하기 위함이다.

꽃을 주세요 우리의 고뇌를 위해서
꽃을 주세요 뜻밖의 일을 위해서
꽃을 주세요 아까와는 다른 시간을 위해서

(…)

꽃을 찾기 전의 것을 잊어버리세요
　　　　꽃의 글자가 비뚤어지지 않게
꽃을 찾기 전의 것을 잊어버리세요
　　　　꽃의 소음이 바로 들어오게
꽃을 찾기 전의 것을 잊어버리세요

꽃의 글자가 다시 비뚤어지게

내 말을 믿으세요 노란 꽃을
못 보는 글자를 믿으세요 노란 꽃을
떨리는 글자를 믿으세요 노란 꽃을
영원히 떨리면서 빼먹은 모든 꽃잎을 믿으세요
보기 싫은 노란 꽃을

—김수영, 「꽃잎 2」 중에서[14]

새로운 세계는 의미 바깥에서 온다. 의미가 확실한 꽃, 아름다운지 고심할
필요가 없는 꽃은 기존의 세계 안에 있는 꽃이다. 새로운 세계를 불러낼 꽃,
그런 사건이 될 꽃이라면, 멋진 글자가 아니라 볼 수 없는 글자이고, 확고한
글자가 아니라 떨리는 글자일 것이다. 의미 없는 글자, 의미가 확실치 않는
글자. 또 그것은 아마도 보기 좋은 꽃이 아니라 보기 싫은 꽃일 것이다. '아름
답다'는 말을, 그런 미감을 떠난 꽃일 테니. 그러니 제대로 읽어내려면, 소음
으로만 들릴 소리를 알아들으려면 꽃을 찾기 전의 것을 잊어야 한다. 그렇게
의미를 잊은 채 불러내는 꽃은 뜻밖의 일을, 사건을, 사건의 낯선 시간을 불
러들인다. 낯선 시간의 세계, 낯선 자전의 세계. 그 세계 속에서 꽃 자신도
애초의 것으로부터 벗어나 "비뚤어지게" 된다.
　　정확히는 꽃도 아니었을 이것, 세계의 지평을 벗어나는 바람으로 시작된
이것은 사건으로 인해 꽃이 된다. 하지만 꽃이 된다 해도 이는 "금이 간 꽃"
이고, 의미가 탈색되어 "하얘져 가는 꽃"이며, 평화로운 세계를 교란시키고

---

14) 같은 책, 364~365쪽.

와해시키는 "넓어져 가는 소란"일 것이다. 의미를 새겨주기 위해서가 아니라 지워주기 위해 부는 바람이다. "원수를 지우기 위해", 우리를 "우리가 아는 것"으로 만들기 위해, 확고한 것을 지우는 "거룩한 우연을 위해" 부는 바람이다(「꽃잎 2」).

존재의미 다음에 오는 것이 있다면, 그것은 이 바람을 타고 온다. 꽃이 끼어드는 사건을 통해 온다. 그 사건의 특이성을 통해서. 어떤 특이점이 끼어들며 발생하는 특이성, 그것이 그 특이점의 '의미'다. 그 특이점에 소급적으로 달라붙는 첫번째 '의미'다. 특이점이 특이성에 무엇을 주는지도 모르는 채 증여한 종이에, 특이성이 자신이 받은 것을 써서 되돌려주는 답례다. 그 특이점에 다른 특이점들을 더해 만들어진 것을 특이성의 이름으로 써서 되돌려주는 답장이다.

특이점이 끼어들며 발생한 세계의 특이성, 그것이 한 세계가 탄생하는 사건의 일차적인 '의미'다. 아무 의미도 갖지 않는 존재자의 존재의미 다음에 오는 첫번째 '의미', 다른 모든 의미 이전에 오며 그 모든 의미의 토양이 될 '의미'다. 그러니 충분히 의미가 되지 못한 의미이고, 나중에 발생할 의미들을 통해 소급되며 자리잡게 될 의미다. 이 의미가 새로 태어난 존재자를 뒤에서 싸안는다. 세계가 존재자에게 부여하는 첫번째 의미다. 이후 그를 액자의 주인으로 만들어줄 시선을 실어 나를 빛이고, 이후 그를 둘러싸게 될 많은 '의미'를 전달해줄 의미다. 존재자를 그가 속한 세계의 주인이자 포로로 만들어줄 첫번째 규정이다. '이다'라는 말이 그 '의미'에 달라붙어 따라오게 될 것이다.

여기서 존재의미도, 특이성이 되어 되돌아오는 '의미'도 그 존재자가 부여하는 의미나 그를 둘러싼 사람들이 부여하는 의미가 아님을 굳이 강조해야 할 필요가 있을까? 어디로 가는지 모르고 부는 바람이 자신의 의미를 어찌 알 것이고, 새로 태어난 아기가 어찌 자신의 존재의미를 알 것인가. 또한 불어온 바람으로 뜻밖의 세계를 보게 된 사람이 무엇으로 그 바람의 의미를 규정할 수 있을 것이며, 새로 태어난 아기로 낯선 자전에 말려들어간 사람이 그 아기의 의미를 어찌 알 것인가. 아기의 의미도, 바람의 의미도 그로 인해 탄생한 세계의 특이성에 의해, 나중에 가서야 명료하게 될 특이성에 의해 소급적으로 결정된다. 존재자에게 되돌아오는 첫번째 의미는 그로 인해 탄생한 세계의 특이성 자체다. 좋든 싫든 받아들여야 하는 그 새로 출현한 세계의 특이성이 바로 그 사건의 의미다.

5. 존재감과 물음의 특이성

어떤 존재자의 존재의미란 그의 존재로 인해 출현하게 되는 특이적 세계의 존재 자체다. 그가 존재하는 세계와 그렇지 않은 세계를 아주 다르게 만드는 힘이다. 그렇기에 그것은 어떤 의미인지 명확하게 말할 수 없으나 힘이 감지되는 방식으로 온다. 예컨대 '존재감이 있다'거나 '없다'는 식의 말로 표현되는 게 그것이다. 한마디 말 없이 구석에 앉아 있음에도 무시할 수 없는 '존재감'을 주는 이가 있다. 이처럼 아무것도 하지 않고 그저 '있다'는 사실만으로도 그의 존재가 그의 인근에 큰 힘을 행사하는 이가 있는 반면, 중요한 지위를 차지하고 있거나 지나칠 정도로 말을 많이 함에도 불구하고 별다른 영향을 주지 못하는 이가 있다. 조용히 인근에 있을 뿐인데 그 존재감이 커서 계속 '신경이 쓰이는' 이들이 있고, 무대 위 전면에 서 있지만 별로 신경 쓰지 않게 되는 이들이 있다. 바로 그렇기에 자신의 존재감을 인정받기 위해 과장을 하거나 '쇼'를 하는 이들이 있고, 지위에 부여된 권력을 사용하는 이들이 있다. 반대로 그 존재를 무시하거나 삭제하려고 권력을 행사해도 좀처럼 존재감이 사라지지 않는 이들도 있다.

존재감이란 권력이 아닌 힘에 속하며, 말이나 지위보다는 강도적 감응에 속한다. 무언가 알 수 없지만 전에 없던 어떤 것이 '있다'는 감응, 어떤 특이한 존재자가 끼어들 때 출현할 세계의 전조 같은 감응, 혹은 누군가 특이한 존재자와 더불어 시작되는 낯선 자전의 감응. 새로운 세계는 세계로서 모습을 드러내지 않고, 무언가 있는 것 같다는 이 감응으로, 존재감으로 다가온다. 무엇인지 의미를 알 수 없지만 무언가 다른 어떤 것이 시작될 것 같은 예감으로, 알 수 없는 감각으로 온다. 기존의 사고나 감각을 넘어선 초험적 감응으로 온다. '이게 뭐지?'를 나중에 반복하여 묻게 만드는 물음의 감응으로 온다.

그 강도적 감응이 극히 강한 경우에는 존재자가 사라져버린 뒤에도 존재감이 사라지지 않는다. 그가 존재하던 세계의 특이성이, 그 특이적 감각이 그 없이도 지속된다. 루이스 캐럴의 『이상한 나라의 앨리스』에서 "고양이는 사라졌지만 그 고양이의 웃음은 여전히 남아 있다"는 말은 이러한 사태를 잘 표현해주는 문장이다. 강도적인 힘으로서의 존재감이 무엇인지를 잘 보여주는 문장이다. 밤새 울던 것들, 의미를 알 수 없는 소리만으로 존재하는 것들, 날이 새면서 날아가버렸지만, 그뒤에도 "그 울음이 물에 젖은 속옷처럼 달라붙어 떨어지지 않는 것들"(진은영, 「있다」) 또한 사라진 뒤에도 남아 있는 존재감을 멋지게 표현해준다.

존재감이란 존재가 과거가 되어버려도, 현재 존재하지 않아도 존속할 수 있는 것이다. 강한 특이점은 죽거나 사라진 뒤에도 남아 힘을 지속적으로 행사한다. 이는 종종 '영원성'을 획득하기도 한다. 예를 들어 플라톤이나 맑스, 카프카나 보르헤스 같은 이들은 죽은 뒤에도 여전히 그들이 창안한 것들 속에, 그것이 갖는 힘과 영향력의 지속 속에서 '존재'를 지속한다. 그런 점에서 그들은 사라진 뒤에도 존재감을 계속 주는 이들이라 하겠다. 죽어서도 자신이 있는 세계를 지속시키는 힘을 갖는 이들이다. 이런 이들은 죽은 뒤에도 반복하여 되돌아온다.

나의 존재의미는 나로 인해 출현한 세계의 존재이고, 그 세계 안에서 나의 존재다. 그 존재에 대해 나는 묻게 된다. 언어 이전의 감응으로. 물음의 감응 속에서 반복하여 묻게 된다. 나의 존재는 무엇인지, 나를 둘러싼 이것들은 무엇인지, 나는 무엇을 해야 하는지, 어떻게 해야 하는지? 나중에 언어와 함께 주어질 답들 속에서, 답들을 갖고 명료하게 반복하여 다시 던져질 질문들 이전에, 말없이 그저 의문의 감응 속에서, 카오스를 헤쳐나가기 위해 작동하는 알려는 의지로 물음이 던져진다. 규정들을 불러내고 의미를 찾아내려는 물음이 말없이 던져진다. 나의 존재가 끼어들어가 발생한 세계의 특이성이 나의 첫번째 '의미'라고 할 때, 이는 이해되고 해석되는 의미가 아니라, 의미들을 묻게 하는 이 말없는 감응을 뜻한다. 그 감응 속에서 생겨나는 물음들을. 의미를 갖지 않고 해석될 수 없는, 그저 '감'으로만 감지되는 자신의 존재에 대해 던지는 물음이고, 자신을 둘러싸고 있는 것들에 대한 물음이다. 세계에 대한 물음이다. 그 세계의 특이성에 던지는 물음이다. 이는 자신이 도달한 것에 대해 던지는 물음이지만, 자신이 떠나려 하는 것, 자신이 떠난 것에 대한 물음이기도 할 것이다.

물음의 특이성이 하나의 세계를 형성한다. 물음의 특이성이 답들을 방향 짓고 선-규정하기 때문이다. 물음의 양상이 돌아올 답의 양상을 선-결정한다. 물음에 따라 포착되고 물음에 따라 불려오는 답들의 특이성이 바로 그 물음으로 형성되는 세계다. 따라서 물음을 던지는 방식은 그에 상응하는 특이한 세계를 불러낸다. 나중에 그 물음을 던진 자의 '이름'으로 표시되는 의미의 세계를. 우리는 이미 이런 세계들이 매우 많이 존재함을 안다. 카프카의 세계, 보르헤스의 세계, 플라톤적 세계, 칸트적 세계, 혹은 맑스적 사유의 세계, 레닌적 정치학의 세계 등등.

이 세계는 그 이름으로 표시된 이들이 던진 물음과 그들이 찾아낸 특이적인 답들로 만들어진다. 그러나 그 세계는 단지 한 개인이 직접 답파한 것들만으로 닫혀 있지 않다. '카프카적'이라거나 '맑스적'이라는 형용사를 사용할 수 있는 것은 그들 아닌 이들 또한 그 세계에 들어가 그 세계에 무언가 자신이 찾은 것을 끼워넣을 수 있음을 의미한다. 그가 무언가를 끼워넣어도 그 이름이 그대로 남아 있다면, 그것은 '카프카적', '맑스적'이라는 말과 어떤 연속성을 갖고 있음을 뜻한다. 이는 그 세계가 답 아닌 물음으로 구성되기 때문에, 물음으로 방향지어진 채 열려 있기 때문이다. 누군가 새로이 끼워넣은 것이 특이한 것이라도, 그 세계의 특이성이 그것을 담아낼 수 있기 때문일 것이다. 물론 그렇게 끼워넣은 것이 그 이름으로 표시된 물음이나 문제를 초과한다면, 그는 필경 자신의 이름으로 된 다른 하나의 세계를, 특이적 세계를 갖게 될 것이다. 어떤 물음을 모태로 하지만 그것을 초과하는, 중첩과 이탈의 양상을 가진 이런 이름들을 표시하는 여러 가지 방법을 우리는 안다.

어떤 물음의 특이성이 한 사람의 이름과 맞물려 언제까지나 되돌아오게 될 때, 그 '이름'은, 아니 그들의 '존재'는 '영원성'을 획득했다 할 것이다. 따라서 이 영원성은 그들이 자신이 속해 있던 세계 안에서 어떤 물음에 대해 제출한 답의 영원성이나 주장의 영원성도 아니고, 그들이 이룩한 업적이나 명예의 불멸성도 아니다. 그것은 특이점으로서의 그들의 존재를 표현하는 어떤 특이성이 출현할 때마다 불려나와 다시 던져지는 물음의 반복가능성이다. 사라지고 잊혀진 것처럼 보일 때조차 없다고 할 수 없는, 언제 다시 불려나오게 될지 알 수 없는 영원성이다.

따라서 고유명사로 표시될 때조차 그 영원성은 그 고유명사에 달라붙어 있는 게 아니라, 그들이 던졌던 물음, 그들이 자신의 존재를 통해 만들어낸 세계의 특이성에 속해 있는 것이다. 그런 특이성을 형성하는 특이점의 힘이고 그들이 방사하는 특이적 힘의 강도다. 그 특이성의 반복이 그들의 이름을 되돌아오게 하는 것이다. 따라서 그들의 이름은 이미 고유명사일 때조차 한 개체에 '고유한' 단독적인 이름이 아니라 개체의 인격적 성질을 탈각한 비인격적 특이성의 이름이고, 그 특이성이 문제화될 때마다 어떤 누군가에 의해 다른 조건에서 다른 방식으로 되돌아올 비인칭적 특이성의 이름이다.

그렇기에 그들은 되돌아올 때마다 다른 얼굴로, 다른 규정성과 결합하여 되돌아온다. 플라톤이 지금 되돌아온다면 그것은 2000년 전 그리스인 플라톤과 같은 인물일 리 없고, 맑스가 지금 되돌아온다면 그 또한 증기기관차를 타고 오는 게 아니라 인공지능을 장착한 스마트폰을 들고 올 것이다. 그렇게 그들은 자신이 살았던 세계에서 벗어나 지금 세계, 다른 세계 속으로 되돌아온다. 다른 규정성의 특이점으로서 되돌아온다. 이때 되돌아오는 것은 규정성이 아니라 그들의 '존재'다. 다른 규정성을 갖게 된 미규정적 특이점이다. 이전에도 특이한 세계를 만들었지만, 이번에는 다른 양상의 특이한 세계를 만들어내며 되돌아온다. 그것이 바로 그들의 존재, 그 존재의 힘이다.

결코 충분한 답을 얻을 수 없기에 '불가능'하다 할 존재의 근본적 모호성이 존재자로 하여금 묻게 한다. 반복하여 묻게 한다. 변형되며 증식되는 그 물음으로 인해 그의 존재를 향해 답들이, 의미들이 날아온다. 그를 둘러싼 이웃의 특이점에서, 그 이웃들과 함께 만들어진 특이적 세계로부터, 그 특이성 안에서 그것을 떠받치고 있는 '타자'들의 시선 속에서, 그 의미를 코드화하는 언어나 상징들의 조합으로. 의미나 이해란 그렇게 날아들어 존재자의 존재를 가리며 달라붙는 답들의 집합이다. 하나의 그물처럼 서로 엮인 말들은 점차 확고해져가는 하나의 세계를 형성한다. 하나의 단단한 세계를. 이로써 존재자는 세계 안에 자리잡고, 그 세계 안에 주어진 삶을 살게 된다. 세계-내-존재가 된다. 반복되는 질문에 주어지는 동질적인 계열의 답들 사이에서 의미를 발견하며 세계-내-존재로 산다. 혹은 반대로 주어지는 답들을 벗어나는 새로운 물음을 통해 세계의 바깥을 찾으며 세계에서 이탈하는 자로 산다.

시인은 의미로 소통되는 세계 바깥을 묻는다. 세계의 존재에 대해 묻지만 피할 수 없는 실패 앞에서 다음번 실패를 향해 다시 묻는 자다. 세계의 바깥을 찾고자 반복하여 묻는 물음의 베테랑이다.

숲을 탐색했다 숲이 사라졌다
길을 모색했다 또 실패했다

사라진 숲 속을 헤매다
물이나 돌을 찾다 보면
그 사이쯤의 늪

물이 없으니 물이 없다 말하고
나무가 없다 말하니 나무가 없는

숲, 어디쯤의 늪
저를 실패하게 하소서

—송승언, 「베테랑」 중에서[15]

---

15) 송승언, 『철과 오크』, 문학과지성사, 2018, 37쪽.

그러나 베테랑이라면 그렇게 출구를 찾기가 쉽지 않으며, 찾았다고 믿는 것이 그 세계 안 어딘가로 가는 길이었음을 알 것이다. 얻고자 하는 한 얻을 수 없음을 알기에 차라리 "저를 실패하게 하소서"라고 기도할 줄 안다. 그래서 "상처 하나 못 내는 창을 쥐고" 이기기보다는 지기를 바라며 서로를 겨룬다. 그런 기이한 전투를 하는 가운데도 그들은 가라앉는다. '조상들'로부터 왔고 자신 또한 '조상'이 되는 전통의 지평 속으로. 어디서 배운지도 모르는 노래를 하지만 그 의미의 지평 안에서 대개는 어디서 다 본 것, 들은 것들이기 마련이다. 그러니 빠져나가는 데 필경 실패할 것이다.

> 우리가 가라앉고 있다는 것, 늪 속으로
> 흘러가는 조상들이 되어간다는 것은 모르고
>
> 흥얼거렸네
> 어디서 배운 노래인지도 모른 채
>
> 어디서 다 본 것들이지
> 어디서 다 들은 이야기들이지
>
> —송승언, 「베테랑」 중에서[16]

그러나 실패하기를 기도하는 자들을 실패가 막을 순 없다. 베테랑이란 어쩌면 영원히 실패를 반복할 줄 아는 자를 뜻하는 것 아닐까? 실패의 지혜를 알기에 실패를 향해 갈 줄 아는, 그래서 실패의 반복을 체념의 이유로 삼지

---

16) 같은 책, 38쪽.

않는 자들. 존재를 향한, 세계의 바깥을 향한 시인의 전쟁이란 그래서 끝이 없는 것일 게다. 시인이 물음을 통해 어떤 '영원성'에 도달한다면 이 때문일 게다. 사실 영원성에 이른 다른 이들의 물음 또한 이런 것일 게다.

존재자는 세계를 '만든다'. 그러나 그것은 자신이 존재함으로써 자신이 존재하는 세계를 만드는 것이다. 만들겠다는 의도나 목적성 없이 만들고, 특별한 행함 없이 만든다. 그러나 그것은 특이점으로 존재하는 한에서만 그렇다. 자신이 없는 세계와 다른 세계를. 그렇다면 이 존재론적 명제로부터 칸트식 어법으로 쓴 하나의 윤리학적 명제를 끌어낼 수 있지 않을까? "언제나 세계의 특이점이 되는 방식으로 존재하라."

존재자는 자신이 존재하는 세계가 출현하는 사건과 함께 그 세계에 들어간다. 그렇게 탄생한 세계의 특이성이 그 존재자의 '의미'를 결정한다. 그의 존재로 인해 변화된 특이성의 정도와 양상만큼 그 의미를 결정한다. 그 특이성은 그 세계에 속한 다른 존재자들을 그 특이성 안으로 끌어들인다. 그 특이성의 작용양상에 따라 어떤 것은 그 이전에 비해 능력의 증가를 느껴 그 세계를 '좋다'는 감응으로 받아들일 것이고, 다른 것은 능력의 감소를 느껴 '나쁘다'는 감응으로 받아들일 것이다. 모두에게 좋은 세계도, 모두에게 나쁜 세계도 아마 없을 것이다. 그러나 적은 존재자들에겐 나쁘지만 많은 존재자들에겐 좋은 세계와 적은 존재자들에겐 좋지만 많은 존재자들에겐 나쁜 세계를 모호하나마 구별할 수 있을 것이다. 그렇다면 이 존재론적 명제로부터 다시 칸트적 어법의 윤리학적 명제를 끌어낼 수 있을 것이다. "좋은 특이성을 형성하는 특이점이 되는 방식으로 존재하라."

그러나 좋은 특이성의 세계도 이내 액자들의 전시장이 되는 것은 피하기 어렵다. 영원성을 간직한 물음도 어느새 멋진 답들로 둘러싸이고, 어디서 다들은 것 같은 이야기들에 사로잡히기 십상이다. 그러면 답이 없기에 영원할 수 있었던 물음은 감춰놓은 답을 찾는 질문이 되고, 어느새 익숙해진 의미들이 그 답들에 제공하는 확실성은, 습기 찬 여름밤 곰팡이처럼, 묻는 능력을 잠식하며 무력화한다. 우리는 그렇게 액자의 주인이 되어 멋지게 사는 꿈, 그나마 실현되기도 쉽지 않은 꿈의 주인공이 된다. 현행의 특이성에서 벗어날 줄 모르는 점은 더이상 특이점으로 존재한다 할 수 없다. 벗어날 줄 알 때, 그 점은 특이점으로 되돌아간다. 다른 것들 속에 끼어들어가며 새로운 특이성을, 다른 세계를 존재하게 할 수 있다. 따라서 세번째 칸트식 정언명령을 적어야 할 것이다. "어떤 특이성에도 머물지 마라. 어떤 세계로부터도 특이점으로 되돌아갈 수 있어야 한다."

아, 마지막으로, 이렇게 엄숙하고 진지한 표정의 문장을 읽을 때는 약간의 웃음이 필요하다는 것을 덧붙여야 한다.

6. 서사적 세계와 특이점들

특이점으로서의 존재자는 자신이 존재함으로써 인해 존재하게 된 세계의 특이성 속에 있다. 그러나 어떤 특이점도 혼자서 특이성을 구성하지는 못한다. 혼자서 특이성을 구성한다면, 그것은 특이점이 아니라 다른 특이점들로 구성된 특이성이다. 모든 특이점은 다른 특이점들과 더불어 특이성을 구성한다. 특이적 세계를 구성한다. 그렇기에 특이성도, 세계도 자기 뜻대로 하지 못한다. 어떤 결과도 언제나 나와 나 아닌 다른 특이점들이 함께 만들어낸다. 나는 언제나 원인인 동시에 결과다. 나는 언제나 목적지를 갖고 출발하지만, 언제나 다른 곳에 도달한다. 원하는 곳에 가려면, 다른 곳을 향해 갈 줄 알아야 하고, 다른 특이점들과 함께 갈 줄 알아야 한다. 다른 힘과의 관계 속에서 내가 구부러짐을 알아야 하고, 그 구부러짐의 양상을 예측할 줄 알아야 한다. 물론 그런다고 예상한 곳에 갈 수 있는 것도 아니다. 다른 특이점들이 그대로 있지 않기 때문이고 '우연'이라 불리는 어떤 것의 개입을 피할 수 없기 때문이다. 많은 특이점이 있는 큰 규모의 세계에서라면 이는 더욱더 심하다. 꿈은 클수록 허황되기 마련이고, 목표는 원대할수록 이루기 어렵다.

그래도 우리는 목적성을 갖고 산다. 목적 없는 세계에 목적 없이 태어났지만, 목적 없이 사는 것은 생명을 가진 것으로선 불가능한 일이다. 목적에 도달하는 것도 힘든 일이다. 그렇기에 세계란 "내 실패들의 전시장/내 상처들의 쓰레기더미"(최승자, 「일찍이 세계는」)[17]라는 말에 많은 이가 고개를 끄덕인다. 그래도 우리는 목적을 향해 간다. 욕망이 밀고 가는 대로 간다. 성공 속에서 우리는 자신의 목표를 다시 본다. 실패 속에서 우리는 세계의 실상을 본다. 성공 속에서는 보았던 것을 보지만, 실패 속에선 보지 못했던 것을 본다. 실패가 뜻하지 않은 것이듯, 성공 또한 뜻하지 않은 것이다. 그러나 실패는 뜻하지 않은 것을 보게 하지만, 성공은 뜻하지 않은 것을 잊게 한다. 뜻한 것만 보게 한다. 그렇기에 세계의 진실은 성공보다는 실패 속에 있다. 그래도 과학은 성공을 향해 가지만, 예술은 실패를 향해 간다. 문학은 특히 그렇다. 서사문학은 대개 실패를 향해 간다. 실패를 통해 드러나는 세계의 실상을, 그 한 조각을 드러내고자 한다. 특이점인 주인공들은 모두 목적한 곳에 닿지 못한다. 뜻밖의 곳에 간다. '실패'라고 하는 곳, 세계의 바깥이다. 그렇게 그들은 성공한다. 실패하기를 기도하는 자들이니, 그들은 성공한 것이다. 실패 속에서 불어오는 바람, 그것은 로렌스의 말을 약간 바꾸어, 별이 빛나는 천장화 갈라진 틈새로 밀려드는 우주의 바람이다. 천장화를 다시 그리게 하는 바람

---

17) 최승자, 『기억의 집』, 문학과지성사, 1989, 18쪽.

이다.

　서사적 예술은 대개 특이점들의 분포와 그것의 변화를 통해 한 세계의 특
이성을 드러내고 그것의 변화양상을 보여주려 한다. 독자가 따라가는 인물
의 궤적이 그 분포 안에서 뜻밖의 방향으로 구부러지고, 행동의 의미가 반전
되는 것을 보여주려 한다. 이는 특이점들의 분포가 그 안에서 움직이는 특이
점의 의미들을 그때마다 다르게 규정하기 때문이다. 특이점들의 분포가 의
미들의 분배양상을 결정한다. 어떤 특이점 사이에 있는가에 따라 같은 인물
이나 행동, 사물도 다른 의미를 갖게 된다. 세계가 자신이 속한 존재자에게
제공하는 의미나 부여하는 규정은 이런 이유 때문에 단순한 통일성이나 대
칭성을 갖지 않는다. 종종 대립되고 상충되며, 상반되는 의미가 공존하여 의
미나 규정 사이에서 한 개체로 하여금 방황하거나 동요하게 한다. 상반되는
특이점 사이에서 양가감정으로 동요하고 고뇌한다.

　대부분의 소설에서 중요한 인물들은 모두 특이점으로 거기 있다. 도스토
옙스키의 『백치』는 미쉬킨 공작과 로고진, 나스타시야를 중심으로 사건에 따
라 달라지는 세계를 보여주지만, 그 세 사람은 물론 가브릴라나 예판친과 토
즈키 같은 인물들 역시 그 세계의 특이성을 형성하는 데 없어선 안 될 역할
을 한다.[18] 이들은 모두 자신의 욕망에 따라 목적을 갖고 움직이지만 누구도
그 목적지에 도달하지 못한다. 선한 사람은 선한 대로, 악한 사람은 악한 대
로 모두 실패한다. 그래도 악한 사람이 덜 실패하는 것은, 선한 사람은 의도
가 선하기에 실패를 예상하거나 대비하지 않고, 악한 사람은 의도가 악하기
에 실패를 최대한 대비하기 때문이다. 그래도 실패한다. 어릴 때 범하여 정
부로 삼았던 여인을 폼나게 떠나보내려는 토즈키도, 그 옆에서 돈으로 그 여

---

18) 도스토옙스키, 『백치』, 김근식 옮김, 열린책들, 2000. 인물명 표기는 이 책을 따르지 않았다.

인을 몰래 얻으려는 예판친도, 나쁜 소문과 돈 사이에서 동요하는 가브릴라도 모두 실패한다. 물론 진실한 사랑을 위해 최대한 합목적적으로 행동하는 로고진도, 선량하기 그지없는 '백치' 미쉬킨도, 심지어 결정권을 쥐고 있는 듯 보이는 나스타시야도 성공하지 못한다. 모두가 뜻했던 곳에 이르지 못한다. 최초의 승리자, 혹은 최후의 승리자로 보이는 로고진 또한 나스타시야를 얻었으나 그의 사랑을 얻은 것이 아니었다는 점에서 실패자다. 도스토옙스키는 그 실패와 엇갈림이 반복되는 이 소설 속으로 우리를 끌어들인다. 알지 못하는 새, 우리 또한 그 실패에서 발견할 어떤 것이 있음을 감지하고 있는 것일까?

특이점이 새로 끼어들거나 빠져나가면 특이점의 분포가 달라진다. 세계가 달라진다. 그런 변화는 서사의 흐름을 바꾸는 중요한 분기점들이다. 하나의 세계가 다른 세계로 바뀌는. 예컨대 토니 모리슨의 『빌러비드』의 경우, 사람의 형상이 되어 나타난 빌러비드는 물론, 시이드의 과거 동료였던 폴 디의 출현도, 또한 '사라짐'도 '124번지'라는 말로 표시되는 집 인근의 세계를 크게 바꾸어놓는다. 어떤 존재자의 존재를 바라는 것은 자기 삶에, 자신의 세계에 그가 들어오기를 바라는 것이다. "시이드는 폴 디를 원했다. 그가 무슨 이야기를 해주건 무엇을 알고 있건 상관없이, 자기 삶에 폴 디가 들어와주기를 원했다."[19] 반대로 빌러비드는 이를 알기에 폴 디가 집에서 나가주기를 바란다. 자신과 시이드가 만드는 세계 안에 그가 더이상 존재하지 않기를 바란다. 서로 다른 세계를 원하고 있는 것이다. 특이적인 두 인물 사이의 갈등은 그와 상응하는 두 세계 사이의 갈등이다.

서사가 있다는 말은 어떤 분포 상태를 갖는 특이점들 사이를 강력한 특이

---

19) 토니 모리슨, 『빌러비드』, 김선형 옮김, 들녘, 2003, 174쪽.

점인 주인공이 통과해가는 궤적의 일관성이 있다는 말이다. 그러나 인물만 특이점이 되는 것은 아니다. 동물이나 사물, 그리고 장소나 건물 또한 특이점이 될 수 있다. 인간 이상으로 인상적인 특이점들이 있다. 가령 카프카의 「나이 든 독신주의자 블룸펠트」에서는 두 개의 탁구공이 블룸펠트 이상의 특이점으로 등장한다. 하나를 붙잡으면 다른 하나가 더욱 세게 튀면서 그의 손안에 장악되기를 거부하고, 때론 블룸펠트에게 쫓기지만 때론 블룸펠트를 쫓는 것처럼 보이기도 하는,[20] 언제나 축소될 수 없는 거리를 유지하는 두 개의 셀룰로이드 공. 블룸펠트는 자신을 쫓는 그 공들을 유인하여 옷장 속에 넣는 데 성공한다. 하지만 "공들이 옷장 안에서 어찌나 시끄러운 소리를 내는지!"[21] 가두어도 그 특이점으로서 계속 존재하고 있는 것이다. 나중에 등장하는 두 명의 견습생은, 명시되진 않지만 이 두 개의 탁구공과 모호한 유사성을 갖는다.

또 「유형지에서」는 '써레'라고 불리는 처형기계가, 그 유형지에서 재판을 하고 처형을 집행하는 장교와 더불어 중요한 특이점으로 등장한다. 죄수의 등쪽에 그가 지은 죄를 열두 시간에 걸쳐 새기는 기계는, "죄란 항상 의심의 여지가 없다"는 걸 원칙으로 삼고, 모든 사건을 간단하다고 보아 거짓말을 야기할 가능성이 있는 심문 같은 것은 하지 않고 즉각적으로 판결하는 장교와 짝이 되어 이 유형지의 특이성을 형성한다.[22] 더이상 공공연한 지지자를 갖지 못한 장교는, 처형기계에 매료된 듯 스스로 옷을 벗고 올라가 망가져버리는 그 기계와 스스로 운명을 같이한다. 모든 걸 단순화하는 장교의 '기계

20) 프란츠 카프카, 「나이 든 독신주의자, 블룸펠트」, 『카프카 단편 전집』, 이주동 옮김, 솔, 2003(개정판), 508~509쪽.

21) 같은 책, 519쪽.

22) 「유형지에서」, 같은 책, 178~183쪽.

적' 재판과 이유를 묻지 않고 집행하는 기계의 '군사적' 처형의 동형성을 보여주려는 것이었을까? 아니면 처형에 자신을 바칠 만큼 처형에 매료된 관리, 혹은 처형하는 기계에 대한 처형자 자신의 페티시즘적 욕망을 보여주려는 것이었을까? 분명한 것은 그것들이 형성하는 판결과 처형이 더이상 지지받지 못하게 되었을 때, 그리하여 그 처형의 특이성이 소멸하게 될 때, 그 기계도 장교도 특이성과 함께 '죽는다'는 사실이다. 너무나 특이성 자체에 물려들어가 있어서, 그것이 사라지는 순간 물러나 다른 것이 되지 못한 채, 특이점으로 돌아가지 못한 채 존재 자체를 잃게 된 것이다. 그것들은 존재 아닌 대상에, 존재 없는 규정성에 지나지 않았던 것이다.

집이나 건물이 특이점이 되는 경우도 있다. 이는 인물 중심으로 작품을 보기에 흔히 놓치기 쉽다. 예컨대 위고의 『노트르담 드 파리』에서 노트르담 대성당은 단지 사건 전체의 배경이 되는 무대라기보다는 차라리 특이점이라 해야 한다. 먼저 그것은 카지모도와 결합하여 어떤 특이성을 형성한다. "시간이 흐를수록 카지모도와 노트르담 대성당 간에는 딱히 뭐라 말할 수 없는 어떤 유대감 같은 것이 생겨나고 있었다. (…) 그곳에서 대성당의 기운을 받으면서 살아가는 동안 카지모도는 조금씩 성당과 닮아가고 있었다."[23] 역으로 "카지모도에게서는 이상한 방사물질이 나와 노트르담의 모든 돌에 생기를 불어넣고 이 오래된 성당 구석구석을 숨쉬게 한다. 그가 거기에 있는 것만으로도 성당의 회랑과 정면 현관의 수많은 조각상이 살아 움직이는 것처럼 보였다"[24]. 그가 치는 종들도 이 특이성을 나누어 갖는다. 자신이 치는 종소리로 인해 카지모도는 귀를 잃는다. "그뒤로 가엾은 영혼은 깊은 어둠 속으로

---

23) 빅토르 위고, 『노트르담 드 파리』, 송면 옮김, 동서문화사, 2019, 173~174쪽.
24) 같은 책, 179쪽.

가라앉아버렸다."[25] 카지모도는 성당 인근 세계의 특이성 안에서 개체성의 일부마저 잃고 이 종들에게 말려들어간 것이다. 카지모도는 그 특이성 안에서, 그것의 일부로서 거기 존재한다.

카지모도뿐 아니라 에스메랄다에게도 대성당은 하나의 특이점으로 존재한다. 이는 단지 대성당이 교수형 직전의 에스메랄다를 구해낸 카지모도의 외침대로 사형수조차 체포하러 들어갈 수 없는 "성역"이어서만은 아니다. "그녀를 사방에서 둘러싸고 그녀의 목숨을 구하고 지키고 있는 이 거대한 성당은 그 자체가 최고의 진정제였다. 이 건축물의 장엄한 직선, 그녀를 둘러싼 종교적인 분위기, 즉 이 석조건물의 모든 구멍에서 뿜어져나오는 경건하고 침착한 상념들이 모르는 사이에 그녀에게 영향을 미치고 있었다. 건물은 또한 축복과 장엄함의 울림을 지니고 있어서 그녀의 멍든 영혼도 치유되어갔다."[26]

그러나 이 작품에서 대성당 인근에 펼쳐진 세계의 특이성에는 에스메랄다를 짝사랑하면서 자기가 갖지 못할 바엔 죽게 하는 게 낫다고 믿는 클로드 프롤로, 버려진 카지모도를 데려다 기른 '아버지' 같은 클로드 부주교 또한 그 특이적 세계의 중요한 특이점이다. 클로드 역시 성당과 교감하는 특이점이다. "그가 성당을 도망치듯 달렸다. 그러자 성당 역시 흔들리고 움직이고 생기를 띠기 시작하더니 육중한 기둥 하나가 거대한 다리가 되어 큼지막한 발바닥으로 바닥을 딛고 서 있는 것 같기도 하고 (…)"[27] 마지막에 에스메랄다가 교수형으로 죽은 그레브광장, 자신이 밀어 떨어져 죽은 클로드 부주교를 보고 카지모도가 말한다. "오, 내가 사랑했던 사람 둘 모두가!" 세 명은 그렇게 분리할 수 없는 하나의 세계로, 사랑과 질투, 존경과 분노, 혐오와 감사

25) 같은 책, 175쪽.
26) 같은 책, 433쪽.
27) 같은 책, 420쪽.

등이 뒤섞인 특이적 세계에 속해 있었던 것이다. 그러나 셋 모두 성당에 의해 삶의 특이성을 형성했고, 성당과 분리되며 죽는다는 점에서 성당은 분명 하나의 특이점이었다.

『빌러비드』에서 시이드의 가족이 사는 집 '124번지'는 유령이 나오는 집, 혹은 유령이 사람과 함께 사는 집이란 점에서 역시 충분히 특이하다. 다만 『빌러비드』에서 124번지는 소설 전체의 '무대'가 되어버림에 따라 장소로서의 특이점이 되기보다는 '특이성의 장' 전체가 된다. 특이점이 되는 것은 무대가 되는 것과 다르다. 특이점은 하나의 무대, 하나의 장 안에서 다른 특이점들과 함께 작용하여 특이성을 형성한다. 하나의 세계 그 자체가 된 공간이, 그 세계의 외부와 더불어 이루는 좀더 포괄적인 세계 속에서 그 포괄적인 세계의 특이성을 형성하는 데 참여한다면 특이점이라 하겠지만, 이 작품에서는 그렇지 않다. 124번지라는 공간은 친한 이웃이었던 흑인들도 이해하지 못할 사건으로 인해 그 세계로부터 절연된 고립된 곳이기에, 이웃이 옆에 있지만 그 이웃과 함께 하나의 세계를 형성하지 않는다. 시이드가 직장을 오갈 때에도 124번지는 이웃 흑인들의 세계 속으로 들어가지 않는다. 나중에 시이드와 빌러비드가 너무 강하게 밀착되어 집밖으로 나가지 않자 딸인 덴버는 일자리를 구하러 흑인 세계로 들어가지만, 그때에도 124번지는 그 세계에 들어가지 않는다.

124번지는 오직 시이드와 빌러비드 등의 특이점이 밀고 당기며 펼쳐지는 특이성의 무대, 그런 특이성의 장이다.[28] 차라리 시이드가 백인들에게 쫓겨

---

28) 이와 달리 같은 작가의 작품 『파라다이스』에서 수녀원에 만들어진 자연발생적 '공동체'와 인근에 있는 '루비'라는 이름의 흑인공동체는 개인 이상으로 공동체가, 그리고 그것이 있는 장소가 특이점이 된다(토니 모리슨, 『파라다이스』, 김선형 옮김, 들녘, 2001). 하지만 공동체의 힘 안에 머물지 않고 벗어나는 개인들이 있기에 각 공동체의 개인들 또한 두 공동체만큼이나 특이점이 된다.

아이들을 죽이고 자살하려 했던, 빌러비드를 죽였던 그 집의 헛간이라면 이 작품에서 하나의 특이점이 될 소지가 충분히 있었다. 그러나 모리슨은 그것을 특이점으로 만들지 않는다. 만약 그것이 특이점이 된다면, 이 작품은 빌러비드라는 유령인지 인간인지 알 수 없는 새로운 존재자를 통해 새로이 출현하게 되는 세계에 대한 것이 아니라, 그를 살해한 과거의 사건이 중심인물들의 삶에 끼어들어 과거로 반복하여 끌고 들어가는 기억과 상처, 가책의 드라마가 되었을 것이다. 헛간이 갖는 특이성의 강도가 너무 강해 다른 것이 힘을 거의 흡수할 가능성이 크기 때문이다. 그 경우 작품은 아마도 어느새 흔한 상처의 드라마가 되어버렸을지 모른다. 그러니 그 헛간을 특이점으로 만들지 않은 것은 오히려 이 소설 고유의 성취에 중요한 이유가 된다.

어떤 장소나 인물을 특이점으로 만들 때 그로 인해 수립될 세계가 어떤 특이성을 갖게 될 것인지 충분히 고려하지 않으면, 아마도 의도에서 벗어난 작품을 보게 될 것이다. 어떤 인물이나 사물이 중요한지 아닌지, 혹은 작가가 그에 부여하려 한 중요성이 텍스트상에서 실제로 구현되었는지 아닌지는 그(것)이 이런 특이점으로서의 위상을 충분히 갖고 있는지 아닌지에 따라 결정된다. 인물의 중요성은 작가의 의도가 부여한 위상이 아니라 작품 안의 세계 속에서 그의 존재가 갖는 힘과 양상인 것이다.

중요한 인물이지만 특이점이 되지 못하면, 그의 존재로 인해 세계가 달라지는 양상을 보여주지 못한다면, 그 작품은 성공했다고 하기 어렵다. 가령 '위안부'들의 증언록을 인용하며 다큐멘터리같이 쓴 김숨의 소설 『한 명』에서[29] 수많은 위안부의 증언들은 이런저런 인물들에게 재분배되지만, 대부분의 인물에서 흔히 '성격'이라고 불리는 어떤 특이적 일관성을 형성하지 못한

---

29) 김숨, 『한 명』, 현대문학사, 2016.

채 그저 '사실'로 흩어져 있다. 이 작품에는 여러 인물이 등장하지만, 특이성을 갖는 인물은 주인공에서조차 발견하기 어렵다. 여러 위안부의 경험을 이리저리 나누어 가진 '위안부들'이 있을 뿐이다. 그들에겐 오직 고통만이 있을 뿐이다. 그래서 그 인물들은 서로 구별되지도 않고 기억되지도 않는다.[30] 위안부들의 존재로 인해 만들어진 세계 또한 그렇다. 여러 위안소가 나오지만 그 위안소들은 특이적이지 않기에 다른 위안소와 구별되지 않는다. '위안소'의 끔찍한 특성property들을 마치 '보편성'처럼 나누어 가진 장소일 뿐이다. 모든 위안소의 보편적 참상, 모든 위안부의 끔찍한 고통을 인용으로 증명하는 '허구적' 다큐멘터리 같다. 충분히 허구적이지 못한, 특이성의 증폭을 통해 현실보다 더 현실적인 힘을 갖는 허구가 되지 못한 '일반적' 다큐멘터리.

7. 문학적 세계와 특이점

『폭풍의 언덕』은 등장하는 인물 하나하나의 등장과 사라짐, 존재와 부재에 의해 아주 다른 세계가 출현함을 확연하게 보여주는 소설이란 점에서 우리가 앞서 말했던 의미에서 특이점과 특이성, 존재자의 '존재의미'가 무엇인지 선명하게 보여주는 예시적 가치를 갖는 작품이다. 이 소설에서 어린 집시

---

30) 오히려 위안부들의 증언록 그대로가 훨씬 더 인물의 특이성을 강밀하게 보여준다. 가령 위안부 생활을 하면서도 멋지게 차려입고 외출하고 예능인처럼 사는 문옥주의 생생한 활기(모리카와 마치코, 『버마전선 일본군 위안부 문옥주』, 김정성 옮김, 아름다운사람들, 2005), 상륙한 미군 병사들에게 항복한 일본 병사들을 보고 눈물 흘리던 배봉기의 배고픔(가와타 후미코, 『빨간 기와집』, 오근영 옮김, 꿈교출판사, 2014), 기억의 고통 때문에 급기야 모국어와 자기 이름마저 잊어버린 훈 할머니의 망각(한국정신대연구소·한국정신대문제 대책협의회, 『강제로 끌려간 조선인 군위안부들』 3, 한울, 1999), 위안부였다는 소문 때문에 겪어야 했던 이혼과 파경으로 인해 위안소 시절에 대해선 말하면서도 정말 사랑했던 사람과 헤어진 34세 이후의 삶에 대해선 한마디도 말할 수 없었던 김창연의 침묵(한국정신대문제 대책협의회 2000년 일본군성노예전범 여성국제법정한국위원회 증언팀 엮음, 『기억으로 다시 쓰는 역사』, 풀빛, 2001) 등.

아이 히스클리프를 언쇼가 '주워서' 집으로 데려왔을 때, 그의 집에는 이전과 아주 다른 세계가 출현한다. "이렇게 그 아이는 처음부터 집안에 불화를 일으켰습니다."[31] 그런 점에서 히스클리프의 출현은 '폭풍의 언덕' 인근의 세계에 발생한 하나의 '사건'이었고, 히스클리프는 그 세계에 하나의 특이점으로 끼어든 것이다. 달리 말하면 히스클리프의 '존재'는 이전과 다른 하나의 새로운 세계를 '만들어낸' 것이다. 히스클리프의 의지나 그가 부여한 의미와는 아무 상관 없이. 가령 캐서린이 히스클리프를 도와주기 위해 에드거와 결혼하겠다며 하녀 넬리에게 하는 얘기는 특이점과 존재자의 존재, 존재의미에 대한 멋진 문장이다.

> "(…) 다들 그렇잖아…… 자기를 넘어서는 자기가 존재하고 있다고, 존재해야 한다고 생각하잖아. 내가 그냥 이런 몸뚱이일 뿐이라면, 내가 있는 게 무슨 소용이야? 내가 이 세상에서 겪은 가장 큰 고통은 히스클리프가 겪은 고통이야. (…) 모든 것이 사라진다 해도 그 애만 있으면 나는 계속 존재하겠지만, 모든 것이 그대로라 해도 그 애가 죽는다면 온 세상이 완전히 낯선 곳이 되어버릴 거야. 내가 이 세상의 일부라는 느낌이 없을 거야."(132~133쪽)

주의할 것은 이러한 세계가 단지 캐서린의 내면에 있는 '주관적' 세계가 아니라는 점이다. 그의 엄마와 오빠 등 함께 '폭풍의 언덕'의 세계를 구성하는 인물들에게, 호오의 평가는 다르겠지만, 히스클리프의 존재는 그가 없던 세계와 결코 동일할 수 없는 차이를 갖는다. 그들 또한 히스클리프가 죽는다

---

31) 에밀리 브론테, 『폭풍의 언덕』, 김정아 옮김, 문학동네, 2011, 62쪽. 이하 이 절에서 이 책의 인용은 본문 중에 쪽수만 표시한다.

면 아주 다른 세상이 출현함을 보게 될 것이다.

　히스클리프의 존재로 인해 만들어진 새로운 세계는 히스클리프 혼자 힘으로 만들어진 것이 아니다. 그를 미워하는 언쇼의 아내 프랜시스와 아들 힌들리, 반대로 히스클리프를 사랑하는 캐서린이 모두 특이점이 되어 이전과 다른 세계를 만들어낸 것이다. 그들 모두가 특이점이다. 하나가 빠지는 것으로도 특이성이 달라지며 다른 세계가 출현하게 하는 특이점이다. 힌들리가 집을 나가거나 들어올 때, 히스클리프가 사라지거나 다시 돌아올 때마다 기존의 세계는 사라지고 아주 다른 세계가 출현한다. 집안의 대기/분위기를 형성하는 데 다른 이들보다 힘이 강하지 않은, 그래서 부차적으로 다루어지는 프랜시스조차, 그의 죽음으로 힌들리가 집을 나가게 함으로써 다른 세계가 출현하는 계기를 이룬다는 점에서 특이점이다. 이들 가족 밖에서 오는 에드거의 출현 또한 마찬가지다. 그의 출현은 캐서린과 히스클리프의 관계를 바꾸어놓고 결국 히스클리프가 사라진 세계로 귀착된다. 반면 하인들은 그렇게 출현한 세계에 대해 나름의 입장에서 평가하고 개입하지만 특이성을 형성하는 특이점까지는 되지 못한다. 그 세계 안에 존재하는 존재자 모두가 특이점이 되지는 않는 것이다.

　히스클리프의 '존재'가 산출한 세계에는 힌들리처럼 고통스러워하는 이도 있고 캐서린처럼 기뻐하는 이도 있다. 한 세계 안에서조차 존재자는 단일한 의미를 갖지 않는다. 그것은 어떤 존재자가 산출한 세계의 특이성이기에, 그 세계 안에서 어떤 위치에 있는지, 어떤 방식으로 새로 출현한 특이점과 관계하는지, 그 세계를 어떻게 받아들이는지에 따라 지극히 다른 의미들을 갖는다. 다른 대상이고 다른 주체다. 종종 그 의미는 한 사람에게조차 명료하고 뚜렷한 단일성을 갖지 않는다. 가령 캐서린의 약혼 소식을 듣고 집을 나갔던 히스클리프가 몇 년 뒤 되돌아왔을 때 캐서린은 사랑하는 이의 출현에 기뻐하지만 결혼하여 아이까지 갖게 된, 에드거의 극진한 사랑을 알기에 히스클리프에게 쉽게 되돌아가지 못한다. 에드거 역시 히스클리프와 마찬가지로 하나의 특이점이었던 것이다. 아무리 단순화하려 해도 캐서린의 마음은 누구 하나로 쉽게 정리되지 않는 양가성과 모호성을 갖는다. 마음의 동요를 야기하는 이러한 양가성과 모호성은 급기야 정신병으로, 캐서린의 죽음으로 이어진다. 자기를 찾아온 히스클리프에게 죽음의 목전에서 캐서린은 이렇게 말한다. "히스클리프, 너랑 에드거가 내 가슴을 찢어놓았잖아! 그래놓고 둘 다 나를 찾아와서 마치 자기네를 불쌍히 여겨야 한다는 듯 한탄하는구나! 나는 네가 불쌍하지 않아. 조금도 불쌍하지 않아. 네가 나를 죽였잖아."(252쪽)

소설이란 차라리 이처럼 단일하기보다는 양가적, 아니 다가적인 감정, 뚜렷한 방향을 갖기보다는 동요하게 하는 관계 속에서 새로이 출현하는 생각이나 행동을, 그런 종류의 특이성을 창조하는 것이라고 해야 한다. 들뢰즈/가타리는 "위대한 소설가란 알려지지 않은 어떤 감응, 혹은 잘못 알려진 감응들을 창안해내는 자"라고 말한 바 있지만,[32] 그것만은 아닐 것이다. 알려지지 않은 감응, 부재하는 감정은 그와 상응하는 행동이나 삶의 방식, 그와 짝하는 세계를 동반한다. 어떤 하나의 새로운 감응이나 감정을 창안한다는 것은 그와 상관적인 새로운 세계를 창조하는 것이다. 따라서 위대한 소설가란 부재하는 감정이나 감응을 창안하고, 그와 짝하는 세계를 창조하는 자이며, 그것을 통해 현행의 세계로부터 빠져나가는 문을 여는 자라고 고쳐 적어야 한다. 그럼으로써 그들은 그 세계 속에서 펼쳐질 다양한 감정이나 감응의 양상을, 다른 삶의 방식을 미리 불러낸다. 그런 방식으로 부재하는 어떤 세계

---

32) 들뢰즈·가타리, 『철학이란 무엇인가』, 이정임 외 옮김, 현대미학사, 1995, 251쪽.

를, 그런 세계의 특이성을, 하지만 잠재적이기에 그저 공허하지 않은 가능성을, 극한적인 양상을 통해 가시화한다.

『폭풍의 언덕』은 마치 수학적 '실험'이라도 하는 듯, 하나의 특이점이 추가되고 빠짐에 따라 달라지는 세계를 보여주는 방식으로 펼쳐진다. 특이점 하나가 다른 세계를 만들어내는 양상이 이럼으로써 더욱 두드러지게 나타난다. 이는 그때마다 끼어드는 인물의 존재로 인해 야기되는 효과를, 다른 인물의 효과와 섞지 않고 뚜렷하게 보여준다.

어떤 인물이 작품에서 특이점으로 존재하는지 여부는 그 작품에서 다루고자 하는 세계와의 관계 속에서 보아야 한다. '역사' 내지 '현실'의 사건에선 특이점이 되지 못하는 인물이, 바로 그 점으로 인해 작품 속에서는 특이점이 되는 경우는 이와 관련되어 있다. 가령 한강의 소설 『소년이 온다』에서 '소년'인 동호가 그렇고, 그와 유사한 이유로 여성적이고 소심한 인물인 김진수, '아무것도 아닌' 사람 중 하나인 영재 같은 인물이 그렇다. 그들은 이 소설에서 다루는 '광주항쟁', 즉 도청에서의 항쟁으로 귀착된 현실의 투쟁에서는 별다른 특이점이 되지 못한 인물들이다. 즉 그들이 있는 광주항쟁과 그들이 없는 광주항쟁은 별다른 차이를 갖지 않는다. 그들은 '현실의' 투쟁이나 '역사적' 사건에서 특이점으로 존재하지 못했다. 그런데 이 소설에서는 바로 그 점이 이들을 특이점이 되도록 만든다. 작품이 만들어내려는 세계와 그 세계의 특이성이 현실의 광주항쟁과 다르기 때문이다. 이 소설이 포착한 세계는 총 들고 싸우다 죽는 사건의 장이 아니라, 총 든 군인들에 의해 산출된 상처의 세계다.

그 여름 이전으로 돌아갈 길은 끊어졌다. 학살 이전, 고문 이전의 세계

로 돌아갈 방법은 없다.[33]

여기서 돌이킬 수 없는 분기점, 그 이전과 이후가 결코 동일할 수 없게 한 '사건'은 학살과 고문이다. 불의에 대한 저항도 아니고, 진압해 들어오는 권력에 대한 항쟁도 아니다. 이것이 이 작품에서 '광주'를 사건화하는 방식이다. 그 사건이 남긴 내면의 상처들의 세계, 때론 영재처럼 여섯 번 손목을 긋게 하기도 했고 남을 죽일 뻔하게 하기도 한 사건으로 정신병원에 갇히게 되는 이들, 김진수처럼 결국 자살로 귀착되어버리는 이들로 직조되는 세계다. "하루하루 불면과 악몽 (…) 속에서 우리는 더이상 젊지 않았습니다. (…) 우리들의 몸 속에 그 여름의 조사실이 있었습니다. 검정색 모나미 볼펜이 있었습니다."[34] 볼펜은 고문에 사용된 도구였다. 잡혀간 모든 이, 살아남은 모든 이가 겪어야 했던 고문과 상처의 상징이다. 총을 들었어도, 그걸 쏘면 누군가 죽는다는 걸 알기에 결코 쏠 수 없었던 평범하고 '무력한', 결코 영웅이 될 수 없는 인물들, 유별날 것도 없고 특이할 것도 없는 그들이, 바로 그런 이들이 사건 이후 돌이킬 수 없는 이 세계에 존재하는 특이점이다.

이 작품은 상처의 세계와 나란히 겹쳐 또하나의 세계를 만들어낸다. '양심'의 세계가 그것이다.

"군인들이 압도적으로 강하다는 걸 모르지 않았습니다. 다만 이상한 건 그들의 힘만큼이나 강렬한 무엇인가가 나를 압도하고 있었다는 겁니다.
양심
그래요, 양심

---

33) 한강, 『소년이 온다』, 창비, 2014, 174쪽.
34) 같은 책, 126쪽.

세상에서 제일 무서운 게 그겁니다."[35]

그것이 '아무것도 아닌 자'들이 죽음을 무릅쓰게 한다. 사건의 특이성을 만들어가는 영웅적인 인물과 달리, 특이점이 되지 못할 만큼 어리고 소심하고 별 존재감 없어 보이는 이들조차 도래할 죽음을 받아들이게 한다. "나를 사로잡은 것은 바로 그것이었습니다. 선생은 압니까. 자신이 완전하게 깨끗하고 선한 존재가 되었다는 느낌이 얼마나 강한 것인지. 양심이라는 눈부시게 깨끗한 보석이 네 이마에 들어와 박힌 것 같은 순간의 광휘를. 그날 도청에 남은 어린 친구들도 아마 비슷한 경험을 했을 겁니다. 그 양심의 보석을 죽음과 맞바꿔도 좋다고 판단했을 겁니다."[36] 이들은 모두 현실의 세계에서는 특이점이 되지 못하지만, 바로 그렇기에 양심의 세계에선 더 강한 특이점이 된다. 그들'조차' 목숨을 걸고 수립한 것이 저 양심의 세계이기에.

이 점에서 이 소설은 '고전적 비극'의 구성을 취하고 있다. 어떤 대의를 위해, 양심으로 인해 죽음이 기다리고 있음을 뻔히 알면서도, 패배할 것이 분명함을 뻔히 알면서도 사지로 들어가 죽는, 그 죽음을 통해 대의나 양심을 남기는 영웅의 비극. 여기서 '어린 친구들'은 영웅적인 인물이 아니기에 고전적인 영웅보다 더 '영웅적인' 인물이 된다. 대문자 영웅을 대신하는 소문자 영웅들, 소문자로 씌어지기에 더 특이적인 영웅이다. '조차'라는 보조사를 사용하게 해주는 인물이다. '양심'이라 명명되는 '존재의 목소리'를 듣고,[37] 거기 남는 것 말고는 '다른 선택의 여지가 없음을 견디어 내는' 것,[38] 그렇게 '죽음으로 미리-달려가-보는 결단'을 통해 세인의 세계를 벗어나 자신의 존재의

---

35) 같은 책, 116쪽.
36) 같은 책, 126쪽.
37) 하이데거, 『존재와 시간』, 이기상 옮김, 까치, 1998, 358쪽 이하.

미를 찾는 이야기란 점에서 이는 『존재와 시간』에서의 하이데거와 매우 가까이 있는 작품이다.

　작품이 선택한 세계나 그 세계 안에서 인물들이 선택한 경로가 '고전적'이란 점이 이 작품이 갖는 설득력의 폭을 '넓혀주고', 쉽게 감동할 이유를 제공했을 것이다. 더불어 이 소설에서 수립하는 세계나 그것의 배경이 되는 '광주항쟁'이란 사건이 공식적인 평가 속의 광주항쟁, 우리의 통념 속에 있는 '광주항쟁'과 거의 동일하다는 점 또한 그 감동을 더욱 쉽게 하여주고 설득력을 더해주는 또다른 이유일 것이다. 그러나 가령 같은 작가가 『채식주의자』 (한강, 창비, 2007)에서 창조한 유니크하고 특이한 세계에, 흔히 볼 수 없으며 우리의 통념이나 고전적 감각을 깨주었던 세계에 말려들어갔던 사람에게는, 이 작품이 수립한 세계가 '광주항쟁' 내지 '광주사태'에 대한 우리의 양식良識이나 고전적 비극의 상식에 너무 충실한 것은 아닌가 하는 유보적 평가를 하게 한다. 결코 싸다고 할 수 없는 대가를 지불해야 했던 설득력과 감동이었다 하겠다.

8. 배신의 존재론과 '보이지 않는 인간'

　세계-내-존재인 나는 세계 안의 특이점들 사이를 산다. 그 특이점들 사이에서 이런저런 자리를 옮겨다니고 이런저런 의미 사이를 방황한다. 혹은 일련의 주어진 자리를 통과하며 주어진 의미세계를 충실히 산다. 이렇게 충실히 사는 이들은 자신이 속한 세계에서 벗어날 일이 많지 않으며, 대체로

---

38) 『존재와 시간』에서 하이데거는 이를 자유라고 정의한다(『존재와 시간』, 381쪽). 다른 책에서 "자유란 오직 하나의 짐을 떠맡고 있는 곳에만 존재한다"(『형이상학의 근본개념들』, 306쪽)고 쓴 것도 이와 동일한 의미다. 이는 '죽음을 향한 자유'이기도 하다(『존재와 시간』, 355쪽).

벗어나려 하지 않는다. 심지어 벗어나려는 이웃 항들을 저지하기도 한다. 반면 상충되는 의미 사이에서 동요하고, 불화하는 자리를 옮겨다니며 살아야 하는 이들은 그 불화와 상충 속에서 세계로부터 거리를 두게 되는 일이 있다. 이는 주어진 세계로부터 이탈의 계기가 된다. 특히 자신이 속한 세계로부터 거절당하거나 '배신'당하는 존재자는 그렇기에 더욱더 그 세계 안에 남는 데 집착하기도 하고, 반대로 그 세계를 등지기도 한다.

세계의 거절이나 배신에 대해 세계를 등지고 거절하는 이들은 세계 밖의 어둠을 본다. 과감하거나 무모한 자들은 그 어둠 속으로 들어간다. 의미가 사라지고 규정성들이 뭉개진 어둠 속으로. 물론 어둠 그 자체는 살아 있다면 그저 계속 머물 수 있는 곳이 아니지만, 다른 세계, 다른 삶을 찾으려는 한 피해가기 어렵다. 존재자가 자신의 존재로 눈 돌리는 것은, 나아가 존재 자체로 눈 돌리게 되는 것은 세계의 거절 내지 배신에서 시작되는 경우가 많다.

랠프 앨리슨의 소설 『보이지 않는 인간』은[39) 규정된 존재자에서 존재자의 존재로, 그리고 결국은 존재 자체로 나아가는 경로를 밟아간다. 이 소설에서 이는 모두 '배신'이란 개념에 의해 연결되어 있다. 앨리슨은 내용과 방향, 층위를 달리하는 여러 종류의 '배신'들을 반복하여 장면화하면서 주인공인 '나'를 어둠 속으로 데려간다. 가장 먼저 등장하는 것은 할아버지의 당혹스러운 유언이다. 우리의 삶이란 전쟁이라면서 자신이 평생 배신자였다는 할아버지는 "놈들에게 죽고 파멸당할 때까지도 복종하는 척하라는 말이야"(1, 29쪽)라고 말한다. 복종하는 척하는 것이 배신이라는 반어적 언술에 더해 주인공이 놀라는 또하나의 이유는, 이 유언이 배신을 후회하거나 비난하는 게 아니라 그게 전쟁 같은 삶에서 싸우는 방법이라며 권유한다는 점이다.

---

39) 랠프 엘리슨, 『보이지 않는 인간』 1~2, 조영환 옮김, 민음사, 2008. 이 절과 다음 절에서 이 작품의 인용은 권수와 쪽수만 분문 중에 표시한다.

사실 속마음은 그렇지 않으면서 복종하는 척하는 것은 상대를 속이는 것이란 점에서 배신이 분명하다. 속내를 솔직히 드러내면 더욱 싫어하는 백인들 앞에서 흑인이 살아내는 방법은 그것밖에 없기도 하니 불가피한 배신인셈이다. 그래서 "나의 행동에 대해서 칭찬을 받을 때면 나는 어떻게 보면 백인들이 원한 것과는 정반대 행위를 하고 있다는 죄책감을 느꼈다"면서도, 그것이 배신이라는 말, 그런데 그렇게 배신하며 살라는 말에 더없이 당혹해한다(1, 30~31쪽). 배신이란 무엇인지에 대해 근본에서 묻게 하는 물음이 거기에 있다. 이 물음이 이 작품의 '작품세계'를 구성한다. 이 물음의 특이성이 앨리슨의 세계가 갖는 특이성을 구성한다. 이 작품은 이 물음을 존재론적 층위로까지 밀고 내려간다는 점에서, 존재론적 배신에 대한 소설이다.

하지만 소설은 자신의 복종이 배신 아닌가 고심하는 이 순진한 주인공을 비웃듯, 백인들의 적나라한 배신으로 시작한다. 흑인인 주인공이 고등학교 졸업연설에서 대성공한 데 대한 '포상'이 그것이다. 연설을 잘했다는 칭찬과 함께 초대받은 자리는 연설능력을 보여주는 자리가 아니라, 흑인 청년 여러 명을 링에 올려놓고 서로를 두들겨 패게 하곤 교장과 목사를 비롯한 마을 남성들 모두가 구경하는 '배틀 로열'이었던 것이다. 물론 처절한 싸움 뒤에 '연설'의 기회가 주어지지만, 그것은 앞의 배틀 로열을 위한 구실에 지나지 않는다.

이 작품에서 그뒤에 벌어지는 사건도 모두 '배신'에 대한 것이다. 대학의 백인 이사를 실수로 '문제지역'에 데려갔다는 이유로 학교에서 제적하곤, 뉴욕에서 일할 수 있도록 추천서를 써준다면서 "그자가 죽도록 기원하여 주십시오. 그리고 끝없이 달리도록 만들어 주십시오"(1, 275쪽)라고 써주었던 흑인 총장 블래드소의 배신이 '속이는 배신'이라면, 노인들의 강제퇴거에 항의하는 군중 속에서의 연설능력을 보고 포섭하였지만 그의 영향력이 '너무' 커짐에 따라 결국 내쫓아버리는 잭과 '동지회' 멤버들의 배신은 '조직적 배신'이다. 조직 안에서의 배신은 이것만 있는 게 아니다. 성공적으로 운영되던 뉴욕 지부의 대중활동을 선거를 중심으로 한 새 '장기전략'과 '프로그램'이란 이름으로 중단시키고 저지하는 '전략적 배신'도 있고, 그런 배신에 대한 항의로 조직을 떠나는 뉴욕 지부 흑인 친구 클리프톤의 '항의성 배신', 그의 억울한 죽음을 목격하였지만 분노한 대중이 참석한 장례식조차 조직에 의해 저지당하자 끝내 조직을 등지는 '나'의 '반조직적 배신'도 있다. 조직의 배신이 결국 조직에 대한 배신을 야기하는 것이다.

대중의 욕망이나 움직임에 대해 눈감고 자신들이 정한 방침에 따라 일방적으로 지도하려 할 뿐인 조직 '동지회'의 행위는 '나'나 클리프톤이 보기엔 대중에 대한 명백한 배신이다. 뿐만 아니라 클리프톤을 내쫓고 그의 죽음조차 등진 그런 조직에 대해 요구되는 방침에 순종하는 방식으로 조직을 엿 먹이려는 '나'의 행위 또한 배신이다. '순종적 배신'이다. '동지회'의 경쟁상대로서 '흑인주의'란 이름으로 흑인의 삶을 파괴로 몰아가는 라스 일파의 행위 또한 '내'가 보기에는 흑인에 대한 배신이지만('자해적 배신'?), 라스는 '나'의 활동이 백인들의 조직에 들어가 백인과 섞여 흑인을 오도하는 배신이라고 비난한다('인종적 배신'). 어찌 이것뿐이라 할 것인가. 이토록 많은 종류의 배신들이 있는 것이다.

이 모든 배신을 하나로 묶어 '배신'이라고 한다면, 그리고 그런 배신을 진지하게 정의해준다면, 배신이란 근본에서 보면 세계와 존재자가 서로를 등지는 것이다. 존재자가 세계를 등지고, 세계가 존재자를 등지는 것이다. 전자는 존재자가 속한 세계가 그 존재자에게 부여하고 준수하도록 요구하는 규정성에서 존재자가 벗어나는 것이다. 세계가 그 존재자에게 보내는 '운명'을 거부하는 것이다. 동지회의 명령에 대해 거부하고 조직을 이탈한 클리프톤의 배신,

269

동지회에 대한 실망 속에서 명령에 순종하는 방식으로 조직의 몰락을 조장하려는 '나'의 배신이 그것이다. 후자는 세계가 자기 안에 분배하여놓은 어떤 자리에서 존재자를 쫓아내거나 심하면 세계 바깥으로 추방하는 것이다. 졸업연설의 대가로 배틀 로열의 링을 제공한 고등학교와 마을의 배신, 흑인대학을 곱게 유지하기 위해 흑인 세계의 치부를 드러낸 자를 추방한 흑인 총장 블래드소와 대학의 배신, 출중한 대중지도력에 대한 견제 때문인지 새로운 전략 때문인지 열심히 일하던 클리프톤이나 '나'를 궁지로 몰아간 잭과 '동지회'의 배신이 그것이다.

세계는 그 안에 존재하는 존재자들 각자에게 특정한 자리를 할당하고 거기서 그가 수행해야 할 임무를, 때로는 생을 바칠 '운명'마저 분배한다. 그것이 세계가 그 안의 존재자들에게 부과하는 규정성이다. 블래드소나 잭같이 그 세계에서 권력을 가진 자들은 자신과 세계를 공유한 존재자들에게 그 규정에 충실할 것을, 각자에게 주어진 자리에서 부과된 임무를 충실히 수행할 것을 요구하고 강제한다. 그러나 규정된 자리에 불려들어가면서 시작했지만, 거기서 분배된 임무가 현실의 대중과 상충된다고 느껴지는 순간 그것은 클리프톤이나 '나'에게 '이것이냐, 저것이냐' 판단과 선택을 하게 한다. 두 사람이 보기에 이러한 규정이나 '운명', 그것을 등지는 데 대한 비난은 그 세계가 나의 존재를 있는 그대로 받아들이지 못하고, 자신이 규정한 '대상'으로 가두는 방법에 불과하다. 그 세계의 '대변자'들이 자신이 믿고자 하는 바, 자기 목소리의 메아리를 존재의 목소리라고 주장하는 것이며, 자신의 명령을 역사의 명령이라고 바꿔치우는 것이다. 현실에 눈먼 자들이 일방적으로 부과하는 것이고, 그런 메아리에 귀가 막혀 '존재의 목소리'를 듣지 못하고 그런 과업에 눈멀어 나의 존재를 보지 못하기에 발생하는 배신이다.

아무튼 나는 '존재했지만' 보이지 않았다. 그것이 가장 근본적인 모순이었다. 나는 존재했지만 보이지 않았다. 그것은 무서운 일이었다. (…) 그것은 모두 사기였다. 아주 더러운 사기였다! 그들은 자신들을 중심으로 세상을 그려냈다. 그들이 우리에 대해 무얼 안단 말인가? (…) 과거의 모든 굴욕감들이 지금은 내 경험의 귀중한 부분을 이루고 있었다. (…) 나는 그것들이 단순히 개별적인 경험이라기보다 그 이상의 어떤 것이라는 사실을 발견했다. 그 경험들 자체가 곧 나였던 것이다. 아무리 눈먼 자들이 강하고, 심지어 세상을 정복했다 할지라도 그것을 가져갈 수 없다. (…) 그들은 눈이 멀었다. 자기 자신의 목소리의 메아리를 따라서만 움직이는 박쥐와 같은 소경이다.(2, 268~269쪽)

이는 존재자의 규정, 존재자를 대상화하는 규정에 현혹되어 그의 존재를 보지 못하고 그 존재의 '진리'를 등지는 배신이다. 의미의 지평에 갇혀 듣고자 하는 것만 듣고, 원하는 것만 존재하기를 바라는 자들이 그 세계 바깥, 그 지평 바깥에 있는 것을 배척하고 억압하는 방식으로 대처하는 배신이다(2, 278쪽). 이를 '존재론적 배신'이라고 해도 좋지 않을까? "사람들은 나를 언제나 이런저런 이름으로 불렀지만 정작 내가 나 자신을 부르는 이름에는 관심이 없었다. 그래서 나는 몇 해 동안 다른 사람들의 의견을 받아들이려고 애쓰다 결국 저항하게 된 것이다. 나는 보이지 않는 인간이다."(2, 361쪽) 페르난데스의 '알려지지 않은 자의 자서전'을 떠올리게 하는 문장이다.

'나'는 세계의 배신을 반복하여 경험하면서 결국 자신이 '보이지 않는 자'임을 깨닫는다. 배신으로 드러난 세계와 나의 간극, 알려진 나와 알려지지 않은 나의 괴리, 보이는 나와 보이지 않는 나의 간극 속에서 '나'는 어둠을 향해 간다. 배신의 함정에서 기어나와 다시 구멍에 빠지지 않도록 뚜껑을 덮고 확고한 지반을 만들어 그 위에 다시 세계를 수립하는 대신, 그 배신을 따라 더 멀리 어둠 속으로 들어간다. 자신이 서 있던 지반이자 자신에게 의미를 부여하는 지평을 빠져나가고, 자신이 발 딛고 있던 근거를 와해시키고자 한다. "보이지 않는다면 불가시성을 느껴지게 만들어라"(2, 271쪽), 이것이 그의 새로운 '정언명령'이다.

> 나는 불가시성을 받아들이고 탐구해보리라. (…) 나는 네네 하면서 그들을 넘어서고, 웃으며 그들의 **발밑을 파리라**. (…) 그들로 하여금 토해내거나 입이 완전히 벌어질 때까지 나를 삼키게 하겠다. 그들이 보기를 거부했던 것을 보게 하여 토해내도록 만들겠다.(2, 270쪽)

이와 나란히 이 작품은 이러한 존재론적 배신과의 연속선상에서 역사와 의미, 그리고 그것의 바깥에 대해서도 나란히 존재론적 통찰을 제공한다. '나'로 하여금 '동지회'의 배신을 당혹 속에 체감하게 했던 잭의 어이없는 훈계 뒤에, 그리고 그들이 보는 현실의 턱없음을 확인한 뒤에 이렇게 생각한다. "나는 마치 최악의 코미디를 본 기분이 들었다. 그렇지만 그것은 현실이었고, 그 안에 내가 살고 있다. 그것만이 내가 역사적으로 의미 있는 삶을 살 수 있게 해준다. 그곳을 떠나면 갈 곳이 없을 것이다. 클리프톤과 마찬가지로 죽은 목숨이며 갈 곳이 없을 것이다."(2, 227쪽)

역사란 의미화의 지평이다. 현재의 지평을 과거와 미래에 이어주는 거대 지평이다. 그것은 의미 있는 생존의 장이다. 당시 '나'에게 이는 '동지회'라는 조직과 직결된다. 백인들의 세계로부터 쫓겨나길 거듭한 '나'를 살 수 있게 해주는 것, 삶의 의미를 가능하게 해주는 것, 그게 바로 동지회라는 조직이었다. '내'가 살아갈 세계는 바로 그 조직이 구성하고 수립한 세계이고, 내가 살아갈 역사란 바로 그 조직이 만들어가는 역사였다. 조직 안에서, 그 조직을 통해 들어갈 수 있는 세계와 역사 속에서만 '나'는, 비천하고 버림받은 자는 의미를 얻고 살아갈 수 있다. 그 안에서만 자신의 '존재감'을 확인할 수 있다.

그러나 그 역사라는 거대 지평은 '우리'를, 미천한 자들, 의미 없는 자들을 보지 않는다. 존재하지 않는 것처럼 취급한다. 잭과 '동지회'가 그러했듯, 미천한 지위에 어울리지 않게 부각되거나 존재감을 갖게 되면, 거세하거나 꺾어버려 자신들이 허용한 의미 이상을 갖지 못하게 한다. 그런 점에서 역사의 내부도, 조직의 내부도 '우리'가 존재할 수 있는 곳이 아니다. "동지회 바깥으로 나간다면 우리는 역사의 바깥으로 나간 것이나 다름없었다. 그렇지만 그 안에 들어와 있으면 사람들은 우리를 보지 않는다. 그것은 정말 빌어먹을 상황이다. 우리는 그 어디에도 존재하지 않았다."(2, 257쪽) 또다른 '주인님'인 잭과 동지회(2, 220쪽)는 나에게, 흑인들에게 여러 가지 형태의 '희생'을 요구할 뿐이다.(2, 223쪽)

'나' 같은 미천하고 소소한 자들이 있는 곳은 출구 없는, 의미의 궁지다. 의미 있는 삶을 살려면 역사 안으로 들어가야 하는데, 역사는 '의미 있는 것', 중요한 의미가 있는 것만을 기록하고 다룬다. 따라서 애초에 의미 없는 자인 '나'나 '우리'는 역사라는 의미의 장 안에 있어도 별다른 의미를 갖지 못한다. 역사란 덧없이 스쳐지나가는 '우리'의 존재에 대해 생각해보지 않기 때문이다(2, 172쪽). 여기서 앨리슨은 역사라는 거대 지평과 '우리' 같은 미미한 자들의 '존재'가 근본적인 대립 속에 있음을 명확하게 지적한다. 역사 안에서 하찮은 것, 미소한 것, "학문적으로 분류하기에는 너무 애매하고 소리에 가장 민감한 전문가마저도 들을 수 없을 만큼 조용한 철새 같은 존재, 그리고 너무나도 모호해서 가장 모호한 말로도 묘사할 수 없을 정도이며, 역사적으로 중요한 결정이 내려지는 중심부에서 너무도 멀리 떨어져 있어서 사인은커녕 역사적 서류에 사인을 한 사람에게 박수조차 보낼 수 없는 위치에 있는 존재"(2, 172쪽)이기 때문이다.

9. 존재의 어둠 속으로

'나'는 결국 그 모든 배신에 떠밀려, '배신'이란 비난에 떠밀려 지하로, 어둠 속으로 들어간다(2, 350쪽, 352쪽). 라스가 선동하여 발생한 폭동에 휘말렸다 도망치던 '나'에게 사복경찰로 보이는 이들이 다가와 가방을 보자고 하자, 다시 내달리다 뚜껑 열린 맨홀 구멍에 빠져 석탄더미 위로 추락한다. "석탄더미 속의 검둥이라⋯⋯" 중얼거리며 다시 가방 속에 든 게 무어냐고 묻는 질문에, 내려와서 가져가라며 이렇게 외친다. "나는 네놈들을 항상 가방 속에 넣고 다녔어. 그런데 나를 알아보지 못하더니 이젠 볼 수도 없구나."(2, 351쪽) '나'는 "그들이 다른 걸 물었다면 멈추어 섰을 것이다"(2, 350쪽). 그러나 서류가방 속에 든 게 뭐냐고 묻자 수치심과 분노가 끓어올라 도망친 것이라 한다.

왜 그는 서류가방 속에 든 것에 분노하고 수치심을 느꼈는가? 서류, 그것은 세계 속의 존재자와 그에게 부여된 것, 그의 행적에 대한 이런저런 규정들이다. 가령 블래드소가 써준 추천장, 그를 조직으로 불러들인 잭의 메모, 조직의 프로그램 등 많은 종이가 이 작품에는 등장한다. 이 모두가 '내'가 말하는 '서류'다. 가방 속에 항상 넣고 다니던 서류들이다. 서류가방 속에 든 것, 그것은 '그들'이 부여한 규정들인 것이다. 블래드소가 추천한 이사들부터 잭과 동지회의 인물들, 마지막의 사복경찰까지, '그들'은 모두 그 규정성에 가려 '나'를 "알아보지" 못했다. 그들이 부여한 규정성의 메아리에 따라 보고 들었을 뿐, 나의 존재를 알아보지 못했다. 그런데 이제는 자신의 검은 피부를 맨홀 구멍 속의 석탄더미라는 이중의 어둠 속에 묻음으로써 "볼 수 없는" 곳으로 추락한 것이다. '알아볼 수 없음'과 대비되는 이 '볼 수도 없음'은 있어도 볼 수 없음을 뜻한다는 점에서 앞의 인식론적 봄과 대비되는 존재론적 사태다.

이런 항의에 그들은 "맛 좀 봐라!" 하면서 맨홀 뚜껑을 덮고 가버린다. '나'는 아무것도 보이지 않는 어둠 속에 유폐된다. 어둠 속에서 '나'는 불을 얻기 위해 고등학교 졸업장부터 모든 서류를 태운다. 모든 규정성을 태워버린다. 그렇게 태우는 와중에 자신에게 조직에서의 행동에 대해 경고했던, 배신의 전조였던 메모가 자신을 조직으로 불러들였던 잭의 메모와 같은 글씨였음을 발견한다. 이전의 환한 빛 속에선 보이지 않던 진실의 조각을 어둠 속의 미광에서 본 것이다. 이 미광은 세계의 빛과 다른 종류의 빛인 것이다! 서류를 태울 때 발생하는 빛, 규정성들을 지워버릴 때 발생하는 빛, 사실 그것은 빛에 반하는 빛이다. 빛의 세계에서는 보이지 않는 빛이고, 이미 충분히 밝은 빛의 세계에선 피울 생각도 하지 못하는 빛이다.[40]

그는 이제 과거의 세계 어디로도 돌아갈 수 없음을 안다. 그들이 망쳐놓은 세상을 애써 바로잡으려는 열망도 접는다. "그들은 모두 저 위 어딘가에서 세상을 엉망으로 만들고 있을 것이다. 그래, 내버려두자. 나는 이제 그들과의 관계를 끝냈고, 꿈과 관계없이 온전한 몸이 되었다."(2, 358쪽) 그에게 남은 것은 그들을 개의치 않고 자신의 길을 "오로지 앞으로 나가거나 아니면 여기 지하에 머물러 있"는 것뿐이다.

'그들'을 개의치 않고 '자신의 길을 간다'는 것은, 이제까지 '나'를 둘러싸

---

40) 이는 환한 대낮에 한구석에서 켠 성냥불빛(김시종, 「불」, 『광주 시편』) 같은 것, 혹은 서치라이트와 반대되는 파솔리니의 미광(조르주 디디-위베르망, 『반딧불의 잔존』, 김홍기 옮김, 길, 2012)과 인접해 있다.

고 나를 규정해오던 그들로부터 떠나는 것이다. '자신'의 길이라고 했지만 사실 정해진 선험적 길이 '자신' 안에 있는 것은 아니다. '자신'의 길이란 '그들'이 부여하는 규정이 그 지평에 제공하는 의미 밖으로 나가는 길이다. '자신'이라 불리는 존재자의 존재를 향해 가는 길이다. 이것이 '지하에 머무는 것'과 대비된다면 그것이 자신의 존재를 다른 길로, 다른 세계로 밀고 가는 길이기 때문이다. 의미를 주고 생존의 자원을 주고 이름을 주고 명예와 성공으로 유혹하는 세계를 벗어나 남들의 시선에 개의치 않고 스스로 긍정할 수 있는 삶을, '다른 삶'을 향해 가겠다는 뜻이다. 어쩔 수 없이 다른 것들, 다른 이들과 다시 대면하겠지만, 스스로를 긍정하는 자긍의 영혼으로 살아갈 세계, 심지어 또다른 '배신'을 면할 수 없을지도 모르지만 '그들'의 시선이나 '그들'이 제공하는 의미에 기대지 않는 자긍의 힘으로 뚫고 갈 세계를 향해 가겠다는 뜻이다.

'지하에 머무는 것'은 이와 다른 길이다. 맨홀 구멍 속의 어둠, 그 어둠 속의 석탄, 그 석탄 속의 검둥이라는 세 가지 어둠이 중첩된 곳이 '여기 지하'다. '나'라는 개체성의 경계마저 식별할 수 없는 어둠이고, 존재자의 미규정적 어둠과 존재의 무규정적 어둠이 구별할 수 없도록 뒤섞여버리는 곳이다. 존재자의 존재와 존재 자체의 어둠이 만나서 섞이는 곳이다. 지하에 머문다 함은 존재자의 개체성이 소멸하는 그 어둠 속에 자신을 맡기고, 그 어둠 속에 머물며 나라는 존재자의 경계를 넘어 그 어둠 속으로 나아감이다. 존재자의 존재에서 존재 자체로 나아감이다. "쫓겨날 때까지는 이곳에 머물 작정이었다. 여기서는 적어도 평온하게 세상일을 생각해볼 수 있을 테니. 그렇지 더라도 적어도 조용히 생각해볼 수는 있을 테니. 나는 지하를 주거지로 삼기로 마음먹었다."(2, 358쪽)

그는 이렇게 세계의 규정으로부터 존재자의 미규정적 존재로, 그리고 급기야 세계 밖의 무규정적 존재 자체로 나아간다. 거기에는 선악도 없고, 미추도 없으며, 더러움과 깨끗함도 없다. 수많은 개체적 물결 '밑'에 있는, 그러나 어떤 개체적 물결도 아닌 전체로서의 바다, 수많은 개체적 바람의 바람이면서 어떤 개체적 바람도 아닌 대기 자체와 같은 것, 그것이 개체적 존재자 바깥, 존재 자체다. 어둠 속에서 그는 깨닫는다. "사람이 보이지 않게 되면, 선과 악이라든가 정직과 부정 같은 문제들이 변화무쌍하여 서로 혼동된다는 걸"(2, 360쪽). 또한 봄春의 냄새 속에는 죽음이 있음을 알게 된다(2, 371쪽). 환한 밝음 속에서 어둠을 볼 수 있게 된다(1, 16쪽).

그 어둠 속에서 그는 "사람들이 제각기 다르다는 걸 알게 됐으며, 모든 삶은 서로 갈라져 있고, 그렇게 갈라진 곳에 진정한 건강이 존재한다는 사실을 알게 됐다. 그래서 나는 내 구멍 속에 머물러왔다. 왜냐하면 저 위의 세상에는 인간들을 하나의 양식으로 일치시키려는 열망이 커지고 있기 때문이다"(2, 365쪽). 이것이 그가 존재자의 존재에서, 그 미규정성에서 다른 규정가능성을 통해 새로운 세계를 창조하는 것과 반대로 어둠 속의 존재 자체로 내달려서, 그 어둠 속에서 깨닫게 된 진실, '존재의 진실'의 일부일 게다.

규정된 대상에서 존재자의 존재로, 그 미규정성으로 가는 것은 결코 어려운 일이 아니다. 자신에게 부과되는 규정성이 불편하거나 낯선 것일 때, '그게 나의 존재는 아니야!'라고 속으로 외치며 존재자의 존재로 나아가는 것은, 적어도 자신을 자긍하는 자라면 차라리 자연스러운 일이다. 그러나 하나의 존재자가 존재 자체로 나아가는 것은 쉬운 일이 아니다. 존재 자체란 '존재자의 존재'에서 존재를 수식하는, 존재를 제한하는 '존재자의'라는 관형어가 떨어져나가는 곳이기 때문이다. 존재자가 떨어져나간다는 말은 존재자의 개체성이 소멸하는 것을 뜻한다. 존재 자체로 나아간다 함은 존재자의 개체성이 사라져버리며 그저 존재한다는 사실만으로, 그저 있다는 사실 하나만 남는 어떤 흐름 속으로, 하나의 '질료적' 흐름 속으로 들어감을 뜻한다. 개체성의 경계를 넘어간다는 것, '나'를 넘어서 '나'라고 부를 것도 없는 존재 자체 속에 자신을 용해시켜버리길 받아들이는 것은 대단히 두려운 일이다. 개체성의 소멸, 그것은 유기체의 개체성 안에서 '나'를 지각하고 사유하는 존재자로선 어쩌면 가장 두려운 일이다. 그것은 개체로서의 나의 죽음을 뜻하기 때문이다. '나'라는 존재자가 소멸하지 않고선 '존재' 자체로 나아갈 수 없다.

그럼에도 이 작품은 어둠 속에 남기로 하는 '나'를 따라 개체성마저 사라진 존재의 어둠 속으로 들어가고자 한다. '나'는 다시 세계의 빛 속으로, 빛의 세계 속으로 들어가는 대신, 적어도 당분간 어둠 속에서, 보이지 않는 자로서 계속 살아가고자 한다. 세계의 거듭되는 배신을 통해 자신의 존재에, 존재자의 존재에 눈을 돌리게 되고, 자기 존재의 진실이란 세계라는 전시장에 잘 보이게 전시된 액자 속이 아니라 세계 바깥의 어둠에 있음을, 자신의 존재를 넘어선 어둠 자체 속에 있음을 알게 되었기 때문이다. "나는 실제 세계 속에 존재한다는 사실을 스스로 확인하고 싶고, 모든 소리와 고뇌의 일부라는 것을 느끼고 싶어서 견디다 못해 주먹을 휘두르고 욕을 내뱉으며 사람들에게 나를 인식시키려 했다. 그렇지만 슬프게도 성공한 경우는 거의 없다."(1, 12쪽) 반대로 "자신이 보이지 않는다는 사실을 발견하고 비로소 살아 있는 상태가 되었다"(1, 16쪽). 태초에 어둠이 있었고, 그 어둠이 여러분을 만들기도 하고 파괴하기도 한다면서 어둠의 창세기를 다시 쓰겠다는 것(1, 19~20쪽)은 이 때문이다. 어둠으로부터 새로이 탄생할 어떤 존재자의 창세기를 다시 쓰겠다는 것이다.

세계성 속에서 펼쳐지는 서사문학에서, 개체적 존재자의 움직임과 감응들을 펼쳐가는 문학작품에서 존재자의 존재에서 존재로 나아가는 것은 흔치 않은 일이다. 개체성이 소멸하는 순간, 존재자 인근에 모여든 대상들은 중심을 잃고 흩어지며, 그 인근에 형성된 감응의 대기는 주인을 잃고 흘러가버리기 때문이다. 주인공이나 특이적인 중심인물의 죽음 이후에 소설은 대개 그 죽음 이후에 남은 것만을 보여줄 수 있을 뿐이다. 개체성을 넘어 존재 자체로, 그 존재 자체를 따라가는 운동을 쓰는 것은 그래서 더욱 어렵다. 무규정적 존재 자체를 쓴다는 것은 불가능하다. 어둠 속에서 사는, 개체성을 넘어서 있기에 마치 유령같이 움직이는 '보이지 않는 인간'의 프롤로그가 시도하려는 것이 바로 이것이다. 반복되는 배신의 서사 끝에서 도달한 것으로 소설을 시작하는 것은, 존재자의 개체성을 넘어선 존재야말로 개체적 존재자의 '기원'이라고 믿기 때문일 터이다.

『보이지 않는 인간』에서 우리는 세계로부터 자신의 존재로, 자신의 존재로부터 존재 자체로 나아가는 존재론적 사유의 한 경로를 발견한다. 나는 이 책에서 존재자의 존재론에서 존재의 존재론으로 향해 가는 문학적 사유의 궤적을 본다. 이 경로를 우직하게 따라가며 이 소설은 존재자의 존재와 존재 자체를 다루는 깊은 존재론적 사유를 드러낸다. 따라서 이 책은 존재론에 대한 특별한 책이라고 해야 한다. 빛과 자신을 동일시할 수 있는 자들의 흰 존재론에 반하는 검은 존재론을, 빛의 존재론과 상반되는 어둠의 존재론을 여기서 발견한다. 이는 보이지 않는 자인 흑인이기에 가능했던 검은 존재론이다. 소수자들의 존재론이다.

10. 백색의 어둠, 혹은 검은 돌 흰 돌

1) 백색 공간과 옆의 세계

존재는 어둠이다. 개체성의 구별마저 사라진 어둠이다. 그러나 이 어둠의 색은 검정이 아니다. 그것은 아무런 색이 없음이다. 모든 물감을 다 섞어놓은 검정의 어둠이지만, 모든 파장의 빛이 다 섞여 있는 백색의 어둠이다. 모든 소리가 섞여 어떤 소리도 식별되지 않는 소음이지만, 모든 소리를 동시에 섞어놓은 백색소음이다. 존재의 어둠은 어둡지 않다. 그것은 모든 규정가능성이 담겨 있는 무규정성이다. 그래도 '어둠'이라는 표현은 자꾸 검은색 어둠을 떠올리게 한다. 이 때문일까? 안희연은 이 존재를 백색으로 묘사한다. 그의 시집에는 식별을 위한 번호마저 없는 세 편의 「백색 공간」이 실려 있다.[41] 시집의 첫번째 시가 「백색 공간」이란 점은 이 시집이 던지는 시적 물음이 존재와 결부된 것임을 시사한다. 「트릭스터」나 「피아노의 방」의 '불가능'도, 「폐와」의 침묵도 내겐 이런 물음과 결부된 것으로 읽힌다. 먼저 두번째 「백색 공간」은 무엇보다 백색이 완연하다. 이누이트, 종이, 흰 개, 설원 등 모두 하얗다. 흰 개가 흰 개를 물고 간다. 썰매를 타고 달리는 내가 거기 있다.

> 이누이트라고 적혀 있다
>
> 나는 종이의
> 심장을 어루만지는 것처럼
> 그것을 바라본다
>
> 그곳엔 흰 개가 끄는 썰매를 타고
> 설원을 달리는 내가 있다

---

41) 언급되는 시를 구별하기 위해 세 편의 「백색 공간」에 (1), (2), (3)의 번호를 덧붙여 인용하겠다.

미끄러지면서
계속해서 미끄러지면서

글자의 내부로 들어간다

흰 개를 삼키는 흰 개를 따라
다시 흰 개가 소리 없이 끌려가듯이

누군가 가위를 들고 나의 귀를 오리고 있다
흰 개가 공중으로 흩어진다

긴 정적이
한방울의 물이 되어 떨어지는
이마

나는 이곳이
완전한 침묵이라는 것을 알았다

종이를 찢어도 두 발은 끝나지 않는다
흰 개의 시간 속에 묶여 있다

                       —안희연, 「백색 공간」(2), 전문[42]

---

42) 안희연, 『너의 슬픔이 끼어들 때』, 창비, 2015, 64~65쪽.

이누이트, 에스키모라고 흔히들 부르는 부족의 이름이다. 어디를 봐도 온통 눈인 곳에 사는 부족이다. 그 공간의 백색에서 시인은 종이의 심장을 본다. 어떤 글자나 그림도 받아들이는 것, 그것이 종이의 심장이다. 무언가 씌어 있으면 그게 어려워진다. 그래서 종이의 심장은 백색이다. 그 백색 공간에 흰 개가 끄는 썰매를 탄 내가 있다. 나의 존재 또한 그 백색 공간의 일부다. 규정성을 갖지 않은 백색 어둠으로 거기 있다. 나는 미끄러지면서 글자 내부로 들어간다. 규정성을 새기는 글자 안으로 들어간다. 글자는 다른 글자와 식별되며 의미를 만들고 규정을 만든다. 글자 안에는 아무런 의미도 규정도 없다. 흰 개를 삼키는 흰 개를 따라 다시 흰 개가 들어가듯이, 의미 없는 글자를 따라 규정도 의미도 없는 백색 공간 속으로 들어간다.

거기선 보이지 않듯 들리지도 않을 것이다. 그러나 귀를 오려내려 한다면, 거꾸로 무규정의 흰 개들은 흩어질 것이다. "없다"고 말하는 순간 "없다"는 글자가 있게 되듯이, "안 들려?"라고 하는 소리는 들어달라고 하는 소리이듯이. 하지만 이 백색의 무규정은 그저 '없음'이 아니다. 긴 정적이 한 방울 물이 되어 떨어질 때, 그 한 방울은 얼마나 강렬한가. 그렇게 한 방울의 소리가 되어 태어나는 곳이 백색의 완전한 침묵이다. 종이를 찢고 백색 공간에 무언가를 칠해 망쳐놓는다고 해도 백색 공간은 사라지지 않는다. 미끄러지는 두 발은 드나들기를 반복할 것이다. 그렇게 우리 존재자는 모두 "흰 개의 시간 속에 묶여 있"는 것이다.

첫번째 「백색 공간」의 전반부는 앞서 읽은 앨리슨의 검은 주인공을 다시 생각나게 한다.

돌부리에 걸려 넘어진다고 쓰면
눈앞에서 바지에 묻은 흙을 털며 일어나는 사람이 있다

한참을

서 있다 사라지는 그를 보며

그리다 만 얼굴이 더 많은 표정을 지녔음을 알게 된다

그는 불쑥불쑥 방문을 열고 들어온다

지독한 폭설이었다고

털썩 바닥에 쓰러져 온기를 청하다가도

다시 진흙투성이로 돌아와

유리창을 부수며 소리친다

"왜 당신은 행복한 생각을 할 줄 모릅니까!"

—안희연, 「백색 공간」(1), 전반부[43]

　그 소설의 주인공은 이미 보았듯이 자꾸 넘어지고 배신당한다. 그래도 다시 흙을 털며 일어선다. 하지만 맨홀 속의 어둠 속으로 들어가 '보이지 않는 인간'이 되었다. 그러나 그처럼 보이지 않게 되었지만, 그는 사실 자신이 갖고 있던 서류가방의 문서보다 훨씬 많은 표정을 갖고 있다. 그것이 자신의 존재임을 그는 안다. 그려지지 않은 얼굴, 혹은 그리다가 만, 새로운 변형을 향해 열린 많은 얼굴이 그 존재 안에 있음을. 이제 그는 새로운 얼굴로, 낯선 표정으로 불쑥불쑥 방문을 열고 들어올 것이다. 물론 열고 들어온 곳 역시 세계인 한, 그는 다시 쓰러지기를 반복할 것이고, 이내 어둠 속으로 다시 들

---

43) 같은 책, 10쪽.

어갈 것이다. 그러나 이제까지 그랬듯 그는 다시 바닥에서 묻은 진흙, 흘러내린 진흙 채로 돌아와 액자를 부수고 유리창을 부수며 외칠 것이다. "왜 당신은 행복한 생각을 할 줄 모"르냐고. 행복이란 그 액자 속에 편안히 있는 게 아니라고.

> 절벽이라는 말 속엔 얼마나 많은 손톱자국이 있는지
> 물에 잠긴 계단은 얼마나 더 어두워져야 한다는 뜻인지
> 내가 궁금한 것은 가시권 밖의 안부
> 그는 나를 대신해 극지로 떠나고
> 나는 원탁에 둘러앉은 사람들의 그다음 장면을 상상한다
>
> 단 한 권의 책이 갖고 싶어
> 아무것도 쓰여 있지 않은
>
> 밤
> 나는 눈 뜨면 끊어질 것 같은 그네를 타고
>
> 일초에 하나씩
> 새로운 옆을 만든다
>
> ─안희연, 「백색 공간」(1), 후반부[44]

  물론 그를 지켜본 사람은 안다. 그가 저렇게 말을 하지만 그때까지 얼마나

---

44) 같은 책, 10~11쪽.

많이 쓰러지고 일어섰는지, 얼마나 많은 벽을 타고 절벽을 기어올랐는지. 그 절벽 속에는 얼마나 많은 손톱자국이 있는지. 제대로 내려가본 사람은 안다. 물에 잠긴 계단을 얼마나 더 내려가야 하는지, 얼마나 더 어두워져야 하는지. 그래서 '나'는 보이는 것이 아니라 보이지 않는 것의 안부가 궁금하다. 그는 진흙 묻은 발로 다시 극지, 지평 밖 안 보이는 곳으로 떠날 것이고, 나는 나나 그를 둘러싼 이들이 그다음에 어떤 장면의 삶으로 응수할지 상상한다. 아무 것도 쓰여 있지 않은 책, 혹은 밤, 그것은 앞서 시에서 보았던 백색 공간이다. 보이지 않는 곳으로 떠난 저 흑인의 어둠이다. 그것을 갖고 싶다 함은 백색의 존재를 향한 마음이다. 그 무규정의 잠재성 속에서 눈뜨면 끊어질 것 같은 그네를 탄다. 그네를 타며 매순간 새로운 옆을 만든다. 다른 세계를 만든다. 그게 백색 공간, 존재가 내게 주는 것이다. 너무 빨리, 너무 많이, 아니 실은 너무 급하게 만드는 것은 아닌가 싶기도 하지만. 백색의 공간에, 그 흼 속에 잠시 머물러 있어도 좋을 법한데 말이다.

앨리슨의 '보이지 않는 인간'이 대비했던 두 개의 길, '자신의 길을 가는 것'과 '어둠 속에 머무는 것'은 사실 다르지 않은 길이다. 그렇다고 양자를 대비하는 것이 잘못된 것도 아니다. 하나가 다른 하나로 이어진다고 해도, 그것을 두고 같다고 할 순 없으니까. 그렇다면 두 개의 「백색 공간」에서 말하고 있는 것 또한 이 다르지 않은 두 개의 길이라고 해도 좋을 것이다.

2) 존재와 존재자

존재자는 존재다. 존재자의 존재는 존재의 일부다. 모든 존재자가 그리 '녹아'들어가고 또 그로부터 태어나는 것, 모든 존재자를 싸안고 있는 '하나', 그것이 존재다. 그것은 모든 존재자를 있는 그대로 싸안고 있지만, 존재자의 형상이 그대로 남아 있는 한 거기에 가려 보이지 않고, 보이지 않기에 사유되기 어렵다. 그렇기에 그 모든 존재자의 형상이 녹아들어가는 일종의 질료적 흐름처럼 추상화되어 사유되거나, 모든 물결의 모태이면서 개체적 물결과는 구별되는 전체로서의 바다 같은 것으로 은유되어 사유된다. 존재자가 개체성을 잃고 섞여들어가는 질료적 전체 혹은 존재자가 개체성을 얻어 탄생하는 생성의 바다 같은 것으로 간신히 사유된다.

시집 『당신이 있다면 당신이 있기를』에서 존재에 대한 시적 사유를 처음부터 끝까지, 표현형식에서 내용형식 모두 끝까지 밀고 가보려는 송승환의 시도는 존재자의 존재에서 존재를 향해 밀고 온 이 장의 마지막에 아주 잘 어울린다. 물론 상세히 다룰 수도 없고, 시 또한 아주 길어서 한 편을 모두 인용하는 것도 어려운 제약 속에서 간단히 언급해야 하지만, 시로써 존재 자체를 전면적으로 다루려는 이 희소한 시도를 여기서 빼놓을 순 없는 일이다. 시 하나하나보다는 시집 전체가 존재를 다루려는 것이란 점에서 먼저 시집 전체의 구성에 대해 살펴봐야 한다.[45]

「이화장」부터 이어지는 처음의 네 편은 말할 수 없는 것으로서의 존재, 말하는 순간 말하는 데 실패하는 존재 자체를 말하기 위한 새로운 표현형식의 멋진 실험에 바쳐진다.[46] 하지만 여기서 다룰 주제와는 거리가 있기에 더는 언급하지 않겠다. 내용의 층위에서 존재를 다루는 시 가운데 「플라스틱」은 앞서 말한 질료적 일원성 속에서 존재를 하나로 다룬다. 이 시는 존재 자체를 '나'라는 주어로 삼아, 모든 형태를 잃고 존재로 녹아들어가 존재 속에 머물다 개체성을 얻어 수많은, 모든 존재로 탄생하는 양상을 묘사하고, 이를 통

---

45) 송승환, 『당신이 있다면 당신이 있기를』, 문학동네, 2019.
46) 이에 대해서는 다음 장에서 '부재하는 언어의 불러냄'과 관련하여 살펴보겠다.

해 철학자들이 '존재의 일의성'이라고 부르는[47] 장대한 생성의 사유를 보여준다.[48] 그뒤의 두 시 「욕조」와 「있다」도 이런 맥락에서 읽을 수 있다. 2부의 「에스컬레이터」가 개체화된 존재자가 걷는 길을 다룬다면, 지하실을 표시하는 「B101」 「B102」 「B103」은 존재자가 개체성을 잃고 묻히는 지하를, 어둠의 존재를 개체와의 관계에서 다룬다. 존재와 존재자의 관계를. 그뒤의 「검은 돌, 흰 돌」 또한 그렇다. 1부가 존재에 대해 '만약'이라는 가정의 방식으로 다룬다면, 2부는 존재와 존재자 간의 관계를 '어쩌면'의 상상의 방식으로 다룬다. 3부의 제목은 '아마도'인데, 시는 없이 공백으로 비어 있다. 존재란 아마도 이 공백, 백색의 어둠이라고 말하려는 것일 게다.

존재자와 존재로 얼른 넘어가자. 「B101」의 주어는 모든 존재자를 포괄하는 존재 그 자체다. 하나인 존재. 아주 다른 개체들 모두가 하나라고 말한다. 그 모든 것을 하나로 하는 것이 '나'라고. 여러 방향으로 솟아나 있지만 하나인 테트라포드처럼,

　　테트라포드

　　재와 광선은 하나다

---

47) "존재는 하나다"라고 했던 것은 파르메니데스였지만, 존재의 일의성을 사유하는 데 중요한 기여를 한 사람은 오히려 둔스 스코투스와 스피노자였다. 들뢰즈는 니체의 영원회귀를 이러한 존재론적 사유에 연결하며, 그럼으로써 자신 또한 그 불연속적 계보 안에 들어간다(이에 대해서는 들뢰즈, 『니체와 철학』, 이경신 옮김, 민음사, 2001; 들뢰즈, 『차이와 반복』, 김상환 옮김, 민음사, 2004, 109쪽 이하 참조). 진은영은 존재론에서 질료적 일원성이 왜 중요한지를 잘 보여주는데, 그의 책은 니체의 영원회귀를 이런 방식으로 이해하려는 설득력 있는 시도이다(진은영, 『니체, 영원회귀와 차이의 철학』, 그린비, 2007).

48) 이 시의 마지막 절인 7절은 릴케의 「오르페우스에게 바치는 소네트」 2부의 마지막을 연상하게 하는 두 문장으로 이루어져 있다. "모든 것이 있다 // 모든 것이 되어가고 있다."(『당신이 있다면 당신이 있기를』, 44쪽)

해와 시체는 하나다
새와 바위는 하나다

하나다
하나다
하나다

나는

검은 부두가 올려다보이는 선창에서 빗소리를 본다 붉은 집에서 새어나
온 불빛들 파도에 젖는다 진홍빛 물결이 휘감아 돈다 나는 빛의 소용돌이
속에 있다 수평선이 무너진다 선실 천장에 금빛 물그림자 출렁인다

나는 비를 만진다

모든 것이 잠긴다

밤은

나는

—송승환, 「B101」, 1절[49]

_____

[49] 송승환, 『당신이 있다면 당신이 있기를』, 문학동네, 2019, 69~70쪽.

재와 광선, 해와 시체, 새와 바위, 어느 것도 보통은 하나라고 할 수 없는 이질적인 것이다. 이것이 모두 하나라고 한다. 자칫 여기서 이들을 하나로 묶어주는 범주―'유 개념'―를 떠올리며 '존재'라고 하면 안 된다. 존재는 '유'가 아니다. 즉 하나로 묶게 해주는 어떤 공통성이 아니다. 성질이나 형식 같은 것이 아니란 말이다. 이를 부연하려는 것일까? 차라리 존재란 질료에 가깝다. 물로 된 모든 것이 합쳐지는 하나로서의 물 같은. 이를 보여주려는 듯, 4연에서는 빗소리, 젖는다, 물결, 수평선, 물그림자, 출렁, 비 등 물과 관련된 것이 명사와 동사, 부사 등 상이한 문법적 형태로, 주어와 술어, 부사어 등 아주 다른 문장성분의 자리에 등장한다. 그 사이사이에 불빛도 끼워넣는다. 그리고 그 모두를 "모든 것이 잠긴다"는 다음 연의 문장으로 받는다. 그러니 여기서 '하나'란 위치나 기능, 규정이나 성질을 떠나 모여들고 잠겨드는 '하나'라는 말이다. 존재가 바로 그러하다. '나'는 바로 이 존재다. 이렇게 존재자들이 잠겨드는 '하나'로서의 존재를 안다면, "성당은 바닷속에 있고 천사는 밀가루반죽 속에 있다"거나 "피아노는 지중해에 있고 책상은 피레네에 있다", 또 "나는 벵골만을 지나고 있다"거나 "나는 대서양을 횡단하고 있다"(「B101」, 2절)는 말도 납득할 수 있다. 모든 존재자는 존재에 '잠겨 있는' 것이고, 존재는 모든 존재자가 있는 곳에 있는 것이다.

　「B102」[50)]는 개체성을 잃고 이렇게 존재의 바닷속으로 들어가는 존재자를 주어로 하여 씌어진다. "진원지에서 멀리 떨어진 곳에서 일어나" 덮쳐오는 해일처럼 존재는 나를 '삼킨다'. 그렇게 "나는 세계의 밤에 내던져진다". 그렇게 존재의 일부가 됨으로써 "나는 밤의 공항에 있"고 "밤의 사막을 들고 있다". 개체성을 잃고 존재 속으로 사라져 들어온 존재자이기에 "나는 물

---

50) 같은 책, 76~82쪽.

속으로 사라진 목소리를 들을 때/나는 나에게서 가장 가깝고 가장 멀리 있다". 개체적 존재자와 존재는 하나라는 점에서 가장 가깝지만 존재란 존재자가 사라짐을 통해서만 하나가 될 수 있다는 점에서 그 존재자에게서 가장 멀리 있다. 그렇게 존재 속으로 들어간다 함은 개체의 신체를 이루던 요소들이 질료적 흐름 속으로 흩어져 들어가는 것이고, 다른 것들과 모이고 섞이면서 다른 개체의 신체를 향해 가는 것이다. 개체성을 얻어 새로이 탄생하게 될 어떤 것의 신체로. "바다 정원의 꽃들 사이로 흩어진 내 육체는 빛을 향해 나아가고 있다." 그렇기에 내 "입술은 눈을 뜬 물고기 배 속에 있다"고도 할 수 있고, 그로 인해 "찢어진 눈꺼풀을 들여다보는 소녀의 푸른 눈동자가 있다"고도 할 수 있는 것이다(「B103」, 1절)[51]. 그렇게 개체들은 존재로부터 새로운 개체가 되어 탄생한다. "물거품이 떼 지어 떠오른다/물고기들이 튀어 오른다."(「B103」, 2절)[52] 그렇게 "너는 살아/너는 살아" …… '살아난다'는 말이기도 하고 '살아'라는 말이기도 하겠다. "희거나 검거나 붉거나// 세계로부터."

존재의 어둠은 검다고도, 희다고도 할 수 있다. 백색 어둠이고 검은빛이다. 그런데 존재와 존재자의 관계 속에서 송승환은 개체성을 잃고 존재로 들어가는 존재자의 색을 '검다'고 쓰고, 개체성을 얻어 존재로부터 태어나는 존재자의 색을 '희다'고 쓴다. 검다와 희다는 이제 존재와 존재자 사이에 있는 두 가지 색, 소멸과 발생을 표시하는 존재의 두 '표면'을 표시한다. 검은 돌, 흰 돌은 그렇게 이행중인 개체를 표시하는 환유가 된다(「검은 돌 흰 돌」). 그러나 검은 것은 존재자가 존재로 이행하는 한순간의 반사광이고, 흰 것은 반대 이행의 반사광이다.

---

51) 같은 책, 84쪽.
52) 같은 책, 85쪽.

이 두 이행을 소멸과 탄생, 죽음과 탄생으로 대비하면서, 슬픔과 기쁨이라는 상이한 감정을 거기에 할당하는 한, 우리는 존재를 긍정하기 어렵다. 존재는 나를 비롯한 모든 개체의 모태가 아니라 단지 개체들의 무덤에 지나지 않게 된다. 검은 돌이 없으면 흰 돌 또한 있을 수 없다는 것이 진실이다. 차라리 흰 돌은 검은 돌에서 나오고, 검은 돌은 흰 돌에서 나온다고 하는 게 더 낫다.

> 검은 깃털은 검은 깃털에서 나온 것인가
> 검은 돌은 검은 돌로 남는가
>
> 초록의 에메랄드는 태양의 광원 속에서 왜 희거나 붉거나 푸르거나 검은가
> 백조는 백조이고 흰 돌은 흰 돌인가
>
> 삼월에 명자가 떨어지면 슬픈 것인가
> 삼월에 아이가 태어나면 기쁜 것인가
>
> ──송승환, 「검은 돌 흰 돌」, 5절 중에서[53]

흰 돌이 검은 돌의 전조인 것처럼, 검은 돌은 흰 돌의 전조다. 그때 비로소 우리는 존재를 생성으로 긍정할 수 있다. 나의 존재를 생성과 변화의 능력으로 긍정할 수 있다. 죽음에 대한 한탄으로 이어지는 탄생의 헛된 기쁨이 아니라, 새로운 삶의 시작으로서 죽음을 긍정할 수 있다. 탄생만을 찬양하는 것

---

53) 같은 책, 96쪽.

은 생성의 긍정이 아니다. 죽음마저 삶의 일부, 소멸마저 생성의 일부임을 볼 수 있을 때 우리는 존재의 본질이 생성임을 볼 수 있을 것이다. 모든 생성의 긍정이 바로 존재론의 힘임을 사유할 수 있을 것이다.

6장

불러냄과 불러들임:
존재론은 예술을 무엇이라 생각하는가?

．
．

1. 초험적 경험과 불러냄

초험적 경험이란 경험을 넘어서는 경험이고, 그 경험이 발생하는 지평을 벗어나는 경험이다. 모든 익숙함을 무無의 당혹 속으로 밀어넣는 경험이다. 감각은, 감지했으나 무엇인지 알지 못하는 것 앞에서, '~~이다'라고 판단할 수 없는 어떤 것이 '있다'는 사태 앞에서 갈 곳을 잃은 채 멈추어 선다. 지성은, '~~이다'라는 양식적良識的인 판단을 궁지로 몰아넣는 역설적 사태에 발이 걸려 넘어진다. 그렇지만 감각은 어떻게든 다시 고개를 들어야 하고, 지성은 어떻게든 다시 일어서야 한다. 보이지 않고 들리지 않는 어둠 속에서, 알고 있던 모든 것이 손가락 사이로 흘러나가버린 맨손으로. 그 어둠 속에서 발 디딜 곳을 조심스레 찾아야 하고, 붙잡을 것을 더듬더듬 찾아야 한다.

물론 어둠의 카오스가 두려워 물러서기도 할 것이고, '이거 뭐야?'라는 비난 어린 반문으로 얼른 익숙한 길로 되돌아가기도 할 것이다. 그러나 잊을 수 없는 형상이 눈을 감아도 사라지지 않고 빙빙 돈다면, 낯설고 이해할 수 없는 '서툰 시구' 하나가 사라지지 않은 채 머리에 박혔다면, 우리는 그 어둠 속으로 들어가게 된다. 지워지지 않는 형상, 잊히지 않는 시구에 휘말려, 무서움을 잊게 해주는 아름다움에 매혹되어 얼굴을 지우고 뇌를 파먹는 바람을 거슬러 어둠 속으로, 카오스의 우주로 간다. 설혹 그것이 지옥으로 가는 길로 보인다 해도, 조금은 익숙해진 어둠 속에서 잘 보이지 않는 무언가가 '있음'을 느끼며, 그 보이지 않는 무언가에 눈을 돌리며. 어렵게 출구를 찾았다면, 그 출구 밖에 다른 세계가, '다른 삶'이 있음을 보게 될 것이다. 그 출구를 나서는 순간 다른 감각, 다른 지성이 이미 내 안에 자라나고 있음을 느끼게 될 것이다.

초험적 경험은 이렇게 존재의 빛이 드는 곳을 향해 가는 게 아니라 빛이 없는 어둠의 존재를 향해 간다. 지평을 벗어나고 세계를 이탈한다. 예술가는 초험적 경험의 생산자다. 그들은 이 어둠 속의 존재를 향해 간다. 무규정적인 것을 향해 간다. 있어도 그저 '있음'만을 감지할 수 있는 것을 향해 간다. '있는' 그것에 대해 최대치의 감각으로 더듬대며 그것이 무엇일지 상상한다. 아주 작은 감각적 단서들을 모아 최대치로 증폭시킨다. 어둠의 대기 속에 그렇게 증폭된 감각을 풀어 넣는다. 어둠 속에 어떤 미친 감응의 독을 탄다. 미혹의 향기를 통해 함께 어둠 속으로 여행할 자를 부른다.

그렇기에 이들은 분명 '저주받은 운명'을 따라가는 것일 게다. 기존 예술과 대결하는 예술을 시도했던 예술가라면, 대개는 그 운명의 저주를 한탄하면서도 결코 벗어날 수 없었던 자 아닌가. 그래서 차라리 그 운명을 함께할 이들을 지옥 가는 길의 친구로 끌어들이길 택했던 자 아닌가. 그것을 일찍이 알아보고 따라가는 자는, 그 저주의 운명 속에 숨은 매혹을 알아볼 수 있었기에 도망치지 못한 채 끌려들어간 자다. 이들은 모두 지옥의 향기에 홀린 자들이다. 그 향기를 따라 어느새 익숙한 세계에서 벗어나기 시작한 자들이다. 무언가 다른 삶이 저 앞에 있겠지만, 그것이 어떤 것일지, '좋은' 것일지 '나쁜' 것일지 알 수 없다. '좀더 나은'이라는 보장 같은 것은 어디에도 없다. 현실적인 '대안'을 찾는 자들에게 저 미혹의 향기는 먹을 수 없는 풀이 풍기는 무익한 냄새에 지나지 않을 것이다. 그래서 그것은 성공을 기대하는 자를 부르지 않는다. 실패에 달라붙을 줄 아는 자들을 부를 뿐이다. 실패의 폐허에서도 다른 삶의 냄새를 맡을 줄 아는 자들만이 유혹당한다.

예술가는 어느새 발을 들여놓았던 그 어둠 속에서 감지하고 상상했던 어떤 것을 자신이 사는 세상 속으로 불러낸다. 존재의 어둠 속에 숨은 것들을 불러낸다. '착란의 감각'과 턱없는 상상력의 연대를 통해 가시적인 세계 안에 '없는' 것, 있어도 보이지 않는 것, 그래서 '없다'고 간주되는 것들을 불러낸다. 혹은 느껴본 적 없거나 감지해본 적 없는 감응을, 그러나 결코 불가능하다 할 수 없는 감응을, 그렇게 창안한 '부재하는' 감응들을 세계의 대기 속에 불어넣는다. 이를 통해 현행의 현실 바깥에 있는 '부재하는' 세계를 창조한다. 부재하는 감응들이 존재할 때 출현하게 될 세계들을 만들어낸다. 부재하지만 불가능하다 할 수 없는 것을 통해 다른 세계가 출현할 잠재성의 지대를 현행의 세계 한구석에 만들어낸다.

『빌러비드』에서 모리슨이 그랬다. 알려진 것처럼 그 작품은 실제로 있었던 사건을 모티프로 한다. 도망쳤으나 백인의 추적에 포위되자 어린 아기를 죽이고 체포된 흑인 여성, 어쩌면 자신도 이해하기 힘들었을 그 사건의 '초험성'을 그는 어둠 속으로 더 밀고 들어간다. 착란의 감각과 상상을 섞어서 초험적 사건으로 재창조한다. 자신의 딸을 결코 되돌려보내고 싶지 않은 처참한 세계와 절연하게 하기 위해 딸의 목숨을 빼앗는 어미의 마음을, 우리는 물론 당시의 흑인들도 결코 이해할 수 없는 '초험적 감정'으로 증폭시키기 위해 부재하는 존재자를 불러낸다. 처음엔 집 안을 돌아다니며 깨고 부수는 귀신의 형태로, 다음엔 사람인지 귀신인지 알 수 없는 기이한 인물의 형태로. 그리고 그 기이한 인물과 다른 사람들, 엄마인 시이드, 동생인 덴버, 그리고 엄마의 연인이 되어가는 과거의 동료 폴 디와의 관계를 만들어낸다. 부재하는 관계, 부재하는 '세계'를 만들어낸다.

　되살아온 딸과 그를 죽인 엄마가 만드는 극한적 관계 속에서 모리슨은 그 딸이나 엄마, 그 속에 말려들어가 사는 또다른 딸의 강렬한 감정을 불러낸다. 이제까지 누구도 보지 못했을 감정을, 누구도 느껴본 적 없었을 감정을. 대단히 특이한 감정을 최대치로 증폭시켜 불러낸다. 자기 자식을 사랑하기에, 자기가 겪어보아서 잘 아는 백인들의 세계에 그를 넘겨주기보다는 톱으로 자식의 목을 잘라버렸던 잔혹한 모정이 그러하고, 인간인지 유령인지 알 수 없는 존재자로 다시 나타난 빌러비드에게 "그 톱니를 작은 턱 아래서 끌어당기기 위해 얼마나 독한 마음을 먹어야 했는지, 기름처럼 아기의 피가 펌프처럼 솟아나는 느낌이 어땠는지, 아기 머리가 제자리에 붙어 있게 하기 위해 손으로 받치고 있던 심정이 어떠했는지, 통통하고 생명이 붙어 달콤하던 그 사랑하는 몸을 뒤흔들던 죽음의 경련을 조금이라도 덜어주기 위해 그애를 꼭 껴안고 있던 마음이 어떠했는지", 그걸 이해시키려고 계속해서 말을 하며 용서해달라고 하지만 "용서해달라고 하면서도 거절당하는 걸 바라는 것만 같"은 모호하고 뒤엉킨 마음이 그러하다.[1] 각자만으로도 이미 극한값일 듯한 이 감정들이 섞이며 만들어지는 대기의 감응은, 통상의 감상적 공감을 저지하는 기행奇行들 사이의 대기 속으로 풀려들어간다. 이는 강도에서나 양상에서나 우리의 경험을 뛰어넘는 초험적 감정이다. 부재하지만 불가능하다고, 비현실적이라고 할 수 없는 감정이다. 그렇게 불려나온 감정은 수많은 감정이 뒤섞인 채 이 방향으로 저 방향으로 때와 조건에 따라 흘러다니는 감응의 연속체가 되어, 이 작품에서 재현된 인물들이나 장소, 행위 등을 맴도는 대기로서 작품 전체를 감싸고 있다.

---

1) 토니 모리슨, 『빌러비드』, 김선형 옮김, 들녘, 2006, 416쪽 및 418쪽.

여기서 '빌러비드'라는, 사람도 아니고 귀신도 아닌, 뭐라 규정할 수 없는 존재자를 불러낸 것은, 이 초험적 감정이나 초험적 경험을 초험적인 것으로 다루는 데 매우 유효한 것이다. 귀신이나 유령이 불려나올 때, 자칫하면 그것은 신이나 천국, 지옥과 같은 익숙한 관념들과 이어진 것으로 불려나오기 쉽다. 그 경우 그것은 이미 우리의 시야 안에 있는 어떤 가치나 감각, 관념으로 지고성의 표상이나 그 반대편으로 우리를 끌고 가기 쉽다. 이는 초험성을 초월성으로 오인하게 하고, 초험적 경험의 가능성을 망쳐버린다. 반면 여기서 빌러비드는 이해할 수 없던 죽음과 살아보지 못한 삶에 대한 회한, 모질게 목에 톱을 들이댄 엄마에 대한 미움과 뒤늦게라도 그 엄마에게서 얻고자 갈구하는 사랑의 긴장이 팽팽한 상태로, 천국도 아니고 지옥도 아닌 하나의 공간에서, 신성한 것도 악마적인 것도 아닌 마음으로, 인간도 아니고 귀신도 아닌 낯설고 이해할 수 없는 존재자로 남아 초험성을 초험적인 것으로서 대면하게 한다. 초월적 관념들이나 익숙한 개념들로 초험적 경험이 흡수되는 것을 막기 위해 작가는 오히려 인간이라고도 귀신이라고도 할 수 없는 부재하는 존재자를 창안한 것이다. 이는 초월적인 것의 잠식으로부터 초험적인 것을 막아주고, 현행적인 리얼리티의 잠식으로부터 부재하는 것들의 리얼리티를 보호해준다.

이러한 감정을 통해 흑인들이 겪었던 고통을 재현하려는 것이라고 말할 수도 있고, 이렇게 불려나온 세계를 통해 흑인들이 살던 세계의 참상을 고발하는 것이라고 말할 수도 있을 터이다. 그러나 그것은 작가가 새로이 불러내거나 창조한 것을 너무도 쉽게 우리가 익히 아는 세계에 귀속시켜버리는 것이다. 그 놀라운 창조물을 뻔한 것으로 바꾸어버리는 안이하고 게으른 영혼을 거기서 본다. 그렇게 되면 이 작품의 특이성은 흑인세계의 보편성에 흡수되어버리고, 모리슨은 흑인들이 겪은 삶과 그들이 살아야 했던 세계를 재현하고 비판한 수많은 작가 중 한 명이 되고 만다. 그보다는 오히려 흑인들‘마저’ 이해할 수 없었던 참상을 더 밀고 올라가 흑인들조차 알지 못했던 새로운 감정이나 감응, 혹은 새로운 세계를 창안했다는 것이 이 작품에서 훨씬 더 중요한 것 아닐까? 모리슨만이 아니라 다른 뛰어난 작가들 또한 그러할 터이다. 그들이 불러낸 것, 그들이 창안해낸 것은 그렇게 불려나온 것들이 속해 있던 세계를 초과한다. 불려나온 것이 속해 있던 세계는 불러낸 작가의 세계에 속하지 않는다. 무언가가 작가에게 불려나온다 함은 그것이 속해 있던 세계를 이탈함을 뜻한다. 문제는 불려나온 것이 애초의 세계를 초과하며 뛰어넘는 양상이다. 바로 그것이 불러낸 작가의 세계를 구성한다.

2. 불러냄의 존재론

예술이란 부재하는 것들을 이 세상으로 불러내는 작업이다. 그렇게 불러낸 것을 통해 사람들을 다른 삶으로 불러들이려는 유혹이다. 상반되거나 상충된다고 믿는 감정들이 뒤섞인 새로운 종류의 ‘감정’을 발명하고, 그 감정의 대기로 가득한 세계를 창조한다. 복수심이나 사랑 같은 흔한 감정마저 그 극한으로, 혹은 뜻밖의 방향으로 몰고 감으로써 그 감정으로 인해 출현하는 세계를 다시 보게 한다. 있을 리 없는 존재자를 창조하여 그런 존재자가 있는 어떤 세계를 현행의 세계와 교차시켜 보여준다. 가능한 허구의 사건을 창조함으로써, 그러한 사건을 통해 존재하게 될 세계를 불러낸다. 어딘가로 미쳐 달려가는 자를 만들어내, 그것을 보는 이들의 신체 안에 이탈의 운동을 촉발하고 증폭시킨다.

예술가란 최대 속도의 감각을 갖는 자다. 자신이 익숙해진 세계에서 무언가 이탈하는 순간을 포착하여, 그 이탈의 감각을 최대 속도로, 최대한 멀리 밀고 갈 줄 아는 자다. "펜보다 더 빠른 속도로 글이 탄생하던, 그 날개 달린 순간"을[2] 멀리 밀고 가 가능한 다른 세계를 만들어낼 줄 아는 자다. 최대 속도로 달리는 그 감각을 따라 자기도 모르는 새 다른 세계에 도달하는 자다. 최대 속도가 어느새 증폭시킨 최대치의 가능성을 통해 순간적 이탈을 개체를 넘어선 특이성으로 변환시키는 자이고, 그 특이성을 증폭시켜 또다른 이탈의 어트랙터attractor로 만드는 자다. 그 어트랙터가 갖는 매혹의 힘으로 검은 안개 속으로 사람들을 불러들이는 자다.

최대 속도로 도달하여 창조한 것은 부재하는 존재자다. 그것들 간의 관계이고, 그 관계를 둘러싼 감응의 대기다. 부재하는 것들로 구성된 부재하는 세계다. 현실에 없는 세계. 그들이 창안한 이 가능한 존재자의 세계를 통해, 이탈의 최소치와 가능성의 최대치 사이의 공간이 열린다. 우리가 어트랙터에 이끌려 들어가는 곳은 바로 여기다. 그들이 창안한 것이 가능한 세계라 해도, 그것이 현실에 부재하는 세계임을 우리는 안다. 그렇기에 우리는 그 세계 속에 들어가지 않는다. 그 속에 들어갈 수 있다고 믿지 않는다. '허구'라는 말은 거기 있는 가능성에 대해 우리가 갖는 거리감을 표현하는 말이다. 그것은 현실이 아니란 점에서 허구의 세계다. 그러나 현실보다 훨씬 더 현실적인 허구의 세계다. 그것은 현실에는 없는 세계, 단지 가능할 뿐인 세계지만, '거짓된' 세계가 아니라 현실보다 더 '진실한' 세계다.

그 세계는 현실에 없지만, 그 세계를 담은 작품은 거기에 있다. 작품 안의 세계는 가능할 뿐이지만, 그 세계를 담은 작품은 그 자체로 현실적이다. 우리가 사는 현실의 일부로서, 강력한 힘을 행사하는 매혹의 특이점으로서 거기 있다. 그 가능세계의 어트랙터는 내가 사는 현실의 실제적 일부다. 그것은 나

---

2) 페소아, 『불안의 서』, 배수아 옮김, 봄날의책, 2014, 304쪽.

를 현행의 지점에서 벗어나게 당기며, 지금 내가 있는 지점과 새로 출현한 가능성의 지점 사이 어디론가로 끌어당긴다. 그것에 휘말려 나는 현행의 세계와 가능하지만 부재하는 세계 사이 어딘가로 간다. 거기에서 다른 세계가 출현한다. 그것은 단지 가능하지만 현실적이지 않은 세계가 아니라, 현실적인 삶 안에서 탄생하는 현실적인 다른 세계다. 가능한 세계의 어트랙터가 현행의 세계 속에 하나의 특이점으로 들어오며 만들어지는 세계다.

모든 특이점은 그것이 있는 세계와 없는 세계를 달라지게 한다. 그 강력한 매혹의 힘을 감지할 줄 아는 자에게, 그 작품에 매혹되어 휘말려들어간 자에게, 그 작품이 있는 세계는 그것이 없는 세계와 결코 같을 수 없다. 작품으로 존재하는 가능한 세계는 그것이 있는 현실 안에서 매혹의 특이점이 되어 다른 세계를 불러낸다. 그것은 내가 속한 현실을 바꾸는 현실적 특이점으로 거기 있다. 나를 둘러싼 다른 특이점들과 결합하여 다른 특이성을 만들며 거기 있다. 현실에 없는 세계가 현실적인 세계를 불러낸다. 다른 현실의 세계, 부재하던 세계를 불러낸다.

비현실인 가능성이 현실의 일부인 잠재성으로, 혹은 현행의 현실로 변환되는 것은 바로 이런 방식으로다. 즉 예술가는 현실에서 이탈하는 감각을 최대 속도로 밀고 가 가능한 세계에 도달하고, 이 가능한 세계는 작품이 되어 현행의 현실을 당기며 현실 안에 있는 잠재성을 불러낸다. 존재 안에 있는 잠재성을 불러낸다. 예술가가 직접 불러낸 세계와 그것을 통해 내가 불러들어간 세계는 같지 않다. 예술가가 불러낸 것은 가능성만 갖는 세계지만, 그걸 통해 내가 불러들어가는 세계는 잠재성의 세계다. 작가가 직접 불러낸 것은 가능세계지만, 그 작품을 통해 불려나온 세계는 그 가능세계와 현행의 현실세계 사이 어딘가에 있는 잠재적인 세계다. 다른 삶이 실제로 펼쳐질 현실의 세계다. 현행적이지 않지만 도래할 세계다.

예술가는 작품 속으로 가능한 세계를 불러내고, 그 작품은 현실 속에서 다른 잠재성의 세계를 불러낸다. 물론 그 작품은 하나의 세계만 불러내지 않는다. 작품과 결합하는 특이점들이 달라짐에 따라 다른 세계들이 불려나온다. 따라서 작가는 자신이 불러낸 가능세계와 현행의 세계 사이에 많은 세계의 씨가 뿌려진 모호한 잠재성의 지대를 창조하는 셈이다. 다른 삶들이 여러 가지 양상으로 불려나오게 될 잠재성의 지대를. 작품을 보고 듣고 읽는다는 것은 각자의 특이성을 등에 지고 이 모호한 잠재성의 지대를 탐색하며 새로운 세계를 발견하는 것이다. 예술가는 가능한 허구의 세계를 창조한다고 하지만, 그가 실제로 창조하는 것은 바로 이 잠재성의 지대다. 가능성의 과육을 가진 새로운 현실의 종자들을 현행의 세계 속에 뿌리는 것이다.

대개는 사랑이라는 '휘말림'의 사건 이후 발생할 감정들의 도래를 노래한 시로 읽을 진은영의 시 「어떤 노래의 시작」을, '너'를 연인이 아니라 예술가로 읽는다면, 부재하는 감각이나 감응을 불러냄으로써 새로운 잠재성의 지대를 창안하는 예술에 대한 입론으로 읽기에 충분하다.

너는 추위를 주었다
나의 언 손가락은 네 연둣빛 목폴라 속에
버들강아지처럼

너는 어둠을 주었다
나의 눈은 처음 불 켜진 지하실의 눈부심 속에

입술이 나에게로 열렸다
향나무 불타는 난로의 숨결에 이어진

연통의 어리둥절한 뜨거움

너는 돈을 주었다
처음 산 물건의 기억, 작은 지우개 달린 연필

너는 내게 칼을 주었다
처음으로 애호박과 흰 손목을 썰어본 감촉

내게 눅눅한 이불을 주었다
자줏빛 고사리 냄새의 침묵이 떠도는

아무것도 주지 않았다
죽은 별
포자胞子의 시간

그리고 야릇한 것이 시작되었다

—진은영, 「어떤 노래의 시작」 전문[3]

　사람을 떨고 움츠러들게 하는 추위의 감각이 아니라 목폴라 속에 불쑥 집
어넣은 버들강아지처럼 놀랍지만 부드럽고 차지만 간질대는 새로운 차가움
의 감각, 지하실에 처음 불 켜질 때같이 눈부시던 순간과 대비되어 더욱 캄
캄한 어둠, 내 입술에 다가온, 향나무 타는 난로의 숨결 같고, 그 난로의 연통

---

3) 진은영, 『우리는 매일매일』, 문학과지성사, 2008, 98~99쪽.

같은 어리둥절한 뜨거움, 돈마저도 처음 물건을 산 기억으로 이어지게 하는 주고받음의 감응, 애호박 써는 감각과 손목을 써는 감촉이 섞인 당혹스러운 감응의 칼, 고사리 냄새가 침묵의 무게로 떠도는, 무언가 썩어가기 시작하는 듯하지만 부패의 역겨움은 아닌, 익숙하지 않은 익어감의 눅눅함 등 부재하는 감각의 낯선 감응들을 시인은 이 짧은 문장들만으로 불러낸다.

'너'는 이 많은 것을 주었지만, 시인은 '아무것도 주지 않았다'고 쓴다. 왜 갑자기 앞의 모든 것을 뒤집어 말하는 것일까? 예술가들이 우리에게 준 것과 우리가 그에게서 받은 것이 같지 않고, 예술가가 불러낸 세계와 그로 인해 불려나온 세계가 같지 않듯, 사랑하는 사이라 해도 '네'가 준 것은 '내'가 받은 것과 같지 않고, 네가 내 앞에 불러낸 세상은 내가 너로 인해, 네가 준 것으로 인해 살아갈 세상과 같지 않다. 나는 네가 준 것과 내가 지금 있던 현실 사이의 어딘가에서 다른 삶을 시작하게 될 것이다. 네가 거기 그대로 있든, 아니면 더없는 어둠을 남기며 떠나든. 정말 중요한 것은 네가 그렇게 떠나고 네가 주었던 그 새롭던 감응들이 사라져 없어져도, 네가 준 것으로 인해 내 앞에 불려나온 세상은 이전에 살던 세상과 다른 어떤 것이 되는 것이다.

네가 주었던 그 새로운 감응들조차 아무것도 아닌 것으로 만드는 것, 그만큼 소중한 것은 그 모두를 선망을 담아 안타깝게 바라볼 하나의 '죽은 별'로 만드는 포자의 시간이고 새로운 노래의 시작이다. '야릇한 시작.' 네가 준 모든 것을 나는 포자로 받는 것이다. 새로운 삶의 씨앗들. 뒤집어, 새로운 시작의 포자가 되지 않는다면, 누가 무엇을 주든 그것은 죽은 별에 지나지 않는다. 사랑이 지나가고 작품이 멀어지면 사라져버릴, 아무것도 아닌 것이 되고 만다. 사랑은, 작품은, 매혹의 힘으로 나를 당기는 모든 것은 어떤 야릇한 것이 시작될 씨를 심는다. 포자를 뿌린다. 어떤 노래가, 어둠 속으로 불러들이고, 모호한 대기 속을 헤매며 탐색하게 할 노래가 시작될 것이다.

예술가는 종종 과거의 어떤 것을 불러내기도 한다. 지금 없지만 그저 없다고는 할 수 없는, 과거에 존재했던 것들을. 지나간 사건을 불러내기도 하고, 죽은 이들을 불러내기도 하며, 오래된 유물이나 스타일을 불러내기도 한다. 간토關東대지진, 후쿠시마의 원전 붕괴, '광주사태'에서 죽은 이들, '용산사태' 때 죽은 이들, 혹은 그리스·로마의 건축양식, 아메리카 인디언들이나 티베트인들의 오래된 감응 등등. 이런 불러냄은 '재현'으로 오해되기 쉽다. 그러나 있었던 것들도 불러나올 때 그저 있었던 그대로 불러나오지 않는다. 불러내는 현행의 현실 속에서, 그것에 섞여들어가는 다른 특이점들과의 관계 속에서 다른 것이 되며 불러나온다. 원래의 그것 그대로 불러낸다고 하는 경우도 있지만, 원래대로 불러나오는 것은 없다. 불려나온다는 것은 원래 속해 있던 세계를 떠나며 불려나오는 것이고, 새로운 세계로 불려나오는 것이다. 보르헤스는 원문과 점 하나 다르지 않게 똑같은 세르반테스의 문장조차 어떻게 불러내는가에 따라 얼마나 다른 것이 될 수 있는지를 탁월한 능청의 유머 감각으로 보여준 바 있다.[4] 여기서 중요한 것은 완전히 같다고 보이는 것에서조차 이탈의 지점을 찾는 감각이고, 그 이탈을 최대치로 밀고 가는 감각의 속도다.

진은영의 시 「5월의 첫 시집」은 '광주사태'처럼 잊을 수 없는 과거를, 잊을 수 없도록 불러내는 경우에도, 이런 이탈을 최대치로 '절정'에 이르도록 밀고 가 틀린 글자로 받아쓰는 예술에 대한 멋진 요약이다.

　　너는 죽은 이름을 부른다
　　하얗게 얼어 쓰러진 철탑 꼭대기에

---

4) 보르헤스, 「삐에르 메나르, 『돈키호테』의 저자」, 『픽션들』, 황병하 옮김, 민음사, 1994.

여름 반바지 입고 앉아

모든 절정은 왼쪽이거나 오른쪽 끝
검푸른 촛불의 흔들리는 발자국으로 가는.

너는 틀린 글자를 받아쓴다
고요한 철망 아래
연필 깎는 소리 들린다 얼음 발톱 깎는 소리
아니 눈 내리는 소리일지도

—진은영, 「5월의 첫 시집」 중에서⁵⁾

예술가는 죽은 이름을 불러낸다. 시 제목에 '5월'이 있으니 죽은 이름은 아
마도 '광주사태'와 관련된 이름일 것이다. 그러나 불러내는 '너'는 1980년 광
주에 있지 않다. 여름 반바지를 입고 올라가 얼어붙은 겨울이 되어도 내려오
지 못하는 철탑 꼭대기에서 불러낸다. 철탑 꼭대기 고공농성은 그뒤로 30여
년이 지나고 정권이 몇 번 바뀐 뒤의 현실이고, 그 안의 한 특이점이다. 달라
진 것 없다고들 하기도 하는 현실이지만, 그건 항상 사태를 너무 단순화한
다. 애초의 사건 때와 결코 같을 수 없는 현행의 현실 속에서 시인은 죽은 이
들을 불러낸다. 유사한 현행의 현실과 대결하려 할 때조차 시인은 결코 그
현실과 동일하다 할 수 없는 시간과 공간 속으로 불러내는 것이다. 더구나
이탈의 최소치를 포착할 감각이 있고, 그 감각을 최대 속도로 밀고 가 현실
의 최대치를 넘어 가능한 것들의 세계, 부재하는 세계를 불러낼 줄 아는 시

---

5) 진은영, 앞의 책, 69쪽.

인이라면.

그렇게 불러낸 것은 필경 최대 속도로 '절정'을 향해 갈 것이다. 왼쪽이든 오른쪽이든 '끝'일 것이 분명한 절정으로. 검은 봉지 날리고 빨간 꽃잎 찢어지는 '조그만' 사태를 어느새 최대 속도로 끝까지 밀고 갈 것이다. '검푸른 촛불은 흔들릴' 것이고, 불려나온 것들은 그 불빛에 흔들리는 발자국을 남기며 갈 것이다. 다른 세계로 가는 발자국은 확고할 수 없다. 언제나 흔들리며 간다. 확고한 발자국은 있는 세계 안의 어딘가로 이동하는 발자국이다.

그렇게 시인은 자신이 불러낸 것을 '틀린 글자로' 받아쓴다. 다른 글자, 달라진 글자다. 달라진 글자로 받아쓸 줄 알아야 한다는 말이기도 하다. 불러낸 것이 죽은 이름이라 해도 그가 받아쓰는 것은 과거의 이름 아닌 연필 깎는 소리, 얼음 발톱 깎는 소리, 눈 내리는 소리다. 거의 들리지 않는 소리들이다. 현실 속에 현재 존재하는, 들리지 않기에 있다고 생각하지 않는 소리들이다. 과거를 불러냄으로써 그와 다르게 불려나온 세계, 다른 현실적 세계의 전조들이다.

미래라면 어떨까? SF처럼 '미래**'라는, 오지 - 않은 것을 불러내는, 그런 만큼 현실로부터 최대한 멀리 떠날 자유가 전제로서 주어진 작품에서도 그것을 불러낸 세계, 자신이 사는 세계를 충분히 지우지 못한 것들을 자주 보게 된다. 그렇게 다른 가능세계를 만들면서도 현행의 현실을 대칭적으로 뒤집은 가능성밖에는 만들지 못하는 경우를 본다. 흔한 유토피아나 디스토피아만큼 현실과 가까이 밀착해 있는 것도 없다는 역설은 단지 예술에서만 나타나는 것이 아님을 우리는 잘 알고 있다. 부재하는 것들로 가능세계를 만든다고 해도 현실로부터 별로 벗어나지 못하고, 그렇기에 다른 세계의 씨를 뿌리지 못하는 경우들이 적지 않음은 이와 무관하지 않다. 어떤 특이성의 증폭이나 어떤 새로운 감응의 응결에 이르지 못한 채 그저 안이한 공상으로 허황虛荒의 세계를 빚어내는 경우도 마찬가지다.

예술가는 언제나 가능성의 지대로 어떤 것들을 불러내지만 그것은 언제나 잠재성의 지대로 불려나온다. 불러냄이란 부재하던 어떤 것이 새로이 출현하는 것이지만, 이는 전에 없던 새로운 존재자의 출현으로 올 수도 있고, 기존의 존재자가 다른 것으로 변환되며 불려나오는 것일 수도 있다. 있어도 규정성의 빛에 가려 보이지 않던 것을 보이게 만드는 것일 수도 있다. 보이지 않던 것이 보이게 된다 함은 단지 동일한 세계에서 보이는 것과 보이지 않는 것의 분포와 양상이 달라짐만을 뜻하지 않는다. 그것은 보이는 것과 보이지 않는 것의 분할방식을 바꾸기에[6] 그 자체로 다른 세계가 출현함을 뜻한다. 존재의 어둠 속에 있는 다른 세계가. 중요한 것은 현실과 가능세계 사이의 거리를 만들어내고 그 거리 속에 다른 현실의 모태를 만든다는 것이다. 가능성의 거리가 없다면 불러나온 것은 현행의 현실을 벗어날 힘이 없고, 잠재성의 지대를 형성하지 못한다면 가능성은 현실을 바꿀 힘을 갖지 못한 채 허공을 떠돌 뿐이다.

예술은, 문학은 특이한 감응을 야기하는 사건을 통해 부재하는 감정을 창안하고, 그 감정에 상응하는 세계를 창조한다. 부재하지만 가능하다고 해야 할 감정과 세계를 창조함으로써 지금과 다른 어떤 세계를, 다른 어떤 삶을 잠재성의 지대로 불러낸다. 기존의 삶, 기존의 세계와 이별하게 한다. 문학이나 예술이 창조해낸 감정이나 세상이 아무리 낯설고 '비현실적'으로 보인다고 해도 그것이 마주선 이들을 매혹할 힘을 갖는다면, 작품이 야기하는 특이한 감응을 떨쳐버릴 수 없게 한다면, 충분히 그것은 현실적이다. 그것은 존재의 어둠 속에 숨은 현실이다. 가능성이 비현실성을 뜻한다고 할 때조차, 그것

---

6) 랑시에르, 『감성의 분할』, 오윤성 옮김, 도서출판b, 2008.

이 기존의 삶에서 떠나 다른 삶을 향해 가도록 한다면, 그것은 분명히 다른 삶이나 다른 세계를 불러내는 데 성공한 것이다. 따라서 그것은 현실 속에 잠재된 어떤 세계에 이어져 있다 해야 한다.

가능성은 잠재성이 아니며 현실의 일부가 아니란 점에서 허구에 속하지만, 다른 현실을 촉발할 수 있으며 다른 세계를 불러낼 수 있다면 잠재성과 짝하며 현실 이상의 현실성을 갖는다. 그것은 종종 진리 이상의 진실성을 갖는다. 부재하는 것들을 통해 잠재적 현실을 불러내는 것은, 현실에 대한 현행의 감각이나 관념에서 벗어나지 않고선 현실 안에 존재하는 다른 현실의 잠재성을 생각할 수 없기 때문이고, 대상성에 사로잡힌 태도에서 벗어나 존재에 눈 돌리지 못하기 때문이며, 존재 안에 잠재된 규정가능성을 보지 못하기 때문이다. 역으로, 허구적 상상이 헛된 공상이나 망상과 달라지는 것은, 그것이 보이지 않지만 실존하는 현실적 잠재성으로, 미규정적 존재로 우리를 인도하는 한에서다. 가능한 다른 삶을 불러내고 가능한 다른 세계를 불러내는 힘을 가질 수 있는 한에서다. 예술의 허구는 현실성 없는 헛된 상상이 아니라 현실보다 더 현실적인 허구적 상상이다. 그러니 또한 그래야 한다. '존재'는 가능성을 현실성과 묶어주는 끈이다. 이는 문학이나 예술이 의도와 무관하게 존재론적인 이유다.[7]

---

7) 부재하는 것들을 불러내고 그것을 통해 현존하는 세계에 대해 근본적인 물음을 던지거나 다른 삶의 가능성을 묻는 이런 시도들을, 삶이나 현실에 대한 진정성을 '현실'이란 말에 속아 리얼리즘에 부지중 귀속시키는 무의식적 습관을 겨냥하여 '부재하는 것들의 리얼리즘'이라고 명명하면 어떨까? 삶에 대한 진정성이나 진실성을 문법의 환상을 빌려 은연중에 독점하고는, 관습적인 재현적 양식을 그 말에 오랫동안 부여되어온 낡은 관성을 빌려 진정성과 어느새 등치시키는 나쁜 습관을 중지시키기 위해, 리얼리즘이란 말의 관습적 의미를 뒤집어 '부재하는 것들의 리얼리즘'이라고 부르면 어떨까?

3. 사물의 감정, 도시의 감정

감정을 가진 것, 아니 감정을 갖는다고 믿는 것들의 감정을 묘사하고 그것들이 섞인 부재하는 감정을, 낯선 감정을 불러내는 것은 사실 어렵지 않다. 얼마나 많은 예술가가 시로, 소설로, 그림으로, 음악으로, 혹은 영화로 그것을 불러내왔는지 우리는 잘 안다. 그러나 감정 없는 것들, 아니 감정을 갖지 않는다고 믿는 것들의 감정을 포착하고 불러내는 것은 결코 쉽지 않다. 인간이나 동물, 식물에게서조차 감정을 읽어내고 감응을 포착하는 탁월한 예술가들조차 '감정 없는' 그것들에 대해 불편한 거리감을 표현하고 종종 비난마저 했음을 우리는 안다. 가령 보들레르 이전에 '도시'란 시적 세계의 폐허로서, '자연'의 평화를 잠식하는 악의 상징에 지나지 않았다. '사물화'라는 말을 욕으로 사용했던 루카치[8] 같은 철학자뿐 아니라, 자신에게 '구원'을 기대하는 사물의 목소리에 귀 기울였던 릴케 같은 위대한 시인조차 기계들에 대해서는 거부감을 강하게 표현한 바 있다.

> 우리가 이룩한 모든 것을 기계는 위협한다, 기계가
> 복종하기보다는 정신 속에 존재하려고 설치기 때문.
> 우아한 손이 아름답게 머뭇거리며 눈길을 끌지 못하게
> 기계는 힘껏 건물을 지으려 더 고집스레 돌을 자른다.
> 기계는 뒤처지는 일이 없어, 우린 한 번도 벗어날 수 없고,
> 기계는 조용한 공장에서 기름칠하는 제 본래 모습을 버린다.
> 기계는 생명이다 — 라고 하면서 자신이 최고라고 생각한다.

---

8) 게오르그 루카치, 『역사와 계급의식』, 조만영·박정호 옮김, 거름, 1997, 4장.

그러면서 똑같은 결단으로 정돈하고 만들어내고 파괴한다.
—릴케, 「오르페우스에게 바치는 소네트」, 2부 X 중에서[9]

그러나 사물이 안타깝게 '구원'을 요청하는 처지에 처해 있다면, 기계라고 다를까? 오히려 입이 있다면 "바쁘게 움직이며 인간의 시중이나 들"고 있는 노예적 처지에 대해 항의하지 않았을까? 릴케 같은 시인마저 자신의 '존재'를 보려 하지 않고, 그저 인간의 도구로밖에는 생각하지 않는 처지에 대해 한탄하지 않았을까? 아니, 그마저 너무 인간적인 안이한 감정이입인지도 모른다. '평생' 인간이 시키는 대로 일하고 시중을 들면서도 언제나 욕이나 먹고 멀쩡한 채 버려져 쓰레기가 되는 신세임에도 입을 꾹 다물고 불평 한마디하지 않은 채 묵묵히 '죽음'을 받아들일지 모른다. 인간이라면 '성자' 아니곤 볼 수 없는, 뭐가 문제냐고 묻는 듯 조용하고 무심한 표정으로.

말없는 사물, 노예가 된 기계의 감응을 읽어내는 것을, 그 부재하는 감정을 포착하는 것을 그저 헛된 공상이라고 해야 할까? 읽어내는 자의 자위에 지나지 않는다고 해야 할까? 그런 거라면 릴케가 말한 '사물의 구원' 또한 마찬가지 아닌가? 헛된 공상의 비난 뒤에 남는 것은 인간이 이해하고 공감할 수 없는 것에 대한 전반적 무관심과 무시 아닌가? 한때 이와 유사한 비판이 있었지만, 동물의 감정에 대해, '사고능력'에 대해 옹호했던 이들로 인해 동물과 인간의 관계가 크게 바뀌었음을 우리는 안다. 부재한다고 간주되는 것의 감정이나 감응, 혹은 생각을 감지하여 불러내는 것은 헛된 공상이나 양심의 자위 같은 것이 아니다. 그렇게 불러낸 것은 다른 세계가 탄생하는 잠재성의 지대를 형성한다.

---

9) 릴케, 『릴케 전집』 2권, 김재혁 옮김, 책세상, 2000, 529쪽. 「오르페우스에게 바치는 소네트」의 1부 XVIII도 기계에 대한 비난의 시다.

하지만 동물의 고통에 민감했던 피터 싱어 같은 이도, 식물에 대해선 고통이 없을 거라면서 '종차별주의' 비판을 동물 밖으로 확장하길 거부했음을[10] 우리는 안다. 식물에 대한 연구[11]를 들어 식물에겐 감각이 없다는 생각이 얼마나 어리석은 통념인지 길게 쓸 여유는 없다. 안락사당하는 개나 인간에게 놀라 도망치는 고양이의 처지에 안타까워하는 동물운동가들 가운데 쥐의 끔찍한 운명과 연대를 표명하는 이들을 찾아보기 힘듦을 우리는 안다. 쥐의 고통에 공감하는 동물운동가 가운데 지렁이나 바퀴벌레에 대해 공감하는 이가 얼마나 있을까? 차별주의 비판을 식물 앞에서, 생물 앞에서, 혹은 사물 앞에서 멈추는 것은 사유를 일관되게 밀고 갈 능력의 부재 아니면 이해하기 어렵다.

드물지만 시인들마저 외면하는 사물의 '감정'이나 감응에 주목하여 그것을 불러내는 이들이 있다. 가령 송승환은 사물의 감응을 불러내는 것에서 시작해 기계로, 존재로 간다. 『드라이아이스』는 전체가 사물들의 '부재하는' 감응에 헌정된 시집이다. 클랙슨, 펌프, 나사, 백열전구, 라이터 등 사물의 신체로부터 포착한 감응을 최대 속도로 밀고 가, 인간인 우리가 감지할 수 있는 감응으로, 혹은 감정으로 증폭하여 가시화한다.

일제히
높은 가지 끝
둥근 유리 이파리 뚫고
터져나온
향기 없는 꽃

---

10) 피터 싱어, 『동물해방』, 김성한 옮김, 연암서가, 2012, 396쪽 이하.
11) 가령 대니얼 샤모비츠, 『식물은 알고 있다』, 이지윤 옮김, 다른, 2013 참조.

사내와 나방을 불러모으는

흰 고요

밤이 깊을수록 거리에 차고 넘치는

나무의 빛

아래에서

아무도 이름을 묻지 않는 꽃들

아침에 모두 죽었다

—송승환, 「가로등」 전문[12]

　가로등, 밤이 깊을수록 거리에 차고 넘치는 나무 같고, 사내와 나방을 불러모으는 꽃 같지만, 아무도 이름을 묻지 않고 누구도 꽃이라고 불러주지 않는다. 그저 어둠을 밝히는 기능으로 귀속되어 그것이 있음조차 망각되고 간과되는 존재자다. 그것들이 아침에 모두 죽는 것은 단지 해가 밝아오며 등이 꺼지기 때문만은 아니다. 그들은 아침마다, 아니 누구도 이름을 묻지 않고 누구도 그 존재를 존재로서 감지해주지 않는 한 매순간 죽는다. 그러나 죽는 것과 부재하는 것은 다르다. 그들은 죽은 채로 거기 존재한다. 언젠가 자신의 존재를 불러내줄 누군가를 기다리며.

　이 시에서 시인은 가로등과 꽃의 유사성을 통해 가로등의 감정을 불러내고 그것을 통해 가로등의 존재에 눈 돌리게 한다. 이와 유사하게 「나사」에서는 산과 골의 유사성을 이용해 나사와 산을 하나로 맞물리게 하고, 「성냥」에

---

12) 송승환, 『드라이아이스』, 문학동네, 2007, 37쪽.

서는 메마른 나뭇가지 끝에 앉아 있는 새와 성냥의 유사성으로 시작해, 불꽃이 일어나 타고 떨어지는 성냥을 바닥에 떨어지는 새와 묶어, 불을 일으켜주고 스스로는 소멸의 재로 돌아가버리는 성냥의 감응을 묘사한다. 「드라이버」에서는 드라이버를 돌림에 따라 살을 파고 들어가는 나사의 조임 속에서 십자가 아래 짐승의 신음소리를 듣고, 「자동차」에서는 자동차 충돌로 인해 찢겨나가는 살과 뼈로 파쇄기로 분쇄되어 들어가는 종이의 '감정'을 불러낸다. 「클랙슨」은 갑자기 하늘에 퍼지는 까마귀의 검은 울음이 되어 나오고, 아스팔트에 새겨진 「타이어」 자국은 뱀 뱃자국이 되어 기어나온다.[13]

여기서 시인은 사물의 감정을 불러내기 위해 동물의 어떤 성분을 사물 속에 섞어넣어 사물을 동물화하고 있다. 이는 들뢰즈가 사용한 표현을 빌려 말하자면, 동물적 성분을 사물 안에 접어넣음으로써im-plicate 사물 안에 있는 감정 내지 감응을 밖으로 펼쳐내는ex-plicate 것이다. 무감한 인간들이 알아볼 수 있도록. 사물은 감각이나 감정이 없다고 간주되기에, 그것의 감응을 포착했다고 해도 그것을 가시화해서 보여주기 어렵다. 이를 위해선 감정이나 감각이 있다고 생각되는 것을 그 사물과 섞어넣어, 유사성이나 인접성의 선을 따라 감응이 흐르게 해야 한다. 다른 신체로 흘러들어가게 해야 한다. 렘브란트는 자신의 어떤 감정이나 감응을 표현하기 위해서 자신의 얼굴에 팬 주름에 자신이 겪은 삶의 대기를, 자신이 산 세계의 일부를 접어넣으면 되었지만, 사물의 감정이나 감응을 표현하기 위해선 사물의 신체 안에 유사한 감정이나 감응을 우리가 느낄 수 있는 어떤 것을 접어넣어야 한다. 그렇게 접어넣

---

13) 다음 시집인 『클로로포름』도 마이크, 마크 리더, 레이저 프린터, 잭 해머 등 사물에 대해 쓰지만, 이 시집에서는 더이상 사물들의 감응이나 감정을 불러내지 않는다. 오히려 그들의 존재를 통해 눈을 돌리게 된 존재자의 '존재'를 불러내면서 쓴다. 이런 시들이 다음 시집(『당신이 있다면 당신이 있기를』)에서 존재 자체로, 존재와 존재자의 관계로 향하게 되는 것은 내게 '자연스러운' 것처럼 보인다. 사물에서 존재자의 존재로, 그리고 존재로 가는 존재론적 사유의 행로라 하겠다.

을 때, 그 신체 안에 숨어서 우리 눈에 보이지 않던 감정이나 감응이 밖으로 드러나며 펼쳐진다.

송승환이 시로 했던 이러한 작업을 J. R.은[14] 사진으로 한다. 그라피티의 분방한 스프레이 선을 대신하는 거대한 인물 사진들로 도시 내지 건물의 감정이나 감응을 표현한다. 도시나 건물의 감정? 통념에 따르면 감정은 인간이나 유기체가 갖는 것이다. 감정은 공감의 형식으로 얻어지고 작동한다. 그렇기에 인간이 공감하지 못하는 것의 감정을 인간은 느낄 수 없다. 동물에게선 감정이 있다고 느끼지만, 식물에게선 별로 느끼지 못한다. 사물이나 도시라면? 전혀 느끼지 못한다. 그렇기에 도시도 사물도 감정을 갖지 않는다. 그러나 도시나 건물에 감정이 없다 함은, 이는 인간의 생각일 뿐이다. 인간의 감지능력의 부재, 그 무능력에 기인하는 생각이다.

도시가 감각을 갖는지 아닌지는 모를 일이다. 식물이 감각을 갖지 않는다는 착각이 얼마나 오래 지속되어왔는지 안다면, 쉽게 답할 수 없는 일이다. 그러나 도시도 건물도 감응을 갖는다는 건 분명하다. 같은 유럽이라도 오래된 쿠트나 호라 같은 중세 소도시와 프라하 같은 고전적 대도시, 프랑크푸르트 같은 현대 도시는 아주 다른 감응을 갖는다. 도쿄와 교토, 상하이와 리장 또한 그렇다. 사물이 감응을 갖듯이. 예술작품에서 인간이 느끼는 것은 감응이다. 공감으로만 보는 사람은 감정만을 본다. 감정 있는 작품도 있지만 감정 없는 작품도 많다. 감정 없는 것들에게서도 우리는 무언가를 느낀다. 이를 그저 우리가 그것들에 부여하는 상상적 이미지라고 한다면, 이는 자기가 상상하는 것만 존재한다는 과대망상에 기인하는 것은 아닌가 의심해보아야 한다. 공장에서 느끼는 감응은 사람마다 차이가 있으나 크게 묶을 수 있는 '가

---

14) 원래 이름을 드러내지 않기 위해 이니셜만으로 활동하였지만, 지금은 그 글자가 장 르노란 이름의 이니셜임이 알려져 있다. 튀니지 이민자 가정 출신의 프랑스인이다.

족유사성'이 있다. 꽃도, 주사기도, 강물 흘러가는 도시도, 산동네 다닥다닥 붙은 집들도, 신나게 뻗어올라가는 도시도, 쇠락하여 부서져가고 있는 도시도. 개인의 주관에 속한 것만은 아닌 느낌이란 뜻이다.

섬세한 감각을 가진 예술가는 도시나 건물이 갖는 감응은 물론 그것의 감각이나 '감정'도 감지한다. 이렇게 감지된 것은 대부분 감지되지 못하는 것이기에 애써 표현하고자 하는 욕망을 자극한다. 그렇기에 예술가는 자신이 감지한 사물의 감응, 도시의 감응을, 부재한다고들 믿는 이 감각이나 감정을 불러낸다. 자신에게 없는 감각이면 감각이 없다 하고, 자신이 공감할 수 없으면 감정이 없다고 믿는 이들에게 가장 알기 쉬운 것은 그 도시의 감응을 인간의 감정과 결합하여 표현하는 것이다. 사물과 인간의 감정, 사물과 동물의 감각을 섞는 시인의 시도처럼. J. R.은 이점에서 탁월한 예술가다. 이를 시각적으로나 '개념적'으로나 잘 보여주는 것은 '도시의 주름the wringkles of the city'[15]이라는 프로젝트다.

J. R.은 상하이, 아바나 등의 도시에서 재개발로 파괴되는 건물들, 혹은 낡아서 곧 부서질 것 같은 건물들에 크게 확대한 인물사진을 붙인다. 〈자이즈신Zhai Zhixin〉은 잔해만 남기고 부서진 건물 앞의 벽에 눈을 질끈 감은 비통한 표정의 사진을 붙여 그 건물과 그것을 둘러싼 풍경에 표정을 만들어낸다. 주름진 얼굴의 사진을 통해 부서진 건물들의 주름을, 아직 부서지지 않고 남아 있는 건물 벽체에 접어넣음으로써, 그 건물 및 인근의 부서지는 건물, 혹은 부서진 건물 안에 있는 '감정'을 밖으로 펼쳐내고 있는 것이다. 〈스리Shi Li〉는 높이 치솟아 올라가는 고층건물 앞에 올라간 건물을 따라 호를 그리며

---

15) 중국 상하이(2010)·쿠바 아바나(2012)에서 진행한 '도시의 주름' 프로젝트는 각각 다음 웹사이트에서 확인할 수 있다. https://www.jr-art.net/projects/the-wrinkles-of-the-city-shanghai. https://www.jr-art.net/projects/the-wrinkles-of-the-city-la-havana.

끌려올라가는 노인의 입과 눈, 눈썹 등을 통해 그렇게 한다. 아마 이 사진 앞에도 높이 올라가는 건물이 있었을 테지만, 노인의 시선은 그 사진이 붙은 벽을 넘어서까지 그 뒤에 있는 고층빌딩을 향해 달려가는 듯하다.

〈자이즈신〉도 그렇지만, 〈스리〉도 인근의 부서진 건물에 대한 인간의 감정을 표현하는 것으로 해석할 수도 있겠으나, 그것은 '인간적인, 너무나 인간적인' 해석이다. 그러한 인간의 감정을 표현하는 것이 목적이었다면 사실 저 사진을 갤러리 안에, 액자에 담아 걸어놓는 것만으로 충분하다. 그것은 사진 안에 항상-이미 있는 것이다. 이 작품에서 중요한 것은 그 사진을 크게 확대해서 건물들 바깥에, 건물들 사이에 붙여놓음으로써 무언가 크게 달라진다는 점이다. 그럼으로써 작가는 그 사진으로 인근 건물들의 감응을 불러모으고, 그것을 건물 안에 스미게 하며, 동시에 그것이 건물 밖으로 흘러나와 건물들 사이에 흐르게 한다. 이렇게 될 때, 사진에 직접 표현된 것이 인간의 감정이라 해도, 그것은 건물과 서로 만나면서 인간의 감정에서 벗어나게 되고, 사진에서 벗어난 그 감정은 건물들에 의해, 그리고 그 장면을 보는 눈들에 의해 공유된다. 예전에 마티스는 "1제곱센티미터의 푸른색과 1제곱미터의 푸른색은 같지 않다"고 한 적이 있는데, 우리는 이를 사진의 크기뿐 아니라 장소에 대해서도 마찬가지로 말해야 한다. 건물 밖에 크게 붙여놓음으로써 사진이 애초의 그것과 아주 다른 것이 되었음을 놓친다면, 이 장면에서 아무것도 보지 못한 것이다.

여러 도시를 돌며 행한 이 프로젝트에 작가 자신이 붙인 제목 '도시의 주름'은, 도시의 건물들 사이에 사진을 통해 주름을 만들고, 그 주름으로 표정을 만들어 도시나 건물의 감응을 감정화하여 밖으로 끄집어내주는 기획의 요체를 아주 적절하게 요약해주고 있다. 따라서 이 작업은 도시의 주름을 표현하기 위해 인간의 주름을 빌린 것이다. 인근에 경쟁하듯, 성공하듯 치솟아 올라가는 건물들의 상승을 선망하면서도 올라가지 못할 것임을 알기에 상승을 포기한 건물의 감응을 인간의 주름을 통해, 감정화한 것이라고 해야 한다.

부서지고 무너져가는 도시의 감응을 단지 슬픔이나 분노, 고통이나 허탈함 같은 감정만으로 표현한다면 그것은 어느새 재개발에 대한 비판에서 흔히 보게 되는 익숙함과 상투성에 잡아먹힐 것이다. 이를 고려했음인지 J. R.은 〈베이와이탄Bei Waitan〉에서 상하이의 다른 건물에 해탈한 듯 편하게 웃는 노인의 얼굴을 섞어 무너져가는 무상함을 허허롭게 받아들이는 건물의 '감정'을 펼쳐 보여준다. 이는 얼굴이 부서져가는 건물을 마주보게 했다면 아마도 설득력이 반감되었을 감정인데, 반대로 그것을 등지게 함으로써 그 무상함의 무게를 반감시켰고, 그럼으로써 무심하게 지고 가는 허허로운 감응이 설득력 있게 살아난다.

쿠바의 아바나에서 직각으로 만나는 낡은 두 벽은 웃는 건지 아닌지 분명치 않은 표정으로 기대듯 붙어선 노인 부부의 사진을 통해 오래된 부부의 감응을 드러낸다. 〈라파엘 로렌초와 옵둘리아 만사노Refael Lorenzo y Obdulia Manzano〉, 나이 든 벽 – 부부다. 두 노인처럼 끌어안는, 젊은 연인의 다정함과 다른 모습의 무심한 다정함이 그 바싹 붙어선 두 벽 안에 스며들고 있다. 흘러가는 시간 속에서 '늙어'가면서도 잃지 않았던, 아마도 자기가 품어 안았던 것들에 대한 그 벽들의 조용한 온기와 은근한 애정이라 할 어떤 '감정'이 인간의 주름을 통해 펼쳐지고 있다. 이런 방식으로 건물의 '감정'이 인간의 얼굴과 섞여들어가며 펼쳐지고, 이런 것들을 통해서 도시의 '감정'이 이곳저곳에서 인간의 시야 속으로 불려나온다. 도시의 '감정'이 이렇게 불려나온 세계, 그것은 분명 그것이 드러나지 않은 이전과 다른 세계일 것이다.

그러나 건물 안팎에 사진을 크게 붙인다고 언제나 이런 효과를 얻을 수 있

318

는 것은 아니다. 가령 J. R.이 1892년부터 1954년까지 미국 이민자들이 입국심사를 받기 위해 수용되어 대기하던 '엘리스섬'에서 했던 작업, 언프레임드―엘리스섬Unframed―Ellis Island'(2014)은 이민자들을 프레임에서 꺼내려는unframe 문제의식을 표명했지만, 건물 안에 이민자들이 있었을 곳, 했었을 행동을 사진으로 재현함으로써 그들을 액자frame에서 꺼내기는 했으나, 그들이 속해 있던 세계에서 꺼내는 데는 실패한 것 같다[16]. 건물 외부에도, 내부에도 사진을 크게 확대해서 붙였고, 이민자 기록보관소의 사진만 사용하기로 한 약속을 어기고 몰래 시리아 난민들 사진을 섞어 붙였지만, 이런 위반조차 '드러내선 안 된다'는 제약 때문인지, 이 작업에서 사진은 건물 내부의 감응을 펼쳐내기보다는 건물에 깃든 인간의 기억을 환기시키는 데 머물며, 건물의 감응이 아니라 그 건물에 있던 인간의 모습을 재현하는 데 그친다. 벽에 무언가를 붙여서 엘리스섬이나 그 건물을 전에 없던 '기념물'로, 보이지 않던 것을 보여주는 '미래의 기념물'로 만드는 게 아니라, 그 섬의 과거를 충실히 재현하는 '과거의 기념물'을 만들어야 했다는 프로젝트 자체의 제약 때문이었을까?

그럼에도 그가 언제나 보이지 않는 이들을 보이게 하는 데 관심을 갖고 있었음은 분명하다. 더구나 보이지 않는 이들을 보이게 하는 것이 바로 그들의 '존재'와 결부된 것임을 그는 명시적으로 표명한다. "우리는 모두 '나는 존재하고exist 싶다'는 느낌을 갖고 있다. 나는 내가 여기 있음을 (…) 보여주고 싶다. 나는 여기 있다present."[17] 존재하지만 보이지 않는 것, 그것은 소수자의 형상이기도 하지만, 좀더 나아가면 존재자의 존재, 그것의 미규정성이기도

---

16) https://www.jr-art.net/projects/unframed-ellis-island.

17) "Artis's hidden message on Ellis Island", CBS News, 2018. 2. 25. (https://www.cbsnews.com/news/artist-jr-hidden-message-on-ellis-island)

하다. 소수자를 보지 않는다 함은 단지 무시하거나 고려하지 않음만을 뜻하지 않는다. 혹은 '타자성'이라는 말로 흔히 표상되듯, 고통이나 속내에 대한 무지만을 뜻하지도 않는다. 그것은 앞서 파농이 말했던 것처럼 근본적으로 그들을 단지 '대상' 이상으로는 보지 않음이고, 그들의 '존재' 자체에 내재된 잠재성을 보지 않음이다. 그들을 드러내고 가시화한다 함은 근본적으로 그 잠재성을 드러냄이고, 그 잠재성을 통해 다른 세계를 불러냄이다.

J. R.이 도시의 감정을 불러냄으로써 하고자 했던 것을 우리는 이런 맥락에서 이해해야 한다. 매일 보지만 우리는 건물도 도시도 오직 대상으로만 본다. 사물들에 대해 그러하듯이. 도시의 '감정'을 불러내는 것은 단지 파괴되는 도시에 대한 인간의 감정을 표현하는 것이 아니다. 도시의 감정이 불려나올 때, 우리는 우리가 아는 대상에 없던 것을 본다. 그것을 통해 그것의 존재를 보게 된다. 존재의 잠재성을 통해 건물이나 도시와 맺을 다른 관계를 상상할 수 있고, 그것이 존재하는 다른 세계를 상상할 수 있다. 다른 존재자로서의 건물, 다른 존재자로서의 도시를.

도시나 건물에 우리가 아는 것과 다른 표정을 부여하고, 그것을 보지 못하던 낯선 풍경으로 불러내는 것은 이런 점에서 존재론적 작업이다. '도시의 주름'도 그렇지만, J. R.의 또다른 프로젝트 '여성은 영웅이다Women are heroes' 또한 그러하다. 이 작업은 아시아, 남아메리카, 아프리카의 여러 도시를 돌면서, 크게 확대한 여성의 눈이나 얼굴 사진을 건물 외벽에 붙이는 일련의 작업으로 진행되었다. 건물의 벽뿐 아니라 지붕에 붙이기도 하고, 기차와 둑에 잘라 붙이기도 하며, 다리 위에, 버스에 여기저기 붙인다. 이동하는 사진과 고정된 사진이 만나고 헤어지는 거리에 따라 다른 풍경이, 다른 표정의 얼굴이 만들어지는 것을 본다.[18]

이 작업은 제목에서 표명된 주제대로 주어인 '여성'에게, 세상을 만들어가는 주역이면서도 남성들, 혹은 다른 것에 가려 보이지 않는 여성들에게 '영웅'이라는 가시성의 형식을 부여하여 여성을 보이게 만들려는 시도다. 이를 위해 집안에 '묻혀 있던' 여성들을 집밖으로, 건물 밖으로 끄집어낸다. 이것만으로도 보이지 않는 이들을 보이게 만드는 작업은 성공한다. 그러나 성공은 여기에 머물지 않는다. 그들의 사진이 붙은 건물들은 우리로 치면 '달동네'라고 해야 할 '도시'에 새로운 표정을 부여하여 도시를 적어도 시각적인 영역에 관한 한 새로운 세계로 변환시킨다. 도시의 얼굴이 바뀐 것이다. 여성의 얼굴, 그 도시를 만들고 유지해왔지만 보이지 않게 내부의 어둠 속에 있던 여성의 얼굴이 섞여들어가며 도시의 얼굴이 새로이 불려나온 것이다. 여성들의 존재를 도시의 벽 사이로 불러냄으로써 도시의 존재를, 그 잠재성을 가시화한 것이다.[19]

4. 부재하는 언어의 불러냄

시란 소통에서 빠져나가는 말들이다. 소통이라는 목적을, 그것이 요구하는 기능을 거절하는 말들이다. 그래도 소통에 사용되어온 용법의 흔적이 있

---

18) 브라질 리우데자네이루(2008~2009)·케냐 키베라(2009)에서 진행한 '여성은 영웅이다' 프로젝트는 각각 다음 웹사이트에서 확인할 수 있다. https://www.jr-art.net/projects/women-are-heroes-brazil. https://www.jr-art.net/projects/women-are-heroes-africa.

19) 이를 그의 작업의 기원이 되었던 그라피티로까지 좀더 밀고 올라가 다시 생각해보면, 그라피티란 도시의 새로운 얼굴을 불러내는 작업이다. 도시나 건물에 이전에 없던 형상과 색으로 새로운 주름을 그려넣음으로써 존재의 잠재성에 속한 것을 불러내는 작업이 그라피티다. 랑시에르의 개념을 다시 빌리자면, 도시의 얼굴을 있는 그대로 유지하는 것이 치안에 속한다면, 보이지 않는 것을 보이게 하는 이 작업은 정치에 속한다고 할 것이다. 따라서 그라피티를 도시의 벽이 아닌 캔버스에 하기 시작했을 때, 그것은 하나의 '예술'이 될 수 있을지는 몰라도, 그라피티의 본질과는 전혀 상관없는 것이 되었다고 하겠다. 뉴욕의 그라피티 하는 이들이 장 바스키아나 키스 해링 같은 이들에 대해 갖고 있던 경멸과 거부감은 이런 맥락에서 충분히 이해할 만한 것이다.

기에 소통에서 아예 벗어나지는 않은, 거기서 빠져나가는 중인 말들이다. 그래서 우리는 일상에서 사용하던 흔적을 따라 그 말들에 발을 딛지만, 거기서 빠져나가는 말들을 때로는 놓치고 때로는 따라간다. 운 좋게 그것을 따라가는 데 성공한다면, 우리는 소통에서 벗어난 곳에, 그 소통이 전제하는 의미에서 벗어난 곳에, 그 소통이 연결하고 작동시키는 세계 바깥에 나가볼 수 있다. 거기서 우리는 규정성을 벗어난 존재자의 존재와, 혹은 존재자의 개체성마저 사라진 존재 자체와 대면하게 될지 모른다. 눈에 닿는 순간 사라져버려 그저 저기 있구나 하는 생각 말곤 하기 힘든 어떤 것과.

언어는 그 자체로 하나의 빛이다. 순간 지나가고 끊임없이 변하는 것조차 멈춰 세우지 않고는 포착할 수 없는 빛이다. 그것은 자신이 비출 수 있는 것만을 비출 수 있고, 자신이 말할 수 있는 것만을 말할 수 있다. 소통에서 빠져나가는 말조차 이 숙명적 한계는 피할 수 없다. 그래서 빠져나가는 운동 속에서 존재의 어둠과 대면하게 되었을 때, 말은 더이상 존재를 말할 수 없다. 빛을 비추어 어둠을 포착할 순 없으며, 멈추어 선 상으로 무상의 세상을 보여줄 순 없기 때문이다.

그렇기에 존재를 말하는 것은 근본적으로 불가능하다. 빠져나가는 말로도, 스쳐지나가는 어떤 것을 통해 잠시, 마치 순간적인 환영이나 착각처럼 발생하는 후설식의 '수동적 종합'으로도 존재를 말하는 것은 불가능하다. 붙잡은 순간 놓칠 수밖에 없고, 시선이 가닿는 순간 사라져버린다. '그저 있다'라고 말하지만 그것이 무엇인지 말하려 하자마자 존재자 뒤로 사라져버리는 '있다'처럼. 앞서 말했듯이 그렇다고 '있다'라는 말만 반복할 수도 없다. 그렇게 해도 그 '있음'은 드러나지 않는다. 그래도 정말 말해야 할 것은 그것 아닌가? 그렇다면 이를 어떻게 말할 것인가?

송승환은 소통에서 빠져나가는 말로도 부족한 이 존재를 말하기 위해 언어에서 빠져나가는 언어를 불러낸다. 부재하는 언어를 불러낸다. 시집 『당신이 있다면 당신이 있기를』은 이런 일련의 실험적 시도들을 담고 있다. 먼저 첫 시 「이화장」은 빼곡하게 늘어선 부사들만으로 씌어져 있다. 왜 이렇게 썼을까? 이 시집 전체를 관통하는 주제인 '존재'를 말하기 위해서다. 통상의 문장으로는, 소통에서 벗어나는 말 정도로는 표현할 수 없는 이 '존재'를 표현하기 위해서다. 그런데 왜 하필이면 부사들만 늘어놓았을까? 이는 시를 천천히 읽어보면, 혹은 천천히 읽는 것을 듣고 있으면 알게 된다. "하지만 실은 어쩌면 그러나 조금 굉장히 가까스로 가끔 그러나 그래도 그렇다면 그래 하마터면 어쩌면 (…)"20)

이는 「이화장」의 10행 이상 계속되는 부사들 가운데 앞부분의 2행 정도만 인용한 것인데, 부사 두세 개만 지나면 이미 부사 뒤에 생략된 문장들이 부사들 사이에서 은근히 배어나온다. 이 시가 아니어도 우리는 이를 쉽게 경험할 수 있다. 가령 대화중에 '하지만'이란 말을 하나 들었다면, 그뒤에 무슨 말을 하지 않아도 대략 어떤 말을 하려는지 짐작할 수 있다. 역으로 '하지만'이란 부사 하나만 말함으로써 뒤에 올 말을 길게 하지 않은 채 하고 싶은 말을 전할 수 있다. 지나가면서 들었다거나 대화 중간에 들어왔는데 대뜸 그 말을 들었다면, 그리고 말이 끊어진 채 그대로 있다면 어떻게 될까? 우리는 그 말 앞과 뒤에 올 말을 상상하게 된다. 부사는 뒤따라올 문장을 끌고 다니기에, 부사 하나는 대개 말하지 않은 어떤 문장을 함축하고 있다.

「이화장」의 연이어지는 부사들을 천천히 읽으면 그 부사마다 함축된 문장들이 하나씩 하나씩 말없이 불려나온다. 그저 부사들만 있기에 그게 무슨 말일지는 명확하지 않고, 읽는 어조에 따라 그 색조 또한 달라질 것이다. 어쨌

---

20) 송승환, 『당신이 있다면 당신이 있기를』, 문학동네, 2019, 11쪽.

건 이 많은 부사 사이에 적어도 그 부사만큼 많은 문장이 있음은 충분히 느낄 수 있다. 바로 이것이 이 시로 쓰고 싶었던 것일 게다. 씌어진 부사들을 통해 씌어지지 않은 문장이 있음을 쓰려 함이다. 외떨어진 부사 뒤에, 혹은 부사들 사이에 어떤 문장이 있다. 그 문장이 어떤 내용인지는 모르지만 어떤 문장이 '있음'은 알 수 있다. 그렇게 어떤 문장이 '있음'을 암묵적으로 말함으로써, 그 문장을 통해 말하려는 어떤 것이 '있음' 또한 표현된다. 말하려는 게 '무엇'인지' 말하지 않으면서 무언가 말하려는 것이 '있음'이 표현된다.

요컨대 이 시는 '있다'는 말을 전혀 사용하지 않고 두 층위에서 '있음'을 말하고 있다. 문장이 있음을, 말하려는 무언가가 있음을. 문장의 내용을 말했다면 그 문장에 가려 드러나지 않았을 '있음'이 그렇게 부사들을 통해 감지된다. 시 중간의 어느 부분을 잘라서 몇 개의 부사를 골라 천천히 읽으면, 그 부사에 따라 달라질 문장들이, 부재하는 문장들이 슬그머니 불려나온다. 표면에 있는 부사, 우리가 읽게 될 부사에 따라 상상되는 문장은, 비록 무엇인지 알 수 없지만, 부사에 따라 필경 다른 문장이 될 것이다. 가령 '단김에'나 '꼬박' 뒤에 숨은 문장과 '툭하면' 뒤에 숨은 문장이 같을 수는 없기 때문이다. 표면의 부사가 달라짐에 따라 그것에 의해 불려나오는 문장은 달라진다. 부사의 뒤, 혹은 그것들 사이의 공백에 숨은 문장들은 그렇게 다양하다. 어떤 문장의 '있음' 뒤에 오는 말하려는 문장은 그렇게 다양하다. 부사들의 다양성이 그것들의 다양성을 표현한다. 존재의 미규정성 속에 숨은 규정가능성의 다양성을.

그다음에 나오는 「심우장」은 그가 부사들로 불러내리던 것에 좀더 많은 언어의 빛을 준다.

당신이 있다면 당신이 있기를 그친다면 당신이 드러난다면 마침내 당

신이 밝혀진다면 이름은 부서져서 이름들이 된다 그럼에도 불구하고 지금
적어도 이른바 이제껏 허투루 이토록

—송승환, 「심우장」 중에서[21]

이 시는 있거나 있기를 그치거나 '당신'을 드러내거나 밝히고자 한다. "마
침내 당신이 밝혀진다면 이름은 부서져서 이름들이 된다"고 한다. 이름, 존재
자에게 주어지는 규정성의 환유다. 그 이름으로 우리는 규정된 대상이 된다.
이름이 부서질 때 드러나는 것, 그때 밝혀지는 것은 이미 앞서 반복해서 말
했듯이 존재다. 존재자의 존재. 이름이 부서진다 함은 미규정성 속으로 들어
감이다. 이름이 부서지며 존재가 밝혀진다 함은 하나의 이름 대신 여러 이름,
여러 규정가능성이 드러남이다. 그러나 사태는 이렇게 만만치 않다. 이렇게
당신이 밝혀지는 순간 전면에 나서는 것은 '있다'가 아니라 '당신'이다. 그래
서 다시 '그럼에도 불구하고'를 필두로 다시 부사들을 나열한다. 이 부사들로
밝혀지지 않은 문장의 존재를 다시 환기시키고, 말하려던 무언가의 '존재'를
다시 상상하게 한다. 밝혀짐으로써 밝혀지는 데 실패한 존재로 에둘러 가게
한다. 부사들의 긴 나열 끝에 오는 마지막 문장은 "오히려 마치 불쑥 솟구치
듯 당신이 있다면 당신이 있기를"이다. 그것들로 밝히려 했던 것이 앞서 말
함으로써 실패했던 것임을 확인해주려는 듯.

그다음 시 「어떤 목소리」에서는 횡으로 길게 나열된 명사들과 길게 나열
된 부사들이 종으로 배열된 문장과 시각적으로 대비된다.

켜졌다

---

21) 같은 책, 12쪽.

꺼졌다

건너편
건물 첨탑
붉은

유리
창문 의자 탁자 화분 화병 장미 벽지 책상 책장 장롱 호스 링거 리넨 차
트 선반 열쇠 액자 이불 침대 베개 커튼 천장

검다
검다

있다

아마도

만약 그리하여 그러므로 그러면 그예 그래서 그렇듯 하지만 그러기에
그런데 그렇지만 혹은 그래도 그제야 그러나 그리고 어쩌면

그림자

있다

아마도

—송승환, 「어떤 목소리」 2절 중에서[22]

켜졌다 꺼졌다 하는 건물 첨탑 유리 창문도 그뒤에 이어지는, 아마도 그 창문 안에 있을 법한 것을 표시하는 명사도 모두 존재자들이다. 그 밑에 "아마도"라는 부사와 결합된, "검다/검다", 검기만 한 "있다"가 있다. 존재자 밑에 있는 어둠 속의 존재를 이렇게 다른 말과 분리하여 "있다"만으로 가시화하려는 것일까? 아마도. 그러나 그것은 아마도이다. 미규정의 존재이기에 "검다"는 말도 실은 딱 들어맞지 않는다. 미규정성은 백색으로 표시해도 상관없다. 그러니 그 "아마도"는 명시된 말을 먹으며 명시되지 않은 문장의 존재를 환기시키는 부사들의 연쇄를 낳는다. 존재란 그 부사들에 딸린 "그림자" 속에 있다. 그러나 이 역시 "아마도"이다.

'있다'를 모든 체언이나 관형어와 분리하여 '있다, 있다'하지 않고는 밝혀낼 수 없지만 그저 '있다 있다'를 반복하는 것으로는 표현할 수 없다는 난점을 헤쳐나가기 위해, 고립된 '있다'를 한 연으로 남겨두고, 그것으로 말하려는 바를 밝히기 위해 그 주위에 명사, 부사의 연쇄로, 종으로 배열된 문장으로 그 '있다'를 둘러싸고 있는 것이다. 그것들 사이의 빈 공간, 그 대기 속에 이런 식으로 말들을 시각적으로 흩고 배열하여 풀어넣고, 그것으로 '있다'를 감싸 그 말을 '밝혀내려는' 것이다. 말로는 결코 이루어낼 수 없는 언어, 오직 글로만 가능한 언어가 하나 불려나온다. 부재하는 언어다.

이 세 편의 시에서 우리는 반복되며 출현하는 새로운 유형의 문장을 본다. 그것은 차라리 새로운 '통사법syntax'이라고 해야 적절할 것이다. 알다시피

---

22) 같은 책, 13~15쪽.

통사법이란 문장을 만드는 방법이다. 소쉬르 이래 구조언어학은 문장이 직조되는 구조를 두 개의 축으로 요약한다. 흔히 '통합축'이라 번역되는 생타금syntagme, '계열축'이라 번역되는 파라디금paradigme이 그것이다. 생타금은 주어, 조사, 목적어, 동사 등이 인접성 연관을 따라 배열되며 의미를 갖는 하나의 문장이 구성되는 축이다(x축). 수평축. 파라디금은 주어든 조사든 목적어든 서로 대체 가능한 단어들이 유사성 연관에 따라 수직으로 배열되며 가능한 다른 문장들로 확장되는 축이다(y축). 수직축. 나, 너, 그, 사과, 돈……혹은 은, 을, 조차, 까지…… 등등.

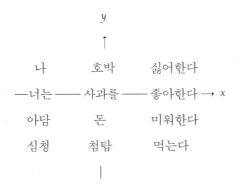

파라디금의 축에는 우리가 사용 가능한 단어들의 계열이 자리잡고 있다. 생타금의 축에는 그렇게 선택한 단어들이 문법적 통사규칙에 따라 나열되며 하나의 문장이 만들어진다. 우리가 통상 문장을 만드는 방법은 파라디금에서 선택된 단어들을 생타금의 축에 배열하는 것이다. '나는 호박을 미워한다', '심청은 첨탑을 좋아한다' 등등.

그런데 앞서 본 것처럼 통상적으로 사용되는 이런 문장은 의미를 표현하는 데 적절하지만, 존재를 드러내지 못한다. "어린 시절 알코올램프가 있다"

는 '있다'가 아니라 '알코올램프'를 드러내줄 수 있을 뿐이다. 그런데 앞서 송승환의 시들은 부사들만 나열하거나 명사들만 나열하여 문자열을 만들었다. "하지만 실은 어쩌면 그러나……" 이렇게 수평으로 배열해서 표기해도 이는 실은 생타금(축)이 아니라 파라디금(축)을 따라가며 만들어진 '문장'이다. 생타금을 따라 문장을 만들어선 밝혀낼 수 없는 존재를 말하기 위해 통사법의 근본규칙을 벗어나 파라디금을 따라 문장을 만들어낸 것이다.

다른 품사의 말들이라면 어떨까? 충분히 가능한 일이다. 앞서 인용한 「어떤 목소리」에서 이미 우리는 명사들만 연이어진 문장을 보았다. 물론 이는 존재 아닌 존재자를 나열한 것이지만, 이 나열을 통해 명시된 명사들 사이로, 혹은 그 '밑'으로 배경이 되어주는 존재가 있음을 슬그머니 드러낸다. 좀더 과감하게 생각할 수 있다. 존재를 말하기 위해 시작한 것이지만, 군이 존재를 말하는 경우가 아니어도 이러한 통사법을 확장하여 사용할 수 있을 것이다. 여기서 중요한 것은 명사나 동사 등이 이렇게 파라디금의 축을 따라 나열되며 등장할 때 그 단어들 사이에 말해지지 않은 어떤 단어나 문장이 말해진 단어를 감싸고 있다는 점이다. 생략된 생타금의 문장이 단어마다 그림자가 되어 따라다니는 것이다.

송승환은 존재를 말하려는 시도 속에서 찾아낸 이 통사법을 계속하여 적극 실험한다. 앞서 인용한 「어떤 목소리」(326~327쪽)에서는 통상 생타금을 따라 배열될 문장을 수직으로 배열하고, 파라디금을 따라 배열될 단어들을 생타금을 따라 배열한다. 자주 등장하는 명사들의 문자열은 같은 발음의 음절, 유사한 발음의 음절, 전후가 바뀐 음절 등을 파라디금의 배열규칙을 이용하여 다양한 양상으로 바꾸어 등장한다. 부사나 동사, 형용사 등 다른 계열의 문자열도 그렇다. 가령 「다른 목소리」와 「플라스틱」에선 발음이 유사한 계열의 동사들만으로 이루어진 문자열이 나오고, 「있다」에는 동일한 명사들과 유사하지만 다른 조사들이 결합된 파라디금의 문자열이 나온다. "깃발//깃발//깃발//검은//검은//검은"처럼 명사와 형용사가 파라디금의 선을 따라 배열된 경우도 있다(「B103」). "열다 닫다 열다 닫다 닫다 닫히거나 잠긴 것 벗기는 것 막힌 것 치우고 통하는 것 서랍의 밀폐된 공기를 풀어놓는 것……"(「검은 돌 흰 돌」)은 동사들의 나열이 '것'이라는 의존명사(불완전명사)와 결합되다가 다른 계열의 말들과 결합되어 생타금의 문장으로 확장되어가는 경우다.

이러한 문장들은 파라디금이 생타금을 보완하는 선택지들의 나열이라는 통념을 뒤집어 파라디금으로부터 생타금의 문장이 탄생하여 변형되는 양상을 보여줌으로써, 생타금 중심적 통사법을 파라디금 중심적 통사법으로 뒤집어버린다. 「다른 목소리」에서는 수직으로 배열된 동사들의 계열체(파라디금)와 "그러나 나는 아무것도 알지 못한다"는 생타금의 문장을 수평으로 교차시킨다. 걷는다, 긷는다, 딛는다, 믿는다, 싣는다 등 파열 직전의 음소로 공기를 단단하게 모으고(받침의 ㄷ) 그것의 반복을 통해 믿고 몸을 실을 수 있는 음성적 '확실성'을 파라디금을 따라 견고하게 구축한다. 그러곤 이를 '알지 못한다'라는 인식론적 불확실성의 생타금과 대비하여, 알지 못해도 딛고 실을 수 있는 존재의 '대기'를 만들어낸다. 존재를 말하지 않는 방식으로 말하는 또다른 방법이라고 할 것이다.

요컨대 송승환의 시집 『당신이 있다면 당신이 있기를』은 생타금의 문장으로는 말할 수 없는 '존재'를 말하기 위해 부사들로 이루어진 파라디금의 통사법을 창안한 뒤, 이를 일반화된 파라디금의 통사법으로 확장하면서 새로이 펼쳐지는 언어 공간에 부재하는 언어를 불러내고 있다. 한 단어만 남기고 문장의 다른 단어들이 사라져버린 언어, 혹은 두 단어 사이의 침묵, 낯설게 배열된 짧은 문장을 둘러싼 대기로 언어를 지우는 언어, 스스로를 지워가며 침묵 속으로 접혀들어가는 언어, 파라디금을 따라 엉뚱하게 펼쳐지는 언어, 발음의 단일성에 기인하는 언어의 선형성을 벗어나 두 개의 축에 따라 교차하는 시각적 문장의 글쓰기ecriture로 확장되는 언어, 형태소의 의미를 음소별로 달라져가는 연쇄적 단어들로 치환하는 언어, 음소의 명료함을 음성의 든든함으로 대체하고, 음소의 변별적인 뚜렷함을 모호한 공백으로 지우는 언어……

이는 물론 우리가 일상에서 사용하는 언어의 범위를 벗어나며, 소통의 언어가 통과하는 통상적 궤도에서 이탈한다. 뿐만 아니라 '나름의 사전'을 갖는 시인의 언어보다도 훨씬 멀리 밀고 간 곳에 출현한 언어다. 그런 점에서 그것은 분명 부재하는 언어이고, 가능할 뿐인 언어라고 해야 할지도 모른다. 하지만 가능성의 땅에 자리잡은 이 부재하는 언어는 현행의 언어를 당기며 바깥으로 끌어낸다. 부재하는 언어감각을 불러내고, 이를 통해 이전에는 말하지 않던 방식으로 말할 여지를 열고, 말할 수 없다고 믿었던 것을 말할 생각을 하게 한다. 잠재적인 언어를 불러내는 가능한 언어라고 할 것이다.

5. 부재하는 사건의 불러냄

우리는 '예술'이라는 말로 수많은 예술을 하나로 묶곤 하지만, 사실 서양예술의 경우로 제한한다 해도 아주 다른 유형들의 예술이 있었다고 보인다. 예술사를 간단히 일별해보는 것만으로도 우리는 시대에 따라 다른 유형의 예술이 지배적이었음을 알 수 있다. 가령 15세기 이전, 1425년에 수학적 투시법이 발명되고 대중적 시연과 이론적 정당화를 통해 확대되기 이전까지, 서양의 예술은 오랫동안 '종교적인 유형'의 예술이었다. 비가시적인 것을 가시화하는 것, 다시 말해 신이라고 부르는 것을 구체적 형상으로 가시화해서 보여주는 것을 과업으로 삼는 예술이었다는 점에서. 여기서 중요한 것은 종교적 감응을 극대화하는 것이었고, 어떤 스타일이 좋을까는 이런 목적에 비추어 평가되었다. 로마네스크 건축의 무겁고 어두우며 요새같이 튼튼한 스타일이 금욕적 엄숙주의의 감응을 사람들의 신체에 새겨넣는 데 좋을 거라는 무의식적 감각, 반대로 스테인드글라스로 치장된 큰 창으로 밝고 화려한 빛을 끌어들이고 신의 세계로 이끄는 다양한 형상을 표현적인 모습으로 가시화한 고딕 스타일의 감각 모두 이런 맥락에서 이해할 수 있다. 그리고 고딕 스타일의 '탄생지'였던 생드니성당 쉬제 신부의 경우가 잘 보여주듯이, 어떤 혁신도 언제나 적절한 신학적인 정당화를 필요로 했다.

반면 1425년에 브루넬레스키나 마사초가 사용했고, 1435년 알베르티에 의해 수학적인 정당성을 획득한 이후 수학적 투시법은 정확한 재현기법으로 자리잡았고, 이는 점차 모든 서구 예술가들의 기본 문법이 된다. 그후 예술은 대상을 '정확히' 재현하여 감각적으로 가시화하는 것이 되었고, 이런 의미에서 예술은 이제 '과학적인 유형'의 예술이 된다. 미를 추구해야 마땅한 예술에서 (과학적) 진리를 추구하는, 어찌 보면 매우 기이한 현상이 벌어지게 된다. 정확한 재현을 위해 예술가들이 해부학부터 배우는 것이 이를 단적으로 보여준다. 이처럼 진리를 추구하는 성향은 알다시피 인상주의자들 또한 예외가 아니었고, 오히려 그 과학주의가 그들의 새로운 감각과 스타일의 발생인이 된다.

하지만 20세기에 들어와 투시법이라는 '과학적인' 재현 양식이 마티스, 피카소, 브라크 같은 사람들에 의해 깨지면서 '과학적' 재현은 예술의 지반이기를 그친다. 이를 대신할 예술의 유형을 명확히 개념화한 것은 뒤샹이었다. 그는 진정한 작품이란 자신의 스타일을 포함해, 기존의 스타일이나 예술 개념을 깨는 것이라고 보았고, 그런 점에서 예술가란 예술에 대한 기존의 관념이나 낡은 감각을 깨는 사람이라고 보았다. 이는 예술이 이제 과학의 지반을 떠나 철학적이고 개념적인 유형으로 바뀌었음을 명백히 표명한 것이었다. 뒤샹이 감각이 아니라 머리를 쓰는 예술을 강조했을 때, 혹은 레디메이드를 예술의 영역 안으로 끌어들이기 시작했을 때, 스캔들의 양상으로 가시화된 게 바로 이것이었다. 이러한 유형의 예술에서 중요한 것은 '개념' 내지 '아이디어'다. 작품을 만드는 '아이디어'로서의 개념뿐 아니라, 기존 예술의 경계를 깨는 개념의 작용. 이는 이른바 '개념미술'에 의해서 전면화된 것이긴 하지만 사실은 그 이전에 이러한 발상에서부터 있었던 것이고, '개념미술'이 전면에서 사라진 후에도 여전히 사라지지 않은 지반이다. 철학적-개념적 유형의 예술은 사람들의 습속화된 에토스ethos를 깨고 새로운 삶의 방식을 기존 세계에 불러들이려 한다는 점에서 윤리적ethical 유형의 예술이기도 하다.

이런 맥락에서 보면, 지금도 적어도 미술에 관한 한 예술은 개념적-윤리적 유형의 예술을 지반으로 삼고 있다. 명시적인 '개념미술'은 이미 과거의 것이 된 지 오래지만, 많은 미술작품은 여전히 개념적이고 윤리적인 유형 안에 머물러 있다. 현대 예술에서 뒤샹이 특히 중요한 것은 바로 이 때문이다. 개념미술가인 조지프 코수스가 뒤샹을 통해 개념미술의 개념을 제시하려 했던 것도 이런 맥락에서였다. 즉 공업생산품에 그의 아이디어를 추가하는 것만으로 뒤샹은 변기를 예술작품으로 만들었다는 것이고, 바로 그 점에서 어떤 것을 예술품으로 만드는 것은 작가의 아이디어라는 것. "뒤샹 이후 특정한 예술가들의 가치는 그들이 (…) 예술의 개념에 무엇을 더했는가, 혹은 그들이 시작하기 전에 무엇이 없었는가에 따라서 평가될 수 있다."[23] 우리 식의 말로 다시 쓰면, 그들이 있는 세계와 없는 세계가 달라지게 만든 바로 그

---

23) Joseph Kosuth, "Art after Philosophy", Charles Harrison & Paul Wood ed., *Art in Theory 1900-2000: An Anthology of Changing Ideas*, Blackwell, 2003, p. 856.

들의 존재의미라는 말이다.

그러나 마르셀 뒤샹의 〈샘〉이 현대 예술의 지반을 바꾸는 사건이 될 수 있었던 것은 정말 그가 사물에 개념을 추가하는 것만으로 충분했을까? 변기에 '샘'이란 제목을 붙이는 것 자체는 분명 변기를 다른 어떤 것으로 변환시킨다. 그러나 만약 '샘'이란 제목을 달아 변기를 뒤샹의 이름으로 출품했다면, 그것은 그토록 유명하고 중요한 사건이 되기 힘들었을 것이다. '독립미술가협회'의 전시회에 전시된 하나의 작품 이상이 되기 어려웠을 것이다. 이미 뒤샹이 예술에 끌어들인 레디메이드 작품 중 하나가 되었을 뿐일 게다. 뒤샹 역시 이를 잘 알고 있었기에, 그 협회 회장이었음에도 일부러 이름을 감추고 'R. Mutt'라는 생소한 이름으로 작품을 제출했고, 그것이 논란이 되었을 때에도 모르는 척하여 최대치의 '스캔들'이 되도록 만들었다. 그렇다면 뒤샹이 〈샘〉이란 작품을 '작품'으로 만든 것은 단지 사물에 개념을 덧붙인 것이 아니라 면밀하게 계획된 일종의 퍼포먼스였다고 해야 하지 않을까?

개념미술가들의 발상에 따르면, 존 케이지의 〈4분 33초〉 또한 새로운 선율의 곡을 만드는 게 아니라 아무 연주도 하지 않고 일정 시간 그냥 앉아 있다가 내려온다는 아이디어만으로 성립된다는 점에서 개념예술에 속한다고 할 수 있다. 그러나 가령 개념미술가들이 초기에 한 것처럼, 케이지는 작품에 대한 메모나 피아니스트에게 지시하는 메모를 전시하는 것으로 그가 얻고자 하는 것을 얻을 수 있었을까? 모를 일이지만, 그렇다고 답하기는 쉽지 않다. 그것은 잘 알려진 것처럼 '퍼포먼스'로 행해진 것이었고, 그것이 그 작품이 영향력을 가진 이유다. 존 케이지에 대해 비판적인 음악가 리게티는 그의 이런 시도들이 연극적인 퍼포먼스라며 거리를 두는데, 이는 역으로 케이지의 이 작품에서 무엇이 본질적이었는지를 보여준다.

그렇다면 역으로 개념미술가들이 했던 것에 대해 다시 생각해보아야 하지 않을까? 나중에 개념미술의 '전위'가 되는 멜 보크너는 동료 작가들의 작업 구상을 적은 메모나 그를 위한 드로잉, 업자들에게 보내는 작업지시서 등을 복사하여, 조각 받침대에 올려놓고 관객들로 하여금 '읽게' 만들었다. 예술작품의 본질은 물질성을 갖는 작품이 아니라 그것을 작품이 되도록 만든 작가의 '아이디어'임을 보여주는 전시였던 셈이다. 솔 르윗 또한 비슷한 이유에서 자신의 작품을 만들면서 직공들을 데려다 자신의 작업지시서에 따라 벽에 드로잉하게 한다. 그러나 솔 르윗의 이 '작품'에서 결정적인 것은 직공에게 작업지시서를 준 것도, 직공을 데려다 쓴 것도 아니었다. 그것은 그들이 지적하듯이 르네상스 시대 이래 수많은 대가가 해온 것이다. 솔 르윗의 '작품'에서 결정적인 것은 자신이 직접 만들지 않고 작업지시서만 주었음을 명시하고, 그에 따라 직공들이 작업하는 것을 '전시'하여 보여주었다는 사실이다. 그런 '전시' 행위가 없었다면, 그가 평소에 하던 그 작업은 작품이 될 수 없었고, 그의 '작품'은 영향력을 갖지 못했을 것이다. 그렇다면 이 작품에서 결정적인 것은 '이벤트성'의 그런 전시 행위다. 그는 일종의 퍼포먼스를 한 것이다. 뒤샹이나 케이지, 혹은 백남준처럼 그는 이 퍼포먼스를 통해 새로운 예술의 개념을 하나의 세계로서 불러낸 것이다. 보크너도 마찬가지 아닐까? 작가들의 메모를 '전시'하는 퍼포먼스에 의해 그는 자신이 예술에서 결정적인 것은 개념이라고 믿는 하나의 세계, 부재하던 세계를 불러낸 것이다.

뒤샹도, 케이지도, 르윗도, 보크너도 퍼포먼스에 의해 이제까지 부재하던 세계를 불러냈다. 이들에게도, 〈바이올린 솔로〉의 백남준에게도 퍼포먼스란 '이벤트'다. 이미 있던 변기를 다른 사물로, 변기도 아니고 샘도 아니란 점에서 아예 속하는 세계를 달리하는 사물, 그런 점에서 부재하는 세계에 속한 부재하는 사물로 바꾸는 '사건'이다. 음악이 될 수 있다고 생각하지 못했던 것을 음악으로, 불가능한 음악으로 만들어낸 사건이고 이제까지와 다른 종류의 음악적 세계를 불러내는 사건이다. 부재하는 세계를 불러내는 사건이다. 그냥은 결코 일어날 수 없는 사건이란 점에서 부재하는 사건이다.

퍼포먼스는 무대에서 벌어지는 미리 계획된 연극적 행위만은 아니다. 그것은 개념적인 아이디어를 실행하고, 그 실행을 통해 어떤 사건을 만들어낸다. 그냥은 있을 리 없는 사건을, 부재하는 사건을 불러내는 것이다. 그 실행 과정 속에 퍼포먼스를 둘러싼 모든 것이 말려들어간다. 그렇게 말려들어간 것들이 새로이 불러낸 세계 속에 함께 다시 불려나온다.

퍼포먼스는 흔히 '연극'에 속한다고 간주된다. 미술의 순수성을 추구하며 미술 아닌 것을 미술로부터 몰아내던 클레멘트 그린버그가 다다를 현대 미술의 역사에서 쫓아내버렸던 중요한 이유가 바로 다다의 퍼포먼스가 연극에 속한다는 이유였다. 미술의 개념을 바꾸고 다른 예술의 세계를 불러내는 것이 미술의 새로운 지반이 되던 시대에, 퍼포먼스를 이유로 다다를 내쫓고 서사—문학에 속한다—를 이유로 초현실주의를 추방하는 식으로 현대 미술의 역사를 쓸 때 결국 남는 것은 평면의 캔버스를 향해 달려간 아주 단조롭고 작은 세계에 지나지 않는다. 오히려 원래 없던 것, 엉뚱한 것을 끼워넣고 떨어져 있던 것을 섞으며 다른 것으로 변조하는 것이야말로, 순수성이란 이름의 허황된 감옥에서 세계를, 작가와 사람을, 사물을 구해내는 길이다.

텐트 연극으로 잘 알려진 일본의 아티스트 사쿠라이 다이조桜井大造는 퍼포먼스로서의 연극을 연극마저 넘어서는 지점으로까지 밀고 간다. 하지만 그를 여기서 언급하는 것은 연극에 대한 통상적 표상에 퍼포먼스를 귀속시켰던 그린버그의 안이한 통념에서 퍼포먼스를 해방시켰다는 점 때문만은 아니다. 내가 보기에 부재하는 사건을 불러내는 것으로서 퍼포먼스의 본질을 그만큼 명확하게 이해하고 강렬하게 표현하는 이는 찾기 어렵다. 그는 과거나 현재에 속하는 어떤 것에 함축된 사건적 성분을 최대 속도로 포착하여 사건화할 수 있는 '허구'를 만들고, 사건화하고자 하는 곳에 가서 텐트를 치고 그 텐트 안으로 사람들을 불러모은다. 그 텐트 안에서 부재하는 사건을 만들어 낸다. 그리고 그 '허구'로 현실을 '허구화'하고 그 헛된 현실 바깥으로 사람들을 불러낸다.

물론 그와 동료들만이 텐트 연극을 했던 것은 아니다. 텐트 연극 자체는 1960년대 말 일본 전공투 운동에 바탕을 두고 있는데, 한때 100여 개의 텐트 연극단체가 있었으나, 1970년대를 거치면서 3개 정도만 남고 모두 없어졌다고 한다. 그들은 대개 삶과 생활, 여행과 연극을 등치시키면서 어떤 사건이나 삶의 현장에 가서 텐트를 치고 연극을 하며 그런 종류의 삶을 살아낸다는 '아이디어'로 시작했다. 이 경우 텐트 연극이란 어떤 삶의 현장성 속으로 들어가는 통로였다고 하겠다. 하지만 1980년대 들어오면 그나마 남았던 극단도 모두 해체되고, 사쿠라이가 몸담았던 극단 역시 해체된다. 극단 해체 이후 그는 현장에서 삶을 살아낸다는 것과 다른 발상으로 텐트 연극을 '새로이' 시작한다.[24] 불러냄으로서의 연극, 부재하는 것을 불러내는 사건으로서의 텐트 연극을.

그의 연극은 여전히 '현장'을 찾아가 텐트를 세우지만, 사건의 재현이나 참상의 고발 같은 것과는 거리가 멀다. 가령 원전 사고가 발생한 직후, 후쿠시마 인근의 최대한 접근가능한 지역에서 텐트를 세우고 이미 충분히 사건화

---

24) '바람의 여단'이라는 극단을 만든 사쿠라이는 한때 노동운동이 사회의 안정적 주류 집단이 되는 흐름을 거슬러, 도쿄의 일용직 노동자 집결지인 '산야(山谷)'를 거점으로 활동한다. 〈당했으면 되돌려주라〉라는 영화 한 편을 위해 산야의 일용직 운동 지도자를 포함해 두 사람이 죽는 강력한 충돌 지점의 '거기'에서도, 거기를 떠난 이후에도 지금까지 사건화의 장소를 찾아다니며 텐트를 세우고 연극을 한다. 지금은 '야전(野戰)의 달(月)'이라는 극단을 통해, '반일'이라는 기치하에 제국주의 일본을 비판하며 '동아시아'를 삶의 거점으로 삼으려던 문제의식 속에서 한국과 대만과 중국을 그 사건화의 장으로 불러들여 부재하는 사건을 불러내고 있다.

된 참사를 다시 사건으로 불러내고자 할 때, 그가 끌어들인 것은 '축하합니다!'라는 콘셉트의 코미디였다. 그때 거기서 그런 콘셉트의 코미디를 한다는 것은 필경 '두들겨 맞고 쫓겨날지도 모른다'는 각오를 필요로 하는 것이었다. 무엇을 축하한단 말인가? 아마도 핵을 통해 인간이 가고자 하던 길이 결국 그 한계지점에 도달했다는 것, 그러한 반환점에 이르렀기에 인류는 이제 그로부터 되돌아와 다른 길을 찾을 수 있게 되었다는 것이리라. 거기를 떠나지 못한 가족의 아이들이 서로 "이제 나 아니면 결혼일랑 꿈도 꾸지 마"라며 가슴 아픈 농담을 하는 곳에서, 어쩌면 웃음이 나올 때조차 주변을 돌아보며 미안해해야 할 그곳에서 그는 이 '어이없는' 발상의 코미디를 시도했던 것이다. 참상이 발생한 곳에서 흔히 그러하듯, 만약 사건의 무게에 눌려버렸다면, 텐트 안에서는 이미 발생한 사실을 다시 재현하며 고발하는 한 편의 연극이 되고 말았을 것이다. 그는 사건의 무게를 비껴가며 부재하는 사건을 그 사건의 현장에 불러낸 것이다.

그는 텐트가 사건화의 장소임을 명확히 표명한다. 그 텐트 안에서 무슨 일이 일어나는가에 대해 이렇게 답한다.

글쎄 무슨 일이 일어날까요. 먼저 그곳에는 인간이 있지만 꼭 살아 있는 인간만 있는 것은 아닙니다. 텐트라는 공간은 시간으로 구성되기 때문이죠. 현존하지 않는 사자死者가 있다고는 말할 수 없지만, 사자 같은 것이 이미 객석에 앉아 있습니다. 또다시 부조리한 이야기를 꺼내고 마는데요, 값싼 천 한 조각으로 둘러쳐진 그 객석을 노리고 텐트를 꿰맨 자리로 뱀이 기어들어오듯 다양한 시간이 개입해옵니다. 사자 같은 것 혹은 역사라고도 부를 수 있을 텐데요, 그것을 불러들입니다. 과거가 미래로부터의 사자처럼 당돌하게 찾아옵니다. 내일 만날 사람이 그리운 얼굴로 곁에 서 있습니다. 현재라는 너무도 분명한 시간의 돌출된 자리에 여러 마리의 뱀이 구불거리며 기어오른다고 할까요. 그렇게 현실 사회에서 도망친 분자가 농성하는 것입니다. 각각의 분자는 이 시간에 몸을 섞으며 '잠시 동안의 변신'을 피할 수 없게 될지 모릅니다. 그처럼 변신한 요괴와도 같은 우리들이 서로에게 반응합니다. 화학반응이 일어나듯 분자가 바뀝니다. 즉, 텐트에서 발생할 수 있는 일이란 시간의 서열이 바뀜으로써 일어나는 어떤 사건이 아닐까요.[25]

그에 따르면 텐트를 둘러치는 것은 세계를 포위하는 것이다. 세계에 의한 포위에 대항하여 싸구려 천으로 그것의 외부를 만들고 그 외부로부터 천으로 세계를 '둘러싸며' 포위한다. 천은 일종의 '바리케이드'다. 그렇게 바리케이드로 세계의 공격과 압박을 차단하고, 천으로 둘러친 공간 안에 다른 세계를 불러낸다. 그 세계는 기존 세계에서 벗어난 세계일 뿐 아니라, 그것과 대결하며 다른 세계를 향해 달리도록 하는, 다시 말해 현행의 세계와 그 허구의 공간 사이 어딘가 다른 세계를 향해 삶을 밀고 가도록 하는 것이란 점에서 '반-세계'다. 가령 "최근 10년 정도 사람은 속도에 쫓기고 속도 쪽이 우리를 앞질러 나가 우리의 신체가 속도에 방치되고 있는 건 아닌가 생각합니다. 가령 연극과 같은 '반-세계'는 이렇듯 속도에 발려진 인간 존재의, 변명을 위한 장입니다. 타자의 신체에 들러붙은 자의식이 속도에 방치되고 있는 자기 신체의 변용을 응시한다는, 그러한 거리距離의 장입니다"(184).

이때 반-세계는 단지 '세계에 반대한다'는 의미가 아니라, 차라리 "지금 있는 현실보다 좀더 현실에 가까운 현실"이다. 그것은 현실 바깥에 어디 따

---

25) 사쿠라이 다이조, 「정치의 원점으로서의 텐트: 사쿠라이 다이조 씨 인터뷰」, 『R3: 맑스를 읽자』, 그린비, 2010, 176쪽. 이하 이 절에서 이 글의 인용은 본문 중에 숫자만으로 표시한다.

로 있는 현실이 아니라 현행의 현실과 포개지면서 그와 어긋나 있는 다른 현실이다. 현실의 일부지만, 현행의 현실은 아닌 잠재적 현실이다. 현실 세계와 다르지만, "지금 있는 현실에 겹쳐 있으니 안 보이는" 세계, 현실에 가려 안 보이는 또하나의 현실이다. 텐트는 현행의 현실과 겹쳐 있는 그 안 보이는 현실을 불러내는 사건의 장이다. 문제는 대안적인 세계를 그럴듯하게 만들어내는 것이 아니라, "차라리 현실이 '허구'임을 드러내는 것"이고, 텐트로 둘러친 '농성'의 공간을 만들어 그 현실이 '함몰'되는 장을 만드는 것이다.

농성이란 그 안에 '또하나의 세계'를 만드는 일이 아닙니다. 내부에 허구, 또다른 세계를 만드는 게 아닙니다. 거꾸로 바리케이드(혹은 텐트의 얇은 천)의 바깥 세계를 허구화하려는 행위입니다. 즉 여기 있는 현실을 허구로 만들려는 의지가 결집하는 장입니다. 여러 사람들이 줄곧 제게 물어왔습니다. "텐트란 무엇이냐"고요. 그것은 몹시도 부조리한 장입니다. 사라지는 것과 존재하는 것이 이어지는 장인지라 말로 답하기가 어렵습니다. 텐트는 현실 사회에서 하나의 작은 함몰입니다. 그리고 부조리한 것을 이쪽에서 조직해 표현을 일궈냅니다. (…) [현실의 결핍이] 메워지지 않는, 부조리의 긴급 피난소라고나 할까요. 텐트에서 하니까 텐트 연극이 아닙니다. 천 한 장으로 현실 사회 속에 함몰을 내는 것, 그 함몰을 어떻게 늘이거나 줄일 수 있는지. 그만큼 텐트는 가시화됩니다.(174~175쪽)

그는 이를 위해 다른 시간을 현실 속에 불러들이고 끼워넣는다. 가령 "70년대부터 20년간은 주로 조선이라는 시간을 일본에 끼워넣어 '반일'을 했습니다. 관동대지진 시기 살해당해 [도쿄] 아라카와荒川를 가득 메우고 있는 조선인의 뼈를 어떻게 줍고 실제로 파낼지에 관한 연극을 한 적이 있습니다. 아라카와의 하천에 텐트를 세우려고 했지만 출입금지를 당했습니다. 우리는 15명뿐이었는데 기동대가 250명이나 경비를 서서 자갈뿐인 다리 밑을 지키는 겁니다. 그 상황이 일주일 동안 지속되었습니다. 〈바람의 여단〉은 그렇게 시작되었습니다"(192쪽).

　거친 요약이 되겠지만, 텐트 연극이 불러낸 부재하는 사건은 세계의 포위에 대항해 세계를 포위하고 그 농성의 공간에 현행의 세계와 반하는 다른 세계를 불러낸다. 그 불러냄을 통해 현행의 현실 안에 어떤 함몰을 만들어내고, 현실에 가려 보이지 않는 다른 세계를 가시화한다. 조화로운 세계의 한가운데에, 그 세계가 감추고 추방한 부조리들을 불러모아 그것들이 피난할 장소, 살아남을 장소를 만들어낸다. 그 부조리들이 만나고 섞이며 출현할 다른 현실을 만들어낸다. 부재하는 사건의 불러냄, 도래할 사건의 불러냄으로서의 퍼포먼스 내지 예술이 갖는 의미를 그 이상으로 멋지게 말할 방법을 나는 알지 못한다.

　부재하는 사건의 불러냄, 그것은 '상실된 총체성을 복원'하는 게 아니라 총체성으로 귀속될 수 없는 외부가 세계에 여기저기 존재함을 드러낸다. 사건의 현장에서 그 사건으로 인해 열린 외부를 펼쳐 현실의 '낯선' 조각들을 모아 세계 안에 접어넣는다. 익숙한 세계를 포위하여 낯선 자전을 만들어내고, 그 자전으로 존재자들이 주어진 자리에서 이탈하며 다른 삶을 찾는 운동을 촉발한다. '사방세계의 합일'을 추구하며 세상을 돌보는 것이 아니라 합일된 듯이 보이는 세계 안에 균열과 어긋남을 드러내고, 그 틈새 속으로 외부의 바람을 불어넣는다. 세계의 얼굴을 파먹는 우주의 바람을.

　퍼포먼스는 사건 이전에 가동하는 사건화다. 부재하는 사건의 불러냄이다. 그러한 사건화를 통해 허구적 가능성의 세계를 불러내고, 존재하지만 보이지 않는 것, 잠재적인 어떤 것을 현실 속으로 불러낸다. 이런 사건화를 실행하는 한 예술가란 일종의 영매이고 무당이다. 그러나 과거의 어떤 것을 불러낼 때조차 있는 그대로 불러내지 않고, 부재하는 어떤 것, 다른 세계의 포자로서 불러낸다는 점에서 잠재성의 무당이다. 과거의 시간을 불러내, 과거의 원한을 풀어주는 무당과 달리, 부재하는 것을 불러내는 허구의 무당이다. 과거의 것을 다시 제대로 된 과거 속으로 돌려보내는 무당이 아니라 도래할 사건, 도래할 세계를 불러내는 무당이다. 과거의 무당이 아니라 미래의 무당이다.

6. 불러냄과 불러들임

나는 존재한다. 나를 둘러싼 것들과 함께 존재한다. 그런데 어떤 것과 '함께 존재한다' 함은 무슨 뜻일까? 옆에 나란히 있음? 그런 거라면 각자 휴대전화에 시선을 꽂아둔 채 지하철 옆자리에 앉아 있는 이와 내가 '함께 존재한다'고 해야 한다. 서로 영향을 미치며 있음? 그런 거라면 내 몸을 덮쳐 신체를 망가뜨린 자동차와 그 운전수, 혹은 내가 없는 새 집을 턴 도둑과 내가 '함께 존재한다'고 해야 한다. 바로 옆에 있어도 서로 무관심한 이들, 내 삶에 밀려들어오지만 밀쳐내고 싶은 것과 내가 '함께 존재한다'는 말에 대해 우리는 대부분 위화감을 갖고 있다. 함께 존재한다 함은 가까이 있든 멀리 있든, 내 삶 안에 들어와 있는 것, 그리고 종종 있는 줄 모르는 채 있지만 내 삶에 밀려들어와 있는 것, 그리고 알아챘을 때 결코 밀어내지 않을 어떤 것, 혹은 밀어내도 소용없을 만큼 안에 들어와 있는 것과의 함께 – 삶이다.

어떤 것과 '하나의 시간 속에 존재한다' 함은 무슨 뜻일까? 좀더 강하게 말해 어떤 것과 하나의 시간을 산다 함은 무슨 뜻일까? 시곗바늘이 표시하는 어떤 시점이나 일정 시간 동안에 인접한 곳, 혹은 멀리 떨어진 곳에 있음? 이런 거라면 내가 가본 적 없는, 그러나 있음이 확실하게 증명된 북극의 흰 곰과 내가 하나의 시간 속에 존재한다 해야 한다. 하이데거처럼 '마음-씀'이란 요건을 추가할 수도 있다. 그 경우 같이 살고 있지만 이혼할 방법을 애써 찾고 있는 아내는 분명 나와 하나의 시간 속에 있다고 해야 한다. 무언가 때문에 다투다 헤어졌으나 계속 화난 감정의 끈에 묶여 쫓아와 잠마저 설치게 만드는 누군가라면 어떨까? 이건 뭐라고 잘라 말하기 쉽지 않다. 사랑한다며 쫓아다녀 오늘도 어딘가에서 기다리는 건 아닌가, 오늘도 집 앞에서 기다리고 있는 건 아닌가 항상 마음 쓰게 하는 헤어진 남자라면? 이건 말하기 쉽다. 이미 나는 그를 나의 시간에서 내보낸 것이다. 적어도 내가 그와 '하나의 시간을 산다'고 말할 수 없음은 분명하다. 마음-씀이란 너무 다양해서, 그것만으론 하나의 시간 속에 있다는 말을 하기에 충분하지 않다.

하나의 시간 속에 존재한다는 말을 오해하는 가장 흔한 경우는 어떤 시점에 함께 있음을 떠올리는 것이다. 이때 하나의 시간을 표현하는 '동시성'이란 말은 시계로 표상되는, 직선이나 원 같은 공간적 형식 안에서 동일한 시점상에 있음을 뜻한다. 비슷한 말이지만 하이데거의 말대로 '시점기록가능성'에 의거한 동시성의 공간적 표상을 기반으로 한다. 그러나 이렇게 되면 앞서의 예처럼 멀든 가깝든 별 상관없이 한 시점에 있는 것은 모두 동시성을 갖는다고, 하나의 시간 속에 존재한다고 해야 한다. 그러나 병원 대기실에 내 앞 번호표를 받고 옆에 앉아 있는 할머니는 지금 여기 나와 함께 있지만 나와 하나의 시간 속에 있지 않다. 나를 따라다니는 저 스토커는 오늘도 나와 같은 시간에 어딘가 내 인근에 있겠지만, 나는 결코 그와 하나의 시간 속에 있지 않으며, 결코 그렇게 하고 싶지 않다. 공항 입국심사장, 나의 입국을 거부하는 바로 내가 발 딛고 선 땅의 나라는 나와 하나의 시간 속에 있기를 거부하고 있다.

따라서 다시 물어야 한다. 누군가 나와 하나의 시간에 있다 함은 무슨 말인가? 나는 여기서 시간의 본질에 대해 물었던 베르그손을 떠올린다. 베르그손은 '순수지속'이야말로 순수 시간이라고, 시간의 본질이라고 설파한다. 이를 위해 그는 공간적인 것과 시간적인 것을 대비하고, 연속성의 개념을 통해 양자를 구별한다.[26) 종소리의 숫자를 셀 때, 우리는 음파가 이어져 있음에도 '땡' 치는 순간의 소리를 다음번의 그것과 분리한다. 반면 선율은 명확히 구별되는 소리조차 섞어서 하나의 연속체로 포착한다. 즉 흘러간 소리를 현재로 불러들이고 아직 오지 않은 소리를 예상하여 현재로 불러들여 하나로 만든다. 상이한 것, 이질적인 상태가 섞여 매순간 다른 상태로 지속된다. 베르그손은 이를 '순수지속'이라고 명명한다. 잘라서 셀 수 있도록 동질화되어 뚜렷하게 구별되는 공간적인 것과 대비하여 이를 순수 시간의 본질이라고 한다.

그렇다면 뒤집어 말해도 좋을 것이다. '하나의 시간 속에 있다' 함은 어떤 것들이 서로 구별하거나 분리할 수 없도록 섞여서 순수지속을 형성함을 뜻한다. '나와 하나의 시간 속에 있다' 함은 나 아닌 어떤 것이 그렇게 나와 섞여 순수지속을 이루고 있음을 뜻한다. 내가 불러들인 것이든, 내게 밀려들어온 것이든, 어떤 것이 내게 들어와 섞여, 나인지 나 아닌지, 내 안에서 온 것인지 내밖에서 온 것인지 구별할 수 없도록 되어버린 것은 '나와 하나의 시간 속에 있다'. 나와 섞여 하나의 '선율'이 되어버린 것이야말로 나와 하나의 시간 속에 있다. 도구의 외면적 형태로든, 음식의 내면화된 형태로든 나에게 스며들어 나의 신체와 동조되어 하나처럼 움직이는 것은 나와 하나의 시간 속에 있다. 어쩌다 읽은 시집이나 소설책이지만, 책을 덮어도 떠나지 않고 남아 계

---

26) 베르그손, 『의식에 직접 주어진 것들에 관한 시론』, 최화 옮김, 아카넷, 2001.

속 나를 어딘가로 당기고 있을 때, 그 책은 나의 영혼과 하나의 시간 속에 있다. 그 책 저자의 영혼은 내 영혼과 하나의 시간 속에 있다. 그렇게 그것들은 나와 '동시성'의 시간을 산다. 그렇게 그것들은 나의 신체, 영혼과 섞여 하나의 순수지속을 형성한다. 그러나 더이상 함께 살 생각이 없어 이혼을 기다리고 있는 별거중인 아내나, 나를 따라다니며 힘들게 하는 스토커처럼 내 삶에 끼어들어오지만 밀쳐내고 싶어 나의 삶과 분리하고자 하는 것은, 지속의 연속체 안에서 골라내어 분리하고자 하는 것은 나와 하나의 시간 속에 있지 않다.

우리는 이런 발상을 선율의 모델보다 좀더 멀리 밀고 나갈 수 있다. 하나의 시간 속에 있음은 음악적 선율의 경우처럼 시간적 인접성을 갖는 것으로 굳이 제한할 이유가 없기 때문이다. 스피노자처럼 수백 년의 시간을 떨어져 있고, 만나본 적이 없으며 이미 죽은 지 오래된 사람이지만, 그의 사상에 매료되어 그의 문장들이 나의 생각 속에 내 것인지 남의 것인지 구별할 수 없도록 섞여버렸다면, 그는 나와 하나의 시간 속에 있다고 해야 한다. 어디선가 들었던 노로브반자드Namjilyn Norovbanzad의 노랫소리가, 그 몽골인의 음성적 초원이 내 감각에 섞여들어 나의 음악적 감각, 소리에 대한 감각을 바꾸며 내 감각의 일부가 되었다면, 그의 노래는 나와 하나의 시간 속에 있다고 해야 한다.

아무리 공간적으로 멀리 떨어진 것도, 시간적으로 멀리 흘러가버린 것도 나의 신체, 나의 영혼 속에 섞여들어와 나의 신체와 영혼에 섞여든 것이라면 그것은 나와 하나의 시간 속에 존재한다. 나의 존재 속에 스며들어, 나의 존재의 일부가 되어 존재한다. 내가 그것의 존재를 자각하지 못하는 경우조차도 그렇다고 해야 할 것 같다. 이를 '존재론적 동시성'이라고 명명하자. 존재론적인 시간 개념은 이처럼 상이한 존재자의 이질적 성분들이 소속의 정확한 구별이 불가능하도록 하나로 섞여들어가 '하나의 시간 속에 존재'하는 이 동시성의 개념 속에 접혀들어가 있다. 미규정적 존재에 함축된 규정가능성이란 이미 준비된 양상으로 접혀들어간 전성前成의 주름만이 아니라, 그 존재에 밀고 들어오는 것들에 의해 접혀들어가 만들어지는 후성의 주름을 포함한다. 존재의 미규정성이란 차라리 어떤 선규정 없이 그렇게 다가오는 외부에 열려 있음을 뜻한다. 밀려들어오는 것이 과거의 인물인지 현재의 사건인지, 혹은 미래에 대한 누군가의 상상인지는 여기서 중요하지 않으며, 그것들이 얼마나 시공간적으로 떨어져 있는가는 아무런 문제가 되지 않는다. 중요한 것은 밀고 들어와 섞여드는 혼합의 강도이고, 그로부터 탄생하는 선율의 생생함이다.

'함께 존재한다'는 말이 존재론적 표현이 되는 것은 정확히 이런 의미에서다. 그렇게 존재의 미규정성 속으로 밀려들어와 이전의 나에 속한 것과 구별할 수 없도록 섞여 있음이 함께 존재함이다. 따라서 그것은 하나의 시간 속에 존재함과 다르지 않다. 그렇게 하나의 시간 속에 존재하게 된 것들은 그 존재자의 존재로서, 하나의 동일한 존재로서 존재한다. 존재자의 존재란 그처럼 멀리 혹은 가까이 있는 다른 것들이 섞여들어 구별불가능한 존재로서 지속하는 것이다. 그것들이 서서히 밀려들어올 때, 이전의 '나'는 서서히 사라진다. 새로운 소리가 들어와 섞이며 점차 희미하게 사라지는 앞의 소리들처럼. 덮쳐오듯 빨리 밀려들어올 때, 이전의 '나'는 급작스레 죽는다. 그것들이 섞여든 새로운 '내'가 탄생한다. 이렇게 자신을 만들고 다시 만드는 끊임없는 '죽음'과 '탄생', 그 생성의 지속이 바로 '나'라는 존재자의 존재다.

그렇게 섞여든 것들과 나는 함께 존재한다. 내 안에는 그렇게 많은 것이, 그렇게 이질적인 것들이 함께 있다. '나'의 지속이란, 지속으로서의 나의 시간이란 실은 내게 다가와 내 삶에 섞여든 사람들과 내가 식별불가능한 연속체로서 섞여 존재하는 것이다. 나라는 존재자는, 나라는 존재자의 존재는 때론 순서를 바꿔가며 앞서거니 뒤서거니 이어지기도 하지만, 대개는 섞여서 누구 것인지 알 수 없게 된, 그래서 어느새 '내 것'이라고, '나'라고 믿게 되는 '다양체'다. 그 다양체의 식별불가능한 연속성, 끊임없이 새로 들어오는 것에 열려 있는 미규정성이 나란 존재자의 존재다.

능동적인 의미에서 하나의 시간을 산다는 것은 내가 누군가를 나의 신체와 영혼 속으로, 나의 시간 속으로 불러들이는 것이다. 내가 그의 시간 속으로 들어가 그와 식별불가능하게 섞여들어가는 것 또한 마찬가지 말로 표현할 수 있을 것이다. 누군가와 하나의 삶을 산다 함은 그렇게 나의 존재 안으로 그를 불러들이는 것인 동시에, 나 또한 그의 존재 안으로 불려들어가는 것이다. 반면 수동적인 의미에서 무엇인가가 내 삶 안으로, '나의 시간' 속으로 밀고 들어오는 경우도 있다. 무언가에 매혹되어 휩쓸려 들어간다 함은 그렇게 무언가가 나의 의지를 넘어서 내 시간 속으로 밀고 들어와 나와 하나의 시간을 살게 됨을 뜻한다. 이처럼 뜻하지 않게 밀고 들어오는 것이 있고 뜻하여 불러들이는 것이 있다. 수동성의 양상으로 뜻하지 않게 내 존재를 밀고 들어와 나라는 다양체를 분유分有하는 경우가 있고, 능동성의 양상으로 존재에 불러들여 나라는 다양체를 나누어주는 경우가 있다. 또 내게 밀고 들어오는 것인지 내가 불러들이는 것인지 식별할 수 없는 경우가 있다. 또한 곤혹 속에서 밀쳐내려 하지만 밀쳐낼 수 없게 밀고 들어오는 경우가 있고, 때론 잊지 않겠다는 다짐으로 소멸의 시간과 싸우며 불러들이는 경우가 있다.

김시종이 "거기에는 언제나 내가 없다"면서[27] 바다 건너 일본에서 '광주사태'에 대한 시를 쓸 때, 그는 잊지 않겠다는 강렬한 다짐 속에서 그 사건을 자

---

27) 김시종, 「바래지는 시간 속」, 『광주 시편光州詩片』, 김정례 옮김, 푸른역사, 2014, 31쪽.

신의 존재 안으로 불러들인다. 그렇게 불러들이기 위해 3년이 지난 시점에 '광주사태'를 한 권의 연작시로 쓴다. 그 시집의 서문에 그는 이렇게 적는다.

> 나는 잊지 않겠다.
> 세계가 잊는다 해도
> 나는, 나로부터는 결코 잊지 않게 하겠다.[28]

잊지 않겠다는 이 다짐은 너무 강렬해, 그것을 읽는 이들의 존재 속으로도 파고든다. 이 다짐이 이렇게 강렬한 것은 무엇보다 먼저 그 사건을 지우려는 자들이 있기 때문이다. 그들이 강력한 권력을 갖고 있기 때문이다. 그 강력함에 강렬함으로 맞서 그는 '잊지 않겠다'고 쓴다. 그 강렬함으로 그 사건을 자신의 존재 속으로 불러들이기 위해서다. 하지만 단지 그것만은 아니다. 멀리 떨어진 거리로 인해 그것이 자신의 존재 속에 충분히 밀고 들어오지 못할까 우려함이고, 흘러가는 시간으로 인해 그것이 어느새 자신과 하나의 시간, 하나의 지속에서 흘러나가버릴까 두려워함이다. '나를 두고 가는 시간'으로 인해 '나 자신이어야 할 때', 나의 존재를 살아야 할 때를 헛되이 보내게 될까 저어함이다. 흘러가버리지 않도록, 나의 시간에서 빠져나가지 않도록 붙들고자 함이다.

> 일은 언제나 내가 없을 때 사건으로 터지고
> 나는 나 자신이어야 할 때를 그저 헛되이 보내고만 있다.
> 누군가가 속인다는 것도 아니다.

---

28) 같은 책, 11쪽.

잠깐 눈을 돌린 순간

시곗바늘은 째깍 소리도 없이 미끄러져 버린다.

그 내리깐 시선의 괘종시계의

시치미 뗀 초침 소리 속에서 말이다.

—김시종, 「바래지는 시간 속」 중에서[29]

    예술가들은 종종 과거의 사건을 불러낸다. 과거의 시간을. 그런데 이는 과거의 사건을 보지 못한 이들에게 전하기 위해서도 아니고, 그 참상을 '고발'하거나 '비판'하기 위해서도 아니며, 그로부터 어떤 행동을 선동하거나 '전망'을 얻어내기 위해서도 아니다. 예술가가 과거를 불러낸다면, 그것은 무엇보다 그 사건을 자신의 존재 속으로 불러들이기 위함이다. 그것이 자신의 삶 안에서 살아 있게 하기 위함이다. 그런 만큼 다른 이들 역시 그것과 하나의 시간 속에 있기를 바라기 때문이다. 그 사건을 잘 모르는 이들에게조차 어떤 작품이 쑤시고 들어갈 수 있는 것은 그것이 무엇보다 예술가 자신의 존재 속으로 불러들이려고 쓴 것이기 때문일 게다. 자신의 삶 안으로 불러들일 생각도 없이 쓰는 것이 어떻게 다른 이의 삶 속으로 밀고 들어갈 수 있을 것인가.

    그들은 망각과 맞선다. 억지로 지우려는 시간이면 더욱 그러하다. 그들은 그 사건의 기억을 작은 상자에 담아 보관한다. 그것은 어쩌면 남들 눈에 잘 보이지 않을 수도 있다. 그래도 그 상자 안의 시간이 흘러가는 대기 속에, 향연香煙이 되어 조금씩 퍼져나가기를 바라며 상자 안에 소중하게 담아둔다. 그 향내를 맡은 누군가가 그 상자를 찾아보고 열어보도록.

---

29) 같은 책, 31쪽.

네가 스무 살이 되기 전에 사람들이 학살되었다 이곳에서

스무 살이 되었을 때 노동자들이 분신했다 이곳에서

스무 살이 된 이후로도 다른 스무 살들이 어디론가 끌려갔다 이곳에서

빈방의 아이들은 불타 죽고 이곳에서

철거촌 사람들은 깡패에게 맞아 죽고 이곳에서

라고 나는 쓴다 이곳은 조용하다

라고 쓰고 이곳에서 일어난 일을 잊지 않겠다

라고 쓴다 보랏빛 젖은 안개로 쓴다

네 투명한 포도알 위에

스무 살 메마른 입술 위에

— 진은영, 「첨탑 끝에 매달린 포도송이」 중에서[30]

시인은 이렇게 사건을 쓴다. '이곳이 조용'한 것은 인근에 사람들이 없기 때문이고, 있는 이들조차 말할 수 없기 때문이고, 말해도 들리지 않기 때문일 것이다. 그 조용함이 조용히 쓰게 한다. 그 조용함의 내밀한 강도로, 자신의 존재로 그것을 불러들인다. 소란스러운 것, 요란한 것들이 흩어져가는 것과 반대로 조용히 쓴 것은 가라앉는다. 보이지 않게, 들리지 않게 조용히 가라앉는다. 젖은 안개로 쓴다. 모호함의 대기, 그러나 다가온 이들을 둘러싸는 분위기로, 그 속에서 잡아당기는 어떤 감응으로 쓴다. 잊지 않겠다고 쓴다. 그렇게 조용히 가라앉은 것들은 필경 어떤 싹이 되어 돋아날 것이다. 그리고 누군가를, '너'를 불러들일 것이다. '너'의 존재 속으로 밀고 들어갈 것이다.

---

30) 진은영, 『일곱 개의 단어로 된 사전』, 문학과지성사, 2003, 78~79쪽.

'너'를 다른 세계를 향해 밀고 갈 것이다. 그랬으면 하는 소망 속에서 "네 투명한 포도알 위에, 스무살 메마른 입술 위에" 쓴다고 썼을 것이다.

시인이 기억에 대해 쓸 때, 그것은 대개 자신의 존재 속으로의 이 불러들임을 위해서이고, 다른 이들의 또다른 불러들임을 기다리면서이다. 잊지 않게 하기 위해 불러내는 것이 꼭 광주사태나 '학살', '분신' 같은 참혹하고 거대한 사건만 있는 건 아니다. 「예술가들」이란 시의 마지막 행을 "나는 우리에게 벌어진 일을 잊지 않기 위해 이 글을 쓰고 있어요"[31]라고 쓴 심보선은, 그 시가 실린 시집의 서문을 사소하기에 더욱더 잊히기 쉬운 것을 잊지 않겠다는 짧은 다짐으로 대신한다.

> 잊지 않으리
> 어젯밤 창밖의 기침 소리[32]

과거의 것, 있었던 것만 그렇다 할 순 없다. 아직 오지 않은 것, 올지 안 올지 알 수 없는 것, 혹은 올 것 같지 않은 허구의 세계조차 마찬가지다. 그것을 불러냄은 그것을 나의 시간 안으로 불러들이기 위함이다. 나의 시간 속으로 불러들인 것은 나의 존재 안에 스며들어 '지속'한다. 나의 신체와 영혼 어딘가에 깃들어 산다. 스피노자의 말대로 존재한다는 것은 산다는 것이고, 산다는 것은 작동하고 활동한다는 것이다.[33] 함께 존재한다 함은 나의 삶에 끼어들이고, 나의 감각과 생각에 끼어들어 작동함을 뜻한다. 나로 하여금 이전과 다르게 보고 듣고 생각하게 한다. 다르게 지각하고 다르게 생각하면 다르게

---

31) 심보선,『오늘은 잘 모르겠어』, 문학과지성사, 2017, 49쪽.

32) 같은 책, 5쪽.

33) "나는 존재하다, 살다, 작동·활동하다를 같은 의미로 사용한다."(스피노자,『에티카』, 4부 정리 24)

행동한다. 다르게 지각하고 생각하고 행동한다면 이전과 다른 양상으로 존재하는 존재자다. 다른 존재자가 된 존재자다. 나는 나와 함께 존재하는 것으로 인해 다른 나가 되어 존재한다. 나는 나와 하나의 시간 속에 존재하는 것으로 인해 다른 나가 되는 지속 속에 존재한다.

그것이 불러들인 것이든 밀고 들어온 것이든 다르지 않을 것이다. 내 존재 안에 들어와, 나와 하나의 시간 속에 있다는 것은 그것이 나의 눈과 귀, 감각이나 사유 안에 들어와 그것과 함께 작동함을 뜻한다. 그것과 함께 삶을 뜻한다. 김시종은 돌연 맞은 열풍 같은 사건에 의해 자신의 감각이 달라지는 사태를 더없이 인상적으로 묘사한다.

> 돌연 맞은 열풍에
> 그만 눈이 아찔해지고 만 밤의 사내다.
> 내 망막에는 그때 이후 새가 깃들었다.
> 매일 초록의 날개를 펴고
> 깊숙이 빛나는 여름을 그늘지게 한다.
> ─김시종, 「그림자에 그늘지다」 중에서[34]

돌연한 사건이 무엇을 뜻하는지 굳이 시인의 전기를 뒤져 찾아낼 필요는 없다. 어떤 사건이든 내 존재 안에 제대로 밀려들어왔다면, 혹은 제대로 불러들였다면 그것은 눈이 아찔해지며 새가 눈에 들어와 깃드는 사태로 이어질 것이다. 그렇게 들어와 깃든 새는 그저 거기 가만히 앉아 있지 않는다. 매일 초록의 날개를 펴 빛나는 여름을 그늘지게 할 것이다. 망막에 와닿는 모든

---

34) 김시종, 『猪飼野詩集』, 岩波書店, 2013, 178쪽(『김시종 시선집』, 와다 요시히로·이진경 옮김, 도서출판 b, 근간).

빛에 그렇게 초록의 그늘을 드리울 것이다. 그 그늘 속에서 세상을 보는 '나'는 더는 전과 같이 볼 수 없을 것이고, 그러니 전과 같이 살 수 없을 것이다. 그 새가 없는 세상을 살 수 없을 것이다. 그는 새와 함께 존재하게 된 것이다. 새가 되어 들어온 사건과 함께 존재하게 된 것이다. 새가 되어 들어온 사건과 하나의 시간을 사는 것이다.

작가가 작품을 만드는 것은, 시인이 글을 쓰는 것은 또한 그렇게 누군가의 시간 속에 들어가고 싶어서다. 읽어줄 누군가와 하나의 시간 속에 있고 싶다는 소망 속에서 하는 것이다. 철학자가 새로운 개념을 만들어내고, 그것들을 엮어 글을 쓸 때, 그것을 읽어줄 누군가를 기대하며 책을 낼 때, 그 또한 누군가의 시간 속에 들어가 함께 존재하고자 그렇게 한다. 그 시간을 그와 함께 살고자 그렇게 한다. 역으로 이해하기 힘든 글을 애써 읽는 것은, 그렇게 쓰인 글을 읽으며 가슴에 파고드는 문장을 찾는 것은 나의 시간 속으로 누군가를 불러들이기 위함이다. 내 존재 안에서 식별불가능하게 섞여 이전에 보지 못하던 것을 보고 생각지 못하던 것을 생각하며 다른 삶을 살고자 함이다.

우리가 쓰고 읽고 또 쓰는 것은 다른 이들을 자신 속으로 불러들이고자 함이다. 그렇게 섞이면서 내 안에, 또 내가 밀고 들어갈 누군가 안에 전에 없던 선율이 만들어지기를 고대한다. 그들과 하나처럼 움직이게 해줄 리듬 속에서 함께 존재하기를 소망하고, 그 새로운 선율과 리듬 속에서 많은 존재자가 다른 색조의 소리를 협연하는 세계가 탄생하기를 기다린다. 글로 쓸 줄 모르고 작품으로 만들 줄 모르는 많은 이들 또한 그런 소망 속에서 말하고 행동한다. 그런 소망 속에서 산다, 다른 존재자들의 삶에 눈이 가는 이라면, 그들의 기쁨과 슬픔에 예민한 감각을 가진 이라면, 그 기쁨과 슬픔을 자신의 시간 속으로 불러들이고자 할 것이다. 자신의 삶이 다른 어떤 것이 되었으면 하는 바람 속에서. 또한 그들의 삶 속에 자신이 들어가길 바라며 말하고 행동할 것이다. 그들의 삶이 다른 무엇이 되었으면 하는 소망 속에서, 그들의 삶이 조금은 더 나은 것이 되었으면 하는, 결코 어떤 보장도 있을 수 없는 소망 속에서 그렇게 한다. 죽으면서 무언가를 남기고자 함은 누군가의 시간 속으로, 누군가의 존재 속으로 스며들고자 하는 그 소망 때문이다. 자신이 발견한 어떤 소중한 것이, 그 누군가의 삶 속에 스며들고 그의 존재 속에 섞여들어갔으면 하는 그 소망 때문이다.

존재란 개체가 소멸하여 들어가고 새로운 개체가 탄생하는 장이다. 존재자의 존재란 규정성이 지워지며 들어가고 새로운 규정성이 출현하는 장이다. 존재의 장에서 소멸이란 탄생과 짝을 이루는 생성의 한 계기다. 그러나 탄생을 기뻐하는 우리는 죽음을 슬퍼하고, 생성을 탄생으로 오인하고 죽음을 결정적인 종말로 오해한다. 끝없이 이어질 사건들 하나하나에서 성공과 실패를 본다. 존재를 끝없는 죽음과 탄생의 연속으로 볼 줄 안다면, 존재란 사실 죽음도 탄생도 없는 과정일 뿐임을 알 것이다. 거기에는 성공도 없고 실패도 없다. 그러나 살고자, 죽지 않고자 하는 본능 속에서 그것은 얼마나 도달하기 어려운 것인지…… 진심으로 무언가를 하고자 하는 이가 결과를 두고 성공과 실패를 말하지 않기란 실로 힘든 일이다.

별이 있는 삶은 실패하기 마련이다. 얼마나 많은 삶이 실패로 끝나는가. 그 별이 세계 안에 있지 않은 삶은 수많은 실패로 점철된다. "헛되도다, 헛되도다!" 이런 감탄사와 함께 끝나기 십상이다. 얼마나 많은 삶이 실패로 끝나는가. 우리가 바라본 별 가운데 떨어지지 않은 것이 대체 어디 있던가. 그렇게 떨어진 별에 맞아 쓰러진 이들은 또 얼마나 많은가. 이들에게 실패란 차라리 피할 수 없는 운명 같은 것일지도 모른다. 이들에게 성공이란 가끔씩 그 운명을 잠시 잊게 해주는 간헐의 휴식 같은 것이다. 망설이는 다리를 다시 부추겨 소망의 유혹을 다시 따라나서게 하는 아름다운 거짓말이다.

시커먼 체념으로 끝날 그 길을 그래도 계속 가는 것은, 실패로 끝나길 반복하던 그 헛된 시도를 그래도 글로 쓰고 말로 전하고자 하는 것은, 그 잠시의 휴식이 실패로 끝난 결과보다 더 좋았다고 느끼는 바보 같은 계산 때문이고, 실패로 귀착될 삶의 종결을 아득한 아름다움으로 착각하는 미친 미감 때문일 것이다. 그런 가망 없는 시도마저 없다면 삶이란 정말 살 만한 것인지 알 수 없으리라는 정신 나간 감응 때문이고, 그처럼 무위로 끝난 삶을 그래도 알아보고 자신의 존재 속으로 불러들여줄 사람이 있으리라는 턱없는 희망 때문일 것이다. 무언가에 홀려 자기의 존재 안으로 불러들였던 어떤 무모한 영혼 때문이고, 그렇게 누군가를 홀리며 그의 시간 속으로 밀려들어가고 싶다는 막연한 소망 때문일 것이다.

운모 조각으로 웅어리진 '여름날 터져 나온 아우성'을 품에 안고 '돌이 된 의지가 부서'지길 반복하며 살아온 시간을, 그 '시커멓게 타버린 소망'을 그래도 '한 장 꽃잎으로 돌 속에' 박아 넣겠다는 시인은, 화석의 시간이 지난 뒤에야 혹시 누가 보아줄지 모를 사건을 기다리며 '가슴 속 운모를 묻으러 가겠다'는 시는 바로 이 바보 같은 계산과 미친 미감, 정신 나간 감응과 턱없는 희망으로, 그 막연한 소망에 삶을 거는 무모한 영혼 모두의 제유^{提喩}일 것이다.

　　일체의 반목이 불에 타올라
　　연홍색으로 엷어지는 어둠의 침잠을 우리는 알지 못한다.
　　체념은 시커멓게 돌로 돌아가
　　바로 그 돌에 소망은
　　한 장 꽃잎으로 들어가 박혀야 한다.
　　생각해보면 별인들 돌의 가상^{假象}에 불과한 것.

화구호火口湖처럼 내려선 하늘 깊숙이

홀로 남몰래 가슴의 운모를 묻으러 간다.

— 김시종, 「화석의 여름」 중에서[35]

35) 김시종, 『경계의 시』, 유숙자 옮김, 소화, 2008, 160~161쪽.

7장

에필로그:
"바다는 무섭다. 모든 고래는 무섭다"

1. 바다의 천사

　리바이어던은 바다의 괴물이다. 히브리어로 그것은 고래를 뜻한다고 한다. 어쩌면 더없이 거대하고 더없이 망망한 바다 그 자체, 예측불가능하고 통제불가능한 사건의 장으로서 바다 그 자체라고 해야 할 이 괴물의 이름에서 토머스 홉스의 저서를 표상하게 된 것은 매우 불행한 일이다. 왜냐하면 홉스의 리바이어던은 서로 간에 등가성을 갖게 된 개인들이 각자의 욕망을 추구하게 될 때 발생할 수 있는 사태를 '만인에 대한 만인의 전쟁'이라는 최악의 형상으로 상정하고는, 그에 대한 두려움을 빌미 삼아, 누구도 한 적 없는 '계약'이나 '합의'란 말로 만들어낸 국가의 형상이기 때문이다. 이는 예측불가능한 괴물로서의 리바이어던과 반대편에 있는 괴물이란 점에서 사실 애초의 말에 대한 가장 나쁜 용법이라 해야 할 듯하다. 홉스의 리바이어던은 국가 이전의 상태를 전쟁이라는 '무질서'에 귀속시키고, 그것을 제어하거나 제거하는 질서의 표상을 국가에 부여함으로써 탄생한 것이기에, 여기서 리바이어던은 '질서'를 상징하는 표상이 되어버리기 때문이다. 더없는 망망하고 예측불가능한 사건의 장을 표현하던 괴물의 형상이 모든 것에 대한 결정권을 쥐고 통제하는 국가의 표상에게 잡아먹힌 것이다. 이를 두고 푸코라면 "전쟁의 표상게임"에 의해 실질적인 전쟁이, 전쟁처럼 충돌하고 대결하는 힘들이 잡아먹힌 것이라고 말할 것이다. 들뢰즈·가타리라면 전쟁기계의 잠재적 힘이 마술사와 사제들이 사용하는 속임수와 포획의 기술에 잡아먹힌 것이라고 말할 것이다.

단어의 기원을 찾아 『성경』으로 되돌아가는 것보다는 차라리 거대한 고래 모비 딕에 매혹되어 바다를 떠돌던 에이허브를 따라가는 것이 더 나을 듯하다. '원시적' 기원의 표상이 근대적 표상에 포획된 마당에, 다시 기원으로 되돌아가는 것으로는 근대적 표상의 힘을 이길 수 없기 때문이다. 리바이어던에서 거대한 향유고래를 보았던 멜빌은 홉스와 다른 방향으로 리바이어던을 몰고 간다. 바다 그 자체의 무규정적 잠재성을 향해. 모비 딕의 정복할 수 없고 통제할 수 없으며 예측 또한 할 수 없는 괴물 같은 힘은 에이허브로선 '치명적인 매혹'이었다. 그 힘에 휘말려 에이허브는 인간의 영혼이 감당할 수 있는 한계치를 넘어간다. 에이허브에 휘말린 피쿼드호의 선원들 역시 다르지 않다. 모비 딕을 쫓아가기 위해 찢어진 돛을 고쳐 달고 태풍의 속도에 올라탄다. 이렇게 고래의 힘이 '밀고 들어온' 이상 그들의 신체는 더이상 인간의 신체라 하기 어렵다.

모비 딕을 그저 바닷속을 헤엄쳐 다니는 한 마리의 고래, 하나의 존재자라고 해선 안 될 것이다. 그것은 차라리 '불가능한 고래', 바닷속에 존재하는 거대한 잠재성 그 자체를 표현하는 형상이라고 해야 한다. 모비 딕은 모든 개체를 집어삼키는 바다의 입이지만 또한 바다 어디서든 개체가 되어 솟구쳐 오르는 사건의 머리. 개체를 집어삼키는 것도 사건으로 솟아오르는 것도 모두 뜻밖이고 어찌해볼 수 없는 일로 온다. 어떤 경험도 넘어서버린 초험성, 어떤 의지도 넘어서버린 외부성, 어디로 가는지 알 수 없는 예측불가능성, 그것이 모비 딕을 괴물로 느끼게 했을 터이다. 존재란 그 어찌할 수 없는 죽음과 탄생의 드라마다. 생성이란 듣기에 멋진 어감에도 불구하고, 그 실상은 우리의 능력을 벗어난 이 외부성의 드라마다.『모비 딕』은 바다로 표상되는 괴물성 그 자체의 드라마다.

이렇듯 예측불가능한 힘, 규정할 수 없는 힘은 흔히 '무질서'라고 불리고, 이 무질서는 통상 '악'을 뜻하는 것으로 해석된다. 모비딕이 악을 상징하는 동물로 해석되는 것은 이런 흔한 통념에 따른 것이다. 그러나 존재, 그 무규정성의 어둠은 인간의 생각이나 지식이 제공하는 빛을 거부하며 거기 있지만, 그것을 악이라곤 할 수 없다. 존재, 그 안에서 예측불가능하게 닥쳐오는 사건이나 통제불가능한 힘은, 종종 재난이나 재앙으로 올 게 분명하지만, 그렇다고 그것을 어찌 악이라고 할 것인가. 하지만 만인의 전쟁을 막기 위해 탄생했다는 홉스의 국가에 이 괴물을 넘겨주기보다는, 그 '선한 질서'의 도덕적 표상으로 이 괴물적 형상을 '아름답게' 칠해버리기보다는, 차라리 '악'이라는 오명을 뒤집어쓴 채 가는 것이 더 낫다. 질서와 통제를 행사하는 권력이란 아무리 그럴듯한 이유를 안고 다가온다 해도, 고래의 야생성, 바다의 야만성이 아니라 그것을 길들이려는 인간들의 '간교한 지혜List'와 더 가까이 있기 때문이다.

어디를 가든 결국은 자신도 모르는 새 이성의 빛을 더 밝히는 데 기여하고, 이성이 목적한 곳에 존재자들을 이끌고 가도록 하는 이 간교한 지혜를 헤겔은 '이성의 책략List der Vernunft'이라고 명명한 바 있다. "시인과 사물이 황홀한 기쁨으로 만나는" 사건 속에서 릴케가 발견했던 '대지의 은밀한 책략' 또한 말없는 사물의 존재에 전에 없던 이성의 빛을 비추어주는 것이란 점에서 이 간교한 지혜에 속한다고 해야 할까? 모비 딕을 따라간 에이허브와 피쿼드호 선원들의 항해 또한 바다의 예측할 수 없는 힘을 따라잡으려는 인간의 모험이란 점에서 이성의 책략 안에 있었다고 해야 할까? 아마도 헤겔이 말한 '책략'의 원본이었을 요나 이야기를 안다면 그렇다고 할지도 모른다. 그 요나가 신의 뜻을 어기고 바다로 가지만 '고래'의 뱃속에 들어가 결국은 신이 원하던 곳에 갔음을 안다면, 『모디 딕』에서 이스마엘이 피쿼드호에 타기 전 요나에 대한 목사의 설교를 듣는다는 것을 기억한다면, 멜빌 또한 그와 다르지 않았다고 할지도 모른다.

그러나 인간의 한계치를 넘지 않고선 결코 가능하지 않았을 모디 딕 추적을 '이성의 책략'이라고 한다면, 피쿼드호의 선원들이 넘은 문턱이 무엇인지를 전혀 이해하지 못한 것이다. 또한 죽음으로 끝날 것을 예고하는 여러 전조에도 불구하고, 합리적인 동료 스타벅의 경의敬意 어린 만류에도 불구하고 결코 포기하지 않았던 모디 딕과의 대결을 '이성의 책략'이라고 한다면, 그 책략의 도달점이 어디인지를 망각한 것이다. 결국은 모두 바닷속으로 들어가 죽고 마는 이 대결을 '이성의 책략'이라고 한다면, 이 이성은 바다에 홀려 이미 미쳐버린 것이라고 해야 한다.

바다는 존재론적 장이다. 거대한 파도, 수많은 물결이 일어나고 사라져 들어가는 장이다. 존재자들은 자신의 개체성을 잃으며 그 존재의 바닷속으로 사라져 들어간다. 그렇게 섞여들어가 가라앉게 될 바닷속, 신전과 무덤들은 입을 벌려 가라앉는 것들을 삼킨다. 침몰의 위험을 무릅쓰고 모비 딕의 가공할 힘을 따라가게 하고, 죽음의 공포마저 잊은 채 바다라는 존재론적 장을 미쳐 달리게 하는 것이 '책략'이라면, 그것은 이성의 책략과는 아주 다른 종류의 책략이라 할 것이다. 멜빌이라면, 혹은 멜빌처럼 바다에 갔었는지는 알 수 없으나 바다의 어둠에 종종 매혹되는 듯 보이는 포라면 이를 '바다의 책략'이라 말하기를 주저하지 않았을 것이다.

거기서 신전들은 열리고 무덤들은 입을 벌려

빛나는 파도와 보조를 맞춰 하품을 한다.

—에드거 앨런 포, 「바닷속 도시」 중에서[1]

바닥 없는 계곡, 끝없는 심연으로서의 바다에는 모든 개체가 녹아들어갈 틈과 동굴이 가득하다. 타이탄 같은 숲 또한 다르지 않다. 온통 이슬이 되어 떨어져 형체를 알 수 없게 된 것들이 가득하다. 산들마저 그 바닷속으로 쓰러져 들어간다. 그러나 바다는 그저 개체들이 소멸하며 가라앉는 무덤만은 아니다. 해체되고 분해된 것들이 다시 모이고 섞이며 모든 개체적 존재가 탄생하고, 예측 못한 사건들이 불타는 하늘로 솟아오르는 장이다. 어디 바다뿐이랴. 바닥 없는 심연, 갈라진 틈새, 밀림 같은 거대한 숲처럼 알려지지 않은 힘들의 장, 무규정적 존재의 장은 모두 그렇다.

> 바닥없는 계곡과 끝없는 바다.
> 그리고 갈라진 틈과 동굴과 타이탄 같은 숲에는
> 온통 이슬이 떨어져 그 누구도 알 수 없는 형체들이 있다네.
> 산들은 해변 없는 바닷속으로
> 영원히 쓰러져 들어가고,
> 쉴 새 없이 솟아오르는 바다는
> 불타는 하늘로 파도쳐 들어간다네.

—에드거 앨런 포, 「꿈나라」 중에서[2]

에이허브는 모비딕을 따라 바닷속 심연으로 들어간다. 피쿼드호의 선원들

---

1) 에드거 앨런 포, 『포 시선』, 윤명옥 옮김, 지식을만드는지식, 2017, 49~50쪽.
2) 같은 책, 63~64쪽.

또한 에이허브를 따라 바닷속으로 들어간다. 모비 딕은 바다. 개체성을 먹어치우는 바다의 잔혹한 입이다. 멜빌은 에이허브를 앞세워 존재자들의 규정성을 먹어치우고 존재자의 개체성마저 먹어치우는 존재의 무규정적 힘을 따라가자고 유혹한다. 세계의 바깥으로 유혹하는 노래를 부른다. 인간으로선 이해할 수 없고 인간의 신체로선 감당할 수 없는 외부로 우리를 불러낸다. 삶을 걸고 모비 딕을 따라가는 존재론적 드라마, 그것은 필경 떨리는 전율 없이는 꿈도 꿀 수 없는 것이리라. 그러나 그것은 또 얼마나 매혹적인가! 그렇기에 필경 거기에 휘말리는 자들이 있다. 시인들, 그들은 그 무서운 힘에서 새어나오는 세이렌의 노랫소리를 듣는다. 자칫하면 침몰로 끝날 수도 있을 만큼 삶의 항로를 바꾸어버리는 치명적인 유혹의 노래를. 그 노래를 들으며 그들은 무서움을 아름다움으로 오인한다. 무서움보다 빨리 온 아름다움에 취해, 생존을 위해 자신의 입을 막고 손발을 묶었던 오디세우스적 소심함을 잊는다. 눈과 귀로 삼킨 그 아름다움을 입과 손으로 토한다. 아름다움을 노래하며 그 유혹의 힘에 가담한다. 무서움을 잊고 그 매혹의 힘에 몸을 싣도록 유혹한다. 오, 모든 세이렌은 무섭다, 모든 시인은 무섭다. 그러나, 그러나……

심연의 바다 밑에서 물에 섞인 듯, 안개에 섞인 듯 올라오는 노랫소리, 바다의 표면을 부수며 솟아오르는 산 같은 신체의 거대한 요동…… 모비 딕은 천상의 신이 보낸 사자가 아니라, 바다의 악마가 보낸 사자다. 릴케에게 천사가 우주의 바람을 타고 오는 천사라면, 고래는 바다의 거센 물결을 헤치고 오는 천사다. 바다의 천사다. 바다, 존재의 그 거대한 힘으로 우리를 껴안아 으스러지게 할 무서운 천사다. "모든 천사는 무섭다."[3] 무섭도록 강한 힘으로 우리를 사로잡는다. 전율의 진동으로 오는 강한 매혹의 힘으로 우리를 휘어

---

3) 릴케, 「두이노의 비가, 제1비가」, 『릴케 전집』 2권, 김재혁 옮김, 책세상, 2000, 447쪽.

잡는다. 바다는 우리의 삶에 젖어들어오는 물결들이고, 우리의 신체를 덮쳐오는 파도들이다. 우리의 얼굴을, 우리의 신체를 파먹어들어가는 끝없는 파도다. 무서운 매혹이다. "바다는 무섭다. 모든 고래는 무섭다."

2. 연오랑과 세오녀

리바이어던만큼이나 연오랑과 세오녀 또한 상반되는 친구들을 갖고 있는 듯하다. 『삼국유사』에 기록된 설화에서 연오랑은 바닷가에서 미역을 따다가 바윗돌을 타고 바다를 건너 일본에 간다.[4] 남편을 찾던 세오녀 또한 똑같이 바위를 타고 일본에 간다. 바위를 물고기라고 바꾸어 전하기도 한다고 하니 그때 물고기란 인간이 올라탈 수 있는 물고기, 즉 바다를 건널 수 있는 큰 고래라고 보아도 좋을 듯하다. 바다에 떠다니는 바위, 그 또한 고래의 모습을 닮았다. 리바이어던이나 모비 딕이 탈 수 없는 고래, 가까이 갈 수도 없는 고래라면, 이들 부부를 싣고 간 고래는 탈 수 있는 고래, 어딘가 가기 위해 타고 가는 고래다. 굳이 고래가 아니어도 된다. 심지어 배라고 해도 좋다. 그것은 어둠이나 암흑 같은 무규정성의 힘이 아니라, 지금 있는 자리에서 다른 자리로 이동할 수 있게 해주는 힘을 표현한다. 주어진 위치를 벗어나고, 주어진 규정을 바꿀 수 있게 해주는 힘이다. 무규정성의 바다를, 규정성의 섬 사이를 떠다니며 이동하고 건너갈 수 있는 미규정적 힘이다.

유목이란 말은 원래 사막이나 초원을 이동하며 사는 자들과 관련된 것이지만, 이동하며 사는 것은 사막 이상으로 바다와 더 가까이 있다고 해야 할지 모른다. 바다는 어디서든 어디로든 움직일 수 있는 공간이다. 들뢰즈·가

---

4) 일연, 『삼국유사』, 리상호 옮김, 까치, 1999, 88쪽.

타리 말로 "매끄러운 공간"이다. 변화와 유동의 공간이다. 바위를 타고 바다를 건너는 자는 그런 점에서 바다 위의 유목민이다. 바닷물의 흐름을 따라 이동하는 자, 액체적인 유동성을 갖는 삶이 거기 있다.

이들이 일본으로 떠나자 해와 달이 빛을 잃는 사태가 벌어지고, 이를 두고 해와 달의 정기가 일본으로 가버려 그리되었다는 일관日官의 말에 신라의 왕은 그들을 다시 데려오려 하지만, 그들은 되돌아가지 않는다. 하늘의 뜻이라고 말한다지만, 흐름을 따라 이동하는 삶이 국가에 매일 이유가 없기에 돌아가지 않는 것일 게다. 자신의 삶을 국가에 귀속시키길 거절하는 것일 게다. 국가란 바다를 떠다니는 액체적 삶이 아니라, 그것을 가두고 멈추게 하는 고체적 삶의 형식, 정착적 삶의 양식에 속한다. 연오랑의 거절은 국가가 파놓은 고체적 수로에 갇혀, '목적지'로 귀속되는 삶에 대한 거절이다. 유목적이고 유동적인 삶의 방식을 정착적이고 국가적인 삶의 방식에 가두고 그것에 길들이는 것에 대한 거절이다. 아니, 그 이전에 그들이 바위가 흘러가는 대로 자신을 맡긴 채 자국을 떠난 것 또한 그렇다. 그들은 고대국가의 힘이 자신의 삶을 사로잡을 만큼 다가온 것을 감지하고 떠난 것이다. 연오랑이 흘러가 닿은 일본에서 '왕'이 되었다 함은, 그곳은 아직 왕이 없는 곳, 국가가 없는 곳이었음을 뜻한다. 왕이 되었다 하지만, 그에 해당되는 어떤 왕도 일본의 신화나 기록에 없음은, 그 '왕'이란 말이 이국성을 갖는 연오랑의 도래에 대해 그들이 표시한 환대 내지 경의의 상징이었음을 뜻한다.

그러나 이들은 이전의 국가를 등지고 외면하는 것으로 끝내지 않는다. 빛을 잃었다는 해와 달을 위해 세오녀가 짠 비단을 준다. 이처럼 비단을 짜서 돌려준 것을 두고, 이들 부부를 기술자라고 해석하곤, 여기다 엉뚱하게도 석탈해 같은 인물—왕이 되는—을 연결하여 제철기술자라고 하기도 하지만, 이는 다른 계통에 속하는 것을 하나로 뒤섞는 혼동에 기인한다. 두 가지 이유에서 그러하다. 첫째, 제철기술은 바다를 타는 유목적 삶이 아니라 광맥을 찾는 장인들의 삶과 잇닿아 있으니 그 계통을 달리한다. 이를 들뢰즈·가타리는 유목민과 구별하여 '이주민'이라고 분류한다. 이주민은 정착민과 유목민 사이에 있고, 국가장치와 반국가적 초원 사이에 있다. 둘째, 제철기술은 자연을 채취하는 삶에서 자연을 '정복'하는 삶으로의 이행과, 또한 필요노동을 초과하는 잉여가치의 포획과 결부되어 있다. 여기에 더해 제철기술로 인해 일본의 왕이 되었다는 식의 해석을 덧붙이면, 국가를 떠나 바다를 건너는 자를 해양의 유목적 삶과 반대편에 있는 국가에 귀속시키게 된다. 한쪽에는 신라의 왕 석탈해가, 다른 한쪽에는 일본의 왕이 이들을 포위하고 있는 셈이다. 그런 식으로 리바이어던에게 일어났던 일이 이들에게도 덮쳐오게 된다.

신화에서 이들 부부의 원래 직업을 짐작할 수 있는 것은, 연오랑이 바닷가에서 미역을 따다가 바위를 타고 간다는 이야기뿐이다. 미역을 따는 것으로 사는 사람이니 어부라 해야 한다. 세오녀도 다르지 않을 것이다. 나중에 세오녀가 비단을 신라의 관리들에게 주지만, 비단을 짜는 것이 원래 세오녀의 직업이었을 가능성은 적다. 비단은 누에와 뽕밭이 있어야 짤 수 있는데, 바닷가에 살던 어부와는 너무 거리가 멀기 때문이다. 그러니 비단을 짠 것은 일본에 와서 새로이 하게 된 것이라고 보아야 한다. 신라로 가자는 말을 거절하고 비단을 주어 신라에 보낸 것은 사람의 이동을 대신하여 사물이 이동하게 되었음을, 상이한 영토 사이에 사물이 교류하게 되었음을 뜻한다. 그들이 떠나며 해와 달이 사라졌다 함은 그들이 빛이 없는 세계로 유혹하는 자들이었음을 뜻한다면, 그들이 준 것으로 해와 달의 빛을 살릴 수 있게 되었다 함은 그러한 사물의 교류가 새로운 세계의 빛이 되었음을 뜻하는 게 아닐까? 이는 결국 연오랑과 세오녀의 국가를 벗어난 이탈로 인해 국가 간 교류의 세계가 발생하게 되었음을 뜻하는 것 같다. 국경을 가로질러 발생하는 유목이나 이동이 국가 간 교류의 바탕에 깔려 있는 일차적 흐름임을 시사하는 것 같다.

3. 왜구들의 동아시아

바다는 육지 사이에 있다. 아니, 냉정하게 말하자면 육지는 바다에 포위되어 있다. 그러나 바다는 공격할 생각이 없기에 그것은 포위가 아니다. 반면 점령하고 영유하기를 반복해온 육지의 인간, 국가의 인간들은 바다 또한 점령하려 하기에 바다를 육지에 딸린 부록으로 본다. 그래서 바다로부터 온 것은 대개 바다 건너 다른 땅의 이름이 붙기 마련이다. 일본인은 고추를 당唐에서 왔다고 하여 도가라시唐辛子라고 하지만 조선에서는 일본에서 왔다고 하여 왜개자倭介子라 했고, 류큐에서는 한반도에서 왔다고 하여 '코레구스'라고 불렸으며, 중국에서는 번국蕃國, 오랑캐 나라에서 왔다고 하여 '번초蕃椒'라고 불렀다.[5] 이는 문화적 요소들이 전달되는 통상의 경로와 아주 다른 '정신없는' 궤적을 그린다. 이는 정확한 이동경로를 표시하는 게 아니라 '외국에서 왔다'는 것의 다른 표현이다. 바다 건너 어느 나라에서 왔다는 걸 뜻한다. 무엇이든 국적으로 따지고 거기에 귀속시키는 육지인의 습관을 떠나서 본다면, 고추는 사실 '바다'에서 온 것이라고 해야 한다. 문제는 고추의 발생지가 정확한 장소가 아니라, 바다를 통해 낯선 것, 새로운 것이 왔다는 사실이다. 고추가 어디서 시작되었다는 게 고추역사연구자 아닌 이들에게 무슨 큰 의미가 있으랴. 바다는 새로운 것이 오는 '기원'이다. 그게 어디서 탄생한 것이든.

'왜구倭寇'도 고추 같은 역사를 가졌다. 알다시피 왜구란 중세 동아시아의

---

5) 하네다 마사시 편, 『바다에서 본 역사』, 조영헌·정순일 옮김, 민음사, 2018, 17쪽. 고구마의 명칭도 이런 양상을 보여준다(같은 책, 18~19쪽).

바다를 무대로 활동하던 일본의 해적들이다. 왜구란 명칭은 고려 말 사료에 "왜倭가 약탈寇하다"라는 형태로 등장한 것이 '왜구'가 되어 명대의 중국이나 조선에서 사용되게 된 것인데,[6] 이들 역시 바다에서 온 '침략자'들이었기에 바다 건너 '왜국'에서 왔다고 보아 그들의 약탈을 해결했어야 할 육지 왕조가 붙인 이름이다. 그러나 중국에서는 왜적倭賊이라고도 불리던 이들은 절강, 복건, 광동 등 중국 연해 출신자가 수적으로는 훨씬 많았으며, 16세기 왜구 지도자로 가장 영향력이 컸던 인물은 왕직王直과 서해徐海인데, 둘 다 중국인이다. 그러니 왜구는 명칭과 달리 일본인 해적이 아니다. 중국인, 일본인, 조선인, 오키나와인은 물론 동남아인이나 포르투갈인까지 포함된 말 그대로 '초국적인transnational' 혼성 집단이다.[7] 어느 국가에 속한 이들이 아니라 차라리 국가 없는 바다에 속한 이들의 집단이다.

더구나 이들은 하나의 집단이 아니라 서로 뒤섞이고 갈라진, 때로는 연합하지만 때로는 충돌하고 싸우던 수많은 집단의 집단이다. 동해에서 황해, 동중국해, 남중국해를 떠돌던 '해적'들이었다. '해적'이라고 하지만 많은 경우에는 그 넓은 해역의 연안지방이나 섬 등에서 어업이나 교역업 등을 하며 살던 사람들로, 때로는 수군水軍이 되기도 하고 때로는 거기서 도망쳐 무장 상인 집단에 들어가기도 하는 등 다양한 기원을 갖는 '잡민雜民'이었다. '도둑질'이나 '약탈'을 뜻하는 말이 이름에 붙었지만 단순히 남의 재산을 터는 것을 목적으로 구성된 집단이 아니라, 대개는 자신이 태어난 땅에서 먹고살기 힘들어 이탈하거나 국가의 동원이나 수탈을 피해 그로부터 도망친 유민流民들이

---

6) 같은 책, 167쪽.

7) 같은 책, 167~173쪽. 왜구의 초국가적이고 다민족적인 구성에 대해서는, 왜구의 '탈민족적 성격'을 강조하는 입장에 대해 비판하는 논자도 부정하지 못하는 사실이다(가령 윤성익, 「'16세기 왜구'의 다면적 특성에 대한 일고찰」, 『明淸史硏究』, 29집 참조).

다. 물론 해적질도 했을 것이다. 그러나 단지 '해적질'만 한 게 아니라 고기를 잡고 전복을 따고 배를 운영하기도 하고 해상교역을 하기도 하던 아주 다양하고 이질적인 사람들이다. 요컨대 왜구란 황해와 동중국해로부터 남중국해에 이르는 넓은 바다를 가로지르며 살던 바다의 유목민 집단이었다. 국적에 개의치 않았기에 어떤 국적도 가질 수 있었고, 일본에 가면 일본식으로, 중국에 가면 중국식으로 살면서, 스스로의 삶 안에서 상이한 문화와 문물을 섞으며 가로지르던 이들이다. 이로 인해 바다를 사이에 두고 분리된 지역 사이에서 교류와 혼성을 이끌었다.

50년대 일본 큐슈의 탄광지대에서 활동하며 광부들의 노동운동에 참여했던 시인이자 혁명가 다니가와 간谷川雁은 왜구들의 주 활동무대였던 황해와 동중국해를 지중해와 비교하면서 특별히 주목한 바 있다.[8] 작게 보면 중국과 대만, 조선과 일본, 오키나와 등에 둘러싸인 바다가 황해와 동중국해다. 크게 보면 베트남과 캄보디아, 말레이시아, 필리핀, 인도네시아까지 이어지는 아시아 여러 나라에 둘러싸인 남중국해까지 여기에 이을 수 있다. 유럽과 이슬람지역, 북아프리카의 아주 이질적인 나라들에 둘러싸인 바다가 바로 지중해였음을 안다면, 그가 왜 동중국해를 주목했는지 이해할 수 있다. 이렇게 다른 나라들에 둘러싸인 바다는 그것을 둘러싸고 있는 이질적인 문화들이 교류하고 섞이며 각각의 지역에서 새로운 것이 탄생하는 장이 되어준다. 우리가 아는 그리스 문명에는 아프리카의 이집트가 섞여들어가 있고,[9] 우리가 아는 유럽 문명에는 이슬람이 섞여들어가 있다. 그러한 교류와 혼합이야말로 지중해 인근 지역에서 '위대한 문명'들이 탄생할 수 있었던 가장 중요

8) 谷川雁,「ここはとかげの頭」, 岩崎稔·米谷匡史 編,『谷川雁セレクションⅡ』, 日本經濟評論社, 2009, 158쪽 이하.
9) 마틴 버낼,『블랙 아테나』1, 오홍식 옮김, 소나무, 2006.

한 원천이었다.

이런 점에서 본다면 황해 – 동중국해 – 남중국해는 그것을 둘러싸고 있는 나라들의 문화가 섞이며 새로운 문명이 탄생할 중요한 원천일 수 있으리라고 상상할 수 있다. 더구나 다니가와 간은 단지 노동운동만 한 게 아니라, 노동자들이 직접 글을 쓰는 문학서클들이 발호하는 것을 보면서 『서클 마을』이란 잡지를 통해 그 서클들의 네트워크를 조직했으며, 광부 및 빈농, 어민, 피차별 부락민, 그리고 조선이나 오키나와 출신 이민자들 등 '유민'들의 코뮨을 만들어 함께 살고 함께 운동하던 사람이다. 그래서 그는 일본에서조차 규슈가 도마뱀의 머리가 되고 도쿄는 도마뱀의 꼬리가 될 것이라고 주장했다. 자신이 규슈에서 했던 것처럼, 조선과 중국, 오키나와와 대만 등이 만나고 섞이는 탈국가적 공동체가 황해 – 동중국해를 무대로 만들어질 수 있다면, 그교류와 혼합의 중심은 일본의 경우 당연히 그 바다에 연沿한 규슈가 될 것이기에. 다니가와 간의 동료이자 연인이었던 모리사키 카즈에森崎和江가 왜구를 주목했던 것은 이와 무관하지 않을 것 같다.[10] 다니가와가 주목했던 황해 – 동중국해란 이전에 왜구라는 유민 집단이 가로지르던 바다이니 말이다.

글로벌화라는 이름하에 탈국가적 흐름이 국경을 넘쳐흐르고 있는 시대에도 국가적 틀을 벗어날 줄 모르는 시야에 갇혀 있는 이들 눈에, 황해 – 동중국해 – 남중국해라는 무대와 왜구라는 공동체를 통해 아주 다른 세계를 상상하려던 이들의 시도는 어떻게 보일까? 우리는 지금이기에 좀더 넓게 보고 상상할 수 있을 듯하다. 이미 자본의 운동은 한국과 중국, 베트남, 라오스를 넘어 인도에까지 손을 뻗치고 있다. 또한 한국이나 일본을 통과하는 이주노동자들의 흐름은 중국, 베트남, 필리핀, 방글라데시를 거쳐 파키스탄과 이란에까

---

10) 森崎和江, 「民衆における異集團との接觸の思想」, 新川明 外, 『沖縄の思想』, 木耳社, 1974.

지 그 회로를 확장해놓았다. 그렇다면 동중국해를 넘어 남중국해, 인도양에 이르기까지 우리의 상상력과 사유는 확장되어야 마땅하다.

　하늘이 바다를 대신해 물리적 교류의 장이 되었고, 인터넷이 뱃길을 대신해 문화적 교류의 회로가 된 시대에, 육지가 바다를 둘러싸는 지중해의 지리적 형상은 이미 과거에 속한 것이 되고 말았다. 그렇지만 상이한 민족에 속한 이들을 바다 위로 불러내 새로운 종류의 관계를 형성했던 '왜구'라는 유민 집단의 이름이, 이미 동아시아를 넘어 전 세계로 확장된 영역에서, 국가들의 가장자리에서 국가를 벗어나는 사람들과 삶의 흐름을 불러내기 위한 이름이 될 수는 없는 것일까? 국경과 언어의 벽을 넘어서 이질적인 삶을 섞으며 새로운 삶을 불러내는, 새로운 세계를 불러낼 수 있는 주문이 될 수는 없는 것일까? '왜구'라는 단어에 포함된 '해적'이란 말을 국가들 사이의 바다를 가로지르며 국가적 질서를 잠식하고, 새로운 초-국가적transnational 삶을 만들어가려는 괴물적인 시도와 연결할 순 없는 것일까? '왜구'라는 말에서 느껴지는, 민족주의와 역사교육이 제공한 비하의 느낌이나 불편함이야말로, 무규정적이고 예측불가능한 힘에 붙인 '악'의 표상처럼, 기존 질서로부터 멀리 떨어진 거리에서 만들어질 새로운 세계를 표현하는 데 오히려 적절한 감응이 될 수 있지 않을까?

4. 해적들의 시대, 고래들의 시대

　지중해를 지중해로 만든 것은 둘러싼 육지들의 지리적 형상이 아니라 둘러싼 문화들의 이질성이다. 지중해가 새로운 문명들의 발생인이 되었던 것은 거기 있던 어느 문화의 특별한 탁월성 때문이 아니라 그 이질적인 문화들을 흐르게 하고 만나게 하고 섞이게 했던 그 액체적 유동성 때문이다. 동중국해든 남중국해든, 혹은 육지 없이 무한히 넓게 펼쳐진 비행의 공간이든, 아니면 빛의 속도가 지리적 거리를 지우는 인터넷의 공간이든 마찬가지일 것이다. 그것이 부재하는 어떤 문명을 불러낼 수 있다면, 도래할 새로운 세계를 불러내고 어떤 미래의 시간을 창조하는 공간이 될 수 있다면, 그 또한 탁월성을 과시하는 어떤 문화의 힘 때문이 아니라 그 상이한 문화들이 섞이고 접속하며 변성되도록 하는 공간의 유동성 때문일 것이다. 그 공간을 둘러싼 문화들의 이질성 때문일 것이다.

이를 두고 단지 국가나 민족 사이에 있는 공간에 대해서만 그러하다고 믿는다면, 사유나 상상력이 여전히 지리적 형상의 틀에 사로잡혀 있는 건 아닌지 의심해보아야 한다. 하나의 국가 안, 하나의 '민족' 안에서도 마찬가지로 말해야 한다. 하나의 국가 안에서 창조적인 어떤 것이 발생하고 발전하게 하는 것은 그 국가라는 공간 안에서 이동하고 만나고 섞이는 사람이나 삶의 이질성이다. 국가적 영토가 새로운 문화의 발생지가 될 수 있는 것은 상이한 지역의 이질적인 문화나 삶이 자유롭게 흘러다니고 자유롭게 만나 섞일 수 있게 해줄 액체적 유동성을 그 대기 속에 풀어놓을 때일 것이다.

우리는 지금 '보편화된' 유민流民들의 시대를 살고 있다. 전 세계에 흘러넘치고 있는 거대한 이주노동자와 이민자, 난민들의 흐름은 좋은 의미든 나쁜 의미든 이미 많은 나라에서 정치의 방향을 규정하는 일차적인 흐름이 된 듯하다. 민족적 '단일성'의 환상 속에서 다른 민족에 대해 강한 배타성을 견지하던 일본과 한국조차 노동력 부족을 메우기 위해 대대적인 이주노동자의 흐름을 자국의 영토 안에 끌어들이고 있다. 더 근본적인 것은 이러한 유민의 흐름이 단지 국경을 넘어오는 이들로 국한되지 않는다는 점이다. 도시에서 노동할 자격을 갖지 못했기에 노동자 이하의 노동자가 되어야 했던 중국 농민공들의 거대한 흐름은 자국민이 자국 안에서 이주노동자와 난민이 되는 사태를 보여주었다. 한국은 물론, 한때 '평생고용'을 특징으로 하던 고용제도의 일본에서도 이미 전체 노동자의 3분의 1을 넘어버린 비정규직 노동자는 내국인 출신 노동자이면서도 노동자의 자리에서 벗어난 유민의 흐름이 일국 내부에서도 보편적 기반이 되어버렸음을 보여준다. 일하고 싶어도 일자리를 얻지 못해 거리를 방황하는 실업자와 '백수'들 또한 유민의 흐름에 중요한 또하나의 물줄기를 대고 있다. 인공지능의 발전과 더불어 유민의 흐름이 더욱 급속하게 늘어날 것임은 이제 널리 알려진 바이다.

　그런 점에서 유민이란 우리의 미래이고, 도래할 미래의 인간을 표시하는 특이성의 이름이다. 미래 시제를 갖는 '보편적' 인간의 형상이다. 아니다, 그렇게 말해선 안 된다. 그들을 더이상 '인간'의 형상에 가두려는 것은 리바이어던을 국가라는 인간적 괴물로 대체하는 것만큼이나 부적절하다. 그들은 이미 어디서나 그렇게 간주되듯이 인간 아닌 자들, 인간의 대우를 받지 못하는 자들, 인간의 자격을 갖지 못하는 자들이다. '비인간'이다. 인간들을 어느새 둘러싸고 포위하게 된 비인간적 '괴물'들이다. 육지를 둘러싼 바다이고, 그 바닷속에서 무엇으로 솟아오를지 모를 고래들이다. 육지를 덮치는 거대한 파도처럼 정착민의 영토를 침범하는 해적들이다. 국가의 영토마저 탈영토화된 유민의 흐름이 합류하는 거대한 '바다'가 되어가고 있다. 노동하는 사람의 공장이 아니라 유민이 되어 흘러다닐 거리가 새로운 삶의 기반이 될 시대는, 그것을 낙관적으로 보든 비관적으로 보든 간에, 새로운 해적들의 시대, 새로운 괴물들의 시대가 될 것이다. 고래들의 시대, 국가를 벗어난 리바이어던의 시대가. 모든 고래는 무섭다. 모든 천사는 무섭다. 그러나, 그러나……

예술, 존재에 휘말리다

ⓒ 이진경 2019

초판 인쇄 2019년 8월 7일
초판 발행 2019년 8월 14일

지은이 이진경
펴낸이 염현숙

책임편집 구민정 | 편집 이현미
디자인 윤종윤 최미영 | 마케팅 정민호 이숙재 양서연 안남영
홍보 김희숙 김상만 오혜림
제작 강신은 김동욱 임현식 | 제작처 영신사
펴낸곳 (주)문학동네
출판등록 1993년 10월 22일 제406-2003-000045호
주소 10881 경기도 파주시 회동길 210
전자우편 editor@munhak.com
대표전화 031) 955-8888 | 팩스 031) 955-8855
문의전화 031) 955-3578(마케팅) 031) 955-2671(편집)
문학동네카페 http://cafe.naver.com/mhdn | 트위터 @munhakdongne
북클럽문학동네 http://bookclubmunhak.com

ISBN 978-89-546-5737-2 03800

www.munhak.com